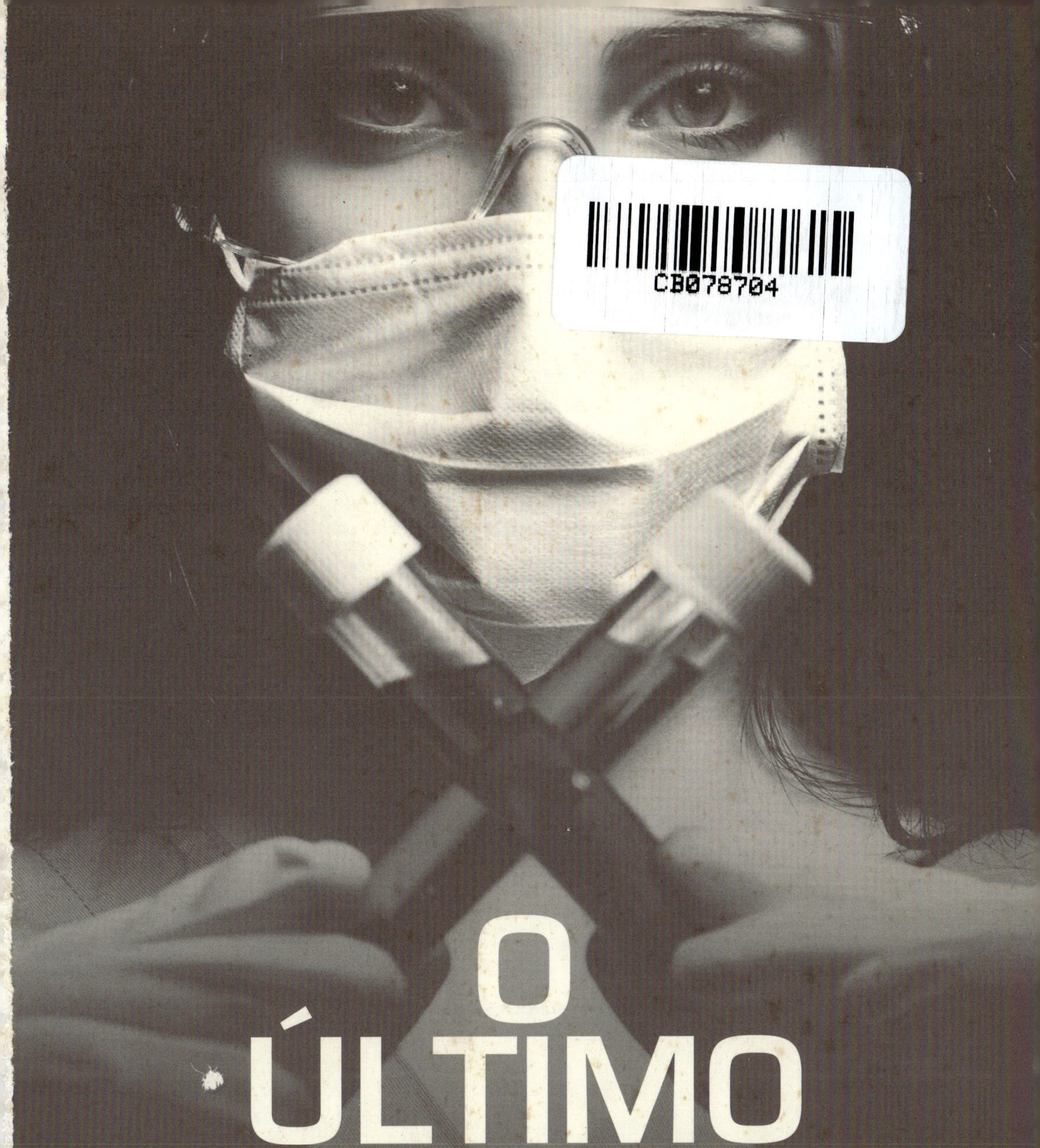

O ÚLTIMO CONTATO

Louise Voss e Mark Edwards

HIMMEL

2014, Editora Fundamento Educacional Ltda.

Editor e edição de texto: Editora Fundamento
Editoração eletrônica: Rosana Alves do Nascimento (Francielle Sambay)
CTP e impressão: SVP - Gráfica Pallotti
Capa: Zuleika Iamashita
Tradução: Sertão Produções Artísticas e Cinematográficas Ltda. (Pedro da Costa Novaes)

Himmel é um selo da Editora Fundamento.

Publicado originalmente em inglês por HarperCollins *Publishers* Ltda. sob o título *Catch Your Death*

Dados Internacionais de Catalogação na Publicação (CIP)
(Maria Isabel Schiavon Kinasz)

V969 Edwards, Mark
O último contato / Mark Edwards e Louise Voss ; [versão brasileira da editora] – 1. ed. – São Paulo, SP : Editora Fundamento Educacional Ltda., 2014.

Título original : Catch Your Death

1. Literatura Inglesa - ficção I. Título

CDD 823 (22.ed)
CDU 823

Índices para catálogo sistemático:
1. Literatura Inglesa - ficção 823

Fundação Biblioteca Nacional

Depósito legal na Biblioteca Nacional, conforme Decreto nº 1.825, de dezembro de 1907.

Impresso no Brasil

Telefone: (41) 3015 9700
E-mail: info@editorafundamento.com.br
Site: www.editorafundamento.com.br

Este livro foi impresso em papel pólen soft 80 g/m² e a capa em papel-cartão 250 g/m².

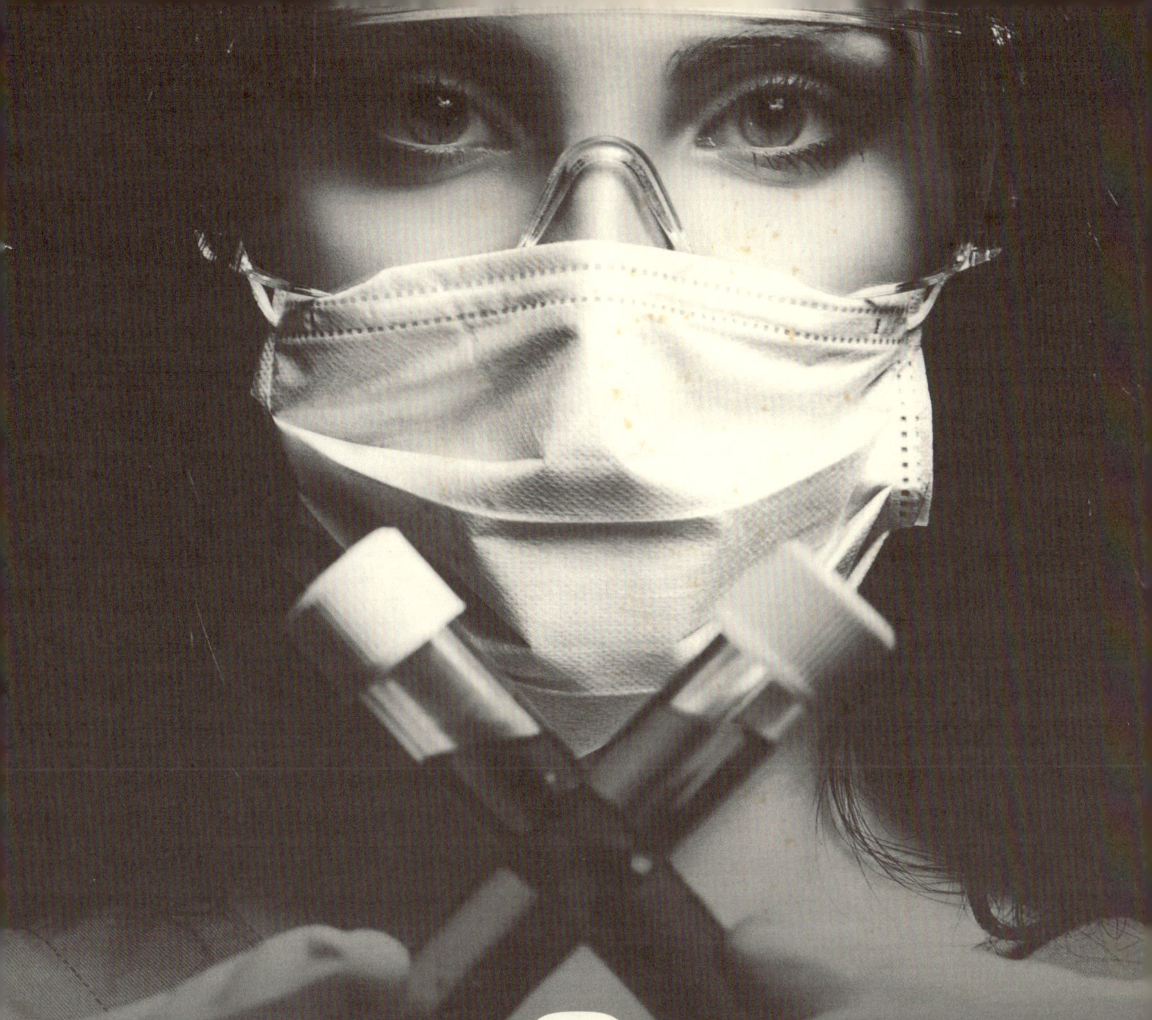

O ÚLTIMO CONTATO

Louise Voss e Mark Edwards

Prólogo

Dezesseis anos antes

O mundo pegava fogo.

Ou talvez ela já não estivesse no mundo. Talvez aquilo fosse o inferno. O calor, o gosto de enxofre em sua língua, a náusea, o tormento. Gritos cortavam o ar, incessantes, monótonos, lamentos de desespero em uma nota única. Ao abrir os olhos, uma figura se debruçava sobre ela – um demônio alado com cabelos vermelhos em chamas. Ela tentou gritar, mas tudo o que lhe saiu da boca foi um ruído áspero. A face do diabo quase lhe tocava o rosto; o odor sulfúrico daquele hálito entrava-lhe pelas narinas.

– Kate, Kate, levante-se. Vamos.

Ela o encarou e piscou. Lentamente, um rosto foi ficando mais nítido – não o de um demônio, mas o de Sarah, sua companheira ruiva de quarto.

Sarah removeu o lençol fino que cobria o corpo de Kate e a segurou pelas mãos, fazendo com que se levantasse. Seu pijama estava molhado e frio, mas a pele, quente como o ar do deserto. A febre se aproximava dos 40 graus. O estado de Sarah não era diferente, mas ela estivera deitada sobre as cobertas, doente demais para conseguir dormir.

Os pés descalços de Kate tocaram o chão. Doía. Tudo doía. Seu corpo era uma só ferida, sensível ao toque.

– Vamos.

Kate ainda escutava os gritos. Ela levou as mãos aos ouvidos para tentar abafá-los. Só se sentira assim tão doente uma vez, na infância. Tinha a vaga lembrança de uma enfermeira negra e de olhos gentis esfregando sua pele com uma esponja e água muito fria, que escorria pelo seu peito magro e ofegante, ensopando o elástico da calça de seu pijama. Ela chorara sem forças em meio àquela provação. Chorara por sua mãe, ainda que ela já tivesse partido.

Agora, desejava que a enfermeira estivesse ali para lhe refrescar com aquela água, para apagar o incêndio que lhe queimava a pele.

Seus olhos foram atraídos pelas cortinas. Em algum momento da noite, submergindo e voltando à tona de sonhos febris, ela vira pequenos homens com olhares malévolos pendurados nelas.

Sarah abriu a porta.

Apoiando-se, uma na outra, as duas chegaram ao corredor. Kate tinha uma vaga ideia de que deveria estar brava com Sarah, mas não conseguia se lembrar por quê.

Simultaneamente, outra dupla de jovens mulheres saía do quarto ao lado. Denise e Fiona, as garotas de Glasgow, com quem não era permitido manter contato, mas com as quais elas haviam se comunicado. As quatro conversavam através das paredes e riam, nervosas, como se fossem alunas de um internato, e haviam inventado formas engenhosas para passar bilhetes pela janela, presos à ponta de uma bengala que Sarah havia encontrado nos jardins do Centro.

– Isso é de verdade? – Fiona perguntou com a voz grossa e o nariz entupido.

Kate achou que ela falava outra língua – talvez, a língua de Satã. E se aqueles fossem todos demônios, levando-a para ser torturada, arrastando-a para o inferno? Ela entrou em pânico e tentou fugir.

Denise alcançou Kate, que quase caiu, mas a garota escocesa conseguiu impedir que ela desabasse no chão.

– Não pode ser um exercício – disse Fiona, respondendo à própria pergunta.

– Vamos só dar o fora daqui – Denise retrucou, tomando a frente.

Ela arrastou Sarah com uma das mãos e, com a outra, Kate, que insistia em puxá-la para trás, encarando-a com os olhos transtornados.

Onde estavam os outros? Só restariam elas no prédio?

– Nós vamos morrer – disse Kate. – Vamos morrer.

Denise sacudia a mão:

– Não, não vamos. A saída está logo adiante. Vamos, Kate. Estamos quase lá.

Ao entrarem no corredor, depararam-se com uma densa parede de fumaça que interrompia seu caminho.

– Oh meu Deus!

Kate soltou um gemido de medo e tentou se soltar, mas Denise a segurava firmemente.

– Acalme-se.

As quatro suavam, o calor que tomava o corredor e a fumaça lhes feriam os olhos e lhes arrancavam lágrimas. Quatro garotas de pijamas, segurando-se umas nas outras, paralisadas pelo mais primitivo dos medos.

– Temos que voltar – Denise encorajou-as.

As quatro se viraram e correram – inclusive as debilitadas Kate e Sarah, com Denise e Fiona arrastando-as pelas mãos. A distância, ouviu-se o ruído de algo que se partia e desabava. De repente, uma nuvem de fumaça começou a persegui-las, preenchendo o corredor e envolvendo-as. Como nadadoras se afogando, elas entraram em pânico e inalaram grande quantidade daqueles gases, cáusticos, amargos e letais. As quatro garotas tossiam convulsivamente.

Sarah caiu sobre os joelhos. Fiona se deteve e tentou fazer com que ela se levantasse. Denise soltou a mão de Kate para ajudar a amiga. Enquanto as duas lutavam para reerguer Sarah, Kate olhou para a frente: estavam completamente imersas na fumaça que preenchia o corredor. Os olhos lacrimejavam e ela tentava dar sentido ao que via.

Em meio à fumaça, algumas figuras se aproximavam. Os demônios. Vinham buscá-la. Os gritos não cessavam.

Um dos demônios a agarrou. Kate tentou lutar, mas ele era forte demais, levantou-a e carregou-a para dentro da nuvem de fumaça. Sem forças, ela se debatia e chutava. Uma a uma, suas amigas também foram capturadas. Kate decidiu não espernear mais. Queria apenas ter tido uma oportunidade de dizer adeus a Stephen.

O rosto dele foi a última imagem que veio à sua mente antes que se deixasse envolver pela bem-vinda escuridão.

Quando voltou a si, estava deitada na grama, do lado de fora. Kate ergueu a cabeça e viu Sarah, também deitada, logo ao lado. A amiga ergueu o braço e fez um aceno débil. Kate tentou dizer algo, mas, no instante seguinte, tornou a desmaiar.

Ao acordar novamente, ela se viu no olho de um furacão. Médicos e pesquisadores corriam ao seu redor com jalecos brancos esvoaçantes. Próximo a ela, um homem de uniforme vermelho, um bombeiro, sorvia o conteúdo de uma caneca branca. Misturado ao apito homogêneo de um alarme, ouvia-se o gemido flutuante de uma sirene de carro de polícia.

Ela se virou de lado e foi tomada por violentos espasmos de tosse. Um muco escuro saiu de sua boca.

– Kate! – era Denise que ressurgia. – Você está bem?

O cabelo loiro da amiga estava cinza por causa da fuligem, e as bochechas e a testa, manchadas de preto.

Kate sentou-se. O peito doía. A cabeça doía. Contudo, estava viva.

– O que aconteceu?

– Você não se lembra?

Ela tentou se concentrar.

– Lembro-me... de demônios, de uma cena no inferno. Achei que tivesse morrido.

– Também achei que fôssemos morrer. O Centro pegou fogo. Parece que o prédio onde estávamos queimou completamente.

Pela primeira vez, Kate de fato prestou atenção à cena ao seu redor. Em meio à escuridão, nuvens de fumaça ainda se erguiam do edifício longo e estreito que ela chamara de casa durante a semana anterior. Havia caminhões de bombeiros e homens uniformizados segurando mangueiras, que cuspiam serpentes de água para combater seu elemento rival.

– Tivemos sorte – comentou Denise.

– Alguém morreu?

– Não sei.

– Onde está Fiona?

– Está logo ali. Mas não sei onde está Sarah. Ela foi resgatada junto conosco, mas não a vi mais.

– Ela estava aqui há um minuto. Quando acordei, consegui vê-la, e ela acenou para mim, mas voltei a desmaiar.

– Talvez a tenham levado para o hospital – Denise respondeu. – Mas havia outras garotas lá dentro, e não vi mais ninguém sendo resgatado. O caos é grande demais para sabermos o que está acontecendo.

Kate conseguiu ficar em pé. A cabeça girava, a vista escurecia. Sentia-se muito mal. Que diabos lhe haviam dado no dia anterior? Aquilo não era um resfriado comum.

– Vou tentar saber algo sobre Fiona e ver se consigo encontrar Sarah – Denise avisou, tocando a mão de Kate e logo desaparecendo em meio à confusão.

Endireitando a postura, Kate tentava fazer com que o mundo parasse de rodar, quando um homem de jaleco branco apareceu. Ela estreitou os olhos, tentando enxergá-lo melhor. O sujeito era alto e magro – um tipo um pouco repulsivo. Ele estendeu a mão na direção dela, sem ser convidado, e lhe tocou a testa, fazendo-a recuar o rosto. Ela sabia que existia um motivo para que sentisse medo dele, mas em seu estado de torpor não conseguia se lembrar de nada.

– Kate, você não devia ainda estar aqui fora. Você não está bem.

Ela o ignorou.

– Você conhece Stephen? Stephen Wilson? Você o viu?

O sujeito balançou a cabeça.

– Vamos. Você realmente precisa descansar; inalou muita fumaça e está com febre – ele olhou ao redor, como se procurasse alguém para ajudá-lo, e resmungou algo incompreensível sobre alguém que se metera em alguma coisa.

Kate não conseguia ouvir mais nada, porque havia sido tomada por um acesso de tosse. Sua garganta parecia uma ferida aberta.

O homem repulsivo a ajudou a se sentar, olhou ao redor outra vez e então disse:

– Fique aqui, está bem? Não saia daqui.

Outra sessão de tosse convulsiva lhe encheu os olhos de lágrimas. Quando o ataque passou, o sujeito havia desaparecido.

Ela precisava encontrar Stephen. Ele tinha lhe dito que ficaria acordado até mais tarde naquela noite e que talvez tivesse algo para contar a ela. Kate planejava encontrá-lo. Então se levantou, outra vez, concentrando a pouca energia que lhe restava no ato de se equilibrar, e foi em direção ao prédio e aos bombeiros.

– Stephen – ela tentou chamar, mas sua voz estava fraca demais.

Sentia tonturas e náuseas. Queria deitar e dormir. Precisava desesperadamente encontrá-lo, queria apenas vê-lo e ter certeza de que estava bem antes de descansar. Na verdade, não havia motivo para que Stephen estivesse ferido, pois seu escritório ficava em uma ala separada do Centro. Ainda assim, Kate queria se certificar. Ela o amava.

Ao longe, via figuras próximas ao prédio, transformadas em meras silhuetas pela escuridão e pela fumaça. Dois bombeiros carregavam uma forma imóvel sobre uma maca – uma forma que tinha a altura e a compleição de Stephen, com um dos braços pendurados no ar. Ao se aproximar, Kate viu os contornos do volumoso relógio de pulso que ele usava – estava enegrecido, como o braço ao qual se prendia, mas ela o reconheceu sem sombra de dúvida.

Era Stephen. Kate tentou correr, mas as pernas estavam debilitadas demais e os pulmões, entupidos. Os pés descalços escorregaram na grama e ela caiu. Quando finalmente se levantou, o cientista – o mesmo que lhe tocara a testa – bloqueou seu caminho.

– Você precisa descansar – ele insistiu.

– Mas, Stephen... – ela respondeu com o braço esticado na direção do edifício.

De um segundo para o outro, houve muita movimentação à sua volta – uma ambulância passou em alta velocidade, bombeiros correram em direção ao Centro. O cientista agarrou o braço dela, uma agulha surgiu do nada e ele a espetou em Kate. Sentiu um espasmo rápido e mal conseguiu lutar antes que o torpor a envolvesse e ela novamente desmaiasse.

Em sua última visão, o cientista, com o cenho franzido e debruçado sobre ela, encarava-a; na grama, atrás dele, havia paramédicos agachados ao lado de Stephen – um deles chacoalhando a cabeça.

Kate nunca soube se realmente gritou ou se apenas imaginou tê-lo feito.

Capítulo 1

Presente

A mulher deitada no beliche parecia morta, mas por fim espirrou. O movimento súbito provocou espasmos em seu corpo magro. Ela abriu os olhos avermelhados e ergueu o braço, à procura de um lenço de papel sobre o criado-mudo. Outro espasmo percorreu seu corpo e a caixa de lenços caiu no chão. Fraca demais para pegá-la, a mulher permaneceu imóvel até que outra série de espirros agitou seu corpo como tiros de revólver.

Dois homens a observavam. Um deles tinha cerca de 40 anos, mas aparentava ser mais jovem pela ausência de rugas no rosto. A pele estava bronzeada após um feriado recente em Bangkok, e ele, à primeira vista, possuía uma beleza pouco comum – como a de um modelo de comerciais de lâminas de barbear ou carros esportivos. Observando-lhe o rosto por mais que alguns segundos, entretanto, notava-se algo estranho. Ele também parecia um modelo, mas um modelo em uma revista ou em um outdoor, congelado no tempo, inanimado. Os olhos, pequenos e sem vida, como os de um tubarão, eram a parte mais estranha naquele rosto. Pelas costas – pois ninguém ousava criticá-lo diretamente –, comparavam-no a um robô.

John Sampson era seu nome.

O outro homem, que se chamava Gaunt – ninguém nunca o ouvira usando o primeiro nome –, era mais alto e pálido. A pele denunciava os muitos anos passados em ambientes artificialmente iluminados como aquele. O sujeito era tão magro que parecia prestes a desaparecer.

Quando se trancava no laboratório, não raro, esquecia de se alimentar. Comida não era importante; sono tampouco. Havia muito a ser feito, muitas descobertas e experimentos excitantes a serem realizados. Apontando com a cabeça na direção da mulher no beliche, ele disse:

– Chegou ontem à noite. Nós a buscamos em Heathrow e a trouxemos direto para cá.

– Ela é o quê? Chinesa? Tailandesa? – inquiriu Sampson.

A mulher o fazia lembrar de uma garota que havia conhecido em Bangkok. Entediado, ele se perguntou se a família daquela garota ainda a procurava ou se já havia desistido – se é que se importava.

– Vietnamita, na verdade. Chama-se Lien. Vinte e três anos. Mora em Hanoi. Não fala uma palavra de inglês; quer dizer, apenas "por favor". "Por favor, por favor, por favor." Repetiu isso muitas vezes antes de perder a capacidade de falar. Pergunto-me que tipo de promessa fizeram para ela? Vida nova na Inglaterra, um bom emprego, um apartamento, máquina de lavar roupas e uma TV em cores?

Sampson observava Lien através do vidro espelhado:

– O que é? Gripe aviária? – perguntou.

Gaunt, que vestia um jaleco e falava com o sotaque da classe média-alta britânica, removeu os óculos e mordiscou uma das hastes dele. Por fim, falou:

– Não, isso é algo novo – ele sorriu. – É muito impressionante, na verdade. Tenho que tirar o chapéu para nossos amigos asiáticos hoje em dia: SARS, gripe aviária. Ambas são muito impressionantes, mas essa é ainda melhor.

– É letal?

O médico riu:

– Ah, sim. Infinitamente mais que a gripe aviária.

John Sampsou olhava novamente para a mulher. Ela tentara, enquanto os dois falavam, pegar o copo de água ao lado da caixa de lenços, mas também o havia derrubado. O líquido escorria pela lateral do criado-mudo e empoçava no chão.

– Gostaria de falar com ela.

– Temo que não seja possível. Sua doença é extremamente contagiosa. Ela só precisaria respirar ao seu lado para contaminá-lo.

– Que pena – Sampson teria gostado de saber como a garota se sentia.

– Quer ver quanto é contagiosa? – Gaunt fez um gesto para que Sampson o seguisse.

Os dois cruzaram um corredor curto, desconfortável e excessivamente iluminado por longas lâmpadas fluorescentes que falhavam ocasionalmente e pararam diante de outro quarto pequeno com uma janela de vidro espelhado. Outra mulher, uma caucasiana de cabelos oxigenados com raízes escuras, sentava-se à beira da cama e parecia abatida e confusa. Não aparentava um estado tão grave quanto Lien, mas estava com o nariz vermelho, os olhos rosados e tinha uma caixa de lenços sobre o colo.

John Sampson esperou as explicações do médico:

– É uma prostituta sérvia. Foi trazida para cá ontem à noite. Estava limpa, sem nenhum vírus, nenhum problema, notavelmente saudável para uma mulher com sua profissão. Que idade você acha que ela tem? Uns 26 anos?

Sampson assentiu lentamente. A garota era linda. Ele se imaginou sentado ao seu lado, amparando-a enquanto morria. Ela descreveria suas sensações de dor, sofrimento e medo. Ele acariciaria aqueles cabelos sujos, enquanto ela exalava o ar pela última vez.

Gaunt explicou:

– Nós a deixamos por 20 segundos em um quarto com Lien. Elas não se tocaram, nem mesmo falaram uma com a outra. Oito horas depois, os primeiros sintomas apareceram. Contudo, ainda não está na fase contagiosa. Você pode falar com ela, se quiser.

As sobrancelhas de Sampson se ergueram.

O médico tamborilava no vidro. A garota olhou em sua direção. Havia um colar de ouro com um relicário no pescoço dela. Apesar da doença, ela parecia irada e desafiadora. Os lábios se moviam, mas os dois homens não podiam ouvir o que diziam. Talvez ela estivesse implorando ou disparando palavras furiosas. Não importava.

Suas palavras eram tão fúteis quanto as esperanças que porventura ainda mantivesse.

– Isso é o mais notável com relação a esse vírus – o médico explicou. – Ele tem um período de incubação. Nas primeiras 15 horas, o portador não o transmite, mesmo exibindo os sintomas. Meu contato na Ásia me contou que queriam desenvolver um vírus com o qual fosse seguro trabalhar por um curto período de tempo. Com essa cepa, o portador pode ser transportado com segurança para um local distante, como fizemos com Lien. Isso pode se provar útil para a guerra, pode ser uma espécie de bomba-relógio e se encaixa perfeitamente em nossos objetivos.

Sampson concordou, sem tirar os olhos da jovem prostituta.

– Portanto, os passageiros do avião de Lien estão seguros – Gaunt prosseguiu falando algo a respeito do quanto estavam perto de realizar seus planos.

John Sampson mudou seu foco e continuou a observar a garota, que fungava sobre o beliche. Ele esperava que o médico terminasse seu discurso e abrisse a porta, para que pudesse conversar com ela e descobrir as respostas para suas perguntas. Depois disso, quando ela se tornasse contagiosa e ele tivesse que sair, descobriria que tarefa o médico tinha em mente para lhe dar.

Quem iria querer morto daquela vez?

Capítulo 2

Presente

A Inglaterra era exatamente como ela se lembrava: céus cinzentos e opressivos, mesmo no verão, pessoas apressadas indo de um lugar ao outro, sempre evitando os olhares alheios, imersas em seus próprios espaços pessoais. A música usada para produzir esse isolamento vinha, hoje em dia, de um iPod, e não de um Walkman; o lixo nas ruas exibia marcas diferentes. Além disso, era como voltar no tempo. Até os adolescentes vestiam as mesmas roupas que ela usara 20 anos antes. O punk e o gótico estavam de novo na moda. Moda sem vida para uma cidade sem vida.

Era tão bom estar de volta.

Kate Maddox sentiu um puxão ansioso no braço, olhou para baixo e encontrou um par de grandes olhos azuis – olhos como os seus, Vernon sempre dissera. "Os olhos da mãe e o nariz do pai." Ela torcia para que aquela fosse a única herança que Jack havia recebido de seu progenitor. Outros atributos compartilhados por mãe e filho eram os cabelos castanhos escuros – os dela, longos e ondulados, que lhe cobriam os ombros; os dele, curtos, mas exatamente no mesmo tom de avelã, as sardas no dorso do nariz, que eram visíveis de fato apenas no verão, e um riso fácil e contagiante. Como Kate, Jack provavelmente ficaria alto e esguio quando crescesse. Ela sentia uma satisfação só sua ao pensar que ele, ao menos Kate assim o esperava, fosse um dia olhar de cima o diminuto Vernon, com suas pernas curtas e o pescoço largo.

– Mãe, mãe, veja. Lá está aquele robô de que lhe falei.

Jack apontava para uma vitrine – ela se deu conta de que era a da Hamleys, a imensa loja de brinquedos, por onde um dia já havia arrastado os próprios pais – na qual estava um robô branco de brinquedo que caminhava, entediado, em círculos. Tinha uma memória muito vaga de Jack dizendo algo sobre aquele robô, mas parecia óbvio que o brinquedo andava ocupando seus pensamentos recentemente. Era incrível como, em meio ao furacão, o garoto ainda conseguia se fixar naquele tipo de coisa. Na verdade, era reconfortante, ainda que ela não tivesse, até então, explicado ao filho de 6 anos o quanto a vida mudaria dali em diante. Kate vinha adiando essa conversa.

– Podemos olhar? Por favor?

– Está bem.

Ela deixou que Jack a conduzisse até a vitrine. Com as mãos espalmadas sobre o vidro, ele assistia ao robô branco e prata executando vários truques.

– É muito legal! – Jack suspirou.

– Hum...

De baixo, ele olhou para a mãe:

– Eu seria tão feliz se tivesse um.

Kate sorriu com a falsidade da frase de efeito, mas caiu em si e franziu a testa:

– Deve ser muito caro.

Jack apertou os olhos, tentando enxergar a etiqueta com o preço.

– São 80 libras. Quanto é isso em dólares?

– Caro.

Ela percebeu a decepção dele e sentiu uma onda de culpa, seguida pela sensação de irritação com a própria culpa. Oitenta libras era muito dinheiro para um brinquedo, apesar de tanto Vernon como ela terem comprado muitos presentes caros para Jack recentemente. Presentes de culpa. Presentes para competir. A maioria desses brinquedos ainda estava em Boston, no quarto entulhado de Jack, com a colcha dos Red Sox e pôsteres que cobriam cada centímetro das paredes.

Os olhos do robô piscaram, vermelhos, e Jack soltou um riso agudo.

– Legal. Mal posso esperar para contar isso para o Tyler.

Tyler era o melhor amigo de Jack. Ouvir seu nome fez o sentimento de culpa de Kate voltar com renovada força. Seria uma mãe ruim? O que Jack diria e faria quando lhe contasse? Kate olhou para o robô e para a expressão de êxtase do menino observando-o. Decidiu então quebrar a regra número um da paternidade: nunca voltar atrás depois de dizer não.

– Você tem sido um bom garoto ultimamente.

Trinta minutos depois, eles estavam em um McDonald's na Leicester Square – outro agrado para Jack, que normalmente não tinha permissão para consumir comidas industrializadas e artificiais. Quase todas as crianças na lanchonete admiravam com inveja seu robô branco.

Ele o protegia no colo, enquanto comia, com uma das mãos, seu hambúrguer vegetariano. Kate tentava não se aborrecer com a visão do ketchup ameaçando pingar a qualquer momento. O maldito robô era quase do tamanho de Jack e agora teriam que carregá-lo aonde quer que fossem. O que havia lhe dado na cabeça? Ela se deixara levar pela culpa.

– O nome dele vai ser Billy – Jack anunciou de forma solene. – Billy, essa é a minha mãe.

O robô emitiu um bipe em resposta.

– Prazer em conhecê-lo, Billy – Kate retrucou, espetando um tomate com o garfo.

– Mãe, onde a rainha mora?

– Perto daqui, no Palácio de Buckingham.

– Billy e eu queríamos visitá-la.

– Tenho certeza que ela ficaria encantada em conhecer Billy, mas não creio que a rainha aceite visitas.

Jack refletiu sobre a questão.

– É por que eu sou americano?

– Você é meio inglês.

– Qual metade?

– A melhor metade.

– O papai disse que a maioria dos ingleses tem o nariz empinado e dentes feios, como aquele homem ali.

O sujeito a que Jack se referia – que, de fato, tinha dentes que pareciam prontos a gritar de desespero diante da aproximação de uma escova – fuzilou-os com o olhar, e Kate se encolheu em seu assento de plástico.

– Quieto, Jack!

A maioria dos ingleses tem o nariz empinado? Essa era a frase mais hipócrita que já ouvira de Vernon – ele era o maldito esnobe na família. Era ele quem se recusava a voar de classe econômica por causa do "povão". Era ele quem não tinha um conhecido sequer sem um diploma de uma universidade de elite.

– Meus dentes são americanos?

– Sim.

– E os do Billy?

– Não creio que ele tenha dentes, mas, se tivesse, teriam sido fabricados na China, como o restante dele.

– Mãe, o que robôs comem?

Ela pegou uma das batatas fritas e a segurou entre os dedos.

– Microchips?

Os dois riram, e o homem dos dentes sujos novamente lhes lançou um olhar igualmente mortal.

– Vamos. Temos que ir. Estou cansada e preciso tomar um banho.

– Vamos voltar para o hotel?

– Isso.

– Mãe...

– Sim?

– Eu não preciso tomar banho, preciso?

– Isso vai depender do seu comportamento de agora até a hora de dormir.

Saíram da lanchonete e se misturaram à multidão do lado de fora.

Puxando Jack pelo braço, Kate abria caminho em meio à plateia que se juntava ao redor de um malabarista. Quase no meio-fio, ela esticou o braço ao ver um táxi com o letreiro "livre" aceso, mas um executivo, com o celular grudado à orelha, adiantou-se e se apossou do veículo. O táxi se afastou lentamente e Kate praguejou baixinho – o tráfego nunca acelerava nessa parte de Londres, onde os congestionamentos haviam se tornado mais um atrativo turístico. Ela procurou ao redor por outra condução e viu um fantasma.

Capítulo 3

– Stephen!

A vida é repleta de momentos assim, de decisões instantâneas, tomadas de forma impulsiva, escolhas para as quais, quando questionados depois sobre os motivos, nossa única resposta honesta é: "Não sei por quê."

Era essa a única explicação em que podia pensar naquele momento em que foi lançada de volta ao passado, rumo a uma noite em que pensara ter morrido e chegado ao inferno; quando caminhara, em desespero, pelas instalações da Unidade de Pesquisa de Resfriados, em busca do homem que amava.

E, se o tivesse visto naquele dia, teria chamado seu nome, como fazia agora.

Ele, entretanto, não reagiu.

O sujeito, do outro lado da avenida, não demonstrou surpresa ou alterou sua expressão. Continuou lá, sorvendo seu copo da Starbucks, com os olhos perdidos na distância e o cenho franzido. Ele vestia um blazer cinza de risca de giz. Os cabelos, que há tempos não viam uma tesoura, derramavam-se sobre os aros dos óculos.

Observando-o, Kate notou as mesmas marcas de idade que notara no espelho: os pés de galinha e as rugas nos cantos da boca que revelavam uma história de sorrisos, os vincos na testa que sugeriam um passado de tristezas. Quando o vento bagunçou os cabelos dele, ela notou um início discreto de calvície. Mas era ele, sem sombra de dúvida – ainda que aquilo fosse impossível.

Era como se ela tivesse levado um soco no estômago. Sentia-se tão sufocada quanto na noite em que o centro pegara fogo. As pessoas e o tráfego à sua volta ficaram borrados. Somente Stephen continuava nítido. Ele saiu caminhando, atirou o copo de café em uma lixeira e se afastou rapidamente.

– Mãe, nós não estamos procurando um táxi?

– Sim, eu... Venha.

– Aonde vamos?

Kate não respondeu. Ela ajudou Jack a atravessar a rua e seguiu o sujeito que se parecia tanto com Stephen, mas que não podia ser Stephen, porque ele havia morrido durante o incêndio naquela noite.

O homem entrou em uma rua mais tranquila e seguiu em direção à avenida Shaftesbury.

– Mãe, por que estamos andando tão rápido?

– Estou com pressa.

Jack reclamou:

– Mas eu estou cansado. Minhas pernas estão doendo.

Ela devia ter parado ali e voltado ao plano original: um táxi para o hotel, um banho quente, deixar Jack assistir ao canal infantil na TV do quarto. Isso era loucura. Stephen estava morto. Morrera havia 16 anos. Aquele homem era somente alguém que se parecia com ele, um sósia. Todo mundo tem um sósia, não tem? Talvez ela estivesse imaginando a semelhança, levada por uma fantasia de que Stephen ainda estava vivo. Não o via fazia 16 anos. Como podia dizer que aquele homem era a cara dele?

Mas era. Kate trazia o rosto de Stephen gravado em sua memória havia uma década e meia. Podia ter se esquecido de outras coisas, mas não dele. Esse sujeito era exatamente igual a seu antigo amante – algo estranho, que merecia ser investigado.

Ela se sentia obrigada a segui-lo, apesar das reclamações do filho.

O homem tomou a avenida Shaftesbury. Os rostos de estrelas de Hollywood a encaravam do alto dos painéis dos cinemas. Jack fez um comentário sobre *O Calhambeque Mágico*. O fantasma, sósia ou o que quer que fosse, virou à direita. Por sorte, a multidão o havia obrigado a reduzir a velocidade e a distância entre eles diminuiu, ainda que Kate tivesse que arrastar o filho e seu robô. O sujeito dobrou mais uma esquina e logo outra. Chegaram então a uma rua mais calma, cheia de restaurantes chineses e lojas que vendiam bolsas baratas e seda falsa.

– Mãe, Billy está cansado também – Jack reclamou, exibindo o robô no ar.

Quando ela ia responder, o homem parou e se virou, olhando diretamente para ela:

– Por que você está me seguindo? – perguntou.

Kate se sentiu uma idiota. Aquilo era um ato de loucura, o tipo de coisa que levava Vernon a acusá-la de insanidade: "Você precisa de ajuda. Remédios. Você devia procurar um médico. Vou ligar para o dr. Mackenzie." Ela chorava, indignava-se, protestava: "Eu não estou louca. Não há nada de errado comigo. Não quero remédios. Não preciso deles."

Foi o olhar daquele sujeito. Ela acreditou que estava ficando louca. Só Deus sabe o que Vernon teria dito.

O fantasma/sósia deu alguns passos cautelosos em direção a Kate, encarou-a com curiosidade, olhou para Jack e de novo para ela.

– Stephen? – Kate perguntou, prendendo a respiração.

Ele balançou a cabeça:

– Você se enganou.

O homem não parecia nervoso. Já era algo. Não iria gritar com ela. Ainda que ele tivesse dito que ela havia cometido um erro e que ela soubesse que ele não poderia de fato ser Stephen, o sujeito não somente se parecia com seu namorado havia muito perdido, mas soava como ele. A voz era idêntica: com um inglês bem pronunciado, um tom suave e inteligente. Sensual.

Kate se deu conta de que Jack a olhava, assustado com o homem estranho. Ela colocou a mão na testa do garoto e sorriu. O homem também devia ter percebido o medo do menino e piscou para ele.

– Sinto muito – Kate disse apressada. – Foi um equívoco estúpido. Você é idêntico a alguém que eu conheci, uma pessoa muito próxima, e eu precisava descobrir se você... mas é estúpido porque...

– Ele morreu.

Ela parou de gaguejar e o encarou.

– Suponho que você se refira a Stephen Wilson, não?

Ela assentiu com uma expressão estúpida.

O homem sorriu com o canto dos lábios.

– Ele era meu irmão.

Capítulo 4

Ania, a babá do hotel, estava acostumada a pais neuróticos encurralados entre a culpa e o desejo – desejo de sair e ver a cidade, de não passar as férias amarrados às suas crianças.

Aquela mulher com o filho pequeno, entretanto, parecia preocupada além do normal. A voz tremia e a bolsa caiu a caminho da porta. Carteira, chave magnética do quarto, lenços, tudo se esparramou sobre o tapete, e ela agachou rapidamente para recolher – estava muito tensa ou tinha algo em mente. Seu ar era estranho. O que quer que ela estivesse fazendo a deixava sensível – devia ser algo secreto.

Se precisasse apostar, Ania diria que havia um homem envolvido.

O garoto, por sua vez, estava relaxado, recostado em uma cadeira, abraçado a um robô, com a mão livre operando com destreza o controle remoto, passando os canais de um desenho para um videoclipe, deste para um programa sobre vida animal. Ele riu com a visão de suricatos brincando na tela. Talvez não percebesse que sua mãe estava prestes a sair ou se sentisse seguro quanto ao amor dela, certo de que ela retornaria – os carentes eram os que tinham os piores ataques.

Ania, por fim, conseguiu fazer com que a mulher nervosa deixasse o quarto.

O garoto tinha um sotaque americano, mas a mãe era inglesa. Estranho. Onde estaria o pai? Não que estivesse muito interessada. Contanto que fosse paga, qual era o problema? De qualquer modo, ela havia gostado do garoto. Parecia uma criança legal.

A mulher explicou:

– Aqui estão o número do meu celular e o nome e telefone do restaurante, caso precise. Aliás, meu nome é Kate, e você já conheceu o Jack.

– O.k.

– Tchau, Jack, querido – ela se despediu. – Vejo você mais tarde.

– Tchau – respondeu o garoto sem desviar o olhar da TV.

Os suricatos eram mais interessantes.

Ania sentiu-se aliviada. Nada de ataques. Isso era bom. Uma coceira no nariz a incomodou e ela espirrou.

Kate se virou:

– Você está resfriada?

A babá sacudiu a cabeça:

– Pode ser que esteja ficando.

– Hum... Bem, depende de se o seu corpo já encontrou esse vírus antes. Se isso já aconteceu, o resfriado será combatido e passará.

Ania assentiu, sem saber o que dizer, sentindo-se aliviada quando a ansiosa mãe finalmente partiu.

Kate saiu da estação de metrô e conferiu o relógio. Como lhe ocorria com frequência, havia saído apressada e chegou cedo. Vernon não se cansava de apontar essa sua necessidade obsessiva de pontualidade e de se mostrar confiável. No começo, tinha achado aquilo cativante, um traço positivo de caráter; depois, tornara-se para ele mais um sinal de sua rigidez.

Kate subiu a avenida Charing Cross e parou diante de uma livraria repleta de publicações médicas e científicas. Reconheceu algumas delas. Havia um livro famoso intitulado *A praga no horizonte*, que continha várias citações suas. Ela tinha uma cópia autografada em Boston. O autor a entrevistara, em função de seu envolvimento na pesquisa sobre o vírus do Nilo Ocidental, causador de uma doença potencialmente fatal, primeiramente detectada nos Estados Unidos, em Nova York, em 1999.

O VNO, como os virologistas o chamavam, causava fraqueza muscular e confusão em algumas pessoas e podia levar à meningite, paralisia e morte em outras. Era um vírus especialmente interessante por sua forma de transmissão (quando Kate dizia isso a não cientistas, eles erguiam as sobrancelhas, perguntando-se como alguém poderia achar interessante algo tão horrível). Mosquitos eram infectados depois de se alimentarem do sangue de certos pássaros hospedeiros, como os corvos. Um desses insetos podia então infectar seres humanos. A equipe de Kate vinha tentando – sem sucesso até aquele momento – desenvolver uma vacina para o VNO.

Ela percebeu seu reflexo no vidro escuro – o rosto estava pálido e os olhos, arregalados. Não conseguira decidir entre usar ou não maquiagem. Aquilo certamente não seria um encontro romântico, mas algumas vezes a maquiagem a fazia se sentir mais confiante, menos exposta ao mundo. Então, havia se paramentado com um pouco de brilho labial e um leve toque de rímel. Mesmo assim, não estava com sua melhor aparência. Uma parte significativa dela desejava estar trancada e em segurança atrás da porta do quarto de hotel, com a TV ligada e Jack a seu lado. Esperava que ele estivesse bem. A babá tinha lhe parecido muito competente – Kate deixou sua imaginação alçar voo –, mas e se fosse uma assassina de crianças, a aliciadora de um esquema internacional de escravidão infantil ou simplesmente uma irresponsável?

Então, repreendeu-se duramente.

"Não seja ridícula", pensou, "é um hotel de uma rede conhecida, e a mulher tinha referências."

Ela arrumou o cabelo atrás das orelhas e endireitou a postura.

"Tudo o que está fazendo", lembrava-se, "é encontrar o irmão de um antigo namorado."

O nome dele era Paul.

– Éramos gêmeos – disse o sujeito, um segundo depois de se encontrarem na rua e de contar a ela que era irmão de Stephen.

O namorado nunca havia mencionado um irmão gêmeo – algo bastante estranho, analisando o retrospecto. Talvez ele, na verdade, tivesse contado, e ela esquecera. Uma boa parte daquele verão havia sido encoberta por uma névoa densa. O esforço para se recordar daqueles dias era semelhante ao de tentar ler uma placa na estrada sem suas lentes de contato. A despeito de quanto tentasse, não conseguia enxergar os detalhes em meio à neblina. Depois de algum tempo, a tarefa se tornava dolorosa e ela desistia.

Quando revia em sua mente aquele encontro com Paul, Kate se encolhia. Sentira-se tão estranha, com Jack a seu lado e tendo que falar alto para vencer o ruído do tráfego. Paul também lhe parecera desconfortável. Não podia culpá-lo, pois ser confrontado por uma mulher que o encarava como se fosse um fantasma deixaria qualquer um assim.

– De onde você conhecia Stephen? – ele perguntou.

Kate percebia que Jack a observava. Uma parte dela queria virar as costas e correr, mas estava hipnotizada pela face daquele estranho que se parecia tanto com o homem que amara havia muito tempo. Além do desconforto, o rosto dele demonstrava generosidade, assim como o de Stephen. Kate sentiu um impulso súbito de se atirar nos braços dele e beijá-lo.

Havia anos, sonhava com aquele momento, encontrar com Stephen e ouvi-lo dizer: "Foi tudo um engano. Os relatos sobre minha morte foram exagerados."

E eles se abraçariam, fazendo com que os anos desaparecessem.

Mas aquele não era Stephen.

– Fomos amigos – ela explicou.

– Na universidade?

Kate quase soltou uma segunda mentira, mas explicou:

– Não, nós nos conhecemos na Unidade de Pesquisas de Resfriados, em Salisbury.

– Ah.

Ela continuou:

– Eu estava lá.

– Lá... quando ele...? – Paul perguntou com a voz contida.

– Sim.

Jack então se manifestou:

– Mãe, sobre o que vocês estão conversando? Billy está entediado e quer fazer xixi.

A intervenção do garoto quebrou a tensão, e os adultos riram.

Kate se desculpou:

– Olhe, sinto muito. Normalmente, não tenho o costume de seguir estranhos pela rua.

Ele sorriu:

– Não há problema. É compreensível.

– Pode ser. Mas preciso levar Billy e seu mestre de volta para o hotel.

– Hotel? Você não mora em Londres?

– Moramos em Boston – Jack explicou.

– Sério?

Kate fez menção de sair, mas hesitou; não queria se despedir, porém ficar ali tampouco fazia sentido.

Paul interveio:

– Espere – pediu ele, mesmo que Kate ainda não tivesse se movido. – Você não quer me encontrar para um jantar?

– Eu...

– Seria bom conversar com alguém que conhecia meu irmão. Meus pais não falam sobre ele porque ficam muito abalados, e hoje em dia eu nunca encontro nenhum de nossos amigos antigos. Às vezes, é como se ele não tivesse nem existido – o sujeito sorriu, com uma ponta de amargura –, exceto pelo fato de que o vejo sempre que olho no espelho.

Kate não sabia o que dizer.

– Podemos jantar, então? Se quiser, você pode trazer Jack e... Billy? É esse o nome?

Antes que mudasse de ideia, ela respondeu, de forma abrupta:

– Onde? A que horas?

Paul apontou para um restaurante no alto da rua:

– Você gosta de comida chinesa? Podemos nos encontrar ali às 19h?

– Tudo bem – Kate virou as costas e se deu conta de que não havia se apresentado.

– Meu nome é Kate – disse.

Algo ocorreu quando ele ouviu aquele nome. Era como se ele tivesse um significado, mas Paul não soubesse qual. O instante passou, e ele sorriu:

– Está bem. Nós nos vemos mais tarde.

Ela enrolou durante 20 minutos caminhando lentamente pelo Soho em direção ao restaurante chinês. Era uma noite nublada, mas quente, e as ruas estavam entupidas de gente com camiseta do lado de fora dos bares. Kate não fumava havia muito tempo, mas de repente foi tomada por um intenso desejo por um cigarro. E sidra. Ela supunha o porquê disso – estava prestes a encontrar um homem que não conhecia para jantar, algo que não fazia havia muitos anos. Sentia-se voltando no tempo, uma adolescente. Não iria fumar, tomar sidra ou acabar na cama com aquele homem, mas não se surpreenderia muito consigo mesma se o fizesse. Havia feito várias coisas inesperadas recentemente.

Kate parou do lado de fora do restaurante e sorveu o cheiro do arroz que estava sendo cozido, de molho agridoce e glutamato monossódico. Havia três frangos girando em um espeto na vitrine do outro lado da rua, e ela teve que desviar o olhar. Não comia carne havia anos – mais um dos motivos de irritação para Vernon: viver com uma maldita vegetariana.

– Você gostava do sabor da carne quando nos conhecemos – ele dizia com uma indireta subjacente que causava repugnância a ela.

Tinha que parar de pensar nele. Mas como? Quando Vernon descobrisse o que ela havia feito, o que não tardaria a ocorrer... Não queria nem pensar sobre o assunto.

Não precisava. Naquele momento, Paul apareceu do nada, sorrindo nervosamente para ela.

– Deixei Jack com uma babá no hotel – disse ela. – Espero que ele esteja bem. Só achei que assim seria mais fácil para conversarmos sem sermos interrompidos.

– Claro – o homem respondeu de forma amistosa.

Kate se preocupava que Paul pudesse pensar que planejava seduzi-lo, livrando-se do filho deixando-o com uma estranha qualquer, como se fosse uma péssima mãe. Ele, entretanto, não pareceu afetado.

– Estou morto de fome – falou.

– Eu também – ela respondeu, ainda que, na verdade, não estivesse.

Ele tomou a frente, e os dois entraram no restaurante, quente e barulhento. Ondas de conversa se avolumavam e diminuíam disputando espaço com o barulho de fundo de pratos se chocando com o balcão que dava acesso à cozinha.

Um garçom levou Paul e Kate até a mesa, atirou dois cardápios sobre esta e voltou a sumir.

Percebendo que sua acompanhante parecia surpresa, Paul explicou:

– Eles são conhecidos pela antipatia. É parte da atração.

Os dois falaram amenidades sobre o clima quente e comida chinesa por alguns minutos, pediram bebidas e estudaram o cardápio.

O garçom reapareceu:

– Sim? – indagou, em um tom que indicava que gostaria de estar em qualquer outro lugar, menos ali.

Paul citou alguns números do cardápio, e Kate o imitou.

– Você é vegetariana? – ele perguntou.

E diante da resposta positiva, prosseguiu:

– Você come peixe?

– Não, sou vegetariana – ela se arrependeu de imediato pelo tom irritado em que respondeu. – Desculpe, é que todo mundo sempre pergunta isso. É uma resposta automática. Vegetarianos de verdade não comem peixe.

– Eu me lembrarei disso – ele retrucou, fingindo fazer uma anotação em um bloco invisível. – Os peixes também têm sentimentos.

Paul era charmoso, como Stephen – ou melhor, como Stephen seria se tivesse tido mais 16 anos para treinar. Kate tinha que repetir para si mesma, o tempo todo, entretanto, que aquele não era seu ex-namorado. Precisava lembrar-se de que só conhecera o homem diante dela naquela tarde. Suas fantasias não estavam se tornando reais. No caminho para o restaurante, ela se perguntava por que estava fazendo aquilo, quais eram seus motivos.

Eram dois, no fim das contas. Primeiro, porque nunca pôde conversar com ninguém sobre Stephen. E ali, da mesma forma que o irmão, Kate valorizava a oportunidade de falar com alguém sobre ele - alguém que o havia conhecido de forma íntima. Quem sabe, após tantos anos, isso a ajudasse a conseguir fazer uma espécie de "fechamento" - odiava essa palavra, mas não conseguia encontrar outra melhor.

Em segundo lugar, porque se sentia bem com a possibilidade de ter uma distração. Só conseguia pensar em uma coisa desde sua chegada a Londres, e o cérebro precisava de descanso. O que poderia ser melhor para deixar de se preocupar com o futuro do que pensar no passado?

- Então - Paul quis saber -, o que traz você a Londres? Família?

Seria complicado demais explicar, mesmo que ela quisesse:

- Não. Bem, não exatamente. Jack e eu vamos nos mudar para cá.

Ela brincava com os pauzinhos, sem saber o que contar.

- Estou procurando um lugar agora. Na verdade, estou chocada com os preços dos imóveis nesta cidade.

- Onde você mora? Ah, sim, Boston, não é?

- Isso mesmo.

- Legal - ele esperou mais detalhes, mas Kate não parecia disposta a fornecê-los. - E o que você faz em Boston?

- Trabalho em Harvard.

- Com o quê?

Ela apoiou os pauzinhos sobre a mesa.

- Sou professora no Departamento de Imunologia e Doenças Infecciosas. Minha especialidade é o estudo e tratamento de vírus.

Analisou atentamente a reação dele, pois contar aos outros o que fazia normalmente tinha dois efeitos: homens fracos, aqueles que se sentem intimidados por mulheres inteligentes, tentavam se mostrar mais espertos ou rebaixá-la; outras pessoas se afastavam lentamente, como se ela pudesse contaminá-las - o tipo de gente com quem Kate conversava nas ocasiões extremamente raras em que ia a festas.

Paul não pareceu de forma alguma intimidado ou assustado.

– Legal. Foi assim então que você conheceu Stephen? Vocês trabalharam juntos na Unidade de Pesquisa de Resfriados?

– Não, eu era voluntária lá; havia acabado de me formar. Depois, fui para Harvard e, com exceção de uma ou duas viagens à Inglaterra, nunca mais voltei.

– Até agora?

– Até agora – ela repetiu, pensando no quanto era estranho poder resumir uma vida toda de forma tão breve e indolor, deixando de fora todos os fatos importantes: o modo como fora para Harvard ainda em estado de choque, poucas semanas apenas após a morte de Stephen, os anos passados no Programa de Pós-graduação e Pesquisa, como conhecera Vernon Maddox e se casara – um homem que não poderia ser mais diferente de Stephen –, como Jack nascera, o maravilhoso dia em que se tornara a professora Kate Maddox.

O trabalho e Jack haviam continuado recompensadores e interessantes, mas a decadência da relação com Vernon já se instalara àquela altura. A paciência dele havia diminuído ao longo dos anos, aparentemente em proporção inversa aos pelos do nariz. Tudo aquilo que ela via nele de encantador e honesto logo havia se tornado grosseiro e desagradável.

Entretanto, nada disso Kate contou a Paul.

– E você faz o quê? – perguntou.

– Talvez você não acredite, mas eu também sou um caçador de vírus.

– É mesmo?

– Sim, mas de outro tipo de vírus, os de computadores, ou melhor, da gentalha que os desenvolve e dissemina pela internet.

– Você é policial?

– Não, não exatamente. Trabalho para uma empresa de segurança cibernética. É um negócio bastante estimulante.

Ela sorriu:

– Soa um pouco *nerd* para mim.

– Descolado seria... Como é mesmo? Imunologia e doenças infecciosas?

– Você venceu.

Paul riu.

– Muita gente de fato acha que é um trabalho para nerds, e eu realmente passo bastante tempo olhando para a tela de um computador, mas imagino que você também faça isso.

– Você tem razão. Passo tempo demais assim.

– Mas agora está se mudando para Londres. Vem para uma universidade aqui? Está dando adeus à elite das universidades americanas?

Ele fazia muitas perguntas. Stephen também era curioso assim, interessado nas pessoas.

O garçom livrou-se dos copos e literalmente jogou a comida sobre a mesa, antes de sair outra vez pisando duro. Kate, demasiado ocupada, pensando em quão honesta deveria ser, sequer se sentiu agredida. Deveria contar a Paul que não tinha a menor ideia do que faria em termos profissionais? Mais ainda, que tampouco se importava com aquilo?

– Estou avaliando minhas opções no momento – ela explicou.

– Entendo.

Esvaziaram suas garrafas de cerveja, e Paul ergueu a mão para pedir mais. Kate passou a língua pelos lábios. Ela raramente bebia já havia um tempo, e o gosto da cerveja era delicioso: doce e inebriante. Soltava a língua.

– Fale sobre Stephen – ela pediu. – Como ele era na infância?

Paul afundou um rolinho primavera no molho adocicado de pimenta e deu uma mordida nele.

– No começo, ele era o líder. Eu nasci primeiro, Stephen veio cinco minutos depois, mas passou sua infância, quer dizer, a nossa, depois disso, tentando compensar essa diferença. Ele foi o primeiro a falar "papai", a atravessar a sala de casa andando em vez de se arrastando sentado, a escalar a árvore no fundo do quintal. Foi também o primeiro a arranjar uma namorada. Melissa, ela se chamava. Morava logo adiante da nossa casa, na mesma rua; usava um rabo de cavalo e tinha sardas. Nós tínhamos um acampamento que era, na verdade, só um espaço entre algumas moitas. Ele a levava para lá, e os dois ficavam se agarrando. Eu ficava tão enciumado...

Paul riu, de um jeito bastante estranho.

– Suponho que sentia inveja dele de muitas formas. Nós competíamos muito. Sempre queríamos ser os melhores na escola ou no futebol. Ao menos nesse esporte, eu era melhor do que ele. Stephen era péssimo esportista, mas melhor que eu em termos acadêmicos. Ser bom de bola me beneficiava na escola, mas tirar notas melhores deixava nossos pais mais satisfeitos.

– Continue – ela disse calmamente.

Kate poderia ouvi-lo falando sobre Stephen a noite inteira.

– Não sei o que mais contar. Há tanta coisa – ele ficou pensativo por um momento. – Houve uma época, quando éramos adolescentes, em que não queríamos mais ser gêmeos. Desejávamos ser indivíduos. Eu tomei a frente nisso. Stephen sempre foi um acadêmico, vivia enterrado em livros ou fazendo experimentos com seu kit de química, que ele renovava a cada ano. Quando entramos na adolescência, os equipamentos ameaçavam tomar todo o quarto dele. Nós nos referíamos àquilo como seu "Império Gasoso".

Paul sorriu com a lembrança, antes de continuar:

– Stephen vivia em um mundo de sonhos, um mundo mental. Por isso, ele mal notava meus esforços para parecer o mais diferente dele quanto fosse possível. Cortei o cabelo bem curto, comecei a escutar hip-hop – ele sorriu outra vez. – Dançar break era moda naquela época.

– Eu me lembro bem – Kate confirmou.

– Stephen não se lembraria, se estivesse aqui. Ele não fazia ideia do que acontecia no mundo exterior. Eu enchia muito o saco dele por causa disso, e meus amigos também. Todos tinham certeza de que era o maior nerd do mundo. Ninguém acreditava que era meu irmão. Meus amigos costumavam aparecer quando nossos pais não estavam em casa, e essa minha pequena gangue geralmente acabava com Stephen. Nós o chamávamos de "o professor" e outras coisas estúpidas. Éramos um bando de malas.

Kate não disse nada.

"Coitado do meu bebê", pensou e, por um instante, chegou a sentir raiva de Paul.

Nenhum dos dois tocava os pratos há vários minutos. Ele tinha os olhos perdidos no vazio, no passado.

– Havia um garoto com quem eu andava. Chamava-se Terry. Eu não gostava de verdade dele, mas ele havia decidido que queria se juntar à nossa turma porque gostava do mesmo tipo de música que nós. Todos os outros garotos tinham pavor dele. O sujeito era meio pancada, aquele tipo de moleque que torturava sapos só para rir e ameaçava os meninos mais novos pedindo dinheiro, o tipo de pessoa de quem eu, hoje em dia, faria qualquer coisa para ficar longe. Ele declarou guerra contra Stephen. Todos os dias, no pátio da escola ou no caminho para casa, ficava provocando meu irmão. Eles nunca chegavam às vias de fato, mas Stephen era um tipo de garoto que não via valor em confrontações. Terry se aproximava dele e dizia coisas como: "Ouvi dizer que você me chamou de pervertido", e Stephen negava com a voz falhando. Ele evidentemente achava que Terry era, de fato, um pervertido, mas nunca teria ousado dizer isso, nem para mim.

Kate desejava poder trazer de volta o passado e abraçar Stephen – e bater em Terry. Uma imagem na qual ela tomava uma atitude e defendia o namorado lhe veio à mente. Kate sabia o que era sofrer assédio; permitira-o durante muito tempo – apenas recentemente havia criado coragem para opor-se.

– Você não fazia nada? – perguntou.

Usando os pauzinhos, Paul brincava com seu macarrão no prato.

– Não, quer dizer, eu dizia meio sem ênfase: "Vamos, Terry, deixe-o em paz", mas nada mais. Eu também tinha medo de Terry. Ele era tão imprevisível! E suponho que, por um lado, sentia-me feliz de que aquilo não fosse comigo, de que eu fosse o irmão bacana. Isso é horrível, não?

Kate não respondeu. Ela se perguntava que tipo de adolescente Jack se tornaria. Um garoto cruel ou um retraído, como Stephen? Esperava que nenhum dos dois.

– Um dia, então – Paul continuou –, Stephen me surpreendeu completamente. Terry recomeçou a velha rotina do "você me chamou de pervertido" e "quer brigar?" E eu vi claramente a imagem de Stephen soltando sua mochila e dizendo: "Está bem", e dando um passo adiante para acertar um soco na boca de Terry e derrubá-lo.

– Caramba!

– Essa também foi a minha reação. Minha vontade era comemorar. Stephen recolheu a mochila, impassível, passou por cima de Terry, que estava chocado demais para fazer qualquer coisa, e foi embora. Queria poder dizer que o valentão havia aprendido a lição. No dia seguinte, entretanto, ele já começou a assediar outro garoto, mais novo e tímido. Mas nunca mais tornou a perturbar Stephen.

Paul soltou um suspiro:

– Ainda assim, eu me sentia envergonhado porque não havia feito nada para ajudá-lo. No fim das contas, voltamos a ser amigos. Tínhamos que ser, na verdade, pois éramos irmãos. Às vezes, geralmente às 4 da manhã, eu acordo e começo a pensar sobre isso. Queria que houvesse uma forma de me retratar com Stephen. Eu pediria perdão, se ele estivesse aqui agora.

Houve então uma pausa incômoda na conversa. Kate percebia que ele se esforçava para dizer algo.

– Está tudo bem? – perguntou.

Em vez de falar, Paul enfiou a mão no bolso e tirou uma folha dobrada de papel. Ele não revelou seu conteúdo, simplesmente a segurou entre os dedos e ficou com o olhar perdido no vazio. Kate quase podia ouvir os pensamentos dele se distanciando. Stephen também fazia aquilo.

– No instante em que você me disse que se chamava Kate, eu tive um estalo.

– Stephen falou de mim?

– Sim, de certa forma. Era algo de que não me lembrava havia muito tempo, mas, sim, reconheci seu nome imediatamente. Fui para casa e conferi, para ter certeza de que não estava imaginando coisas ou me confundindo. Mas lá estava, em tinta esferográfica preta.

– Não entendo.

Paul tocou o papel com a ponta do dedo:

– Alguns dias antes de... antes do incêndio, ele me escreveu e mencionou seu nome.

– E você guardou a carta esse tempo todo?

– Mantive todas as lembranças que pude de Stephen, mas essa carta eu teria guardado de qualquer maneira.

– Por quê?

Paul passou o papel para Kate.

– Leia você mesma e entenderá.

Ela hesitou antes de pegar a correspondência. Quando o papel roçou-lhe a ponta dos dedos, Kate sentiu um calafrio, um arrepio, como se o fantasma que ela pensara ter visto mais cedo a houvesse tocado.

Capítulo 5

Ela já não ouvia a algazarra de pratos e talheres, nem a balbúrdia dos outros fregueses. Havia um muro de silêncio ao redor dos dois. Só existiam as palavras no papel. Kate reconheceu a letra de Stephen. Sem tornar a ver, jamais teria sido capaz de descrevê-la. Uma vez ali, diante dela, entretanto, conhecia intimamente aquelas letras "l" gordas, o garrancho compacto e emaranhado, letra de médico – haviam feito essa brincadeira mais de uma vez.

A carta cobria dois lados de uma folha A4. Kate leu rapidamente a primeira parte. Stephen começava por algumas afirmações e observações sem importância – o clima, o críquete, "tomara que você tenha conseguido assistir" etc. – para então mudar bruscamente o tom da correspondência. A escrita ficava mais irregular e até mesmo mais confusa. Parecia algo escrito às pressas. Havia erros de ortografia, palavras riscadas – tão atípico do Stephen que ela conhecia.

Certa vez, presa no apartamento de Stephen enquanto ele trabalhava, ela desencavara um velho caderno do fundo da estante. Nele, havia poemas, alguns fragmentos de histórias que o namorado começara a escrever, notas sobres lugares que ele visitara. A escrita era impecável, com ortografia e gramática perfeitas. Kate nunca mencionou a descoberta do caderno, temendo embaraçar o amado. Ele poderia até mesmo, quem sabe, ter ficado bravo com a bisbilhotice dela.

Havia também os bilhetes que ele enviava e os cartões que acompanhavam os pequenos presentes que trazia para ela. Stephen era cuidadoso e sempre meticuloso. Aquela carta, com seus erros e rabiscos grosseiros, devia ter sido escrita sob o efeito do álcool ou sob uma pressão extrema.

Quase no fim do texto, a seguinte passagem chamava a atenção:

"Conheci uma garota. Ela se chama Kate. Tivemos que manter nossa relação em segredo, mas não creio que somos os únicos aqui com segredos..."

Era impossível ler o trecho seguinte. Duas linhas haviam sido rabiscadas com uma grossa caneta preta, deixando visíveis apenas as pontas de algumas das letras mais altas e a base de outras. Ela continuou a leitura mais adiante:

"Espero que você possa conhecê-la um dia. Se isso acontecer, e eu não estiver lá, diga-lhe que eu a amava. Diga a ela que estava certa e peça que me perdoe."

– Você está bem? – Paul perguntou, tocando o pulso de Kate.

Em um reflexo, ela recolheu a mão, como se os dedos dele a tivessem queimado, e ergueu os olhos, confusa e incapaz de articular palavras. "Se estou bem? Não."

Kate encarava o papel novamente, relendo o texto, como alguém que houvesse acabado de receber uma carta com desculpas e comunicando que o exame de sangue dera positivo para determinada doença, que fora reprovada no teste, que não conseguira o emprego que tanto desejava ou que já não era mais amada.

– "Diga a ela que estava certa" – Kate leu a frase em voz alta. – Certa sobre o quê?

Paul ergueu uma sobrancelha.

– Eu tinha esperanças de que você pudesse esclarecer isso.

– E por que ele quer que eu o perdoe?

– Você não sabe?

Kate levou as mãos ao rosto, massageando as têmporas com as pontas dos dedos, talvez na esperança de despertar as próprias memórias. Lá estava aquela densa névoa outra vez, descendo sobre suas lembranças e obscurecendo seu passado.

– Sabe do que se trata? – Paul prosseguiu. – Guardo essa carta há anos. Devo tê-la lido umas cem vezes; e a cada vez me perguntava do que Stephen estaria falando. Que segredos eram esses? Quem seria essa Kate? E com relação a que ela estaria certa? Após a morte dele, fiquei obcecado por descobrir do que se tratava. Quero dizer, é óbvio que ele estava fora de si quando escreveu esta carta. Stephen normalmente era tão calmo e racional; não era frio, mas tinha a cabeça bem no lugar, entende?

Kate entendia.

– O que essa menina teria feito com ele para deixá-lo assim? E o que ele havia feito a ela que tinha que ser perdoado? Perguntei aos meus pais se sabiam algo sobre você, mas eles responderam que quase não haviam tido notícias de Stephen nos meses que precederam sua morte. Falei com os dois ou três amigos mais próximos que ele tinha, mas eles também não sabiam de nada. Você era um mistério. Ninguém tinha nenhuma pista do seu paradeiro. Essa carta era a única prova da sua existência. Quebrei a cabeça durante muito tempo e depois me obriguei a esquecer o assunto. Eu precisava fazer isso para poder seguir com a minha vida, mas sempre tive a esperança de que, um dia, pudesse encontrar a tal Kate e que ela me contasse sobre o que estava certa.

A voz de Kate falhava:

– Eu não sei. Não me lembro.

– Tente. Faça um esforço para se recordar.

– Você não entende...

Ela explicou quanto sua memória era fragmentada:

– É tão frustrante. Lembro-me muito claramente de algumas coisas, mas há esses buracos. Não me recordo de quase nada da minha segunda temporada no Centro, que foi quando aconteceu o incêndio.

– Você esteve lá duas vezes?

– Sim, é... Bem, talvez eu explique as razões em outro momento. Essa carta foi escrita durante minha segunda estadia. Portanto, o que quer que seja isso a respeito do que eu estivesse certa, ocorreu nessa época.

– Não pode ser simplesmente algo da relação de vocês dois? Quem sabe Stephen não estaria dizendo que você tinha razão, sei lá... sobre o fato de que podiam continuar juntos, enquanto ele estava em dúvida? Algo assim.

– Não, isso não é possível. E essa história de segredos? – ela se calou por alguns segundos, mas a bolha ao redor dos dois não se rompeu, mantendo-os isolados do burburinho dos outros comensais. – Você vai me achar louca, mas, mesmo não me lembrando dos detalhes, eu tenho certeza de que havia algo sobre o que discordávamos, algo que tinha a ver com a própria UPR ou com o trabalho de Stephen. Eu quase consigo me lembrar disso, quase enxergo, mas é como... – ela silenciou.

– Como o quê?

Kate olhou Paul nos olhos:

– Eu tenho medo, medo dessa verdade. Sinto-me como a heroína em um filme de terror, do lado de fora da porta da mansão assombrada, segurando a maçaneta, ciente de que, quando abrir a porta, vou ver finalmente a cara do monstro; mas que não quero vê-la.

Paul se inclinou, aproximando-se dela:

– No cinema, a garota sempre entra na casa mal-assombrada.

– Eu sei, mas meu cérebro não deixa.

– Por que não? Parece tão estranho que você não se lembre. Dezesseis anos não é tanto tempo assim.

Enquanto sorvia um gole da cerveja, Kate se perguntava se Paul duvidava do que ela dizia. O coração disparado palpitava-lhe dentro do ouvido, mas o choque inicial se havia dissipado um pouco, e a cientista fria dentro dela assumira o controle. Tinha um problema diante de si. Como solucioná-lo?

Ela chacoalhou a cabeça e suspirou:

– Ainda não me recuperei do jet lag. Vou conseguir pensar com mais clareza amanhã. Não que eu ache que terei me lembrado de algo, mas, quem sabe, compreenda por que não consigo me lembrar. Você se importa se formos embora?

– Onde você está hospedada? – ele perguntou.

Kate disse o nome do hotel.

– Fica no meu caminho. Pegamos um táxi, e eu deixo você lá.

Ela não viu os minutos seguintes passarem, enquanto caminhavam em busca de um táxi e cruzavam as ruas de Londres. Quando o táxi parou na porta do hotel, ela se desculpou:

– Sinto muito por não poder responder as suas perguntas sobre a carta.

– Hum – ele resmungou, parecendo tomado por um estado de espírito um pouco sombrio.

– Não é algo que eu consiga controlar. Queria muito conseguir me lembrar.

Ele não respondeu.

Kate abriu a porta do carro e saiu, passando rapidamente, com a cabeça abaixada, pela porta giratória do hotel, rumo ao elevador. Não tinha forças para continuar falando sobre as lacunas em sua memória, para se justificar para aquele sujeito que acabara de conhecer. Sentia-se emocionalmente exausta e não desejava pensar em mais nada até o dia seguinte. Queria apenas encontrar Jack e abraçá-lo antes de se deitar.

O táxi se afastou, contornou a rotatória na frente do hotel e retomou a avenida.

Paul se recostou no banco, tentando absorver as novidades.

Não acreditava que Kate pudesse ter se esquecido de quase tudo o que se passara naquele verão. Deus, como aquilo era frustrante. Uma onda de culpa o atingiu, entretanto, fazendo com que se arrependesse de seu comportamento no final do encontro. Não se surpreenderia se ela não quisesse mais falar com ele – o que seria terrível, não apenas porque perderia um elo com o irmão, mas também porque... bem... gostava dela.

– Pare o carro. Tenho que descer.

O motorista olhou para ele de relance pelo retrovisor:

– Você o quê?

Paul estendeu uma nota de dez libras para o sujeito:

– Desculpe-me. Mudei de ideia.

Precisava falar outra vez com Kate, pedir desculpas a ela. Quem sabe pudesse ajudá-la a recobrar suas memórias, descobrir o que havia acontecido naquele verão. A versão oficial alegava que o incêndio fora decorrente de um acidente infeliz. Mas e se isso fosse apenas uma cortina de fumaça?

"Péssima escolha de palavras", ele pensou, fazendo uma careta.

Sempre lhe pareceu uma coincidência bizarra o fato de Stephen ter escrito aquela carta estranha e emocional pouco antes de morrer. Nunca havia tido nenhuma oportunidade de se aproximar da verdade, mas agora que tinha encontrado Kate, certamente existia uma chance. Buscaria a verdade, pelo irmão, para se desculpar por todas as vezes no passado em que o decepcionara.

Paul sentiu repulsa diante daquele sentimento tolo – mas era verdade.

Com um tinido metálico, as portas do elevador se abriram, e Kate caminhou rumo ao quarto. Ela olhou para o relógio: 21 horas – Jack provavelmente já estaria dormindo. A babá, certamente assistindo TV, iria se surpreender ao ver Kate de volta tão cedo; provavelmente ergueria uma sobrancelha, perguntando-se o que havia dado errado, pensando que talvez aquela mãe superprotetora não suportasse ficar longe do filho mais que duas horas.

Kate pegou o cartão magnético na carteira e passou-o pela leitora da fechadura, para abrir a porta.

O quarto estava vazio. A babá e Jack tinham sumido.

Capítulo 6

John Sampson olhou de relance para o relógio de LED no painel do carro: 22h02. Estava estacionado havia horas do lado de fora do Instituto de Pesquisas McDonald-Taylor, no subúrbio de Oxford. Aquela parte da cidade era industrial e cinzenta – ficava distante das vistas das "agulhas de sonho[1]", mas mesmo assim conectada ao universo. A pesquisa ali era conduzida em edifícios anódinos e anônimos. Não havia turistas boquiabertos perambulando por aquela parte da cidade, comprando cartões-postais e fotografando uns aos outros diante de locais indicados e localizados por meio dos guias de viagem. Ninguém olhava duas vezes para esses prédios, exceto alguns poucos ativistas que lutavam pelos direitos dos animais – e eram esses manifestantes os responsáveis pela longa espera de Sampson.

Eles estavam próximos da cerca. Duas mulheres de meia-idade, outra, mais jovem – bastante atraente em seu jeito amarelado de vegetariana –, e um sujeito de barba. De carro, Sampson havia passado por ali mais cedo e visto o mesmo grupo, acrescido de outra meia dúzia de ativistas. Só os xiitas ainda permaneciam. Traziam cartazes que diziam: "BASTA DE CRUELDADE". Alguns deles ostentavam sinistras fotos de macacos encabeçadas pela palavra "TORTURADO". Sampson se perguntava o que

---

1 N.T.: a cidade de Oxford é conhecida como a cidade das "agulhas de sonho", "dreaming spires", no original, em função das inúmeras torres que pontilham sua arquitetura histórica.

pensariam se vissem o que ele testemunhara dias antes: as mulheres doentes aprisionadas em quartos minúsculos, tremendo e choramingando, com o rosto vazio de desespero. Será que os ativistas se sentiriam igualmente perturbados pela visão da crueldade com humanos? A questão o interessava de forma genuína. Distraído, ele refletia se aqueles corações compadecidos poderiam ensiná-lo a ter emoções.

Sampson deu uma longa tragada em seu cigarro e então o amassou no cinzeiro do carro. Não havia tempo para pensar nesse tipo de idiotice naquele momento. Tinha uma tarefa a executar – e aqueles ativistas desgraçados o estavam impedindo. Quanto tempo será que ainda ficariam ali?

Para além deles, uma única luz brilhava nas janelas do instituto. Somente um carro restava no estacionamento para funcionários.

Ele pertencia ao dr. David Twigger, um cientista especializado no estudo de vírus em animais. Os manifestantes se encontravam ali por causa dos macacos e ratos usados nos experimentos do pesquisador. Em sua defesa, ele dizia que o uso dos animais era essencial, ainda que desejasse ter uma alternativa, e apontava que as pesquisas ali realizadas visavam desvendar doenças que afetavam animais, e não humanos. Seu objetivo era precisamente o de salvar os bichos, detendo os vírus que afetavam animais domésticos, criações e animais selvagens. Para os ativistas, isso não fazia diferença – eles questionavam a validade do sofrimento de alguns animais para potencialmente salvar outros no futuro; também afirmavam que a única razão para tanto esforço para pesquisar essas doenças residia na preocupação dos cientistas de que elas pudessem acabar atingindo o ser humano. A gripe aviária seria o maior exemplo disso.

Era um labirinto moral – Sampson sentia-se feliz por sua amoralidade – e, na verdade, o instituto não atraía tanta atenção de ativistas quanto a Huntingdon Life Sciences e outros locais controversos, onde cientistas e funcionários eram diariamente ameaçados. Ali, os protestos, levados a cabo por um pequeno grupo de habitantes locais, eram tranquilos e educados.

Ignorando-os, o dr. Twigger, dedicado à sua pesquisa, trabalhou até escurecer. O restante da equipe já havia ido embora, e apenas o cientista e alguns seguranças permaneciam ali. O edifício era cercado por câmeras de circuito fechado e arame farpado. Não obstante, pelo fato de esse laboratório se concentrar em doenças animais, por não armazenar vírus capazes de prejudicar humanos e pelo fato de os protestos serem inofensivos, a segurança não era muito estrita, sobretudo se comparada a algumas das instalações de pesquisa com as quais Sampson tinha familiaridade. Os ativistas aguardavam do lado de fora para poderem xingar Twigger quando ele deixasse o prédio; e, possivelmente, para completar, cobririam seu carro de ovos. Entretanto, ninguém nunca o havia atacado ou ao edifício.

Parecia que, naquela noite, o cientista não sairia. Não até a madrugada, ao menos.

Sampson observava o pequeno grupo de manifestantes se acotovelando para debater como prosseguir. Pela linguagem corporal, a mulher mais jovem aparentemente desejava permanecer, mas os demais, sobretudo o barbudo, queriam voltar para seus lares e desfrutar do sono dos justos.

A maioria venceu, e o grupo debandou, levando seus cartazes.

Sampson acompanhou-os com o olhar enquanto se afastavam. Na esquina, o grupo se separou – os três membros mais velhos foram em uma direção, enquanto a jovem seguiu no sentido oposto. Por um instante, ele pensou em segui-la. Poderia agarrá-la e trancá-la no porta-malas até mais tarde, para ver então se ela poderia ensinar-lhe algo.

Não havia tempo, entretanto. Twigger poderia sair enquanto ele estivesse longe, o que o obrigaria a regressar no dia seguinte. Isso não aconteceria. Queria dar um fim em tudo ainda naquela noite.

Ele observou a pálida vegetariana se distanciando. Ela provavelmente era uma aluna da universidade. Nunca saberia quanta sorte tivera naquele dia.

Abrindo o porta-luvas, Sampson pegou uma touca e a vestiu sobre a cabeça. Na frente do capuz, havia três letras: F.L.A. Vendo-o daquele jeito, qualquer um imaginaria que os ativistas tinham decidido elevar sua luta a um novo patamar. Em seguida, ele calçou um par de luvas pretas, abriu a porta do carro e caminhou em direção à cerca.

A meia distância entre o veículo e o perímetro da área do instituto, John Sampson notou alguns panfletos deixados pelos manifestantes. Apanhou um exemplar e o estudou. No papel, um gato o encarava – o felino mais miserável que já vira –, seguido por um texto que descrevia os experimentos a que havia sido submetido, assim como muitos outros felinos. "Torturado em nome da ciência." Sampson balançava a cabeça. Essa gente não conhecia o verdadeiro sentido da palavra "tortura". Poderia tê-lo ensinado à vegetariana, se houvesse tido tempo. Agora, no entanto, já era tarde. O panfleto, não obstante, seria útil. Ele o dobrou e enfiou no bolso de trás da calça.

Escalar a cerca foi fácil. Uma vez no topo, abriu caminho através do arame farpado com um alicate e pousou suavemente sobre a grama do outro lado. Eram 30 metros até o edifício. Ele respirou fundo; precisava trabalhar rápido. Aquela era sua especialidade.

Uma câmera girou em sua direção, enquanto começava a trotar na direção do prédio. Sampson sabia que ela registraria as letras inscritas na balaclava, sabia que os seguranças – provavelmente ex-policiais ou soldados aposentados, entorpecidos por excessivas noites encarando telas nas quais nunca nada acontecia – entrariam em pânico e viriam ao seu encontro sem primeiro solicitar reforços – e mesmo que o fizessem, ele já estaria de partida antes que chegassem.

Estava certo. As luzes externas se acenderam, e a porta se escancarou. Dois seguranças apareceram correndo, um deles com um corte militar, o outro com cabelo loiro curto. O primeiro gritou, enquanto corria:

– Parado!

Sob a luz dura, entretanto, Sampson notava a confusão no olhar do homem. O segurança não compreendia por que o sujeito de balaclava continuava a correr diretamente em sua direção, por que o atacava. Enquanto seu colega parava e apontava a arma, Sampson, sem se deter, desembainhou a faca, que acabara de sacar do bolso, e arremessou-a com habilidade. A lâmina girou no ar, antes de enterrar-se profundamente na garganta do segurança.

O sujeito de corte militar desabou sobre a grama. Poucos passos atrás, o segurança loiro assistia à queda de seu amigo e, tropeçando, deteve-se. Ele ergueu sua pistola e disparou, mas Sampson havia antecipado seu movimento e desviou para a esquerda. A bala passou zunindo rumo ao vazio. Antes que o sujeito pudesse atirar novamente, John se lançou sobre ele. Agarrando-o pelo cotovelo e pelo pulso e erguendo a própria coxa, fez uma alavanca sem esforço sobre o antebraço do segurança, cujos ossos se partiram com um estalo. O homem engasgou com o próprio grito. Sampson segurou-lhe a cabeça dos dois lados e, com um giro rápido, quebrou-lhe o pescoço.

Pulando sobre o corpo, ele correu para dentro do edifício e atravessou a porta que os ineptos vigilantes haviam deixado aberta. Olhando para a direita e para a esquerda, buscando se localizar, Sampson correu em direção ao laboratório onde brilhava a lâmpada do dr. Twigger.

Com um chute, ele abriu a porta. O cientista o esperava, no canto oposto do laboratório, segurando uma barra de metal. John concluiu que o doutor, por segurança, a mantinha à mão. Atrás dele, havia uma fila de seis gaiolas, cada uma abrigava um macaco. Os símios de pelo castanho encaravam-no, implacáveis, detrás das grades. Entre Sampson e o cientista havia um bancada com equipamentos: microscópios ultrapotentes, um computador, tubos de ensaio, uma mistura de frascos e pratos e outras parafernálias da rotina de um laboratório. Um par de luvas de borracha viradas do avesso estava jogado sobre a bancada, como se houvesse sido removido às pressas.

O dr. Twigger era um homem magro de quase 50 anos bastante necessitado de um corte de cabelo. Parecia um homem desesperado para não demonstrar seu medo.

– Saia daqui – ele ordenou nervoso, segurando a barra.

Sampson caminhou até o doutor e lhe desferiu um soco no rosto, antes que o homem pudesse golpeá-lo com a haste de metal, que lhe foi tomada das mãos e atirada do outro lado do laboratório. O violento ruído metálico fez com que os macacos se agitassem e guinchassem - pulavam em suas jaulas, exibindo os dentes. Sampson encarava os bichos.

Twigger tentava se recompor. Limpou o sangue que escorria da narina esquerda com a manga de seu jaleco branco.

- Se você planeja soltar esses animais, vai cometer um grande erro. Estão infectados e atacarão seres humanos. Um macaco nessas condições pode provocar muitos estragos.

Sampson o ignorou. Caminhando até o computador, ele pressionou uma tecla, enquanto mantinha o doutor sob vigilância com o canto do olho. Depois de examinar os números na tela, agachou-se e desconectou o disco rígido.

- Onde estão os *backups*? - perguntou.

- *Backups*? Não existem *backups*.

Sampson deixou o disco sobre a bancada e caminhou em direção a Twigger, que se espremeu de costas contra as jaulas. Os macacos pulavam em suas pequenas prisões, emitindo silvos agudos.

- Onde estão os *backups*? - repetiu.

- Não existem...

John agarrou o cientista e fez com que virasse de costas, impondo pressão com os dedos ao redor de sua nuca. Com a mão livre, ele abriu a portinhola da jaula mais próxima e enfiou a cabeça do doutor em seu interior. Twigger sabia que não podia gritar. Sampson sentia-o tremer.

Sentado no chão da jaula, o macaco encarava a cabeça do cientista e exibia seus dentes afiados.

Sampson falou:

- Então, é verdade que eles podem provocar muitos estragos?

O doutor respondeu em um sussurro:

- Sim, por favor.

- Não escuto o que você diz.

- Por favor...

Ele empurrou a cabeça de Twigger ainda mais para dentro da jaula, feliz por vestir suas luvas de couro. Os outros macacos, atentos e cheios de expectativa, seguravam as barras de seus cativeiros. Se os símios fossem capazes de fazer planos e sonhar com vingança, certamente desejariam ardentemente poder dar o troco naquele homem que os encarcerava e os fazia adoecer.

– Onde estão os *backups*? – Sampson repetiu.

A voz de Twigger se elevou uma oitava:

– No cofre.

– Onde fica o cofre?

– Na... – com um grito, o macaco se lançou em direção à cabeça do cientista.

Twigger também deixou escapar um grito, mas, no último instante, Sampson puxou-o para fora e bateu a porta da jaula na cara do animal, que se chocou contra as grades e caiu no chão, guinchando.

– A localização do cofre e o segredo – Sampson ordenou em seu monótono tom de voz corriqueiro.

Twigger havia mijado nas calças. Sampson sentia o cheiro. Por sobre o ombro, o cientista olhou nervosamente para o macaco que deambulava em sua jaula, chacoalhando a cabeça.

A paciência de Sampson começava a se esgotar. Ele agarrou novamente o pesquisador e fez menção de empurrá-lo em direção à jaula mais uma vez.

Twigger gritou:

– NÃO! O cofre fica na sala ao lado. A combinação é 6741.

– Obrigado. E o vírus AG-769?

– O quê?

– AG-769. Onde fica armazenado?

O cientista estava confuso:

– Por que você quer isso?

– Só me diga onde fica.

O doutor, entretanto, já havia se entregado. Seus olhos apontavam para a esquerda.

– Obrigado – agradeceu Sampson.

Ele empurrou o cientista contra o chão e ajoelhou sobre seu peito, espremendo o nariz do homem entre o indicador e o polegar e cobrindo-lhe a boca com a outra mão. Os olhos de Twigger se arregalaram, implorando. De suas jaulas no alto, os macacos observavam a tudo. Por fim, o doutor desistiu de lutar. Sampson tinha esperanças de sentir algo no momento da morte do sujeito – não necessariamente simpatia ou tristeza, palavras que consultara no dicionário para tentar entender seu significado, mas alguma coisa.

Como sempre, não sentiu nada.

Ciente de que desperdiçara preciosos segundos para extrair do cientista a combinação do cofre – da próxima vez, iria direto aos testículos; isso sempre funcionava mais rápido –, ele abriu o freezer, removeu os frascos que continham o vírus AG-769 e os acondicionou em um estojo acolchoado que trazia no bolso interno do casaco. Uma vez no carro, eles seriam transferidos para um refrigerador portátil.

Sampson se apossou do disco rígido e percebeu que quase havia se esquecido de algo. Do bolso traseiro, retirou o panfleto sobre direitos dos animais com a foto do gato e o depositou sobre o peito do falecido cientista.

No escritório, ele abriu o cofre e removeu os discos de *backup* que continham os dados cruciais.

Deixou o edifício e caminhou, em meio à escuridão, de volta ao carro.

Um de seus dois telefones celulares tocou. Era o número dois. Somente uma pessoa tinha aquele número. Seria Gaunt querendo checar se realizara o combinado? O imbecil. Ele nunca o havia decepcionado.

– Já terminei – informou sem rodeios, ao atender à chamada.

A voz do outro lado estava calma:

– Ótimo. Eu sabia que não haveria problemas, mas não é por isso que estou ligando.

– Não?

– Não. Tenho outro trabalho urgente para você. Acabamos de receber uma dica sobre uma antiga paciente, que acaba de retornar ao Reino Unido.

– Certo.

– O nome dela é Kate Maddox.

Capítulo 7

O pânico tomou conta de Kate ao entrar no quarto do hotel. Aquilo não podia ser real.

– JACK?! JACK?! – ela gritava, chamando pelo filho.

Onde ele estaria? Com a mão na testa, paralisada no meio do quarto, ela começou a repetir dentro da cabeça o nome do filho, enquanto girava lentamente em um círculo. Em transe, Kate abriu a porta do banheiro e vasculhou seu interior. De forma estúpida – ou ao menos assim o julgaria quando pensasse depois sobre o ocorrido –, olhou dentro do armário e atrás do sofá, como se ele pudesse estar escondido ali, esperando para saltar diante dela e gritar: "BUUU!" Sentia-se suspensa no tempo, aguardando que a realidade voltasse a atingi-la, que aquela estranha náusea em câmera lenta cessasse.

Um segundo depois, caiu novamente em si.

Abrindo a porta de supetão, Kate disparou pelo corredor, em direção ao elevador, com o casaco esvoaçando. Ela esmurrava e socava o botão; batia com força o pé no chão e sussurrava, enquanto esperava que os números vermelhos acima da porta mudassem:

– Vamos, vamos. Que droga! Vamos.

Eles vinham descendo – 9, 8, 7 – com uma lentidão sádica e angustiante. Ela estava prestes a desistir e optar pelas escadas quando o elevador chegou. As portas se abriram com uma campainha metálica, revelando uma mulher de meia-idade com um casaco de pele, que não parecia muito apressada.

Kate puxou-a pelo cotovelo de dentro do elevador e a arremessou, de maneira firme, porém gentil, em direção ao hall, passando para dentro da cabine e pressionando o botão para fechar as portas. Os lábios da senhora se congelaram em um círculo de surpresa enquanto o elevador se cerrava.

Se achasse que pular ali dentro fosse fazer com que o elevador descesse mais rápido, Kate o teria feito. Situações de filmes sombrios e manchetes de jornais circulavam em sua imaginação. Jack nas mãos de um pedófilo ou boiando de bruços no gelado Tâmisa. Essas imagens, entretanto, dissiparam-se rapidamente. Por mais terríveis que fossem, não eram seu maior medo. Não havia despertado todas as noites durante a semana anterior temendo estranhos. Seu pavor tinha contornos familiares – demasiadamente familiares. O rosto que temia era aquele a seu lado sobre o travesseiro quase todas as manhãs durante a última década, desde que prometera amá-lo, honrá-lo e obedecê-lo para sempre, em uma pequena capela de uma igreja em Boston.

"As pessoas quebram promessas o tempo todo" – o pensamento efêmero penetrou seu cérebro por uma cicatriz profunda, mas desapareceu prontamente, afogado pelo pânico com o desaparecimento do filho.

Conseguiria Vernon tê-los encontrado tão rápido? Poderia ter deduzido os planos dela e vindo em seu encalço? Não houve tempo para pensar na resposta. As portas do elevador se abriram, e ela se lançou para fora – diretamente sobre um executivo japonês que esperava, ao lado de sua bagagem, para subir. Com os braços agitados, procurando equilíbrio, o homem caiu de costas, e Kate também foi ao chão, perdendo um sapato. Rapidamente, entretanto, ela se levantou e correu rumo ao balcão. As recepcionistas a observavam. Todos no saguão a encaravam. Mas ela não se importava.

Kate bateu as mãos abertas sobre o balcão:

– Chamem a polícia!

– Qual é o problema, senhora? – perguntou polidamente a recepcionista-chefe, com o cabelo amarrado em um eficiente rabo de cavalo.

– Meu filho. Você viu meu filho?

– Qual é a aparência dele? – a funcionária, que parecia acostumada a lidar com hóspedes histéricos, falava com Kate como se comunicasse um acidente desagradável ocorrido com as roupas na lavanderia.

A mãe desesperada sentia vontade de agarrá-la e sacudi-la. Seus instintos maternos haviam assumido o controle. Ninguém nem nada mais importava.

A recepcionista tentou pedir:

– A senhora poderia descrever...

Kate não permitiu que ela terminasse:

– Ele estava com uma de suas babás no quarto e agora desapareceu. Eles sumiram – sua voz vacilou na última palavra, enquanto tentava não chorar.

Tinha que ser forte, e aquelas idiotas não entendiam. Outra onda de pânico a invadiu e quase a derrubou.

As recepcionistas trocaram olhares preocupados:

– Vou chamar o gerente – uma delas disse.

– Qual é o número de seu apartamento, senhora? – a recepcionista-chefe perguntou.

Kate balançava a cabeça:

– 502. Meu filho foi sequestrado. Pelo amor de Deus, chame a polícia! – sua voz se elevou na última frase e fraquejou nas palavras finais.

A funcionária tocou o antebraço de Kate:

– Senhora, quantos anos seu filho tem? Como ele é? Pode ser que o tenhamos visto.

Ela respirou fundo e tentou se acalmar:

– Ele tem 6 anos, cabelos castanhos, vestia um...

Kate fez uma pausa. O que ele usava mesmo? Ela o visualizou sentado na cama, vendo TV, já com seu pijama. Ela o havia vestido para dormir após o banho, porque não tinha gostado da ideia de que a babá fosse despi-lo.

E, naquele momento, exatamente naquela hora, o que estaria ela fazendo com ele? Enganando-o. Enganando a ambos. Quanto Vernon teria pago pelo serviço? Kate fervia por dentro. Onde Jack estaria?

– Ele vestia um pijama laranja do *Procurando Nemo*, com o grande peixe-palhaço do filme na frente, sabe?

Com a cabeça, a recepcionista apontou sobre o ombro de Kate:

– Como aquele garoto ali?

Ela girou o corpo: uma pequena figura com pijama cor de laranja e uma jaqueta de brim saía tropeçando alegremente do elevador, ainda abraçada ao robô Billy. Ele imediatamente se virou para trás e apertou o botão no painel da parede, como se fosse chamar o ascensor, ainda que este já se encontrasse ali, mantendo as portas abertas e com a babá aguardando complacentemente do lado de dentro. O garoto ria de algo que ela dizia.

– Jack!

Kate correu, cortando o saguão. No instante em que alcançou o filho, ela o agarrou e abraçou com tanta força que o menino gritou:

– AI!

– Ah, graças a Deus... – Kate se virou para a babá. – O que diabos você estava fazendo, sua estúpida?

– Mãe, a Ania me deixou subir e descer no elevador. Foi fantástico. Fomos até o telhado e saímos e fomos até o jardim na cobertura e eu vi Londres inteira.

Ainda abraçando o menino, Kate o repreendeu:

– Quantas vezes eu já lhe disse para não sair com estranhos?

Jack se contorcia:

– Ania não é uma estranha. É minha amiga. Você pode me soltar?

A mãe colocou-o no chão e se voltou para a babá, que ergueu as palmas das mãos:

– Ei, sinto muito. Ele não sossegava, então eu disse a ele que podíamos brincar no elevador, se ele dormisse em seguida. Era um acordo.

Os olhos de Kate se estreitaram:

– Suma da minha frente.

– Eu nunca o teria tirado do hotel. Isso não é justo. Não esperava que voltasse tão cedo, mas, se isso a incomoda tanto, sinto muito – Ania encolheu os ombros e saiu, pisando duro, em direção ao balcão e às estupefatas recepcionistas.

Kate sabia que não demoraria para sentir o rosto queimando de vergonha; iria se arrepender de ter gritado com a babá, ainda que pensasse que de fato não era aceitável ela ter saído do apartamento com Jack, exceto se um alarme de incêndio houvesse soado – ainda tinha arrepios só de pensar em alarmes de incêndio.

Ela iria se sentir muito mal também por arrastar a mulher de casaco de pele para fora do elevador e por derrubar o executivo. Se tivesse saído do apartamento dois minutos depois, Jack provavelmente já estaria no elevador, não aquela senhora de casaco, e todo o constrangimento teria sido evitado. Ela precisaria se desculpar. Naquele instante, entretanto, sentia apenas alívio. Seu maior medo não se realizara. Ainda não, ao menos.

Kate se agachou e passou a mão pelos cabelos de Jack.

"De agora em diante, não perco você mais de vista", pensou e, forçando um sorriso, perguntou a ele:

– Então, você se divertiu?

– Sim. Foi o máximo!

Vendo alguém atrás dela, Jack falou:

– Ei, mãe, olhe. É aquele homem.

– O quê?

– O homem que encontramos hoje.

Ela girou o pescoço e se deparou com Paul, olhando-a de volta, junto à porta.

Ele havia adentrado o hotel no exato momento em que Kate emergira do elevador e colidira com o azarado executivo; tinha assistido a tudo, atônito, enquanto ela se livrava do sujeito, disparava rumo à recepção e começava a gesticular. Não podia ouvir o que dizia, só enxergava sua nuca. O que diabos havia de errado com ela?

Vendo-a derrubar pessoas e gritar ofensas para os funcionários do hotel, ele se perguntava se ela merecia as desculpas que planejara oferecer-lhe. Quase virou as costas e foi embora.

Quando decidiu partir, entretanto, viu o garoto, Jack, saindo do mesmo elevador com outra mulher. Nesse momento, Kate se virou, e a expressão em seu rosto - o alívio evidente - explicava o que estava se passando ali. Ela não era louca; era uma mãe. Paul não tinha filhos, mas recordava-se de ocasiões em que havia se perdido, andando distraído pelo supermercado ou loja de jardinagem, enquanto seus pais o procuravam desesperadamente. Lembrava-se da mistura de alegria e raiva que sentiam quando o encontravam - ou a ele e Stephen, por vezes, quando os dois sumiam juntos.

Por isso, em vez de desistir, ele ficou, esperando que Kate o notasse. Ainda não tinha nenhuma certeza com relação a ela. Não sabia nada sobre aquela mulher e, ainda que compreendesse o pânico que ela deveria ter sentido ao retornar ao hotel e não encontrar o filho, parecia-lhe que a reação dela havia sido um pouco exagerada.

Posteriormente, quando descobrisse toda a verdade, entenderia os motivos para que Kate agisse daquela forma.

Capítulo 8

– Quer tomar um café? – Paul apontava em direção ao bar do hotel.

Kate hesitou.

– Não sei. Já passou da hora de Jack ir para a cama.

O garoto, entretanto, estava excitado demais para querer se deitar. A estratégia de Ania fora péssima, Kate pensava. Ela mesma já não se sentia cansada; seu corpo ainda estava inundado de adrenalina. Além disso, apenas alguns poucos dias após sua chegada à Inglaterra, seus relógios internos ainda não se encontravam plenamente sintonizados. Não era surpreendente que estivessem totalmente despertos.

– Queria muito conversar sobre o que você disse mais cedo – Paul explicava.

Jack se manifestou:

– Mãe, quero um chocolate quente.

Ela suspirou:

– Está bem. Mas depois não quero mais desculpas para você não dormir. Chega de farra.

– Você gosta de chocolate quente? – Jack perguntou com uma expressão séria para Paul, como se algo profundamente importante dependesse daquela resposta.

– É uma das coisas de que mais gosto no mundo, especialmente quando vem com chantili e aqueles pequenos marshmallows em cima – Paul retrucou, obtendo a aprovação de Jack.

– Posso pedir chantili e marshmallows no meu chocolate? – o garoto perguntou à mãe, que revirou os olhos, mas concordou.

Jack e Paul sorriram um para o outro. Algo nessa pequena troca deixou apertado o coração de Kate – era assustadoramente parecida com uma antiga fantasia sua: a de que Stephen fosse o pai de seu filho; a família com que tão frequentemente sonhara. Ela, entretanto, espantou esses pensamentos. Eram ridículos.

"Caia na real, Kate. Stephen morreu. Paul é irmão dele, mas é um estranho. E o pai de Jack é um panaca chamado Vernon."

Precisava desesperadamente de um café. Os três sentaram-se em sofás de couro rachado – Kate e Jack de um lado, Paul, do outro. A mãe do menino sorvia seu café. Paul estava agitado, claramente se debatendo com uma série de questões, sem saber por onde começar. Kate percebia que se pareciam de várias maneiras – ambos estavam acostumados a trabalhar com computadores, dados e fatos. A cientista e o nerd de informática – ou melhor, expert. Paul era sofisticado demais – além de extremamente bonito – para ser um nerd clássico. Na frente do computador ou no laboratório, os dois eram como peixes dentro da água. Obrigados a encarar perguntas constrangedoras, debatiam-se e ficavam sem ar.

Ela olhou para Jack, que tentava imitar os adultos, soprando seu chocolate quente.

– Gostoso? – Paul perguntou a ele.

O garoto encolheu os ombros:

– Veio sem marshmallows – respondeu melancólico.

Entretanto, ele não fizera um escândalo por aquilo, conforme Kate temia. Ela era uma boa mãe. Tinha certeza disso, a despeito do que afirmava Vernon e do que pensavam, provavelmente, Ania, a babá, e toda a equipe do hotel. Quase certamente a consideravam uma psicótica superprotetora.

De repente, Jack começou a balançar e cochilar no sofá. Kate tomou a caneca das mãos dele e, segundos depois, o menino fechou os olhos e se inclinou para trás, adormecendo profundamente.

– Ele é uma graça – Paul apontou.

– Eu sei, principalmente dormindo.

– Você está exagerando.

Kate ergueu uma sobrancelha:

– Você obviamente não tem filhos.

– Não, nem sobrinhos ou sobrinhas.

Ela acariciou os cabelos do dorminhoco Jack. Eram tão macios, e sentia o couro cabeludo, quente sob a palma de sua mão. Um arrepio lhe percorreu a espinha com a lembrança angustiante da possibilidade de perdê-lo. Kate sorveu um grande gole de café.

– Será que você me falaria sobre Stephen e você, agora? – perguntou Paul. – Conte-me o que se lembra. Como vocês se conheceram, por exemplo? Você se recorda disso?

Kate encarava o fundo da caneca:

– Sim, lembro-me de conhecê-lo e de perdê-lo. No entanto, há um monte de coisas entre esses dois momentos que se perdeu.

– Desculpe-me se pareci irritado mais cedo, mas tenho que admitir que não entendo isso. Não parece possível que você possa ter esquecido tantas coisas.

– Mas é assim!

– Perdoe-me...

– Não, tudo bem. Sei que isso me faz parecer idiota. Como poderia ter-me esquecido do verão mais importante da minha vida? É amnésia, mas não sei o que a causou.

– Você já consultou alguém sobre isso? Buscou ajuda especializada?

Ela sacudiu a cabeça.

– Durante anos, não queria me lembrar. Dói demais.

– Então, você reprimiu tudo?

– Não sei. Pode ser – ela suspirou. – Eu me ocupei demais com meu trabalho, com a educação do meu filho, até vir para a Inglaterra e encontrar você. Tive êxito na missão de esquecer até mesmo que havia algo a ser lembrado; e então você aparece, mostra-me uma carta, uma verdadeira explosão do passado, e me pede que lhe conte tudo. Você entende o que significa isso? É como tentar lembrar os detalhes de um livro lido há anos. Você sabe que leu, ainda consegue se recordar de algumas cenas e da essência da narrativa, porém o restante, os detalhes, o final, está perdido, ou ao menos enterrado de forma tão profunda que não há como alcançá-lo.

Kate esfregou a pequena cicatriz bem no limite dos cabelos, colocando os dedos sob a longa franja lateral que deixara crescer para escondê-la. Vernon lhe causara aquele ferimento – durante uma de suas monumentais explosões. Atirara um livro de capa dura, enquanto Kate tentava fugir. Ela havia se virado no momento errado, e o canto pontiagudo plastificado do livro lhe cortara a testa. Em troca, havia ganhado três pontos e um marido muito arrependido – ao menos por uma ou duas semanas.

Paul falava com suavidade:

– Kate, está tudo bem. Eu sinto muito. Depois das tentativas iniciais de entender o significado da carta, eu também me forcei a tirá-la da cabeça; até o dia de hoje. Você é a única pessoa que pode me ajudar a descobri-lo.

– Eu sei – ela terminou o café.

– Simplesmente me conte aquilo de que se lembra.

– Está bem – Kate tocou a borda da caneca. – Mas vamos precisar de mais café.

Ela conferiu se Jack continuava profundamente adormecido e começou:

– Foi há 16 anos. Eu havia feito minhas provas finais em maio e então, bem... não sabia o que fazer no verão. Lembro-me de sair com minhas amigas, ainda vestida com a beca da formatura, e de me sentar à margem do rio, bebendo vinho barato. Todos os colegas de curso estavam extasiados com o término da faculdade. Havia muita conversa sobre o futuro, empregos e viagens, mas eu sabia que queria continuar estudando. A virologia era minha paixão desde aquela época. Sei que parece uma paixão estranha, porém há uma razão... Mas estou me desviando do assunto. O fato é que, depois das provas finais, eu desejava descansar, queria um lugar para recarregar minhas baterias. Recordo-me de voltar para a casa da minha tia-avó... Preciso explicar que meus pais morreram quando eu ainda era pequena, vitimados por um vírus raro chamado Watoto. Não é preciso ser um psicólogo para entender por que acabei estudando esse assunto específico.

– Sinto muito.

– Minha tia Lil me adotou. Depois das provas finais, voltei para a casa dela em Bath. Lembro-me de estarmos sentadas uma noite e de eu dizer a ela que gostaria de poder viajar, mas que não tinha dinheiro para fazê-lo. Ela respondeu: "Leonard está sempre em busca de voluntários. Por que você não vai para lá?"

– Quem era Leonard?

– Leonard Bainbridge era um velho amigo da família, o chefão da UPR. Talvez Stephen tenha comentado algo sobre ele?

Paul sacudiu negativamente a cabeça:

– Ele quase não falava sobre o trabalho.

– A UPR era a Unidade de Pesquisa de Resfriados, um centro de pesquisas criado pelo governo após a 2ª Guerra. Sua missão era descobrir uma cura para o resfriado comum, com o objetivo maior de reduzir os custos econômicos do vírus, sobretudo os causados por faltas ao trabalho. Ficava na zona rural de Salisbury, na área de um antigo hospital militar.

– Lembro-me de quando Stephen foi morar em Salisbury, mas eu achava que havia ido trabalhar naquele outro centro de pesquisa microbiológica, Porton Down. Fica em Salisbury também, não?

– Fica na mesma região, alguns quilômetros distante da cidade, mas para o outro lado. A UPR era um empreendimento completamente separado. Pesquisei e descobri que, de fato, o centro estava sempre à procura de voluntários. Havia anúncios nos jornais locais, divulgando a temporada na unidade como um feriado diferente para quem quisesse fazer sua parte pela Grã-Bretanha, como em uma colônia de férias, só que com menos cantoria e mais narizes escorrendo.

Paul sorriu, e Kate continuou:

– Eles pediam, portanto, que as pessoas passassem dez dias lá para ajudar nas pesquisas. De forma gratuita, claro. Acomodavam-nos, alimentavam-nos, e o pior que nos podia acontecer era pegarmos um resfriado. Não era nem mesmo uma gripe, simplesmente um resfriado comum.

Ela sorriu pesarosa:

– Eu já havia tido muitos resfriados piores. Não seria difícil encarar. Parecia a solução perfeita: um lugar para relaxar e, dado meu interesse por vírus e saúde, eu imaginava poder contribuir me voluntariando e, quem sabe, ainda aprender algo. Minha tia Lil assegurava que a zona rural ao redor de Salisbury era um ótimo destino para um feriado tranquilo. Era proibido conversar com outras pessoas, além de seu companheiro de quarto e membros da equipe. Contudo, eu não me importava com isso. Depois de quatro anos de universidade, sentia-me feliz com a perspectiva de não falar muito por um tempo.

Paul tomou um gole de café e esperou que Kate organizasse seus pensamentos.

– Eu não conhecia Leonard muito bem, ainda que o houvesse encontrado algumas vezes na casa dos meus pais, quando era pequena, e sempre tivesse gostado dele. Tia Lil telefonou para ele na unidade e disse que eu queria me voluntariar. Eu ouvia apenas ela falando, mas parecia que Leonard tentava demovê-la da ideia. Entretanto, ela insistiu, e ele acabou cedendo. Parti bem no começo de junho. O verão estava lindo naquele ano, com recordes de calor.

Jack murmurava algo em seu sono, com Billy aninhado sobre a barriga – não era o mais fofo dos brinquedos. Kate se perguntou quanto tempo demoraria para que ele se entediasse com o robô e passasse para o próximo objeto de desejo. Ou quem sabe voltasse sua atenção ao engordurado urso de pelúcia que volta e meia tornava a ser seu favorito?

– Bem – ela prosseguiu –, fiz minha mala e tomei o trem para Salisbury.

– Que foi onde você conheceu Stephen?

– Sim, a despeito de todas as memórias que me desertaram, esta permanece: o dia em que conheci seu irmão e me apaixonei por ele.

Capítulo 9

Dezesseis anos antes

Kate Carling se sentia notavelmente despreocupada, levando em conta que acabara de carregar uma bolsa cheia de livros desde o trem de Bath – livros que ela suspeitava, diligente como era, que não chegaria a ler. Havia concluído seus exames finais recentemente, e essa viagem deveria ser uma pausa nos estudos. Velhos hábitos, entretanto, não são facilmente abandonados, e ela começaria sua pós-graduação em virologia no mês de outubro – não fazia mal levar os livros para o caso de se ver entediada, fazia? A blusa grudava em suas costas e seus ombros doíam por causa da pesada mochila que carregava quando finalmente chegou a seu destino, no fim da tarde – apesar de tudo, sentia-se feliz por não ser obrigada a de fato estudar, a menos que quisesse.

Um amigável senhor de meia-idade a havia apanhado, em um velho e enferrujado micro-ônibus, na Estação Ferroviária de Salisbury, e a conduzia pelo centro da cidade, apontando a imponente torre cinzenta da velha catedral à sua direita – como se fosse possível não notá-la! Aos poucos, as casas se tornaram rarefeitas e a torre, uma estreita agulha, cada vez mais diminuta atrás deles, até que, de repente, pareciam estar de volta ao campo.

– Aqui estamos – o sujeito disse alegremente ao estacionar diante de um conjunto pouco atraente de alojamentos de telhado metálico semicircular nas cores cinza e verde. – Lar doce lar! Deixe-me dar-lhe uma mão com suas coisas. Meu Deus! O que você traz aqui? Tijolos?

– Livros técnicos, para o caso de me sentir entediada lendo romances ruins e pintando as unhas.

O sujeito soltou uma risada. Ele tinha uma careca brilhante e enormes dentes amarelados. Havia, entretanto, algo muito simpático em seu jeito.

– É, talvez possam ser úteis. Não há madrugadas em bares por aqui. Vou levá-la até seu alojamento, senhorita. Um dos médicos chegará logo para fazer seu registro e orientá-la. Aliás, meu nome é Geoffrey; zelador, jardineiro, motorista e burro de carga em geral. Você notará a mim e a meu colega, o sr. Sampson, perambulando por aí, como se não soubéssemos o que fazer. Somos os que não usam jalecos brancos. Aqui estamos. Apartamento 17. Não é o Ritz, mas você ficará bem instalada.

– Está ótimo. Muito obrigada.

Kate se sentiu feliz porque seu quarto ficava na última cabana, com uma vista de morros ondulantes, pontilhados por flores campestres. Assim que Geoffrey saiu, ela escancarou a janela, abanando-se com o folheto de informações úteis que fora deixado sobre a escrivaninha. Havia um aroma de grama e terra úmida no ar. Duas borboletas brancas cortaram seu campo de visão. Andorinhas mergulhavam no céu a distância. Kate suspirou de prazer. De fato, um resfriado poderia prejudicar seu descanso, mas valia o risco – não teria que cozinhar, poderia fazer longas caminhadas solitárias e dormir muito, sem o estresse de noitadas de estudo à base de cafeína. Acabaria se sentindo uma nova mulher ao final de duas semanas.

Ela olhou ao redor, vasculhando o quarto: paredes caiadas, duas camas de solteiro, duas escrivaninhas, um rádio, pequenos armários ao lado das camas e uma porta que levava a um minúsculo banheiro. Torcia para que sua companheira de quarto fosse agradável. Uma pessoa antipática estragaria tudo, mais até do que um violento resfriado. Quem sabe tivesse sorte e ficasse sozinha? Kate abriu a mala, pegou uma camiseta limpa e retirou da bagagem seu nécessaire e Buster, o ursinho de pelúcia que possuía desde a infância.

Depois de apoiá-lo contra o travesseiro da cama próxima à janela,

Kate retirou a camisa suada e a atirou em um canto. Entrou no banheiro, encheu a pia de água morna e lavou o rosto, o pescoço e as axilas com uma toalha de rosto. Ela se enxugou e estava entrando de volta no quarto, vestindo apenas sutiã, quando, para sua surpresa, a porta se abriu e um homem alto e muito atraente, em um jaleco branco, entrou, carregando uma maleta médica e uma prancheta.

Kate soltou um gritinho e cobriu os seios com as mãos. O sujeito não parecia muito mais velho que ela, o que tornava a situação ainda mais embaraçosa.

– Vocês não têm o costume de bater na porta? É isso o que devo esperar? Privacidade zero nas duas próximas semanas?

– Eu sinto muito – respondeu o homem, corando até a raiz dos cabelos, em uma atitude pouco médica. – A verdade é que eu bati, mas você não deve ter ouvido.

– Dê-me licença, por um instante – ela disse, tentando manter a dignidade, enquanto agarrava a camiseta limpa e recuava de volta para o banheiro.

Quando retornou, o sujeito havia depositado sua maleta sobre uma das escrivaninhas e obviamente também se recompusera, porque agora sorria para Kate, de uma forma notavelmente atrevida.

– Vamos tentar de novo? O que acha? Eu sou o dr. Wilson. Só preciso anotar algumas informações e tirar uma amostra do seu sangue, se isso não for um problema.

– Eu sou Kate Carling, embora você já deva saber disso – retrucou ela, sem conseguir deixar de sorrir de volta.

Ele simplesmente tinha um daqueles rostos que a faziam querer sorrir: uma linda boca sinuosa, enormes olhos castanhos e aquele tipo de cabelo desleixado que ela adorava em Robbie Williams quando era adolescente. Kate se deu conta de que estavam se encarando e sustentando os olhares por mais tempo do que o estritamente necessário.

O dr. Wilson limpou a garganta e retirou uma caneta esferográfica do bolso de cima de seu jaleco. Kate ficou satisfeita por notar que ele não carregava um jogo completo delas, como a maioria de seus colegas bioquímicos em Oxford. Olhou de relance para os pés dele e se sentiu ainda mais aliviada ao perceber que ele usava tênis Adidas da moda, em vez das meias verdes de algodão e sandálias abertas que – ela principiava a temer – pareciam constituir o uniforme da profissão.

– Agora, se pudermos repassar este questionário básico de saúde... Sente-se, por favor – ele apontou para a beirada da cama, enquanto girava a cadeira da escrivaninha, de forma a posicionar-se de frente para ela. – Você já teve alguma das seguintes doenças: caxumba, sarampo, gripe, catapora, pneumonia?

– Não, não, sim, sim, não – Kate respondeu obediente, observando as mãos esguias do dr. Wilson, enquanto ele preenchia o formulário.

A lista continuava infindavelmente. Ela havia entrado em outra frequência, respondendo automaticamente às questões, sem conseguir desgrudar os olhos dele.

– Alguma outra doença não mencionada até aqui?

Ela despertou do transe:

– Ah, sim. Tive o vírus Watoto, quanto tinha 12 anos.

O dr. Wilson ergueu os olhos:

– Mesmo? Santo Deus! Isso é raro. Nunca conheci ninguém que tenha tido esse vírus. Você tem sorte de estar viva.

– Eu sei. Parece que era muito arriscado naquela época. Morávamos na África. Meus pais morreram. Só minha irmã não foi infectada.

– É um vírus extremamente violento, não?

Kate conseguiu não demonstrar em sua voz a dor que sentia sempre que falava sobre aquilo.

– Sim. O nome vem do termo swahili para "crianças", porque as primeiras vítimas foram alunos de uma escola perto do rio Nilo, no Quênia. Estávamos na Tanzânia. Haviam ocorrido alguns surtos próximos ao Nilo nos 50 anos anteriores: Tanzânia, Uganda, Egito e Ruanda, eu acho. Meus pais tinham tirado eu e minha irmã da escola por um ano, enquanto trabalhavam em uma vila para uma organização internacional de assistência humanitária. Simplesmente estávamos lá quando aconteceu uma epidemia que matou dezenas de pessoas na vila. Havíamos chegado na hora errada.

Stephen detivera suas anotações. Remexia a esferográfica entre os dentes e encarava Kate com simpatia e quase reverência.

– Já li a respeito. É como o ebola, mas com transmissão pelo ar, não?

Kate sentiu um arrepio, lembrando-se dos sintomas que testemunhara seus pais sofrerem, contorcendo-se nas camas de campanha dentro da cabana até se esvaírem em hemorragia.

– Semelhante a uma gripe no início: febre, tosse, espirros, e então vômito com sangue e diarreia. Para minha sorte, a agência de assistência nos tirou de lá de helicóptero, a mim e à minha irmã Miranda, e nos levou para um hospital em Nairóbi. Ela ficou de quarentena e não chegou a contrair o vírus, e eu consegui sobreviver depois de várias semanas tomando soro. A taxa de letalidade é de 80 por cento. Tivemos muita sorte.

Stephen soltou o ar com força.

– Você é uma otimista, não? Antes de mais nada, eu diria que foi incrivelmente azarada por contrair o vírus.

– Hora errada, lugar errado, eu suponho. Tive sorte, na verdade, por não precisar ver meus pais morrerem... – a voz dela falhou e gradualmente sumiu. Kate desviou o olhar, constrangida.

– Sinto muito por seus pais – ele disse.

– Obrigada, doutor – ela retrucou incomodada.

– Pode chamar-me de Stephen, por favor.

– Sério? – Kate estava genuinamente surpresa, pois aquilo parecia muito informal.

Quem sabe...

"Ah, não, não seja boba", disse para si mesma.

Não seria possível que ele se sentisse atraído por ela tão rapidamente, seria? Kate não acreditava em amor à primeira vista. Mas ele definitivamente exercia um efeito estranho sobre ela.

"Stephen", Kate pensou, brincando com o nome dele em sua mente e apreciando a sensação.

O dr. Wilson limpou a garganta.

– Sim, bem, você pode chamar-me de Stephen, embora talvez não deva fazê-lo quando outras pessoas estiverem por perto. Aliás, outra pergunta que me esqueci de fazer: estado civil?

Os olhos dos dois tornaram a se encontrar, e o coração de Kate começou a bater com tanta força que ela se sentiu feliz por já se encontrar sentada na beira da cama. Não conseguiu evitar olhar para trás, para a fronha branca amarrotada e para o cobertor de hospital. Ela corou com a possibilidade de que ele se apercebesse de seus pensamentos, nos quais os dois rolavam sobre aquela cama.

– Solteira – respondeu com firmeza –, definitivamente solteira.

Conversaram um pouco mais sobre a doença dela, e Stephen foi ficando visivelmente mais relaxado, animado e alegre. Ele era deslumbrante, Kate pensava. Será que falava assim com todas as mulheres jovens um pouco atraentes? Ou seria só com ela?

De alguma forma, sabia que era só com ela.

– Muito bem, vamos coletar sua amostra de sangue para que possamos analisá-la ainda esta tarde.

Ele amarrou uma tira de elástico preto acima do cotovelo esquerdo dela, segurou seu antebraço de forma gentil e avaliou as veias que emergiam dele, grossas e avermelhadas. Com o toque, a pele de Kate se arrepiou.

– Vai ser só uma picadinha; quer dizer, um pequeno arranhão.

Ela engoliu em seco e mirou a parede por cima do ombro de Stephen, tentando conter um sorriso tolo. As mãos dele tremiam de forma quase imperceptível. De qualquer maneira, Kate mal sentiu a agulha, quando Stephen a deslizou para dentro de sua veia. Ambos assistiram em silêncio à seringa se enchendo do sangue escuro e viscoso.

– Prontinho – ele disse, removendo com destreza a agulha, selando e etiquetando o tubo, para então colar um pequeno emplastro redondo na pele macia da parte interna do cotovelo de Kate.

– Como ainda não está em quarentena, você pode se dirigir ao refeitório às 18h para o jantar. Creio que a maioria das outras pessoas aqui já está em quarentena. Portanto, é possível que você fique sozinha. Leia as instruções naquele folheto para se inteirar das regras com relação ao contato com outros pacientes e àquilo que é permitido ou não, se você for inoculada com um resfriado.

– Se?

– Sim. Não contaminamos todas as pessoas que chegam aqui. Você pode ser incluída em um grupo de controle. Ah, sua companheira de quarto deve chegar esta tarde também. É uma senhora chamada... – ele consultou a prancheta –, sra. Harrington. Georgina Harrington. Ela tem mais de 50 anos. Portanto, não comece a promover festas selvagens que perturbem o sono dela, está bem?

Todo e qualquer desapontamento que Kate pudesse ter sentido pela notícia de uma companheira de quarto tão mais velha foi instantaneamente anulado pela forma como Stephen sorria.

– Sem festas selvagens? – ela perguntou com expressão séria. – O que poderei fazer, então, para não ficar entediada enquanto estiver aqui?

Lentamente, ele estendeu o braço e tocou o dorso da mão dela com o dedo indicador.

– Prometo que você não ficará entediada; ao menos, não nos meus turnos.

Depois que ele saiu, Kate, deitada na cama, repassava todo o encontro em sua mente, com um enorme sorriso no rosto. Não conseguia acreditar no que ele dissera – tampouco no que ela mesma falara para Stephen. Não era de seu feitio ser tão despachada e insinuante. Havia algo, entretanto, em Stephen Wilson, em seus cabelos loiros desgrenhados e no modo como a olhava com aqueles enormes olhos castanhos...

Ela mudou de ideia com relação à caminhada e tornou a se refugiar no banheiro – dessa vez para depilar a virilha e as pernas. Não esperava ter que fazê-lo, mas agora tinha a clara sensação de que seria necessário. Uma pena precisar dividir o dormitório com a tal

Georgina – por outro lado, era possível que Stephen tivesse o próprio quarto, onde poderiam...

"Chega!", Kate se repreendeu. "Ele é o médico! Provavelmente não vai acontecer nada."

De alguma forma, entretanto, ela sabia que aconteceria.

– Não, não creio que vou ficar entediada de jeito nenhum – disse ela em voz alta.

Capítulo 10

O esforço do relato deixara Kate exausta. Ela tentou conter um bocejo, mas não conseguiu. Paul também abriu a boca, e eles se olharam e riram.

– Acho que preciso da minha cama – ela disse.

– Eu também.

Ao se levantarem, Paul ficou de costas para vestir o casaco. Quando ele se virou novamente, o olhar dos dois se cruzou. Algo acontecia entre eles ou seria só imaginação dela? A sensação de cansaço deixando seu corpo estranho, as intensas emoções, a menção à cama e o inegável fato de que esse homem era praticamente idêntico a Stephen constituíam uma perigosa mistura.

Ela desviou os olhos e se concentrou em levantar Jack – como o garoto estava ficando pesado! –, torcendo para que suas bochechas não tivessem corado como normalmente acontecia – e para que, se de fato o tivessem feito, Paul não o houvesse notado.

Olhando-o mais de perto, Kate se dava conta de que os dois não eram absolutamente idênticos. Estava certa de que Paul era mais alto e corpulento. Ele tinha também a lateral de um dos incisivos ligeiramente lascada e..., no fim das contas, qual era a importância das similaridades e diferenças entre os dois? Ele não era Stephen. Essa era a questão. Seria uma traição envolver-se com o irmão dele, não seria? Não que Paul estivesse interessado nela – Kate tinha certeza de que não estava –, mas ele também seguramente encararia aquilo como uma traição. Poderia mesmo ser casado, até onde ela sabia, mesmo que não o tivesse mencionado e não usasse uma aliança... Kate sentia vontade de se estapear.

"Kate, o que diabos você está pensando? Isso é a última coisa de que precisa no momento!"

– Podemos nos encontrar aqui amanhã de manhã? – Paul inquiriu. – Às 9 horas?

– Nove e meia.

– Tudo bem.

Paul hesitava. O que estava fazendo? Kate tinha essa sensação horrível de que ele decidia se deveria dar um beijo na despedida, ou não.

– Boa noite, Paul – ela disse.

– O.k. Boa noite.

Kate o observou cruzando o saguão. Na porta giratória, ele olhou para trás e fez um aceno com a cabeça. Um pequeno arrepio percorreu o corpo dela.

Depois de colocar Jack na cama – o garoto nem se movera em todo o trajeto do saguão até o quarto –, ela foi novamente assaltada pela ideia de que era uma mãe ruim, porque o filho não havia escovado os dentes ou lavado o rosto. Kate se deitou, tentando imitar Jack e dormir. O cérebro, entretanto, estava excitado demais, e o coração se recusava a baixar de frequência. Ela se levantou, pegou um copo de água e foi até a sacada. O apartamento tinha vista para o rio, as luzes da margem sul tremulavam, cor de laranja e esverdeadas, sobre a água. Vozes distantes flutuavam até Kate: um homem gritando, uma mulher rindo. Um avião cortou o céu entre as nuvens.

A vida dela estava um caos. O casamento terminara, não tinha casa, trabalho, possivelmente sequer amigos. As únicas pessoas que lhe restavam eram tia Lil, que mal a reconhecia, Miranda, a irmã, e sua família.

Ao embarcar no avião em Boston, experimentara a inebriante excitação de uma liberdade recém-descoberta, uma euforia que a fazia querer se levantar do assento e gritar de felicidade. Não obstante, como um prisioneiro que foge da cadeia depois de muitos anos encarcerado, a exultação não durou muito. O mundo exterior era um lugar assustador.

Ainda que um lado primitivo dela – aquele que ansiava por segurança e conforto – desejasse correr de volta para os Estados Unidos, ela sabia que havia tomado a decisão certa. Venceria aquele período difícil.

"Se Vernon não encontrá-la", uma voz dentro dela sussurrava.

Não, ele não a encontraria. E se o conseguisse, o que ela poderia fazer?

"Ele dirá que você sequestrou seu próprio filho. Ele sempre ameaçara caçá-la até o fim do mundo, se você um dia tentasse levar o menino embora. Ele tomará Jack de volta. Você o perderá."

Não! Isso não poderia acontecer. Ela havia levado Jack de volta à Inglaterra para o bem dele. Era a coisa certa a ser feita. E ela era inglesa – a lei a protegeria ali, não protegeria? Não deixariam que Vernon levasse seu filho para longe, deixariam?

Kate relembrava quanto sua atração inicial por Vernon havia sido intensa e como era inacreditável agora que pudesse ter um dia se sentido assim.

Ele nunca fora um homem especialmente atraente, mas possuía aquela qualidade mágica e afrodisíaca: carisma – muito carisma. Quando o viu pela primeira vez, Vernon havia acabado de fazer uma palestra, sobre a vida e o trabalho de Gertrude Stein, em um festival literário em Boston. Ela decidira ir em um impulso, concluindo que precisava exercitar as sinapses não científicas de seu cérebro antes que definhassem e morressem definitivamente. Gertrude Stein e Alice B. Toklas sempre a haviam fascinado. Na biblioteca onde a conferência aberta acontecia, sentou-se bem na frente, no meio de uma longa fila curva de cadeiras.

Vernon aparecera diante de sua diminuta plateia com a pose de alguém que subia ao palco no Madison Square Garden, e não a de um sujeito prestes a dar uma palestra para meia dúzia de pessoas em uma biblioteca.

"Que otário", Kate havia pensado – até ele começar a falar.

Era tão apaixonado, inteligente e articulado – e conhecia tão bem o assunto de que falava que, ao final da conferência, todas as mulheres presentes estavam loucas por ele. E Vernon sabia disso – mantinha contato visual com cada uma delas e, quando questionava se alguém desejava perguntar algo, havia um brilho em seus olhos que fazia com que todas as mulheres quisessem gritar: "Você quer sair comigo?"

Naquele dia, entretanto, ele escolhera Kate. Livrando-se das duas universitárias deslumbradas que o questionavam depois da palestra, Vernon se apresentou a ela perto da prateleira de livros devolvidos.

– Adoro seu sotaque – disse. – Posso convidá-la para jantar?

Os meses que se seguiram foram, para Kate, como saltar de paraquedas – uma gangorra de novas experiências, injeções de adrenalina e excitação com o novo. Vernon a apresentou a um mundo de cultura que ela nunca experimentara antes, ou a que nunca pudera ter acesso: balé, ópera, filmes de arte, saraus literários. Ele lhe indicou uma imensa lista de leituras, chocado que ela nunca tivesse lido os poetas da geração beatnik. Com os dois deitados na cama dele, Vernon lhe recitara passagens de "Na Estrada", com o braço displicentemente passado por trás do pescoço dela e um baseado na outra mão.

Não obstante, a despeito da paixão, havia elementos na personalidade dele que não a encantavam desde o início: a forma como escarnecia seus colegas e estudantes, cutucando sem dó seus pontos fracos.

Kate ria, a princípio, porque aquela crueldade era engraçada. Depois de um tempo, entretanto, ela sempre tentava mudar de assunto quando Vernon começava a fofocar e falar mal de outras pessoas.

Tinham explosões ocasionais, violentas contendas aos berros, durante as quais ele a chamava de chata e careta, e ela ia embora, dizendo que tudo estava acabado. Mas Vernon sempre ia atrás dela, persuadindo-a, com palavras suaves, a voltar à sua vida e à sua cama. Era diferente de todas as relações que já tivera. A volatilidade a excitava.

Cedo demais, no entanto, tudo despencou ladeira abaixo, quando Vernon não conseguiu a indicação para a cadeira docente que considerava como favas contadas. Estavam casados havia um ano. Jack era um recém-nascido, e o dinheiro não sobrava. O fato de morarem em um apartamento minúsculo, de apenas um quarto, no campus, tampouco ajudava. Desafortunadamente, mais ou menos na mesma época, Kate recebeu seu diploma de doutora, e Vernon mal conseguiu cumprimentá-la. No dia da cerimônia de entrega do título, inventou uma enxaqueca como desculpa, e ela depois descobriu que ele fora visto em um bar com uma de suas calouras mais bonitas.

A visão de um mosquito se debatendo contra a janela despertou Kate desses devaneios inoportunos. Desviando a direção das lembranças, ela imediatamente pensou em seu trabalho – nas infindáveis horas de observações em microscópios eletrônicos, estudando o Vírus do Nilo Ocidental e outros semelhantes a ele. Os vírus são tão minúsculos que só podem ser visualizados com um moderno microscópio eletrônico – tão pequenos que centenas de milhares deles caberiam no espaço da ponta de um alfinete. Kate e seus colegas pesquisadores passavam a vida absortos nesse mundo em miniatura.

Se ao menos seus problemas fossem igualmente pequenos – e não imensos como tudo o que se relacionava a Stephen e Paul. Não havia regressado à Inglaterra para caçar fantasmas. Honestamente, sequer pensara em Stephen ou na Unidade de Resfriados a caminho dali – eram a última coisa em sua mente. Como havia dito a Paul, não pensava naquilo havia anos.

Agora, entretanto, conhecera-o e lera a carta. Uma ferida que ela considerava havia muito cicatrizada fora novamente aberta. Sentimentos que pensava mortos tinham se mostrado fortes, verdadeiramente vivos e carentes de atenção.

Naquela noite, após a partida de Paul, Kate brincava com a ideia de se mudar para outro hotel quando o dia amanhecesse. Não precisava daquela complicação. Tinha que encontrar uma escola para Jack e um novo emprego. Precisava se instalar o mais breve possível, pelo bem do garoto, e para que Vernon não pudesse acusá-la de ser uma hippie irresponsável.

Seria capaz, entretanto, de seguir com sua vida sem encontrar respostas para todas aquelas perguntas? Decidiu que passaria mais um ou dois dias com Paul, tentando descobrir o que realmente havia ocorrido. Devia isso a Stephen. Em seguida, mesmo que não desenterrassem a verdade, teria que deixar a questão de lado e tentar se conformar.

O que Kate não sabia é que em 48 horas estaria fugindo para tentar salvar a própria vida. Conformar-se não seria uma opção.

Capítulo 11

Paul aguardava no saguão quando Kate saiu do elevador, na manhã seguinte, com Jack a seu lado. Ele se levantou para encontrá-los, aparentando estar tão cansado quanto ela, mas também aliviado. Talvez tivesse ficado ansioso, preocupado com a possibilidade de que Kate pudesse desaparecer. Ela decidiu não contar que estivera, de fato, muito próxima de fazê-lo. Tampouco revelaria quanto se sentia aliviada por vê-lo, pois, enquanto se vestia, perguntava-se se ele realmente estaria lá. E se tivesse mudado de ideia? Conseguia imaginá-lo, em casa, rindo sozinho e pensando em que loucura seria envolver-se com aquela personagem de *Procurando Nemo*, a garota de memória curta.

Mesmo com aparência cansada, Paul parecia ter se esmerado antes de sair de casa: estava com o cabelo lavado e arrepiado em um penteado moderno – ainda que tivesse se desarrumado de um dos lados – e usava colônia pós-barba – talvez um pouco em excesso.

– O que foi? Tenho algo no rosto? – ele perguntou alarmado.

Kate se deu conta de que o estava encarando fixamente. Ela riu, sacudindo a cabeça.

– Trouxe meu computador, para que possamos... – Paul se interrompeu, percebendo que havia esquecido algo. – Bom dia, Jack.

– Olá. Éééé... – o garoto olhou para a mãe em busca de ajuda.

Paul riu:

– Não se preocupe, camarada, eu também não conseguia guardar nomes quando tinha a sua idade.

Jack parecia confuso:

– Meu nome não é "camarada", é Jack, e você tem um cheiro diferente.

– Jack! – exclamou Kate. – Sinto muito por isso. Você não está com um cheiro diferente, está com um cheiro... bom.

O rosto de Paul se contorceu de constrangimento, enquanto lutava para encontrar uma resposta. Foi Jack quem o salvou:

– Mamãe, o que vamos comer no café da manhã? Estou com fome.

– Que tal irmos a uma Starbucks? – Paul sugeriu e acrescentou: – Eles têm internet sem fio.

– Podem ter internet sem fio, mas não creio que consigamos tomar um café da manhã muito saudável ali – Kate ponderou.

Jack, entretanto, já queria ir à Starbucks e ela cedeu. Ontem, McDonald's, agora, isso. Quando tudo terminasse, Jack comeria apenas frutas orgânicas e legumes por um mês.

– Liguei para meus pais ontem à noite – Paul falou. – Queria conferir outra vez se realmente não tinham recebido nenhuma carta de Stephen antes de ele morrer. Não custava verificar. Mas não receberam nada, e depois me senti mal por telefonar e remexer o assunto, fazendo-os pensar sobre isso.

Kate tocou o braço dele:

– Suponho que pensem sobre Stephen todos os dias de qualquer maneira.

– Sim, você deve ter razão.

– Dizem que ninguém supera a perda de um filho – ela tinha que erguer um pouco a voz para se fazer ouvir em meio ao barulho do leite sendo fervido em grandes jarros de inox.

– Só queria que, de vez em quando, eles se dessem conta de que, mesmo tendo perdido um filho, ainda têm outro – Paul retrucou com o cenho franzido.

Ela esperou que ele continuasse, mas, naquele momento, chegaram ao caixa, e o barista registrou seu pedido. Ela observou Paul de perfil, enquanto ele pagava a conta, e sentiu um aperto familiar na garganta.

"Não chore", disse, resoluta, para si mesma.

Encontraram uma mesa nos fundos da cafeteria e se sentaram.

Kate argumentava com o filho:

– Não, Jack, você não vai comer um bolo no café da manhã – a pressão na garganta e atrás dos olhos se havia intensificado de tal maneira que ela mal conseguia falar; tinha que se levantar imediatamente. – Preciso ir ao toalete. Jack, comporte-se.

No banheiro, Kate levou as mãos ao rosto e deixou as lágrimas virem. Após alguns instantes, assoou o nariz e enxugou os olhos, rindo de si mesma ao ver aquela criatura no espelho, com a cara borrada de rímel. Rapidamente, lavou o rosto na pia. Duvidava que Paul fosse notar a súbita ausência de maquiagem, a menos que fosse um homem incomumente observador. E se ele percebesse que estivera chorando e lhe perguntasse a razão? O que diria? Sequer tinha certeza, ela mesma, do motivo.

Colocando um sorriso na face, Kate saiu do banheiro. Quando olhou na direção de Jack e Paul, entretanto, a mesa estava vazia e seu coração disparou.

– Mamãe!

Tinham simplesmente mudado de lugar, seus acompanhantes, além de Billy, o robô, que estava sentado na cadeira entre os dois.

Ela caminhou até eles com as pernas bambas. Paul estava com seu computador aberto.

– Jack queria se sentar na janela. Você está bem? Parece pálida.

– Estou bem – Kate rapidamente se recompôs, olhando de relance para o jornal sobre a mesa.

A manchete capturou sua atenção: um "controverso" cientista fora assassinado em seu laboratório. Extremistas de direitos animais estavam sendo acusados, mas negavam o envolvimento. Havia uma fotografia de partir o coração do sujeito com a família.

A história provocou calafrios em Kate. Ela dobrou o jornal e o depositou sobre uma cadeira vazia.

– O que você está fazendo? – perguntou a Paul.

Ele girou o computador – para que ela pudesse enxergar a tela –, abriu a página do Google, digitou "unidade pesquisa resfriados Salisbury" e conferiu a lista de resultados.

– Esses sites contam a história da unidade. Talvez haja algo que nos possa ajudar.

– Vamos dar uma olhada – Kate sugeriu, correndo os olhos pela página.

Havia uma foto em preto e branco de parte da unidade: as construções em blocos, funcionalmente desenhadas, e a ampla área verde ao fundo. Um arrepio lhe eriçou os pelos dos braços. Ela leu: "A unidade foi destruída pelo fogo sem encontrar uma cura para o resfriado comum."

Todos aqueles anos de pesquisa sem nenhum êxito. Havia sido tudo uma perda de tempo? Essa possibilidade a deixava imensamente triste, sobretudo por Leonard e Stephen.

– Esse site só fornece a versão oficial sobre a unidade e, mesmo assim, bastante resumida – ela observou.

Paul voltou ao mecanismo de buscas e clicou em alguns dos outros resultados. Havia muito pouca informação disponível.

– Parece que a internet não vai ser de muita valia – suspirou. – É uma pena. Nós nos acostumamos tanto a encontrar tudo o que precisamos no Google.

Kate tamborilava sobre a mesa. A seu lado, Jack fazia, alegre, um desenho de Billy em um planeta alienígena, disparando um raio laser em direção a um extraterrestre cheio de tentáculos. Ela sentia a crescente frustração de Paul e desejava intensamente poder ajudá-lo.

– Quem mais poderia saber do que Stephen estava falando? Há mais alguém com quem você possa ter conversado sobre isso? Amigos? Família?

– Além de minha irmã Miranda, tia Lil é minha única familiar, e não poderia ajudar, mesmo que eu a tivesse contado tudo. Ela sofre de demência. Mal me reconhece, hoje em dia.

A frustrante visita ao asilo, dois dias antes, veio-lhe à memória. Havia sido uma das experiências mais deprimentes de sua vida. A mulher alegre e carinhosa, que cuidara dela e da irmã por todos aqueles anos após a morte de seus pais, já não existia. Uma criatura reclamona de pele enrugada, com um corpo e uma mente que já não funcionavam adequadamente a havia substituído.

– Oh, isso é horrível! Sinto muito. Aconteceu com minha avó. É terrível perder alguém desse jeito, quando a pessoa ainda está viva. É como se você não pudesse sequer chorar por ela.

Os olhos de Kate se encheram de lágrimas novamente.

– Sim, é exatamente assim que eu me sinto. E ela não conseguia sequer saber quem era Jack. Chamava-o, todo o tempo, de Ernest, que era o irmão menor dela.

Paul a encarava com tamanha simpatia que Kate teve que desviar o olhar.

– Bem, não, tia Lil não nos levaria a lugar nenhum, e também sei que não comentei nada com Miranda sobre isso. Não somos tão próximas, mas, de qualquer jeito, ela estava distante, em Edimburgo, na universidade, na época.

– Você me contou de sua primeira ida para a unidade. Fale de sua segunda temporada, depois do incêndio. Do que se lembra?

Kate olhou para Jack, que seguia absorto em seu desenho.

– Lembro-me da noite do incêndio em si.

Ela relatou a Paul a fuga do edifício, falou da perda de consciência e de recobrá-la, do lado de fora, e ver o corpo de Stephen sendo carregado. Depois daquilo, possivelmente desmaiara novamente, ainda que tivesse uma memória vaga e estranha de um médico, um sujeito de jaleco branco – ou quem sabe fazia confusão daquilo com sua lembrança seguinte, de quando acordara no hospital?

– Perguntei quanto tempo havia que eu estava no hospital, e me disseram: "três semanas". Não conseguia acreditar. Três semanas perdidas. Aparentemente, eu acordara algumas vezes, mas não tinha qualquer lembrança daquilo. Foi uma das primeiras coisas que quiseram saber: do que você se lembra? E, no começo, não me recordava de nada. Não fazia ideia do que havia acontecido comigo. Disseram que amnésia era algo comum em pessoas que haviam sofrido traumas, sem me dizer que trauma era esse. Eu ouvia os médicos e enfermeiras cochichando a meu respeito. Falavam que eu precisava descansar e recobrar minhas forças antes de receber alta. Com isso, deixei-os cuidar de mim.

Pela janela, Kate observava o movimento da rua londrina. Um casal passou de mãos dadas. Um mendigo pedia esmola do outro lado. Ônibus vermelhos e táxis pretos. Depois de 16 anos em Boston, tudo parecia estranho.

– Demorei cerca de dois dias para me lembrar do incêndio e de Stephen. Acho que comecei a gritar quando a memória emergiu. Todas as enfermeiras acorreram e suponho que tenha sido imediatamente sedada. Quando acordei, apareceu esse homem, que se sentou ao lado da cama e conversou comigo sobre meus sentimentos. Acredito que era um terapeuta. Ele me contou que o funeral já havia acontecido e insistia em saber do que mais eu me lembrava. Respondi que me recordava de chegar à unidade e, depois, do incêndio. Nada mais. Relembrando agora, tenho a impressão de que pareceu aliviado quando eu disse isso, sabe?

Paul balançava a cabeça. Era ele agora quem parecia prestes a chorar.

– Você está bem? – ela perguntou.

– Desculpe. É a lembrança do funeral. Foi tão horrível saber que Stephen estava naquele caixão, mas tão queimado que meus pais sequer o conseguiram identificar... Tiveram que fazê-lo pela arcada dentária.

Kate mordia os lábios. Quando passaria toda aquela sua sensibilidade emocional?

– Continue – pediu Paul –, já estou melhor.

Os dois sorriram lacrimogêneos.

– Fiquei no hospital por mais três semanas. Tudo parece um sonho em retrospectivo. Paredes brancas, lençóis brancos, pessoas de jalecos brancos, como anjos que vinham me ver e conversavam comigo baixinho, traziam livros e quebra-cabeças. Não havia TV, nem rádio. A comida era ótima. Não sei dizer, entretanto, o que tinha de errado em termos físicos comigo, se é que havia algo. Eu não quebrara nada, nem sentia dor. Não consigo entender por que precisei ficar tanto tempo lá.

– Não era então um hospital público normal?

– Não, disseram que era uma clínica particular. Na verdade, ninguém me contava muita coisa. Sempre que fazia perguntas, diziam-me para eu não me preocupar, que estava em boas mãos. Como me sentia muito cansada, tampouco tinha energias para ficar questionando. Havia outros pacientes lá. Eu os via quando saía da cama para caminhadas, mas estava sempre acompanhada e nunca tive a possibilidade de conversar com mais ninguém. À noite, algumas vezes, ouvi uma mulher chorando. Talvez os outros pacientes me ouvissem chorando à noite também... Mesmo assim, na maior parte do tempo, eu me sentia bem.

– Eles medicavam você?

– Com uma tonelada de comprimidos todos os dias. Diziam que aquilo me ajudaria a ficar melhor mais rápido e a recuperar a memória.

– E sua tia? Ela fez alguma visita?

– Pedi para vê-la, e responderam que era complicado. Pelo que me lembro, disseram que ela tinha ido me visitar quando eu fora internada, algo de que obviamente não me recordo. Por fim, com minha insistência, permitiram que ela fosse me ver. Tia Lil parecia inquieta. Contou que pedira que eu fosse transferida para o hospital local, mas que os médicos haviam argumentado que estaria melhor ali, na clínica particular. Minha tia era de uma geração que confiava plenamente em médicos; por isso, não discutiu. E ela comentou que o próprio Leonard lhe telefonara e assegurara que eu estava em boas mãos.

Outra lembrança veio à sua mente:

– Leonard veio me ver já no fim da minha internação.

– Qual era o sobrenome dele?

– Bainbridge.

Paul lançou o nome no mecanismo de buscas e encontrou uma página sobre Leonard Bainbridge.

– Um obituário. Ele morreu há dois anos. Câncer. Há um parágrafo aqui sobre a UPR, mas só a história resumida de sempre. Menciona que deixou uma esposa, Jean, mas que não teve filhos. E o que aconteceu quando ele foi ver você?

Kate se sentiu triste pela perda do homem benevolente e caloroso, a quem ela só encontrara algumas poucas vezes na vida, mas que sempre a impressionara positivamente. Com o olhar fixo na tela do computador, as palavras se borraram, e ela relembrou a cena da visita de Leonard.

Capítulo 12

Dezesseis anos antes

Leonard sentava-se em uma cadeira sem estofamento ao lado da cama dela, seu sorriso ajudava a aquecer o ambiente. Era um homem distinto, em um terno de tweed, com penetrantes olhos azuis, cabelos brancos cobrindo-lhe a cabeça e uma barba igualmente alva cuidadosamente aparada.

Com ele a seu lado, Kate conseguia se lembrar de suas visitas a seus pais quando moravam na ampla casa da região de South Downs, antes de se mudarem para a África. Tinha 8 ou 9 anos. Quando seu pai soube que Leonard vinha vê-los, ficou bastante agitado e correu até Lewes de carro para comprar bom café e pão fresco. Ele pediu a Kate que fosse até o jardim e colhesse flores. Ela protestou – preferia flores na terra do que em vasos –, mas seu pai insistiu. A menina duvidava de que aquele sujeito velho fosse sequer notá-las. Surpreendeu-se, portanto, quando o terceiro comentário feito por Leonard, após elogiar sua beleza e a aparência alegre de seus pais, referiu-se à formosura do vaso de flores sobre o console da lareira.

– Ainda que eu sempre tenha considerado que flores são mais felizes quando estão plantadas na terra. Concorda com isso, Kate? – ele perguntou.

Era como se tivesse lidos seus pensamentos. Dali em diante, sempre o achou encantador. Sentiu-se muito feliz que Miranda tivesse ido brincar na casa de uma amiga – não precisava da competição da irmãzinha fofa.

Leonard e seu pai foram conversar no jardim. Ela os seguiu de perto, tentando bisbilhotar. Quando o pai se virou e ordenou que ela desse o fora, Leonard chamou-a com um aceno e tirou uma barra de chocolate – Curly-Wurly – do bolso do paletó. Kate voltou para dentro de casa, onde dividiu o doce com Charlie, o labrador negro da família.

Na clínica, deitada na cama, ela disse:

– Você me deu um chocolate.

– Eu dei?

– Sim. Acho que você queria se livrar de mim.

Ele riu e deu um tapinha na mão dela, que jazia relaxada na borda do colchão.

– Imagino que estivesse tentando conquistar você.

– Funcionou. Sempre fiquei ansiosa pelas suas visitas depois disso; não pelo chocolate – ela acrescentou apressada. – Você me intrigava. Parecia o avô que eu sempre desejara. Gentil e sabido.

Algo na reação dele a fez pensar que havia dito algo errado. Kate corou. Leonard parecia perturbado, mas então seu sorriso benevolente ressurgiu, ele enfiou a mão no bolso interno do paletó e sacou um envelope marrom, que entregou a ela.

Kate estudou-o com cautela.

– O que é?

– O resultado das suas provas finais.

– Meu Deus, eu me esqueci totalmente disso! Como é possível? Tenho a sensação de estar ficando louca.

Ele acariciou a mão dela.

– Problemas de memória? Hum, bem, você passou por muita coisa, Kate. Não me surpreende que suas lembranças estejam... nebulosas.

Kate passou o dedo pela borda do envelope.

– Estou com medo.

– Não tenha medo. Não é preciso.

– Há meses não penso em Oxford ou nas provas finais, mas, quando você me entregou isso, de repente, eu me dei conta de algo: quero esse diploma. Preciso muito dele.

Leonard tornou a sorrir.

– Abra o envelope, Kate.

As mãos dela tremiam ao passar a unha sob a aba e abrir o invólucro. Ela removeu a folha de papel, que tantas vezes no passado, em sua antiga vida, havia imaginado receber. Mal conseguia olhar.

– Então? – ele perguntou. – Está feliz?

– Nota 10. Caramba! Tirei dez – ela encarava estupefata o papel.

– Dez com louvor e distinção. Sim, eu já sabia, Kate. Você é uma jovem brilhante.

Lágrimas rolavam dos olhos dela e lhe molhavam o dorso das mãos. Ela ria e chorava ao mesmo tempo. Dez! Com louvor e distinção! Queria telefonar para todos os seus conhecidos e dar a notícia aos gritos, dançar nas ruas e berrar: "Olhem o que eu consegui!" – para todos aqueles esnobes que conhecera em Oxford, todos aqueles homens presunçosos que achavam que mulheres não podiam ser cientistas e que Marie Curie havia sido uma exceção à regra.

Leonard abriu um largo sorriso. Empolgada, Kate se debruçou sobre ele e o abraçou.

– Desculpe – ela disse –, molhei seu ombro.

– Suponho que sejam lágrimas de felicidade.

– Sim, sim – mas então ela pensou em como gostaria que Stephen estivesse ali para compartilhar sua alegria, e as lágrimas se converteram em expressão de tristeza.

Bainbridge estendeu-lhe um lenço. Kate enxugou o rosto, e ele, com um aceno, sugeriu que ela ficasse com o pedaço de pano. Fungando e tentando se recompor, a jovem olhou para Leonard e foi tomada por essa necessidade urgente de perguntar-lhe algo. Quando abriu a boca, entretanto, a questão tinha desaparecido. Sabia que havia algo que queria saber, não somente sobre o incêndio e Stephen ou o fechamento da unidade, mas algo que se passara antes, durante sua estada no centro. Se ao menos conseguisse arrancar essas memórias de seu cérebro inútil.

Não obstante, antes que ela ficasse chateada com aquilo, Leonard se manifestou:

– Tenho algo muito importante para falar com você, Kate. Deixa-me muito feliz vê-la recebendo essa distinção na virologia. E sei quanto seu pai estaria orgulhoso. Os vírus são alguns dos maiores inimigos da humanidade. Envolver-se em seu estudo, na luta para compreendê-los e descobrir caminhos para detê-los... bem, sempre vi esse como um dos mais importantes campos científicos e como um dos mais estimulantes também. E tudo avançou tanto desde a minha juventude – ele notou que ela se distraía e rapidamente acrescentou: – Não se preocupe, não vou entediá-la contando toda a minha vida de garoto...

– Estou interessada...

– Não há problema. Não quero falar de mim agora, mas sobre você e suas perspectivas. Kate, você pode ter um futuro brilhante nessa batalha contra os vírus. Pode fazer muitas coisas boas, gerar muitos benefícios. Essa área precisa de pessoas como você, com inteligência e vitalidade. E você tem algo a mais, uma conexão pessoal com o tema, em função do que aconteceu com seus pais, os queridos Derek e Francesca.

Ela esperou que continuasse, perguntando-se, quem sabe, se ele estaria prestes a chorar.

Entretanto, Leonard rapidamente se recompôs.

– Espero que não me considere intrometido, mas, assim que soube dos seus resultados, telefonei para um velho amigo na Universidade Harvard, o professor James Scott. O sujeito é um gênio e decano da Faculdade de Imunologia e Doenças Infecciosas. Falei de você, Kate, e ele deseja conhecê-la, quer saber se você estaria interessada em um posto como pesquisadora do departamento.

– Meu Deus, mas e meu mestrado em Oxford? Eu começo em outubro.

– Você não preferiria ir para Harvard?

– Sim, claro, mas...

– Não se preocupe, Kate. Vou organizar tudo para você. E, na verdade, novamente espero que não me ache um enxerido, mas já fiz uma reserva para você em um voo para Boston. Disseram-me que estará em condições de receber alta na semana que vem.

Leonard depositou outro envelope sobre a cama – dentro dele, a passagem aérea.

– Então, o que me diz?

Kate estava muda de assombro. Harvard. O Departamento de Imunologia mais avançado e visionário do mundo, o lugar ideal para uma jovem virologista amadurecer como cientista. E não só isso, mas era a América. Vinham-lhe imagens de arranha-céus, largas avenidas, dos lindos edifícios antigos de Boston e da luminosidade do Novo Mundo. Era lá que as mais importantes pesquisas aconteciam. E, o melhor de tudo, bem distante de casa. Era a oportunidade perfeita para um recomeço.

Ela não queria mais ficar na Inglaterra se Stephen não estivesse ali. Pegou a passagem de avião e perguntou:

– A que horas sai o voo?

Capítulo 13

– E assim aconteceu – Kate finalizou, terminando o café. – Conheci o professor Scott, que me ofereceu o posto, e nunca mais voltei.

Ela sentiu um puxão no braço:

– Mamãe, preciso mijar.

– Está bem. Vamos. E não diga "mijar", diga "fazer xixi".

Quando retornaram à mesa, Paul perguntou:

– Se ao menos Bainbridge estivesse vivo. Aposto que poderia nos ajudar. Tem certeza de que não há mais ninguém? Você não tinha amigos na unidade? E sua companheira de quarto?

Kate quase engasgou:

– Sim, Sarah. Dividimos o quarto na minha segunda temporada lá – uma imagem das duas fugindo do incêndio lampejou em sua mente. – Devemos ter passado a maior parte do tempo juntas. Se houvesse algo acontecendo, há uma boa chance de que tenha falado com ela.

O rosto de Paul evidenciou seu entusiasmo.

– Só que nunca tive qualquer contato com ela depois de deixar a UPR.

– Ah...

– Não me lembro sequer de seu sobrenome.

– Você acha que, se fôssemos até lá dar uma olhada na UPR, isso poderia sacudir sua memória?

– Pode ser.

– Ótimo – ele puxou o notebook de volta para si.

– O que você vai fazer?
– Descobrir o jeito mais rápido de chegar a Salisbury.

De volta ao quarto de hotel, Kate fazia as malas, dela e de Jack. O coração batia acelerado e o corpo formigava. Era uma sensação quase sexual, uma mistura de excitação com temor pelo que estava prestes a acontecer. Jack, igualmente excitado, quicava na cama.

– Pare com isso – ela o advertiu.

O garoto continuou a pular.

– Jack, desça daí.

Bufando e reclamando, ele se deitou na cama:

– Mãe, aonde estamos indo?

– Vamos fazer um passeio pela rodovia.

– O que é uma rodovia?

– Uma estrada.

– Legal. Vamos no carro do Paul?

– Sim.

– Não acho que vá ser tão bacana quanto o carro do papai. O carro do papai é bem grande e veloz, não é?

"Para compensar o pênis reduzido", ela pensou.

– Sim, é – respondeu.

– Mamãe, Paul é seu namorado?

Não havia espelhos por perto, mas tinha certeza de que suas bochechas haviam ficado vermelhas.

– Não, claro que não. É só um amigo.

– É seu novo amigo, como Billy é meu novo amigo.

– Sim, querido, assim mesmo.

O "novo amigo" esperava-os no saguão. Ele pegou as duas malas de Kate e saiu em direção ao carro, que deixara no estacionamento do hotel. Ela percebeu, com renovada sensação de formigamento, que Paul tinha braços surpreendentemente musculosos. Jack saltitava logo atrás.

– Mamãe, podemos parar na estrada e comer no KFC?

– Não.

– Taco Bell?

– Não existem Taco Bells na Inglaterra.

– Que tal um Subway? – Paul sugeriu.

Jack torceu o rosto e pôs a língua para fora:

– Eeeeca! Odeio Subway.

– Muito bem. Você é quem manda. Vamos parar no Little Chef.

– Está bem.

Paul e Kate trocaram um sorriso, sob o olhar atento de Jack:

– Paul, minha mãe disse que você não é o namorado dela, só amigo. Mas ela é casada com meu pai. Então, você não poderia ser namorado dela de qualquer jeito, poderia? O papai não gostaria disso.

Kate rosnou entre os dentes:

– Jaaack.

Não conseguia enxergar o rosto de Paul para saber se ele se divertia com a ideia ou havia ficado horrorizado. Sabia que era estúpido, mas se sentiria arrasada se visse uma expressão de desgosto em sua face. Além disso, Jack estava completamente certo. O papai não gostaria daquilo de jeito nenhum.

Um minuto depois de deixarem o estacionamento, John Sampson chegou.

Capítulo 14

– Como posso ajudá-lo, senhor?

Sampson não via sua identidade policial como uma falsificação. Não era falsa – fora tirada do corpo ainda quente de um detetive e posteriormente modificada para ostentar seu retrato. Era sempre útil em situações como aquela. Criminosos de verdade ou pessoas que tinham problemas com a lei normalmente não se deixavam impressionar e se mostravam pouco cooperativos. Exiba, entretanto, uma identidade policial para um cidadão comum e aja do jeito certo, com superioridade, e o sujeito se desdobrará para ajudá-lo. É fácil.

Ele ergueu a carteira e perguntou:

– Quem é o responsável aqui?

Havia dois recepcionistas atrás do balcão – uma mulher morena e um homem que, Sampson notava, seguramente era homossexual. Ele percebia o fato da mesma forma que alguém com fobia de gatos pode detectar a presença de um felino. Sampson sentiu um arrepio e rangeu os dentes quando o sujeito se inclinou e explicou com uma voz afetada:

– O gerente não se encontra, no momento, senhor. Quem sabe possamos ajudá-lo?

Ele se concentrou na recepcionista, depositando uma foto no balcão diante dela:

– Creio que essa mulher esteja hospedada aqui.

Os dois atendentes trocaram um olhar de cumplicidade:

– E então? – Sampson perguntou.

A recepcionista respondeu:

– Ela parece bem mais jovem nessa foto, mas estava mesmo aqui. Saiu hoje de manhã.

– A reserva dela previa que partisse hoje?

– Não tenho certeza. Vou conferir.

A mulher sabia o nome de Kate, a despeito do fato de que centenas de hóspedes deviam entrar e sair todos os dias.

"Interessante", pensou Sampson.

A atendente puxou o nome da hóspede na tela a seu lado e revelou:

– A reserva se estendia até a próxima semana, mas há uma nota aqui dizendo que não havia previsão de check out.

Era incrível a quantidade de informações confidenciais que as pessoas se dispunham a compartilhar pensando estarem diante de um policial. É a necessidade humana de fofoca alçada a um novo patamar. Só o medo de perder o emprego torna as pessoas cautelosas. Quando sentem, entretanto, que devem fornecer a informação – ou têm uma boa desculpa para fazê-lo –, gritam-na como porcos no abatedouro.

– Por que vocês trocaram um olhar de cumplicidade quando mostrei a foto?

O sujeito mal se continha para explicar:

– Ela teve uma pequena briga com uma de nossas babás ontem à noite.

O recepcionista descreveu a cena da véspera.

– Então, ela e o filho saíram hoje de manhã?

– Sim, junto com um sujeito.

Sampson estreitou os olhos. Aquela bicha estava dando nos nervos dele.

– Um homem? Você consegue descrevê-lo?

– Hum... ele tinha olhos muito bonitos e quase 40 anos, talvez. Eu não seria uma testemunha muito boa, não é mesmo, detetive?

– Eles fizeram algo? – a mulher perguntou.

John Sampson contou até três em silêncio:

– Pode ser.

Os recepcionistas se entreolharam. Aquilo, sim, era excitante.

– Vocês têm câmeras de segurança?

O rapaz homossexual assentiu com a cabeça:

– Se quiser, posso mostrar.

Sampson ficou lívido e apontou para a mulher:

– Não, você me mostra.

– O.k. – ela se virou para o colega: – Você cuida da recepção, Damien?

– Certamente que sim.

John concentrou-se no traseiro da recepcionista, enquanto se dirigiam para a sala de segurança. Tinha um belo rabo. Muito feminino. O cabelo, amarrado em um rabo de cavalo curto, deixava a nuca exposta. Ótimo local para uma mordida.

– Qual é o seu nome? – ele perguntou.

– Michelle.

– Você está sendo muito prestativa, Michelle. Não esquecerei.

Ela tocou o próprio cabelo.

– Não há problema – a recepcionista abaixou seu tom de voz e olhou ao redor para conferir se ninguém bisbilhotava: – Para falar a verdade, achei que havia algo estranho com a srta. Maddox, mesmo antes da cena com a babá.

– Sério?

– Sim. Ela parecia inquieta, como se tivesse medo de algo.

Michelle estava louca para saber o que fazia aquele homem buscar Kate. Descobrir a verdade, entretanto, faria com que se arrependesse, pois ele teria que matá-la.

Ao entregar o disco rígido e os vírus na noite anterior, Sampson recebera uma foto de Kate. Ela parecia um pouco pálida e sem vida no retrato – tirada 16 anos antes, quando ambos, Kate e ele, encontravam-se na UPR, a fotografia não condizia com a realidade, não fazia justiça à beleza dela, verdadeiramente fora do comum.

– Precisaremos provavelmente de alguns dias para conseguir

uma foto mais atualizada – Gaunt dissera. – Chama-se Kate Maddox hoje em dia.

– Achei que nunca mais a veria – Sampson respondera, observando a foto.

"Kate Maddox. Deve estar casada" – o pensamento teve um efeito estranho sobre ele, provocando-lhe náuseas, algo que não sentia havia muito tempo.

Dezesseis anos.

– Recebi a informação de que entrou no país. Provavelmente só está de férias ou visitando amigos. Por precaução, gostaria que você descobrisse os motivos. Nunca se sabe.

– E se ela estiver atrás de algo?

– Entre em contato comigo. Há a possibilidade de que tenhamos que tomar uma providência que deveríamos ter tomado muito tempo atrás.

Sampson sentiu o começo de uma ereção.

Michelle bateu à porta da sala de segurança do hotel e a abriu. Um sujeito vestindo um uniforme azul estava sentado diante de alguns monitores coloridos que exibiam cenas de vários pontos do hotel: o saguão, o estacionamento, os corredores, o restaurante. Um exemplar de um tabloide estava aberto diante dele. Sampson já havia conferido as notícias e ficado satisfeito ao constatar que a Frente de Liberação Animal vinha levando a culpa pela morte do dr. Twigger.

A recepcionista explicou ao segurança que o detetive precisava ver algumas cenas das câmeras de segurança do saguão daquela manhã.

Soprando o ar e resmungando, o sujeito acionou alguns botões no console. Os personagens no hall de entrada começaram a se mover de trás para a frente.

– Ela saiu há apenas meia hora – Michelle explicou, olhando com atenção para o monitor. – Não será preciso voltar muito – depois de pouco mais de um minuto, a moça anunciou: – Lá está ela. Deixe rodar.

A imagem era límpida e de alta qualidade. Michelle apontava Kate, que cruzava o saguão, arrastando duas malas, com um garoto pequeno logo atrás.

– O garotinho é um doce – ela observou. – Pobrezinho.

Um doce? Sampson não concordava. Não tinha qualquer interesse por crianças. Ele as odiava quando era pequeno e não mudara sua opinião à medida que fora envelhecendo. Ver Kate, entretanto, causou-lhe um efeito estranho. John Sampson tinha consciência das batidas de seu coração, do sangue correndo pelas veias e sentia gosto de sangue na boca. Suor brotou-lhe da testa, e ele começou a respirar pesadamente.

– Você está bem? – Michelle perguntou, tocando-lhe o braço.

Não conseguia desgrudar os olhos de Kate.

– Lá está o sujeito – ela apontou.

Isso provocou uma sensação mais familiar para Sampson – o desejo de ferir e matar –, quando um homem, cuja face reconheceu com espanto, tomou as malas das mãos de Kate e a acompanhou para fora do hotel, desaparecendo do campo de visão coberto pela câmera.

– Preciso ver as imagens do estacionamento – ele pediu.

Havia inúmeras câmeras instaladas ali. Por isso, demoraram algum tempo até localizar Kate e seu companheiro. Por fim, conseguiram a gravação que mostrava os dois entrando em um Peugeot prata. Não foi possível, entretanto, verificar a placa do veículo.

– Vou precisar dessas fitas – Sampson anunciou.

Tinha a boca seca e ele sentia uma sensação estranha no peito.

– Também preciso ver o quarto onde ela ficou hospedada.

– Sério? – Michelle inquiriu. – Mas já faz horas que saiu.

Sampson fuzilou-a com o olhar. Um arrepio que começou nos ombros aqueceu a pele da recepcionista e a fez corar.

– Leve-me até lá, agora.

Ela o conduziu ao elevador, e os dois subiram até o apartamento que Kate e Jack haviam ocupado. Michelle tentou puxar papo, mas a expressão de Sampson fez com que se calasse. Ele observou a garganta pálida e delicada se movendo quando ela engoliu em seco. Sentia-se atraída por Sampson – era fácil notar. Muitas mulheres o achavam interessante, estimuladas pela força e pelo perigo que emanavam dele. Quase todas se arrependiam depois, no momento que tinham que cuidar de seus ferimentos ou nos últimos segundos antes da morte. Ele sorriu, mostrando os dentes para Michelle. Adoraria morder aquela garganta tão branca.

Sampson já estava excitado quando entraram no quarto de Kate. Ao se dar conta, entretanto, de que ainda não o haviam arrumado, sentiu o coração acelerar ainda mais. Ao lado da cama, ele mal ouviu o clique da porta, quando Michelle a fechou. John Sampson fechou os olhos e inspirou com força pelo nariz – o caçador farejando sua presa. O quarto ainda cheirava a perfume, misturado a um odor vago de suor. Ele se sentou na cama e tateou o lençol sobre o qual Kate passara a noite. Teria dormido nua? Sampson levou o nariz ao tecido e absorveu o aroma doce e persistente da carne dela. Ele estendeu os dedos na direção do travesseiro, onde encontrou um longo fio de cabelo escuro, que recolheu com as pontas dos dedos e levou até os lábios.

– O que você está fazendo? – Michelle perguntou com a voz trêmula, do outro lado do quarto.

Sampson ergueu o olhar: quase havia se esquecido da presença dela.

– Venha cá – disse, batendo a mão sobre a cama a seu lado.

Ela hesitou, mas atravessou o quarto e se sentou junto a ele.

– O que você encontrou aí? Um cabelo? É para fazer exame de DNA ou algo assim?

Em vez de responder, Sampson soltou o fio de cabelo e passou a mão por trás do pescoço de Michelle.

– Você é bonita – elogiou.

Ele percebeu as pupilas dela se dilatando e ouviu o ritmo de sua respiração se intensificando. Ela o encarou por detrás dos cílios longos, e a sede de sangue o dominou. Queria arrancar a roupa de Michelle, atirá-la naquela cama em que Kate dormira – a cama que continha milhares de suas células epiteliais mortas. Queria comer a recepcionista ali mesmo, imaginando que fosse Kate. Queria envolver a garganta dela com as mãos e apertá-la para ver o terror em seus olhos.

Estendendo os dedos, ela tocou a virilha dele – tateando a princípio, mas ganhando confiança, logo em seguida, ao sentir o volume sob o jeans.

Sampson não olhava para a recepcionista. Em vez disso, enquanto Michelle acariciava seu pênis por cima do tecido – a excitação de fazer aquilo em seu local de trabalho transparecia na maneira como o tocava –, ele imaginou Kate no lugar dela.

Sampson se virou para a recepcionista e envolveu seu pescoço com as mãos. Os olhos dela se arregalaram de surpresa.

Poderia fazê-lo. Teria prazer em fazê-lo. Sabia, entretanto, que haveria complicações se a matasse ali. Havia sido filmado pelas câmeras de segurança, e seu carro também. A polícia se envolveria e viria atrás dele. Não tinha medo dos policiais, mas isso o atrasaria e interferiria em sua tarefa mais importante naquele momento: encontrar Kate – e não somente por que Gaunt o instruíra a fazê-lo.

Sampson removeu as mãos do pescoço da recepcionista e se levantou, ignorando a dor na virilha.

– O que houve? – ela perguntou.

– Tenho que ir.

Enquanto caminhava para a porta, deixando uma confusa Michelle sentada sobre a cama, sentiu uma onda de náusea dominá-lo. Havia 16 anos que não a via, mas Kate ainda tinha o mesmo efeito vertiginoso sobre ele.

Ele a amava.

Ele a odiava.

Ele a queria.

Ele a queria morta.

Capítulo 15

Vernon Maddox estava de péssimo humor desde que acordara. Não tinha certeza se o fato de que sua ex-mulher e o filho chegariam da Inglaterra naquele dia o fazia sentir-se melhor ou pior. De modo geral, pior, decidiu-se, dando ré em seu Buick e encaixando-o em uma vaga bastante apertada na garagem central do Aeroporto Logan. Dar uma carona gratuita para Kate irritava-o profundamente – só concordara em buscar os dois porque Jack ficaria com ele durante o fim de semana. Teria feito com que ela tomasse um táxi, se pudesse, mas nesse caso precisaria apanhar o filho na casa dela, que era ainda mais distante. Não ansiava por ver a cara desgraçada de Kate, sentada a seu lado, recusando-se a conversar e tratando-o como o cocô do cavalo do bandido. Talvez devesse ter feito um cartaz dizendo: "A bruxa está de volta" ou algo assim.

Conseguiu um discreto sorriso com a própria piada, que se transformou em uma careta, quando abriu a porta do carro e ela se chocou contra a lateral do veículo ao lado, causando uma pequena avaria. Vernon olhou ao redor para se certificar de que ninguém o observava, pulou de volta para dentro do carro, engatou a ré e abandonou aquela vaga, para encontrar outra, do lado oposto do estacionamento.

Passando a mão pelos cabelos cada vez mais escassos, ele procurava pela saída para a ala de desembarque e pensava que seria bom, por outro lado, reencontrar seu garoto. Apesar de tudo, amava Jack de paixão. Sempre o amara, sempre o amaria. Seu filho, seu filho querido.

O orgulho que sentia o fez inflar ligeiramente o peito. Não era culpa de Jack que Kate tivesse se transformado em uma bruxa paranoica. Não era à toa que o garoto vinha se mostrando caprichoso ultimamente. Tinha que convencer Kate a voltar a fazer análise. Quem sabe, isso a consertasse. Essa idiotice de querer o divórcio... Ela simplesmente não sabia discernir o melhor para si. Estavam separados havia apenas seis meses, e ela obviamente não estava bem. Sempre que se cruzavam, Kate monstrava-se estressada e sombria. Os vincos em seu rosto pareciam aprofundar-se.

"A beleza dela está realmente se esvaindo", ele pensava, escolhendo não olhar para a própria barriguinha saliente, os pelos grisalhos no peito e a barba ruiva, que deixara crescer para disfarçar o queixo débil.

"Mas sou um sujeito decente. Quero ser justo com ela. E, além disso, é um pesadelo encontrar babás decentes nesta cidade."

Vernon encontrou um lugar junto à barreira, em frente às portas automáticas que chegavam da alfândega, e conferiu seu relógio: 13h20. O voo pousara no horário – às 13h05, ele verificara por meio do celular. Portanto, em mais dez ou 20 minutos, os dois deveriam aparecer, depois de retirarem a bagagem. Quanto tempo demorariam, ele e Kate, para começarem a discutir?, perguntava-se. Quando chegassem à autoestrada, provavelmente já estariam brigando. Talvez antes. Quem sabe, quando chegassem à I-90. Nunca tardava muito para que ela perdesse a paciência com alguma bobagem. Além do mais, era bastante provável que estivesse deprimida depois de encontrar a tia doida.

Não conseguia entender o sentido de arrastar Jack para o outro lado do Atlântico com o objetivo de celebrar o 105º aniversário, ou qualquer que fosse, de uma velha caquética, que provavelmente aterrorizaria o garoto com a cara afundada e desdentada e garras afiadas. Tudo bem, ela podia ser importante para Kate – ele entendia isso –, mas Jack era realmente novo demais para conseguir gostar daquilo, e Lil já se encontrava mais para lá do que para cá. Estava senil havia anos, passava seus dias em um lar de idosos, incontinente, quase incapaz de falar e completamente caduca. Vernon sentiu um calafrio.

“Prefiro morrer a ficar assim”, pensou consigo mesmo. “Kate provavelmente se voluntariaria para me dar um tiro e nem esperaria que eu envelhecesse.” Ele riu com desdém.

Quarenta minutos depois, ele ainda aguardava. Discou o número do celular de Kate, mas a chamada caiu direto na caixa de mensagens. Bufava de irritação. Ela obviamente não se lembrara de ligá-lo novamente após a aterrissagem – típico. Foi a vez do telefone dele tocar.

– Sim. Alô?

– Oi, gatinho – gemeu a voz do outro lado.

O rosto de Vernon relaxou, e ele sorriu.

– Olá, Shirl. Está sentindo minha falta?

– Pode crer que sim, garotão.

Seu rosto ficou ligeiramente vermelho, e ele correu o dedo pelo colarinho da camisa, virando-se de costas para que a enorme família jamaicana que aguardava a seu lado junto à barreira não ouvisse a conversa.

– Quando vou ver você de novo?

– Já falei, amor, preciso resolver as coisas aqui para conseguir um tempo para nós. No fim de semana, quem sabe?

O desapontamento transparecia na voz de Shirley:

– É que foi tão bom ter você só para mim a semana toda... Só isso.

Esse era o motivo pelo qual Vernon não havia criado caso quando Kate anunciara seu desejo de se separar: acesso sem restrições à voluptuosa Shirley. A excitação da traição tivera seu apelo no início, mas ele rapidamente se cansou de quartos bolorentos de motéis e de todas as mentiras entediantes que precisava inventar. Shirley era, de fato, um pouco pegajosa, mais ainda agora que podia farejar seu divórcio e, que Deus o livrasse, um casamento iminente. Não obstante, uma mulher que sabia apreciar seus talentos e que satisfazia seu apetite sexual havia sido um sopro de ar fresco. Shirley ficava tão maravilhada com a inteligência dele que tentava se mostrar à altura usando um monte de palavras longas, geralmente em contextos completamente equivocados. Vernon achava aquilo muito encantador, pelo menos até aquele momento.

– Sim, foi bom. Ouça, Shirl. Tenho que desligar. Estou pegando meu filho no aeroporto. Ele vai sair a qualquer momento. Eu ligo depois, está bem?

– Está bem, docinho. Cuide-se. Beijinho, beijinho, beijinho.

– Beijinho, beijinho, beijinho – ele sussurrou o mais baixo possível.

Um pequeno jamaicano de mais ou menos 7 anos o ouviu, entretanto, e agora o imitava alegremente.

Vernon o encarou, guardou o celular no bolso do casaco e voltou a conferir as horas no relógio. Onde diabos estariam?

Um casal jovem, empurrando um carrinho com uma enorme pilha de malas, cruzou a cerca, levando o clã jamaicano à loucura: em meio a gritos e pulinhos, saíram todos correndo para recebê-los, como se invadissem um campo de futebol – saltavam, batiam palmas e abraçavam os que chegavam.

Vernon ouvia-os conversando excitadamente. A palavra "Londres" foi pronunciada. Deviam, portanto, estar no mesmo voo que Kate e Jack. Eles sairiam a qualquer momento.

Trinta e cinco minutos depois, ele ainda esperava. Todas as pessoas que aguardavam a seu lado já tinham ido embora havia muito tempo, e um novo grupo havia tomado seus postos junto à barreira. Vernon tentou ligar para Kate e deixou uma mensagem. Uma fila de passageiros com turbantes e saris passava agora – não pareciam, nem remotamente, chegar de Londres.

Descontente, ele estalava a língua. Explodia de vontade de mijar, mas não queria se ausentar e correr o risco de não encontrá-los. Além de tudo, precisava muito voltar para o escritório – tinha 17 trabalhos de alunos sobre o simbolismo na literatura americana para corrigir antes do fim do bimestre na semana seguinte.

Com os olhos grudados nas portas automáticas, Vernon se dirigiu até o quiosque de informações. Foram cinco minutos de espera na fila, enquanto o sujeito explicava a um casal idoso de irlandeses o procedimento para rastrear sua bagagem extraviada.

– Não estava lá! – repetia a senhora de cabelos grisalhos e mal penteados. – Todas as malas já haviam sido recolhidas, a esteira estava vazia, e a nossa não chegou! Você acha que alguém pode ter pegado por engano? Tínhamos presentes ali para nosso neto! O que faremos se não a encontrarmos?

O marido se virou para ela e segurou sua manga de tweed, em um gesto apaziguador:

– Acalme-se, Deirdre! Você não está sendo de grande ajuda, está? Este cavalheiro telefonará para Londres para verificar se as malas foram de fato embarcadas, para começar. Não é isso, meu senhor?

Vernon interrompeu-os. Uma sensação muito ruim lhe fermentava na boca do estômago.

– Com licença, o senhor mencionou que chegou de Londres e que todas as malas já foram recolhidas?

– Não a nossa – respondeu a mulher. – A nossa se extraviou, veja só, e está cheia de...

– Vocês estavam no voo 213 da British Airways?

– Estávamos, mas...

– E não há ninguém mais lá dentro esperando pelas malas?

– Não saberia dizer – disse o homem, com ligeira impaciência –, mas a esteira estava vazia. Portanto, suponho que não.

Vernon se virou para o sujeito detrás do balcão, que discava um número no telefone. Ele se afastou do quiosque. Sua mente dava voltas. O avião aterrissara, as malas haviam sido recolhidas, o celular de Kate estava desligado. Seria pouco provável que não os tivesse visto passando pelas portas automáticas. Teriam perdido o voo? Nesse caso, por que ela não havia ligado para avisar? Certamente, não era burra ou insensível a ponto de deixar de fazê-lo.

Com o corpo rígido, em meio a um mar de pessoas que abria caminho a seu redor, Vernon não se movia, apesar das trombadas das malas e carrinhos. Olhando corpos de todas as formas, tamanhos e cores, ele tentava divisar a mulher que um dia amara.

Uma constatação terrível se abateu sobre ele – uma memória

longínqua irrompeu a superfície com súbita e cristalina clareza. Algo nessa ida de Kate à Inglaterra para a comemoração dos 90 anos de Lil o incomodara a semana inteira, mas só agora compreendia o que era: havia cinco anos que Kate planejara, pela última vez, viajar ao Reino Unido para um aniversário de Lil. Jack era um bebê próximo de seu primeiro aniversário. Ela queria levá-lo consigo "para que pudessem celebrar os dois aniversários juntos". No último momento, entretanto, Jack tivera uma febre, e Kate desistira de viajar. Secretamente, Vernon havia se sentido feliz – ficara furioso por ela querer lhe negar a possibilidade de estar presente no primeiro aniversário do filho.

Jack nascera no 1º de setembro. E estavam em junho.

Vernon emitiu um som que era uma mescla de rugido e ganido frustrado.

O casal irlandês com a bagagem extraviada – bem como a maioria dos passageiros ao redor – girou o pescoço para olhá-lo.

– Aquela vaca desgraçada! – ele gritou, desferindo um violento chute contra uma fila de cadeiras, que fez com que a mulher sentada na outra ponta derramasse seu café e, alarmada, levantasse de um pulo.

"Ela não vai escapar dessa", pensou, caminhando decidido rumo ao estacionamento, antes que a segurança fosse acionada para retirá-lo do local. "Não existe possibilidade de que ela roube meu filho. Não vai ficar com ele de jeito nenhum. Ele é meu. Vou caçá-la como a um rato. Kate vai se arrepender de ter me provocado. Ela que fique com a droga do divórcio. Vou rir da cara dela, quando estiver chorando. Não há possibilidade neste mundo de que fique com o meu garoto."

Quando chegou ao caixa automático para pagar pelas várias horas que havia ficado parado na vaga de curta estadia, ele escavava os bolsos à procura de moedas, enquanto aguardava, atrás de um sujeito de óculos, que parecia não conseguir compreender o funcionamento da máquina. O homem tinha uma imensa mala no chão a seu lado, e a raiva de Vernon aumentava à medida que ele hesitava e se debatia, tentando inserir seu tíquete na entrada de dinheiro. Vernon já não conseguia conter-se.

– É fácil, seu idiota! Enfie a porcaria do tíquete ALI e a droga do dinheiro ALI. Qual é o seu problema, caramba?

Antes que o jovem pudesse responder, ele saltou sobre a mala, fazendo com que se chocasse pesadamente contra o caixa automático. Vernon sacou seu telefone celular e teclou a discagem rápida para Kate. Caiu direto na caixa de mensagens. Dirigiu-se de volta para o terminal. Havia tido uma ideia.

Respirando fundo para tentar se acalmar, ele se forçou a caminhar lentamente até o balcão de reservas da British Airways.

– Quero comprar uma passagem para Londres, amanhã, no primeiro voo disponível.

Capítulo 16

Viajaram em silêncio, por algum tempo, lentamente vencendo semáforos e faixas de pedestre, rumo à área oeste de Londres. Aqueles subúrbios da capital pareciam tão tristes e decadentes, com o sol brilhante expondo suas rachaduras e sujeira, as lojas seladas com tábuas, os sacos pretos de lixo cuspindo suas tripas em cada sarjeta.

Kate não conseguia deixar de pensar naquilo como um tipo de vírus que se espalhara pela cidade. Cada bairro era exatamente igual ao outro: as mesmas lojas a cada rua principal, gangues idênticas de adolescentes usando as mesmas roupas. Na realidade, havia algo de esperançoso nas crianças, na maneira como prosperavam nos lugares mais áridos, na sua capacidade de se adaptar, inventando as próprias diversões e aproveitando a vida, ainda que o mundo aparentemente as odiasse.

Logo, essas partes de Londres seriam atingidas por uma nova doença: a especulação imobiliária chegaria e os preços disparariam. Aquela filial da cadeia suburbana de lanchonetes se tornaria um pequeno e charmoso empório, e as crianças seriam empurradas para outro lugar, ainda mais marginalizadas, porém sempre por perto.

Quando os três deixaram a capital, Kate se sentiu como um animal expulso da toca – exposta e ameaçada. Ela desviou o olhar da janela e se virou para trás, certificando-se de que Jack estava bem.

O garoto viajava tranquilo, reclinado no banco, como se fosse um passageiro VIP em uma limusine, observando, com soberba, as ruas estranhas. No que pensaria? Sentiria falta do pai, dos amigos? Ou também ele estaria excitado com todas as novidades e a aventura? Provavelmente, sentia uma mistura das duas sensações. Quando fosse mais velho, ele, quem sabe, olharia para trás e se perguntaria sobre aquele passeio estranho ao qual a mãe o levara quando era criança.

Tomaram a rodovia M4 por uma curta distância, passando por placas que apontavam para "O Oeste". A palavra provocou arrepios em Kate, e ela esfregou os antebraços. Ir para o Oeste, para o passado, para um lugar onde teria que se confrontar com suas memórias, arrombar a tampa da caixa de Pandora. Sentia um pânico que ia e voltava, borboletas batendo as asas em seu estômago e no peito. Para se distrair, ela ligou o rádio.

– Grupos de direitos animais negam responsabilidade no chocante assassinato, na noite passada, de um cientista em Oxford...

Perfeito. Desligou o aparelho. Não queria pensar sobre assassinatos de cientistas ou qualquer coisa que se relacionasse à ciência ou ao trabalho. Sentia falta do emprego, da silenciosa excitação do laboratório, da pesquisa com o vírus Watoto, que se tornara sua obsessão e causa. Especializara-se na pesquisa de vírus que atingiam essencialmente a África. Trabalhara na investigação do vírus do Nilo Ocidental, do ebola e do Marburg. Sua verdadeira paixão, entretanto, residia em desenvolver uma vacina para o Watoto, como se o vírus tivesse se tornado um inimigo pessoal, seu nêmesis. Sonhava em realizar essa importante descoberta e se tornar, ao vencer a doença, uma espécie de Edward Jenner moderna, a cientista famosa pela descoberta da vacina contra a varíola, ou um Louis Pasteur, criador da vacina que combate a raiva.

Sentia também falta dos colegas que deixara para trás. O que pensariam dela? Sem dúvida, considerariam o que fizera irracional e inadequado. Além disso, pensariam que lhes havia traído, abandonando-os em um momento crucial. Quem sabe um dia tivesse a possibilidade de explicar seus motivos.

Quando viraram na famigerada rodovia M25, depararam-se com um congestionamento. Paul enfiou a cabeça para fora da janela, tentando divisar o que o causava, e suspirou.

– Parece um acidente.

– Sinto muito.

– Por que você diz isso?

– Acabo de me dar conta de que o estou afastando de sua vida normal, de seu trabalho.

Com um gesto, ele a acalmou:

– Não se preocupe com isso. Eu tinha direito a uma licença e, de qualquer forma, acabamos de concluir um caso grande. Você me encontrou em um momento oportuno.

Ansiosa por algo que afastasse seus pensamentos de tudo o mais, Kate perguntou:

– Sobre o que era o caso? Você pode me contar?

– Era um caso de *phishing*.

– Você quer dizer criminosos enviando e-mails em que fingem ser seu banco ou algum site grande para "pescar" seus dados de cartão de crédito e informações bancárias?

– Exato.

Do banco de trás, Jack se manifestou:

– Eu queria ir pescar e pegar um peixe.

– Quem sabe, eu leve você um dia desses – Paul respondeu.

– Legal.

Kate franziu o cenho:

– Não faça promessas a crianças se não tem intenção de cumpri-las

– Quem disse que não tenho intenção de cumprir?

Paul não a encarou ao responder, mas a olhou de relance, na pausa que se seguiu, deixando Kate demasiadamente consciente do calor que fazia dentro do carro. Não queria aquilo, não precisava.

– Como ligo o ar-condicionado?

Paul girou um botão no painel. Era o verão inglês em sua plenitude: caprichoso, cheio de humores, encoberto e fresco, para então passar repentinamente a um calor escaldante. Isso fez Kate lembrar-se de Vernon, e ela pediu a Paul que falasse sobre o caso de *phishing*, para afastar os pensamentos sobre o marido.

– Era coisa grande. As pistas levavam a um sindicato do crime na Rússia, o que não é estranho. Rússia, Nigéria, Coreia do Sul.

Poderia ser qualquer lugar, na verdade. O aspecto mais frustrante do crime cibernético é sua facilidade para cruzar fronteiras. Os Estados Unidos aprovaram uma Lei Anti-*phishing* no ano passado, mas não conseguem processar metade dos criminosos, porque eles estão na Ásia ou em outro lugar. Nós trabalhamos com polícias e agências do mundo todo, mas só conseguiremos vencer essa batalha quando os usuários de computadores deixarem de ser tão burros e pararem de cair nesses golpes.

– Mas são eles que garantem seu emprego – Kate sorriu.

– É verdade, embora alguns dos casos que investigamos me façam querer que a internet nunca tivesse sido inventada.

– Como o quê?

– Não dá para falar perto de Jack; envolve crianças.

– Nossa!

– Sim, aquele tipo de coisa impossível de esquecer, que faz alguém olhar o mundo de outro jeito e perceber que há doenças na sociedade ainda muito distantes de serem curadas.

Outro tipo de vírus, Kate pensava, transmitido geração após geração. Instintivamente, ela se virou para conferir se Jack estava bem. Ele sorriu, e o tráfego começou a se mover.

– E como você entrou para o ramo de segurança virtual? – ela perguntou.

Paul não respondeu de imediato, e Kate imaginou que ele estivesse concentrado na estrada. O trânsito finalmente começava a andar, e ela sentia a irritação se dissipando em todas as caixas de metal que os cercavam. Solene, um boxer os observava pela janela de trás do carro logo adiante. À medida que o congestionamento se desfazia, sua velocidade gradualmente aumentava.

– Suponho que tenha entrado nisso porque já era minha área de especialidade. Era uma questão de, bem... cruzar a linha e passar para o lado do bem ou acabar na cadeia.

Kate esperou que ele continuasse. Paul girou o volante e ultrapassou o carro com o cachorro. Então, mordeu o lábio inferior.

– Tudo bem aí atrás, Jack? – perguntou, torcendo o pescoço, depois de um minuto.

– Acabei de ver um homem comendo uma meleca.

– Legal.

Continuaram a bater papo sobre vários assuntos. Kate não se sentia muito disposta a pressionar Paul para saber como concluíra que acabaria preso. Uma hora e meia depois, quando chegaram a Salisbury, ela ainda esperava que ele se aprofundasse sobre seu passado, sem querer constrangê-lo, Kate arquivou mentalmente o assunto na pasta "motivos para preocupação". Afinal de contas, haveria bastante tempo para se conhecerem melhor. Não precisavam ter pressa.

Capítulo 17

Presente

Kate saiu do carro e esticou as pernas e as costas, franzindo a testa por causa do sol e desejando que não tivesse esquecido de levar seus óculos escuros. Não se lembrara de incluí-los na mala, assim como seu protetor solar. Se ao menos o sol se escondesse e o céu tornasse a ficar cinzento – aquela claridade lhe feria a pele e os olhos e deixava sua libido enlouquecida. O calor sempre fazia isso – como naquele verão, na UPR, úmido e abafado, em que seus hormônios ficaram em ebulição; como naquela noite tropical, em uma viagem sem muita grana a Cuba, quando Jack fora concebido, na época distante em que Vernon e ela ainda sentiam atração sexual um pelo outro. Não havia por que fazer de conta: o clima quente a deixava excitada. Talvez devesse fazer uma dança da chuva.

O centro de Salisbury estava tranquilo, tão sonolento quanto as vespas que sobrevoavam as latas de lixo do mercado, bêbadas de refrigerante. Segurando a mão da mãe, Jack as observava cauteloso. Quando tinha 3 anos de idade, uma vespa se esgueirara para dentro de uma lata de Sprite que Vernon lhe dera, contra a vontade de Kate – todo aquele açúcar! –, e picara sua língua. Na correria para o pronto-socorro, enquanto a língua de Jack inchava, Kate gritara com Vernon no carro, ao mesmo tempo que o menino berrava e Vernon lhe respondera também aos gritos, chamando-a de "bruxa nazista louca careta e paranoica com a saúde".

Não era a mais feliz das recordações. A mudança entre os dois fora tão dramática e rápida, justamente em uma época em que deveriam estar aproveitando cada momento do filho, ainda bebê, e não se enfrentando aos gritos. Em vez disso, Vernon havia tentado convencê-la de que sua depressão com o declínio da relação era um sintoma de uma insanidade crescente e de que ela precisava de terapia intensiva e antidepressivos para se curar.

– Onde estão as pessoas? – Paul se perguntava, descendo do carro e esfregando os braços.

Ele sacou um par de óculos escuros do bolso. Eram excessivamente descolados e o faziam parecer mais velho – o oposto do efeito pretendido. Kate, entretanto, não sentia que lhe conhecia o suficiente para avisá-lo. "Pare de querer parecer uma estrela de cinema", tinha vontade de falar. "Você não precisa disso."

Ela não conseguia imaginar Stephen tentando parecer descolado. Ele não saberia a diferença entre Gap e Gucci.

– Mamãe, estou com sede.

Kate acariciou os cabelos de Jack.

– Vamos tomar algo? O que acha?

– Coca-cola?

– Não. Você pode beber um suco de laranja.

Eles atravessaram a avenida em direção a uma revistaria do outro lado.

– Aquela vespa estava me olhando. Ela queria me picar – disse Jack.

Dois adolescentes passaram zunindo sobre skates, e Jack acompanhou-os boquiaberto, já esquecido do inseto.

Paul apontou para um painel, do lado de fora da loja, exibindo o *Salisbury Journal*, com a manchete "Catedral em Contenda Budista", e outro jornal que gritava "Líder da Banda Blue se Demite".

Dentro da loja, Kate pegou duas caixas de suco de laranja em uma das geladeiras, uma garrafa de água para Paul e uma cópia do *Salisbury Journal* do alto de uma pilha, em uma das prateleiras de baixo.

No balcão, uma garota se inclinava sobre o caixa, com o dedo indicador na boca. Kate achou que ela tentava forçar o vômito, mas se deu conta de que, na verdade, brincava com um piercing em sua língua. A balconista limpou o dedo ensopado de saliva na calça, antes de usá-lo para digitar o preço das compras.

Outra vez do lado de fora, Jack estendeu a caixa de suco para Paul, que lhe ajudou a rasgar o celofane que envolvia o canudo e o enfiou no buraco. Jack sugou o líquido e fez uma careta.

– Que nojo! – disse.

– O que há de errado com o suco?

– Tem gosto de cocô.

– Não diga isso – Kate revirou os olhos. – Mais uma frase aprendida com o pai.

– Não gosto de suco inglês. Quero suco de verdade.

– Esse é de verdade.

– Não quero! – Jack atirou a caixa no chão.

Kate observava o suco escorrendo pelo canudo e molhando a calçada. Ele normalmente ganharia uma bronca, mas, naquele momento, ela sentia que precisava se conter. Jack havia se comportado tão bem nos últimos dias, agira praticamente como o garoto-modelo que ela fantasiara durante a gravidez. A mãe sabia que essa atitude não duraria para sempre, mas não queria ser dura demais com o filho. Ele merecia compreensão – o que não significava, entretanto, que aquele gesto devesse ficar impune, ou seu comportamento simplesmente pioraria.

– Pegue isso, Jack – ela disse em sua voz mais calma e compreensiva.

– Não. Tem gosto de cocô.

– Não diga isso.

– Cocô. Coooooooocô. Cocô, cocô, cocô.

Paul ria.

Kate fuzilou-o com o olhar:

– Isso não ajuda.

– Desculpe.

Ela se agachou para ficar da altura do filho:

– Escute, eu sei que o sabor é diferente daquele a que você está acostumado, mas, se você não tomá-lo, uma vespa irá levá-lo.

– As vespas podem ficar com ele.

– Pegue o suco.

– Vamos, Jack, faça o que sua mãe está dizendo – Paul interveio.

Kate ergueu a mão espalmada, em um sinal para que ele ficasse de fora. Paul se afastou alguns passos.

– Está bem. Se você pegar esse suco, eu o tomo e você pode comprar outra bebida. O que você quer? – ela propôs.

– Leite com chocolate.

Ela suspirou:

– Não sei se vendem isso.

– Mas eu quero – Jack esfregou os olhos com as costas das mãos, e a mãe se deu conta do quanto ele devia estar cansado.

– Está bem. Vamos procurar leite achocolatado, se você pegar esse suco de volta.

O garoto por fim fez o que ela pedia e lhe entregou a caixa. Kate entrou na loja e, por sorte, encontrou uma garrafa de achocolatado, que Jack arrancou-lhe das mãos. Em poucos segundos, o líquido escorria pelo seu queixo.

– Desculpe se fui grossa com você, mas é melhor que eu lide com essas coisas – Kate disse para Paul, enquanto limpava o rosto do menino com um lenço de papel.

– Eu compreendo. Então... vamos pegar o carro e tentar encontrar a UPR?

Ela não respondeu. Não precisava consultar um mapa. Lembrava-se com precisão da localização da unidade. Dirigira até lá muitas vezes. Quando morava com Stephen, ele, com frequência, emprestava-lhe o carro durante o dia, e ela o buscava na unidade após o trabalho. Estacionava em uma estrada de terra próxima e o esperava, com o rádio ligado, ouvindo a Radio One – todas aquelas canções bobas de amor, em cujas letras ela avidamente acreditava, aguardando pelo instante em que seu coração dispararia, quando Stephen surgisse no topo da ladeira, caminhando em sua direção.

Em algumas daquelas noites, os dois seguiam até a pequena estrada que era o refúgio local dos amantes e passavam um tempo no carro, antes de ir para casa. Era estranho quanto conseguia se lembrar de alguns momentos daquele verão nos mínimos detalhes e, ao mesmo tempo, os eventos realmente importantes tinham sido... tinham sido o quê? Bem, a sensação era de que haviam sido apagados.

– Você ficou muito calada – disse Paul. – Está tudo bem?

– Sim – Kate torcia para que seu rosto não estivesse vermelho –, tudo bem.

Voltaram para o carro. Ela o observava, perguntando-se o que quisera dizer com "acabar na cadeia", quando estavam na estrada. Ficara preocupada. Depositava muita confiança naquele homem, sobretudo em função de quem ele era – ou melhor, de quem seu irmão fora.

Entretanto, a despeito dessa suspeita de que houvesse algo desagradável no passado dele, o mero fato de vê-lo interagindo com Jack e sua solicitude, ainda que seus gestos fossem equivocados, davam a Kate a segurança para acreditar nele. Ela torcia para que houvesse sabedoria nesse seu julgamento.

– Você quer dirigir? – ele perguntou.

– Não sei. Há anos não dirijo um carro com câmbio manual – Kate hesitou.

Paul ergueu uma sobrancelha.

– Você realmente ficou tempo demais nos Estados Unidos – ele estendeu as chaves. – Vá lá.

– Meu pai diz que minha mãe não é boa motorista.

– É mesmo? – Kate retrucou. – Ótimo! Isso resolve tudo – ela pegou as chaves e abriu a porta do lado do volante.

O interior do carro estava abafado, depois de sua ida à revistaria. Eles baixaram todas as janelas, para aproveitar a brisa refrescante que entrava no veículo. Era como estar de férias.

Kate torcia para que Jack não derramasse leite no banco de trás. Dane-se, era inevitável. Ela deu a partida e o rádio começou a transmitir o boletim de tráfego, em que um repórter avisava que um engavetamento na M3 estava causando uma enorme lentidão para os motoristas que se dirigiam do Oeste para Londres.

– Ah, que ótimo! – Kate comentou.

E, fazendo uma pausa, acrescentou, pensando alto:

– Talvez devêssemos passar a noite aqui. A ideia de ficar presa no trânsito nesse calor me apavora. Poderíamos procurar um hotel.

Paul não respondeu de imediato, e ela se corrigiu apressadamente:

– Nossa, estou sendo tão egoísta, como se você não tivesse mais o que fazer. Se quiser voltar...

– Não tenho nada para fazer.

– Sério?

– Tenho meu notebook e meu telefone. Se alguém no trabalho precisar de mim, é fácil me achar. E eles me devem alguns dias de folga, de qualquer forma. Preciso muito descobrir o que aconteceu com Stephen, Kate.

– Está bem.

Uma vista espetacular da catedral se descortinava ao fundo, preenchendo o espelho retrovisor sempre que Kate o olhava enquanto subiam uma grande ladeira. Logo depois, tomaram a estrada que levava ao terreno da UPR.

A unidade, entretanto, havia desaparecido, substituída por um conjunto residencial – primeiras residências para casais e famílias jovens.

Kate encostou junto ao meio-fio e ficou em silêncio por alguns minutos, encarando os gramados recém-podados e os portões reluzentes das garagens. Ela desceu do carro e, em pé, no meio da estrada, girou lentamente em um círculo. Desaparecera.

Por que ela havia pensado que os edifícios ainda estariam lá? Que estupidez! Não era despropositado, entretanto, imaginar que ainda haveria traços dos galpões pré-fabricados, da cerca de arame que os circundava e todo o trabalho de pesquisa que ali acontecia.

Nada. Tudo fora apagado. As pessoas que moravam naquelas casas – como aquele sujeito regando a grama, aquela mulher que, sentada em uma cadeira listrada, lia um grosso livro de capa dura, ou ainda aquelas crianças, que chutavam uma bola de futebol – provavelmente não faziam qualquer ideia do que havia antes ali.

Kate caminhou até a cerca de madeira que demarcava o limite da propriedade. Lá estava algo que não mudara: os campos verdejantes e as tortuosas trilhas de terra, onde ela e os outros voluntários podiam caminhar, desde que não estabelecessem contato com ninguém do lado de fora.

Fechando os olhos, Kate sentiu o sol sobre o rosto. Naqueles campos, não havia tanto tempo assim, Stephen e ela tinham transado sob um carvalho, em um dia quente de verão como aquele. Sua longa saia erguida, a grama esturricada espetando a pele de suas coxas. Sentia-se tão feliz. O futuro era dourado com Stephen.

Ela tornou a cerrar os olhos e as imagens mudaram.

O alarme de incêndio gritava, a fumaça preenchia os corredores. Sarah a amparava, enquanto tentavam encontrar uma saída do inferno...

Jack e Paul, ela sentia, aproximavam-se por trás dela, com os sapatos arrastando sobre o asfalto. Ainda que quisesse se virar, ela não conseguia abrir os olhos.

Já do lado de fora, ela corria em direção ao prédio. Os bombeiros carregavam alguém sobre uma maca. Stephen. Oh, Deus, não! Stephen! O médico ia se aproximando dela, e tudo ia desaparecendo.

– Kate, você está bem?

As imagens novamente se transformavam – era Sarah outra vez, erguendo-a da cama; e antes ainda, ela e Sarah brigando. Brigando? Por quê? Era óbvio.

Ela abriu os olhos e se deparou com Paul à sua frente. Por um instante, o muro do tempo se dissolveu, e ele se tornou Stephen: jovem, tímido, com o rosto corado depois de fazerem amor. Em seguida, no entanto, era novamente Paul.

– Lembrei-me do que aconteceu com Sarah – ela disse –, e do nome dela também. Sarah Evergreen, o monstro dos olhos verdes.

Capítulo 18

Quando se registraram em um hotel quadrado e desinteressante no subúrbio de Salisbury – escolhido mais pelo preço relativamente barato do que por qualquer expectativa de luxo –, Paul explicara claramente ao recepcionista que queriam um quarto duplo e um individual. Ele acompanhou Kate e Jack até seu apartamento e anunciou que os encontraria logo mais, no térreo, para jantarem. Kate apreciara sua firmeza tranquila, tão diferente da agitação indignada de Vernon.

Mais tarde, naquela noite, Paul e Kate se sentavam desastradamente na beirada de uma das camas do quarto, bebendo vinho tinto nos bojudos copos plásticos do banheiro do apartamento e conversando, de forma contida, para não acordarem Jack. O garoto dormia pesado na cama ao lado, roncando suavemente, com o robô a seu lado sob as cobertas.

Kate se debatera em torno da decisão de convidar Paul para ir até seu quarto. Precisavam, sem dúvida, conversar, e não havia hipótese de tornar a deixar Jack com uma babá de hotel. Parecia um pouco íntimo demais, entretanto, sentarem-se ali daquela maneira.

A seu favor, ela pensava, Paul sequer sugerira que dividissem, os três, um mesmo quarto.

O apartamento era bem pequeno. Não havia sofá, escrivaninha ou qualquer outro lugar para sentar – nem mesmo espaço suficiente para que um deles ficasse no chão. Paul vestia uma bermuda; ela, uma saia curta. Os pelos da perna dele faziam cócegas na coxa exposta de Kate.

Ela se afastara um pouco, mas não tardou para que, de alguma maneira, ele estivesse novamente bastante próximo. Não sabia dizer se Paul estava tão patentemente consciente da situação quanto ela, ou mesmo se percebera algo. Era uma bobagem, mas uma bobagem que tinha a capacidade de fazer todo o seu corpo formigar.

– Havia anos que eu não dormia em um quarto com camas de solteiro – Kate disse, dando um gole no vinho. – A última vez que isso aconteceu foi provavelmente na UPR, embora essas camas sejam bem maiores. Eu, em geral, prefiro pegar um quarto com duas camas de casal, uma para mim e outra para Jack, porque ele geralmente acaba pulando para minha cama, mas ocupa todo o espaço, se for uma cama de solteiro. Por isso, preciso de outra cama para mudar de lugar. Ele vem atrás e passamos a noite toda trocando de camas. Fica mais fácil se elas simplesmente forem de casal.

Kate corou – era conversa demais sobre camas e perseguições noturnas, ainda que se referisse a um menino de 6 anos.

– Todo mundo dividia quartos na UPR? Você e Stephen dividiam um quarto?

– Todos os quartos eram compartilhados, mas nem todos eram duplos. Havia alguns "flats", como eram chamados, quitinetes, na verdade, com uma sala e uma minúscula cozinha integradas e dois pequenos quartos. Eram mais civilizados, ainda que o banheiro ficasse no corredor. Eu, nas duas temporadas, entretanto, fiquei em quartos duplos, bem maiores, com cozinha integrada. As camas ficavam em lados opostos, e havia um banheiro; e, não, certamente não teriam permitido que eu compartilhasse um quarto com Stephen, mesmo que ele não fosse da equipe. Segregação rigorosa por sexo. Ficávamos, supostamente, em isolamento, junto com nossos companheiros de quarto. Além disso, ninguém sabia que Stephen e eu estávamos juntos, e ele, muitas vezes, não ficava na sede da unidade; tinha um apartamento alugado em Salisbury.

– Por quê?

– Bem, era meio parado lá. Ele queria ter alguma vida fora do trabalho, entende?

– Não, eu me referia ao fato de ninguém saber que vocês eram um casal.

Jack suspirou alto e se mexeu durante o sono, estendendo um braço preguiçoso para aconchegar seu desajeitado robô.

Kate esperou que ele tornasse a se aquietar e continuou:

– Não tenho certeza, mas parecia importante para Stephen na época. Eu nunca entendi bem o porquê. Ele só dizia que seria melhor se ninguém soubesse. Era uma das coisas que me deixavam desconfiada. Qual seria o problema, contanto que obedecêssemos às regras quando estivéssemos na área da UPR? Porém, esta era uma questão que o incomodava e obviamente o deixava ansioso. Quando confessei que havia contado a Sarah sobre nosso envolvimento, ele ficou realmente transtornado. Repetia sem parar: "É um desastre. E se isso vazar? E se o restante da equipe descobrir? Vou perder meu emprego!" No início, pensei que o problema fosse o fato de ele ser uma espécie de menino de ouro, e que não queria que ninguém soubesse que andara se confraternizando com as pacientes. Parece que havia alguma regra antiga maluca sobre isso.

Paul sorriu:

– O velho Stephen sempre foi realmente um caxias... Mas conte mais sobre Sarah – enquanto falava, Paul tocou com um dedo o antebraço de Kate e o acariciou.

Ela ficou paralisada, com os olhos escancarados de choque e prazer – ele, entretanto, parecia não prestar atenção, não dava qualquer sinal de que tinha consciência desse pequeno gesto, da mesma forma que não parecera perceber que suas pernas se tocavam.

Kate se deu conta de que havia anos não se sentia tão excitada.

"Isso é ridículo", pensava. "Estou tão carente de sexo que vou acabar tendo um orgasmo com uma carícia no braço!"

Tentava se lembrar – mas não conseguiu – da última vez que fizera sexo. Jack provavelmente mal saíra das fraldas.

Paul esperava pelas memórias sobre Sarah.

Limpando a garganta, Kate desejava, sobretudo, que ele não

parasse de acariciá-la. Ao mesmo tempo, não conseguia evitar sentir um calafrio com a lembrança que lhe viera mais cedo, da antiga área da UPR: Sarah e ela emergindo do edifício, nauseadas e cobertas de fuligem.

– Hum, então, Sarah... A última vez que a vi foi depois do incêndio. Não me lembro muito daquela noite, exceto de que ela me ajudou a escapar. Sarah também estava doente, portanto, não sei como conseguiu fazer isso. Mas tenho uma imagem nítida dela, tossindo, deitada na grama, do lado de fora. Tossíamos todos, em função da fumaça e da gripe. Não a vi mais depois disso. Fui levada para o hospital. Tenho certeza de que devo ter perguntado por ela, mas não me recordo de jeito nenhum se obtive uma resposta. Parti então para os Estados Unidos e, de fato, nunca mais pensei nela.

O carinho se intensificava, os movimentos dos dedos de Paul sobre o braço dela se tornavam mais longos e demorados. Kate estava arrepiada. Queria agarrá-lo, mas não tinha coragem. Ele sequer estabelecia contato visual. Seus olhos se mantinham fixos na ação dos próprios dedos, desenhando sobre a pele do braço dela.

"Isso certamente é um sinal de que ele me deseja, não?", ela pensou.

Estava tão destreinada. Talvez ele estivesse somente tentando dar-lhe forças.

"Ah, não seja ridícula, Kate", disse para si mesma. "É óbvio que ele está a fim de você. Ninguém sai acariciando impunemente o braço de alguém que não deseja. Ao menos, não desse jeito."

– Mais vinho? – ela pulou abruptamente da cama e tornou a encher os copos.

"Que droga!", pensou. "Agora ele vai pensar que eu não estava gostando ou que não achei adequado."

Mas talvez não fosse de fato apropriado. Ela realmente o queria? Ou Paul simplesmente representava a coisa mais próxima possível a uma reencarnação de Stephen?

Kate suspirou.

Ele olhou para ela e sorriu, batendo a mão sobre a cama, a seu lado.

– Então, ela se chamava Sarah Evergreen. Por que você a chamou de "monstro dos olhos verdes"? Do que ela tinha ciúmes?

Kate voltou para a cama. Desta vez, ela propositalmente se sentou um pouco mais perto, de forma que suas pernas se tocassem sem que precisassem se mover.

– Ela tinha ciúmes de mim e de Stephen. Eu não gostava muito dela. Sarah era uma vaca que se enfurecia à toa. Tinha mais ou menos a minha idade e era muito bonita, com cabelos ruivos. Encantei-me quando a conheci, porque achei que seria divertida. E ela era, no começo, mas logo ficou claro que estava de olho em Stephen. Sarah não se dava conta de que nós já estávamos juntos. Com isso, quando começou a falar do quanto ele estava em forma e de como fantasiava ser agarrada por ele nas bancadas do laboratório, esse tipo de coisa, ficou tudo muito difícil. Eu não podia dizer nada porque meu envolvimento com seu irmão era um grande segredo. Tinha que me esgueirar sorrateiramente à noite para encontrá-lo e realmente ficava fula da vida por não poder abrir o jogo. Depois de um tempo, entretanto, não consegui mais ouvir aquele papo dela, dizendo quanto ele era lindo e o que planejava dizer para que a desejasse. Era doloroso! E não estou exagerando: ela não parava. Não havia muito o que fazer lá, exceto assistir à TV. Assim, Stephen se tornou uma espécie de projeto de Sarah. Chegou uma hora que decidi que simplesmente devia contar.

– E o que ela disse?

Kate franziu o cenho:

– Uma vez mais, não me lembro de fato. Não ficou feliz, com certeza. No entanto, estávamos ambas bastante doentes a essa altura. Deve ter sido um ou dois dias antes do incêndio. Suspeito que, se estivéssemos nos sentindo bem, teria acontecido uma grande briga, mas acho que ela estava fraca demais para fazer algo além de resmungar e me xingar. – Kate sentiu um arrepio: – Ui! Ela era um saco! Eu me lembro de estar deitada na cama com febre e de Sarah ficar reclamando do outro lado do quarto. Queria esmagá-la como a um mosquito, mas não tinha forças. Sentia-me um lixo.

– Vocês duas estavam resfriadas?

Kate hesitou. Queria que Paul voltasse a lhe acariciar o braço. Suas pernas continuavam se tocando, mas ele agora não fazia nada, apenas a escutava.

Será que ela tinha dado sinais de que não estava a fim? Era bastante provável que sim, uma vez que não tinha certeza de se realmente queria algo. Tudo estava estranho demais. Encontrar um homem era a última coisa que esperava que acontecesse na sua chegada à Inglaterra. O que dizer do fato de que esse homem fosse o maldito irmão gêmeo de Stephen!? Era totalmente insano. Kate tentou se concentrar na conversa, deixando de lado a proximidade sólida e sensual de Paul.

– Bem, suponho que, na época, eu pensasse que tinha um resfriado muito forte. Hoje, entretanto, relembrando... nunca tive um resfriado como aquele. Pode ser que, com uma febre tão alta, tudo parecesse pior do que realmente era. A única vez, contudo, que me senti tão mal foi na infância, quando contraí a mesma doença que... bem... matou os meus pais.

Ela se sentia desconfortável, pensando que Paul talvez achasse que buscava uma reação de simpatia. No entanto, felizmente ele respondeu de maneira completamente pragmática.

– Você acha que poderia ser outra doença?

– Só posso dizer que não parecia uma gripe, tampouco qualquer tipo de resfriado... Mas tudo me chega tão borrado... E então veio o incêndio, e tudo de que me lembro é o que já lhe contei: semanas de hospital, Leonard trazendo a notícia da aprovação com honras, como se dizia em Oxford, e o convite para Harvard. De resto, só vejo alguns flashes ou pesadelos – ela fez mais uma pausa. – Tenho muitos pesadelos, mas na época, se é que raciocinava de maneira adequada, eu não pensava no incêndio ou em Sarah ou na gravidade da doença, somente em Stephen. Só pensava que o havia perdido e em como parecia que nunca mais seria possível ser feliz.

Kate se interrompeu, com a voz embargada pelas lágrimas repentinas. Parecia insensível deixar que Paul a visse com os olhos daquele jeito. Quando olhou para ele, torcendo para que não tivesse notado, ela viu, com espanto, que lágrimas também desciam por seu rosto.

– Ah, meu Deus! Sinto muito – ela disse, abraçando-o instintivamente. – Eu só o conhecia havia alguns meses, e você era seu irmão gêmeo. Deve ser muito pior.

Paul limpou a face com o dorso da mão e se deixou abraçar.

– Não. Eu é que peço desculpas. Não costumo chorar. Sério. A verdade é que a última vez que devo ter chorado foi justamente no dia que ele morreu. Fora, claro, o dia que o Southampton foi rebaixado – o sorriso triste lembrou-a, de forma ainda mais intensa, de Stephen, que também tinha o mesmo humor autodepreciativo e, se a memória não lhe falhava, também torcia para os Saints, o time de futebol de Southampton.

– Não gosto de ver você triste por causa dele, mas é de certa forma incrível estar com alguém que compreende essa perda e que também o amava. Sei que já mencionei isso, mas não posso conversar com meus pais, porque é doloroso demais para eles, e Stephen e eu não tínhamos amigos em comum. Portanto, essa é a primeira vez que encontro alguém que sente o mesmo tipo de saudade que eu.

Algo na honestidade dele e no seu tom de voz tocava Kate profundamente. De repente, ela se deu conta de que não se tratava somente de Stephen. Não era apenas uma questão de enxergá-lo em Paul, a despeito das diferenças entre eles. Sentia-se atraída por ele, por Paul. A descarga súbita de adrenalina e desejo a teriam derrubado no chão, se já não estivesse sentada.

Ela o abraçou com mais força e, naquele momento, Jack emitiu um ronco e rolou de lado, ficando de frente para a parede.

"Obrigada, Jack", Kate pensou, enquanto, com delicadeza, puxava o rosto de Paul em sua direção e beijava seus lábios – estavam salgados por causa das lágrimas e eram tão macios.

Ele correspondeu de imediato, envolvendo sua cintura com os braços. Para imenso alívio dela, não era como beijar Stephen, e certamente nada parecido com o beijo de Vernon – beijar Vernon, pelo que se lembrava, parecia mais com ser centrifugada por uma máquina de lavar roupas. Aquela era uma experiência absolutamente nova e deliciosa. Queria imediatamente arrancar todas as suas roupas e pular sobre ele. Por sorte, Jack estava na cama ao lado, ou ela provavelmente teria feito isso, pensava, suspirando de prazer enquanto os mesmo dedos leves de Paul tocavam seus seios.

Durante a hora e meia seguinte, não falaram mais sobre Sarah ou a UPR ou Stephen. O vinho acabara, e a barba por fazer de Paul deixara o queixo de Kate todo vermelho. De alguma maneira milagrosa, entretanto, sobretudo considerando que já se encontravam em uma cama, a maior parte de suas roupas havia permanecido no lugar.

– Isso é maravilhoso! – Paul sussurrou, em certo momento, com as lágrimas já esquecidas.

Kate assentiu:

– Maravilhoso, mas muito estranho – um pensamento subitamente lhe ocorreu. – Não sei quase nada sobre você, exceto que era seu gêmeo. Você não é casado, é?

Ele sorriu e sacudiu a cabeça:

– Não.

– Divorciado?

– Não.

– Tem namorada?

– Terminamos há seis meses. Estou sozinho desde então. Você não tem nada com que se preocupar.

– Mas eu sou casada – ela disse em um tom sombrio, visualizando o rosto de Vernon, contorcido de ódio ao se dar conta de que ela e Jack tinham ido embora.

Por algum motivo, enxergava-o em pé, junto à porta do quarto vazio de Jack, observando furioso a colcha dos Red Sox esticada e, quem sabe, arrancando-a da cama e atirando-a do outro lado do cômodo. Oh, Deus! Tinha uma sensação horrível de que a reação do ex a seu sumiço sequer havia começado.

Paul simplesmente tornou a sorrir.

Havia algo tão tranquilizador em estar com ele...

– Sim. Mas isso não vai durar muito, não é verdade? Quer dizer, não é exatamente por isso que você está aqui?

Kate assentiu.

– Bem, então não há problema em um pouco de infidelidade antecipada entre amigos.

Ele voltou a beijá-la, e ela, de alguma forma, conseguiu se esquecer de Vernon.

Por enquanto, ao menos.

Capítulo 19

Quando abriu os olhos na manhã seguinte, Kate sentiu um desapontamento passageiro porque Paul não se encontrava na cama a seu lado. Quando, entretanto, os cliques e bipes do robô Billy anunciaram que Jack havia despertado, ela se deu conta de que isso teria sido impossível – ou ao menos extremamente imprudente. Para sua tristeza, perguntou-se como diabos seria possível passar um pouco de tempo sozinha com Paul. No entanto, imediatamente ela afastou o pensamento egoísta. Tinha, sem dúvida, que colocar o filho em primeiro lugar.

Não obstante, agora que o assunto vinha à tona, talvez fosse hora de o menino passar alguns dias com seus primos britânicos. A despeito da motivação individualista, não devia ser muito divertido para ele ter que seguir a mãe e seu amigo em sua busca por respostas. A irmã de Kate morava em Cotswolds e certamente ficaria feliz em receber o sobrinho por alguns dias. Miranda sequer sabia que estavam na Inglaterra.

Kate decidiu que telefonaria para a irmã naquele dia, e não apenas para que pudesse dormir com Paul – fazia sentido dar notícias a ela e dizer que estavam bem. Nunca haviam sido muito próximas e decidira não ligar para Miranda até então porque sabia que aquele seria o primeiro lugar onde Vernon a procuraria. Não queria envolver a irmã. Melhor que ela não soubesse de nada. Por sorte, o ex-marido não saberia seu novo endereço, pois Miranda e sua família tinham se mudado havia poucos meses.

– Olá, Billy. Olá, mamãe. Amo vocês dois – Jack ainda cheio de sono se manifestou, tropeçando para chegar à cama de Kate, onde ele começara a dormir na noite anterior.

Os dois se abraçaram deitados. Kate encostou os lábios na cabeça de Jack e beijou-lhe os cabelos macios. Ele enroscou uma das pernas pequeninas ao redor da mãe. O cheiro do filho era delicioso.

– Nós também amamos você, Jacket – ela disse, utilizando um apelido antigo.

– Mãe! Não me chame assim. É bobo.

– Está bem, Cabeça de Batata.

– Isso é ainda mais bobo!

– Desculpe, sr. Fedorento.

Jack deu-lhe um soco, surpreendentemente forte, nas costelas.

– Ai! Isso doeu!

– Então, pare de me chamar por nomes bobos – ele respondeu, à beira das lágrimas.

Kate havia se esquecido de que Jack podia, às vezes, ser bastante sensível – o que não era surpreendente, diante das circunstâncias.

– Desculpe, Jack – ela disse, abraçando-o mais de perto. – Escute, que tal ir visitar Amelia e George?

– Quem?

– Seus primos. Lembra-se deles? Foram a Boston uma vez. Têm cabelos loiros e olhos verdes bem grandes. George tem um ano a menos que você, e Amelia, um a mais.

– Os pais deles são a tia Miranda e o tio Pete?

– Isso mesmo. Faz tempo que você não os vê.

Miranda, Pete e as crianças os haviam visitado em Boston um ano e meio antes. Vernon tornara sua estadia o mais desagradável possível – não teria feito diferença se tivesse colocado um capacho com as palavras "Deem o fora" na porta de entrada.

Jack encolheu os ombros.

– Está bem. Não me importo. Talvez eu deixe George brincar com o Billy, mas só um pouquinho.

– Muito bem. Agora, vá fazer seu xixi para encontrarmos Paul e tomarmos café da manhã.

– A tarefa do dia é encontrar Sarah. Você consegue se lembrar de onde ela morava? – Paul perguntou, enquanto os três atacavam gordurosos ovos mexidos e torradas borrachudas no restaurante do hotel.

Jack brincava com os puxadores da cortina, aparentemente tentando enforcar Billy. Enquanto o vigiava, Kate fazia um enorme esforço mental para encontrar a resposta. Ela encarou Paul, que perseguia um pedaço de ovo no prato. Ele notou o olhar dela e sorriu, de um jeito discreto, mas repleto de significado. O estômago de Kate encolheu, fazendo com que se lembrasse da maciez sedosa da pele dele na noite anterior e ansiasse por outra oportunidade para beijá-lo.

Forçando-se a restabelecer a concentração, ela apontou para o notebook de Paul.

– Tenho certeza de que ela morava em Salisbury. Há essa sensação de que Sarah teria me dito que conseguia, da unidade, ver sua casa. Será que não conseguimos localizá-la pela internet? Evergreen deve ser fácil. Não é um sobrenome muito comum.

– De fato, mas não consigo acessar a internet aqui. Se vocês já terminaram, podemos verificar se na recepção há uma lista telefônica.

Kate tomou um último gole de chá e fez uma careta.

– Não é o melhor café da manhã da minha vida.

Paul sorriu novamente para ela.

– Quem sabe um dia eu possa levá-la ao hotel com o melhor café da manhã do mundo. Fica no Lake District. Tem uma vista maravilhosa e camas com dosséis.

– Parece bom – Kate respondeu, tentando fazer com que sua voz não falhasse. – Adoro um bom café da manhã.

Havia um Evergreen na lista telefônica de Salisbury. As iniciais não batiam, mas, depois de tanto tempo, Sarah seguramente estaria casada e morando em outro lugar. Porém aqueles muito provavelmente seriam parentes seus – quem sabe, seus pais.

– Supondo, claro, que sejam os Evergreens certos – Paul observou.

– Será que deveríamos telefonar antes? – Kate perguntou, em dúvida. – Jack, não faça isso, querido. Você vai acabar espremendo os dedos.

Entediado, o garoto brincava com a pesada porta corta-fogo que levava aos apartamentos do hotel, enquanto Paul folheava a lista ao lado do telefone público na recepção.

– Não, temos bastante tempo. Vamos até lá ver se estão em casa; quer dizer, se é que são eles. Você pode se apresentar como uma velha amiga de Sarah.

– E quanto a Jack? Jack! Pare com isso!

Paul desviou o olhar em direção ao menino, que naquele momento, desconsolado, chutava a porta.

– Isto é meio entediante para ele, não é verdade? – disse. – Não acho que Jack deva entrar na casa conosco. Vou comprar uma bola para brincar com ele no quintal, se é que existe um, enquanto vocês conversam.

Kate torcia para que a família Evergreen fosse receptiva. Parecia um pouco impertinente aparecer sem ser convidada e, em seguida, perguntar se Jack poderia jogar bola no quintal.

– Ou em um parque próximo, quem sabe...

– Pode ser. Vamos – Paul se virou para Jack. – Vamos comprar uma bola de futebol, camarada?

Depois de comprar a bola em uma banca de jornal próxima ao hotel, os três se acomodaram no carro e partiram rumo a Quidhampton, um povoado do outro lado de Salisbury. Segundo seu mapa, os Evergreens viviam na rua principal do vilarejo.

– Apesar do fato de que isso dificilmente possa ser chamado de "rua principal" – Kate apontava, enquanto Paul dirigia o carro lentamente por uma via que se assemelhava mais a uma estreita estrada rural.

– Lá está! Estância Primrose! – Paul indicava, entusiasmado, um bangalô baixo no estilo dos anos 1930.

– Tampouco parece uma estância – Kate observou, tentando acalmar os nervos abalados pelo que teria que fazer em seguida.

– Aonde vamos? Podemos jogar bola, agora? – Jack já soltara seu cinto de segurança, antes que o carro parasse.

– Aguente aí, camarada. Temos apenas que checar se as pessoas que moram aqui são os pais de uma pessoa que sua mãe conhecia, uma mulher chamada Sarah.

– Por quê?

Paul e Kate se entreolharam.

– É difícil explicar. É uma longa história – ele falou. E, voltando-se para Kate, disse: – Quem sabe ela não more aqui ainda? Isso seria útil, não? Economizaria um pouco de tempo.

– Hum – Kate resmungava absolutamente incerta de se estava preparada para aquilo.

Jack abriu a boca para pedir mais explicações, mas ela o atalhou, apressada:

– Você tem sido um ótimo garoto, Jack. Prometa que vai se comportar assim um pouco mais, enquanto falo com eles, está bem?

– Eu prometo, se puder tomar sorvete depois – o menino respondeu mal-humorado.

Kate imaginara que os pais de Sarah seriam um casal idoso. Por isso, quando uma mulher bonita e cheia de vida, aparentando cerca de 50 anos, abriu a porta, ela inicialmente supôs que aquela não fosse a família Evergreen que procuravam.

– Hum... Olá – cumprimentou. – Sinto muito por incomodá-la, mas estou procurando os pais de Sarah Evergreen. Sou uma velha amiga dela.

A mulher permaneceu em silêncio por um momento, mas sua expressão dizia a Kate que os três não tinham ido ao lugar errado. Ela se perguntava se a família de Sarah não se mostraria hostil – sua amiga era convencida e mal-humorada quando a conhecera.

– Sim – a mulher respondeu, sorrindo e estendendo a mão –, sou a mãe de Sarah. Qualquer amigo de Sarah é bem-vindo aqui. Mas não a reconheço. Já nos encontramos? Sou Angela.

– Kate – ela se apresentou, apertando a mão de Angela e sorrindo de volta. – Conheci Sarah na Unidade de Pesquisa de Resfriados. Esses são Paul, meu amigo, e Jack, meu filho.

Angela pareceu ficar afetada com a menção à UPR. Ambos notaram sua reação, e Paul ergueu as sobrancelhas para Kate quando a mulher não olhava.

– Entrem, entrem. Vou colocar a chaleira no fogo. Olá, Jack. Gostei do seu robô. Ele parece muito bacana.

– Ele se chama Billy – o garoto respondeu, escondendo-se atrás das pernas da mãe.

A sala de estar da pequena casa era apertada. Havia um imenso retrato de Sarah, uma pintura em óleo sobre tela, pendurada sobre a lareira. Kate a reconheceu de imediato.

– E como está Sarah? – ela perguntou, notando que a amiga parecia muito bonita no retrato. – Não nos vemos há muito tempo. Queríamos manter contato, mas... – sua voz falhou diante da expressão de Angela.

– Você não sabe? Pensei que tivesse dito que estiveram juntas na UPR?

Kate olhou de relance para Paul.

– Estávamos. Dividíamos um quarto. O que...?

– Então, você estava lá na noite do incêndio?

– Sim – o estômago de Kate se encolheu diante do terrível presságio. Ela segurou a mão de Paul. Até mesmo Jack, silencioso, parecia captar a atmosfera tensa – o garoto recolhera-se a uma poltrona, onde brincava calado com Billy.

Angela engoliu em seco e seus olhos se encheram de lágrimas.

– Sinto tanto por ter que lhe contar isso. Supus que você já soubesse. É que Sarah... morreu no incêndio.

– Não, ela não morreu! – Kate falou de pronto, sem refletir.

– Kate! – Paul apertou-lhe a mão.

– Sei que isso deve ser um choque para você, mas temo que seja verdade. Ela ficou presa no prédio em chamas e... não conseguiu escapar.

Kate balançava a cabeça:

– Não, não.

Imaginando que sua visitante estivesse abalada com a notícia, Angela apontou para o sofá, pressionando seu ombro com delicadeza, para que se sentasse.

– Surpreende-me que você não tenha lido algo a respeito nos jornais depois.

Paul se esgueirou até a poltrona onde Jack se encontrava e começou a conversar com ele, em voz baixa, sobre as múltiplas funções de Billy.

– Eu não sou de Salisbury e, de qualquer forma, fiquei algum tempo no hospital depois do incêndio, antes de me mudar para os Estados Unidos. Por isso, acabei não sabendo.

– Você e Sarah eram boas amigas?

Kate corou.

– Hum... Bem, não nos conhecíamos havia muito tempo, mas demos boas risadas juntas – ela evitou o olhar de Paul.

– Deixe-me fazer um chá para podermos conversar direito – disse Angela. – Jack, você quer biscoitos e suco?

Jack assentiu com a cabeça.

– E será que eu e Paul podemos jogar bola no seu quintal, por favor?

Angela soltou uma risada nervosa:

– Claro que sim. Vou mostrar o caminho para vocês.

– É muita bondade sua – disse Kate de maneira igualmente nervosa, alarmada por perceber que tremia.

Ela desejou que Paul não houvesse desaparecido com Jack. Sentia a necessidade de uma mão amiga em que se segurar. Aquilo tudo era estranho demais. Ainda que suas lembranças do incêndio fossem extremamente esparsas, as duas memórias mais nítidas eram, primeiro, ela e Sarah desabando sobre a grama, do lado de fora e, em segundo lugar, a visão de Stephen sendo retirado do prédio. Como podiam ambos ter morrido no incêndio? Não era possível. Havia sido Sarah quem a ajudara a escapar, a despeito de estar tossindo e fungando tanto quanto ela – mas estava bem, havia saído do prédio. Kate lembrava-se claramente disso – um dos poucos fragmentos remanescentes em meio à névoa que obscurecia sua memória.

Após alguns minutos, Angela retornou com os utensílios para o chá e um prato de biscoitos de chocolate sobre uma bandeja.

– Desculpe-me aparecer sem avisar dessa forma – Kate falou, recusando a oferta de um biscoito.

– De forma alguma. Na verdade, é muito bom ter companhia e também uma criança em casa novamente – Angela redarguiu em um tom intensamente nostálgico.

– Sarah era filha única? – perguntou. – Diga-me para cuidar da minha vida, se quiser...

– Não, não há nenhum problema. Sim, Sarah era nossa única filha; e agora se foi. Tampouco terei netos para correrem pela casa.

– E seu marido? – Kate arriscou, sentindo-se mal.

Angela encarou o retrato de Sarah e mordeu os lábios:

– Nós nos divorciamos três anos depois da morte dela. Acabou sendo... demasiado no fim das contas.

– Sinto muito.

A senhora sacudiu a cabeça:

– Por isso, agora vivo aqui sozinha. Estou bem, acho. Tenho alguns bons amigos e boas lembranças. Nada, entretanto, aconteceu como eu imaginava. Acho que a vida não funciona assim, não é mesmo?

– Creio que não – Kate respondeu lentamente, refletindo sobre suas relações com Vernon, Stephen e agora Paul. Como aquilo acabaria?

– Quais são suas lembranças de Sarah? – perguntou Angela.

Kate olhou-a direto nos olhos:

– Não me lembro de quase nada do incêndio, mas tenho bastante certeza de que Sarah ajudou a salvar a minha vida. Eu estava doente, ambas estávamos; haviam nos infectado com um resfriado ou algo parecido. Tínhamos febre. Não sei qual de nós duas estava pior. Eu estava enferma demais para me dar conta do que se passava de fato ao meu redor. Mas ela fez com que eu me levantasse da cama quando o alarme de incêndio soou e me ajudou a cruzar os corredores. Eu não conseguia ficar em pé sozinha. Estava muito fraca. Lembro-me do cabelo ruivo e da voz dela me apressando. Sobretudo, lembro-me de Sarah do lado de fora, na grama, comigo.

– Não pode ser verdade – Angela disse aturdida.

– Mas é. Foi assim.

– Será que ela voltou para ajudar mais alguém?

– É provável, suponho, ainda que eu não saiba dizer quem ela poderia ter querido ajudar. Foi muita coragem. Eu não tinha forças para nada, exceto para ficar deitada na grama. Lembro-me de alguém me dando uma injeção. Eles... bem... quer dizer... Onde ela foi encontrada?

A voz de Angela falhava:

– No quarto, dentro da unidade. Parece que ficou, de alguma forma, trancada e não conseguiu escapar.

– Isso é impossível. Por que ela teria voltado para o quarto e se trancado? O fogo estava destruindo tudo àquela altura. Não havia como voltar por aquele corredor! Nós escapamos por pouco. As chamas lambiam nossos calcanhares. Quando penso naquele momento, era como se o fogo nos perseguisse pelo corredor. Havia fumaça em toda parte...

As duas buscaram suas xícaras de chá e beberam em silêncio por um instante. Kate desejou que aquilo fosse uma enorme dose de gim-tônica. Um som de louça batendo chamou sua atenção e, para seu horror, percebeu que a mão de Angela tremia de forma tão violenta que sua xícara balançava sobre o pires, derramando o chá sobre o tapete claro. Kate se levantou de um salto e gentilmente tomou a xícara e o pires das mãos de sua anfitriã, que agora soluçava e dobrava o corpo como se tivesse uma terrível dor de estômago.

– Não consigo suportar pensar na minha filha sofrendo dessa maneira!

A voz de Angela era um vagido. Kate nunca ouvira nada tão angustiado.

“Oh, Deus”, ela pensava, “o que fizemos? Não devíamos ter vindo. Angela parecia tão bem instantes atrás.”

– Sinto muito – Kate repetia, tentando limpar a mancha de chá no tapete com um guardanapo. Sentia-se prestes a chorar também.

Do lado de fora, alheios a tudo, Paul e Jack chutavam a bola de futebol.

Angela respirou fundo e tentou recompor-se.

– Não, sou eu quem tem que se desculpar – disse ainda chorando. – É de se imaginar que, aos poucos, as coisas ficassem mais fáceis, mas não é o que ocorre. Sou sempre assim com qualquer pessoa que tenha conhecido Sarah. Quando aquele sujeito, o dr. Bainbridge, apareceu algumas semanas depois do incêndio, fiquei tão perturbada que tive que tomar uma injeção de tranquilizantes. O pai de Sarah teve que ligar para o meu médico. Acho que o dr. Bainbridge realmente se arrependeu de vir aqui. Tive uma explosão, sabe? Eu precisava culpar alguém. Sei que não fui justa.

Kate colocou o guardanapo manchado sobre a bandeja.

– Leonard Bainbridge veio vê-la? O que ele disse?

– Só repetia quanto sentia e que a Unidade de Pesquisas de Resfriados havia sido criada para ajudar as pessoas e que agora havia gente morrendo. Disse algo sobre as coisas terem fugido do controle. Para ser franca, nada do que ele falou fazia muito sentido, e eu estava tão brava e ocupada em gritar que não o escutava de fato. Então ele disse algo que me deixou tão nervosa que o expulsei daqui: falou que devia me orgulhar, porque minha filha morrera para ajudar os outros. Como se valesse a pena minha filha morrer para impedir que algumas pessoas tivessem a garganta inflamada e narizes congestionados! Ele disse que esperava que um dia eu percebesse que o sacrifício dela não tinha sido em vão.

Kate não sabia o que dizer. A cabeça girava em alta velocidade. Sacrifício? Do que diabos Leonard estaria falando? Ela seguiu o olhar de Angela em direção a uma foto de Sarah ainda pequena, já um tanto descorada na moldura sobre o aparador da lareira. Assim como Sarah, Leonard estava morto. Que segredos teriam levado para a cova? Observando uma lágrima escorrer pelo rosto de Angela, Kate se sentiu mais determinada que nunca a descobri-lo.

Capítulo 20

Do lado de fora do hotel, ao lado de seu carro, Sampson fumava um cigarro – isso o ajudava a pensar. As pistas estavam quentes, mas aonde levavam? Ele fechou os olhos e inspirou profundamente pelo nariz. Podia sentir o cheiro dela, seu eco, captar a maneira como sua presença deixara uma marca no ar da cidade. Kate.

Lembrava-se da primeira vez que a vira. Trabalhava como segurança na UPR – não que fosse conhecido como tal; até onde os internos ou pacientes ou qualquer porcaria de nome pelo qual fossem chamados soubessem, ele era um faz-tudo, o otário que carregava suas malas e consertava televisores quando paravam de funcionar; pintava cercas e arrancava ervas daninhas. No início, Sampson achava o trabalho humilhante, muito abaixo de suas habilidades, mas depois de um tempo relaxara, dando-se conta de que havia vantagens em trabalhar disfarçado, passando por um idiota inofensivo. Tinha acesso aos quartos dos hóspedes – incluindo os de todas aquelas garotas. Ele andava pelas sombras, sem que ninguém o notasse. Para a maioria dos internos, ele era invisível – um mero serviçal, um zé-ninguém. De forma eventual, havia assuntos mais interessantes a tratar, quando seus contratantes pediam que fizesse seu trabalho sujo, como naquele momento. Na maior parte do tempo, entretanto, sentia-se satisfeito em levar sua vida pacata e quase zen.

Por Cristo, estivera a ponto de se acomodar, até que tudo saiu de controle – quando Kate estava lá.

Sampson sabia, desde o começo da adolescência, que era diferente dos outros garotos. O resto das pessoas – toda a porcaria do mundo – desmanchava-se, falando do amor, de alegria e felicidade. Ele não conseguia compreender aquilo. Cada música que ouvia, cada filme que via, as conversas que captava eram todos sobre amor e romance e corações e flores. Ele assistia ao papel idiota desempenhado por seus colegas de classe, que corriam atrás das garotas. Era patético. Ele estava se lixando para elas. O mais próximo que chegava de uma sensação de felicidade ocorria quando causava dor – fazendo sua mãe chorar, espancando a cabeça do gato da irmã com uma pedra, brigando com outros garotos e vendo-os chorar. Isso era alegria.

De forma irônica, quanto mais alheio e desinteressado se tornava, mais as garotas se interessavam por ele. Vinham todas procurá-lo, para o desgosto dos outros rapazes. As mais bonitas e populares o perseguiam – os olhos se escancaravam quando falavam com ele, elas passavam a língua pelos lábios, chamavam-no para sair. Uma delas chegou a escrever-lhe um poema, caramba, que o deixou fisicamente doente. As meninas, entretanto, também lhe ofereciam seus corpos, e ele gostava disso. Gostava de sexo. Gostava de fazê-las chorar enquanto transava com elas. Após certo tempo, correu a notícia de que não era só um sujeito mau – era mau de verdade. Todos ficaram distantes dele, depois disso, com exceção das garotas realmente perturbadas: as que procuravam perigo, que tinham problemas em casa, cheiravam cola e carregavam cicatrizes nos braços. Ele não nutria qualquer sentimento por elas, exceto um vago desejo animal, quase sempre sucedido por nojo. Era isso. Esse fora o padrão de sua juventude.

E então Kate apareceu na UPR. Geoffrey, seu colega, tinha ido buscar a moça e mencionou a ele que havia uma garota muito bonita no quarto 4C. No dia seguinte, os dois cuidavam do jardim, quando o outro o cutucou:

– Lá está a garota de que lhe falei.

Sampson ergueu a cabeça, desinteressado. Foi como levar um chute no saco. Sua expressão deve ter sido a mais estúpida possível – a de um otário boquiaberto –, pois Geoffrey riu e disse:

– Nossa! Você ficou mesmo impressionado! Eu disse que era linda.

Sampson havia ficado sem palavras e retomou seu trabalho de escavação ao lado do colega. Tempos depois, passado o incêndio, Gaunt ficou preocupado que Geoffrey talvez soubesse demais. Sampson se livrou do velho tolo enterrando-o sob os canteiros que amava tanto.

Não conseguia entender por que Kate tinha esse efeito sobre ele, instilando uma calma desconhecida e, ao mesmo tempo, um incontrolável desejo de violência – impulsos de abraçar e esganar revolvendo juntos em seu peito. Ela não era a mulher mais bonita que já vira, não tinha o corpo mais perfeito, tampouco se movia de modo particularmente sedutor. Se fosse colocada ao lado de modelos, Kate se sobressairia porque, ora bolas, não era uma modelo. Tinha, entretanto, um efeito fora do normal sobre ele.

Atormentado, Sampson a observara durante duas semanas, e ela então se fora, como todo voluntário, desaparecendo com o encerramento de sua quinzena. O homem não se perdoara por sua passividade, por não tentar uma aproximação, não superar sua própria paralisia diante do poder que ela parecia exercer sobre ele.

Mas Kate retornara – maravilhosa e terrível –, e Sampson compreendera o motivo: ela tinha algo com aquele médico, Wilson, aquela titica, o fracote. Por que, caramba, sentia-se atraída por um otário como aquele? Tudo bem, o sujeito era inteligente e bonito. Ele era legal. O adjetivo "legal" fazia os dentes de Sampson doerem; os "legais" deviam ser erradicados da face do planeta.

Ele logo se deu conta de que Kate planejava algo e passou a vigiá-la, bem como ao doutor, mais de perto. O trabalho começava a entediá-lo, mas aquilo renovara seu interesse.

Tudo culminou em uma noite de chamas e fumaça, violência e carne ardendo. Ele estava lá quando os bombeiros resgataram Kate e as outras meninas. Era uma loucura, o caos total – os voluntários tentando escapar de seus quartos, a polícia e os bombeiros chegando de Salisbury, moradores locais aparecendo para se chocar com o espetáculo.

No instante exato que viu Kate e a companheira de quarto dela sendo retiradas do prédio, seu chefe surgiu ao lado. As instruções foram objetivas. Para seu imenso desapontamento, a moça foi designada aos cuidados de outras pessoas. Sua tarefa seria lidar com a colega de quarto do modo que julgasse mais apropriado.

Sampson localizou Sarah sentada na grama, com a cabeça abaixada, vestindo uma camisola encardida pela fumaça erguida acima dos joelhos. Ele a chamou pelo nome e a garota olhou para cima. Os olhos dela estavam cheios de água; o rosto, sob os borrões de fuligem, lívido como papel. Ela parecia olhar a morte de frente. Sampson começou a se sentir excitado.

– Pediram-me que cuidasse de você – ele disse. – Venha comigo.

Ele estendeu a mão e ela a aceitou. Sampson a colocou em pé. As pernas de Sarah falharam, mas ele a amparou, passando um braço à sua volta. Através do algodão delgado da roupa de dormir, sentia a pele quente da garota. Poucos metros à frente, Kate estava inconsciente sobre o gramado. Observando-a, pesaroso, Sampson se afastou, guiando Sarah.

Ela mantinha a cabeça abaixada, tossindo e resfolegando, enquanto caminhavam em direção ao bosque, afastando-se do prédio em chamas. Uma cancela na cerca do perímetro levava a um conjunto de árvores, bem próximo ao edifício, mas afastado do campo de visão. Os pacientes tinham permissão para caminhar fora dos limites da área da unidade, desde que não fizessem contato com ninguém.

Sarah o encarou, com olhos cansados:

– Aonde estamos indo? Achei que você fosse me levar para uma ambulância...

Ele não respondeu; continuou puxando-a. Os dois atravessaram o portão e adentraram a mata.

A garota começou a resistir:

– O que está acontecendo? Deixe-me.

Sampson segurou-a pelo braço e beliscou sua cintura.

– Ai! Solte-me! – ela tossia enquanto protestava.

Os espasmos faziam suas costas se dobrarem, e ele, naquele instante, derrubou-a no chão e se ajoelhou a seu lado, contente de que tivesse sido vacinado.

Sarah tentou gritar, mas seus pulmões estavam demasiado debilitados pela fumaça e pela doença que se instalara em seu corpo. Sampson a fez deitar-se de costas e a imobilizou. Foi fácil. Ela era fraca, e ele, forte. Sarah debatia a cabeça de um lado para o outro. Ele a estapeou e mostrou-lhe os dentes.

– Por favor...

Sampson aproximou o rosto, examinando os olhos de Sarah. O medo o fascinava. Era tão inútil.

– Você vai morrer de qualquer jeito – disse calmamente. – Não faz sentido lutar.

Sarah começou a chorar. Que previsível... A debilidade dela, a doença, a proximidade da morte – tudo aquilo o excitava. Precisava ser rápido, entretanto. Mantendo-a imóvel com o antebraço, ele desabotoou sua calça, abaixou-a até os joelhos e ergueu a camisola da vítima. Sampson cuspiu na mão e umedeceu o pinto. Sentiu-se ainda mais feliz com a vacina.

Ela desistira de lutar – simplesmente chorava.

Sentindo o orgasmo se aproximar, ele levou a mão à garganta de Sarah e a comprimiu. O pescoço era delicado, a mão dele, forte. Não demorou muito. No instante em que gozava e ela morria, Sampson encarou-a nos olhos e viu o horror estampado ali. Foi o orgasmo mais intenso que já tivera.

Precisava se apressar. Carregando o corpo inerte, ele regressou pelo portão até os fundos do edifício, onde as chamas ainda lambiam as janelas e cuspiam fumaça negra no ar da noite. Os bombeiros se encontravam do outro lado, lançando jatos de água prédio adentro, em uma batalha que ainda levariam muitos minutos para vencer. Sarah conseguira escapar da unidade. Era de fato injusto, mas, como sempre dizia o pai dele, "a vida não é justa, caramba".

Os vidros de uma das janelas na parte de trás do prédio haviam explodido, oferecendo passagem para seu interior. Sampson conseguiu entrar com o corpo de Sarah, usando uma plataforma elevatória dos bombeiros. Dentro do edifício, era o inferno. O calor quase o derrubara.

Estavam dentro de um quarto. Ele abriu caminho até o corredor e percebeu que se encontrava próximo ao apartamento que Sarah e Kate dividiam. Cambaleando, Sampson depositou o corpo no chão, bateu a porta atrás de si e trancou-a com a chave-mestra que possuía. Lutando contra seu próprio impulso de respirar, ele refez seus passos, cruzou a janela e desceu, escalando pela parede.

No instante em que pisou no pátio, o criminoso desmaiou.

Agora, no estacionamento do hotel, ele pisava sobre o toco de seu cigarro, enquanto aproveitava os resquícios das memórias daquela noite. Teria sido tão mais gostoso levar Kate para aquele bosque.

Não conseguia acreditar que ela havia voltado. Dessa vez, teria finalmente sua chance, a oportunidade de torná-la sua, de olhá-la nos olhos e observar o que ela veria no momento da morte. Estariam nus, molhados de suor, com a boca colada, a língua dela estaria entre seus dentes, suas pernas, entre as dela.

E a imagem que mais o deleitava: enquanto a comia, ele sacaria uma faca e rasgaria a garganta de Kate, para então cortar a sua própria. Não seria essa a forma perfeita de partir? No zênite da experiência, no ápice das sensações? Ele encostaria o pescoço no dela para que o sangue que esvaía de suas jugulares se misturasse. E a última coisa que ele veria seria ela, também morrendo.

A fantasia o excitava e aterrorizava em igual medida. O que diabos havia de errado consigo? Imaginar-se morrendo nos braços de uma mulher? Era obsceno – isso sim. Obsceno e perturbador. Sampson tinha nojo dos sentimentos que Kate lhe instilava. Tinha que dar um fim naquilo, remover aquele elemento aleatório, aquele satélite que agitava a superfície calma e escura de sua vida.

Ele retomou a fantasia. Dessa vez, entretanto, sua própria garganta permanecia intacta. Somente da jugular de Kate jorrava sangue. Somente ela agonizava em dor.

Ele teve que acender outro cigarro para se acalmar. Ao riscar o fósforo, deu-se conta da própria burrice. Como pudera não reconhecer o sujeito ao lado de Kate nas câmeras de segurança? Concentrara-se tanto nela, mas não havia equívoco: era ele – Stephen Wilson, o médico. Como era possível, entretanto? Aquele não podia, de forma alguma, ser Stephen Wilson.

Que droga estava acontecendo?

Tinha que encontrá-los e já imaginava como poderia fazê-lo, aonde iria se fosse eles: de volta ao começo de tudo.

Sampson entrou em seu carro e partiu em direção a Salisbury.

Capítulo 21

O Lar de Idosos Santa Madalena provocava náuseas em Vernon. Gente velha lhe causava arrepios, e ele não tinha problema em admiti-lo. Sentia medo de ficar daquele jeito. Era como se ontem ainda fosse jovem e viril, com uma vasta cabeleira castanha sobre a cabeça e o peito. Agora, o cabelo da cabeça caía, e os pelos do peito estavam grisalhos. Ao menos, Shirl ainda gostava dele. Uma onda de sensações o invadiu, mas ele se obrigou a voltar para o problema do momento: achar sua mulher e seu filho.

Só encontrara Lil, a tia de Kate, uma vez – antes que ela ficasse gagá –, e não havia sido uma visita que planejava repetir. Se alguém lhe houvesse dito que visitaria a velha bruxa em um asilo, ele teria sugerido que a pessoa parasse de fumar crack. E ali estava, entretanto, carregando um buquê de flores meio murchas.

Mal se recuperara do voo. Andar de avião assustava-o mais que gente velha, sobretudo após o 11 de setembro. Fora sua primeira viagem aérea depois daquela data fatídica, apesar da constante amolação de Kate para que visitassem sua terra natal. Segundo os argumentos dela, não seria certo fazer concessões a terroristas; deviam viver a vida de forma normal. O.k., claro... Lembrava-se de assistir às imagens de Londres depois dos atentados, com os londrinos voltando ao metrô e àqueles ônibus vermelhos ridículos no dia seguinte às explosões. Coragem? Até onde ele podia ver, parecia loucura.

Não havia sido difícil descobrir o asilo onde tia Lil esperava o próprio voo para o além. Após se dar conta da traição vil levada a cabo pela esposa, Vernon, apressado, tinha tomado um táxi até sua casa e a virado de cabeça para baixo. Quem Kate procuraria na Inglaterra? Tinha apenas dois parentes vivos – tia Lil e Miranda, a irmã branquela. Mesmo que tivesse levado a agenda telefônica, Kate não apagara os contatos do seu computador. Não fora difícil vencer a segurança – a senha era o nome de Jack e sua data de nascimento. Na letra "l" – e aquilo o irritava loucamente: o hábito que a ex-esposa tinha de ordenar as pessoas pelo primeiro nome, e não por seu sobrenome –, estavam o nome e o endereço do lar de idosos. Na letra "m", aparecia o endereço de Miranda. Fácil.

No caminho de volta do aeroporto, Vernon pensou na possibilidade de chamar a polícia e conseguir que a Interpol, ou quem quer que fosse responsável por esse tipo de crime, assumisse o caso. Quanto tempo seria necessário, entretanto, para persuadir as autoridades de que Jack havia sido sequestrado, sobretudo quando a sequestradora era a própria mãe do menino? Isso demoraria demais. Ele queria o filho de volta já. Além de tudo, desejava recuperá-lo com as própria mãos, queria ver a expressão de Kate quando os encontrasse. Tudo isso valeria o trauma do voo e as noites longe de Shirl.

O asilo ficava em Londres. Esse foi seu destino inicial depois de conseguir um quarto em um hotel perto de Paddington, o primeiro que viu logo que saltou do trem, vindo do aeroporto Heathrow. Lembrava-se vagamente de uma história contada por Kate sobre Lil ter sido levada de Bath (com o "a" pronunciado aberto) para Londres, quando já estava próxima dos 70 anos, para que ficasse próxima de seus antigos amigos. Lil, na verdade, crescera na capital.

O Lar de Idosos era uma ampla mansão vitoriana com as paredes cobertas de hera. O cascalho rangia sob a sola de seus sapatos no caminho que levava à porta de entrada. Vernon apertou a campainha. Com um gesto, uma mulher, com um impecável uniforme branco e um traseiro espetacular, indicou que entrasse. Ele explicou quem era e o objetivo de sua visita, enquanto tentava não torcer o nariz com o cheiro que impregnava o prédio, sob a barreira do aromatizador de ambiente.

– Olá – Vernon vestiu seu sorriso mais sedutor, que normalmente guardava para as alunas de graduação.

Então explicou quem era e qual o objetivo de sua visita:

– Minha esposa esteve aqui há poucos dias – arriscou. – Kate Maddox. Meu filho, Jack, estava com ela.

O rosto da enfermeira se iluminou:

– Ah, sim, o garotinho americano. Que anjinho! Tão educado.

– Sim, ele foi bem educado.

A enfermeira ergueu uma sobrancelha e então disse:

– Vou lhe mostrar o caminho até o quarto da sra. Johnson.

Ele a seguiu escada acima, desfrutando da visão da bunda sob o uniforme apertado – parecia bem mais em forma que a de Shirl. Passaram por um corredor com um tapete cor de rosbife. A enfermeira bateu em uma porta, mas não esperou pela resposta.

– Lil, querida, você tem visita – disse, acenando para que o homem entrasse.

Tia Lil ocupava uma cadeira ao lado da janela. Quando ela se virou, Vernon lembrou-se da imagem de um esqueleto que vira em um filme de terror – ele quase podia ouvir os ossos dela rangendo. Vernon levou as mãos à cabeça, como se uma senilidade tão evidente fosse uma doença infecciosa que pudesse contaminá-lo.

– Vou deixá-los a sós – a enfermeira anunciou, fechando a porta.

Fazia um calor sufocante dentro do quarto. Vernon sentia a camisa se grudando às costas. Ele olhou ao redor. Sobre a cama, havia um coelho de pelúcia – um sinal do quanto Lil retornara à infância. Jack tinha um coelho bastante parecido que deixara em Boston. Vernon havia ficado emocionado ao vê-lo sobre a cama do filho, mas secretamente sentira certo prazer. Não acreditava em garotos abraçados a bichos de pelúcia. Não queria que seu filho crescesse mole. Hemingway, seu ídolo, com certeza nunca tivera um coelho de pelúcia.

Ele se aproximou o máximo que ousava da velha senhora:

– Olá, Lil. Sou eu, Vernon Maddox, marido de Kate.

Tia Lil olhou para cima com olhos embaçados, emoldurados por óculos de armação grossa:

– Kate? Onde está Kate?

– Ela não veio. Sou o marido dela. Estou tentando encontrá-la e pensei que a senhora poderia saber onde ela está.

A velha senhora piscou os olhos:

– Está na unidade, com Leonard. É um homem adorável, um bom amigo. Ele cuidará dela.

Vernon chegou ainda mais perto:

– Na unidade? O que é isso? Que unidade? – do que aquela velha falava? – Onde fica a unidade, Lil?

– Onde fica? Em Salisbury, é claro.

Salisbury? Não tinha a menor ideia de onde se localizava, mas não seria difícil descobrir.

– E, depois, ela continuará seus estudos. É uma moça inteligente, sabe? Será uma cientista como o pai – ela fez uma pausa, franzindo o cenho. – Foi tão triste o que aconteceu.

Vernon se deu conta de que Lil falava sobre o passado, ou que ao menos aquela parte da conversa versava sobre outro tempo. Era impossível separar épocas, ou mesmo saber se ela tinha alguma consciência do presente.

– A senhora sabe onde Kate está agora? Ela está nessa tal unidade? – perguntou.

Era possível que estivesse lá, se tivesse ido visitar esse tal Leonard.

– Perdão?

Ele se inclinou sobre Lil e falou mais alto:

– Onde ela está agora?

A tia de Kate o analisou de perto e então disse em voz baixa e subitamente mais feminina:

– William? É você?

– William? – do que falava agora? – Não. Sou Vernon, marido de Kate.

Lil agarrou-lhe a mão. Seu impulso foi o de retirá-la para que não lhe tocasse, mas ela lhe segurou os dedos.

– Eu sabia que você voltaria, William. Tinha certeza de que ouviria novamente sua voz.

– Ouça. Meu nome é Vernon. Quem é William?

– Era o namorado dela.

Vernon girou o corpo e se deparou com outra idosa, parada junto à porta, trajando um casaco longo, a despeito do sol escaldante do lado de fora. Por sua expressão, entretanto, essa ao menos parecia ainda de posse das faculdades mentais. Ela entrou no quarto.

– William era um soldado americano que Lil namorou durante a guerra. Supersexy, muito bem pago e bastante disponível. Ele era assim – ela riu. – William era de fato absurdamente bonito, mas a guerra acabou e ele voltou para a América. Prometeu escrever, mas nunca o fez. Partiu o coração da pobre Lil. Ela nunca se casou, você sabia? Ninguém estava à altura do seu William. Suponho que ela tenha ouvido seu sotaque e lhe confundido com ele. Pobrezinha. E quem é você, afinal? Meu nome é Maud.

O olhar penetrante da mulher era enervante. Ele explicou quem era e perguntou se a mulher vira Kate ou sabia onde se encontrava.

– Não sei – Maud respondeu. – Lil falava sobre ela outro dia. Eu não tinha certeza, entretanto, se Kate de fato estivera aqui ou se minha amiga estava imaginando. Lil não consegue fazer muito sentido hoje em dia.

– Notei.

– Acontece com todos nós, querido.

Um arrepio percorreu a espinha de Vernon.

"Eu me mato antes", pensou.

– E você deve achar que preferirá se matar antes, mas não o fará.

Vernon estava prestes a perder a paciência. O que essa bruxa velha sabia de sua vida? Era hora de ir embora.

Ele abriu caminho, deixando Maud para trás, e disparou escada abaixo sem sequer se despedir da enfermeira que o levara até o quarto de Lil. De relance, Vernon viu o próprio reflexo no espelho do hall de entrada. O rosto estava vermelho como um pimentão. "Esquentado" era a expressão que sua mãe usava para descrevê-lo. Era verdade, mas e daí? Ele preferia enxergar-se como "passional".

Ao ligar o GPS em seu carro, ele digitou algumas letras. Salisbury não ficava longe. Vernon verificou, em seguida, o trajeto até a casa de Miranda. Seria sua primeira tentativa. Se Kate não estivesse lá, iria até Salisbury para tentar descobrir o que era essa tal unidade e se esse Leonard ainda estava por lá. Recordava-se vagamente da esposa resmungando algo a respeito de uma pesquisa médica em que se envolvera na época de sua formatura – algo relacionado com resfriados –, mas não conseguia lembrar-se de mais detalhes. No entanto, sentia-se cheio de esperanças, como se estivesse se aproximando do objetivo. Tomaria seu filho de volta. E, se Kate tentasse impedi-lo, perderia definitivamente a paciência.

Capítulo 22

– Não quero ficar com a tia Miranda – choramingava Jack, enquanto rodavam pela M40.

No banco da frente, Kate girou o corpo para trás. O menino tinha uma expressão emburrada, a ponta dos lábios torcida e apontando para baixo. Paul e ela haviam decidido que não fazia sentido ficarem em Salisbury após a visita à mãe de Sarah. Por isso, rumavam para o norte.

– Nossa, Jack! Acho que você vai se divertir muito. A tia Miranda me contou que vocês vão andar a cavalo e colher morangos. Você também vai poder brincar no esguicho todos os dias. Seus primos mal podem esperar para encontrá-lo.

– Bem, eu poderia esperar para vê-los – ele respondeu, soltando o ar pelo nariz.

Kate percebia, entretanto, que Jack já parecia em dúvida. Ela lançou um olhar culpado para Paul, que dirigia. Seria, sem dúvida, muito menos tedioso para o garoto ficar com os primos do que percorrer o interior da Inglaterra com os dois. No entanto, ela não conseguia deixar de sentir-se como se estivesse se livrando do filho por motivos pessoais egoístas. Paul sorriu de volta, e Kate tentou espantar a sensação de culpa. Miranda deixara a casa onde vivera durante muitos anos. Havia pouquíssima possibilidade de que Vernon a encontrasse, e ela instruíra a irmã especificamente, para que não respondesse a e-mails de seu ex-marido. Jack estaria seguro com Miranda.

– Estamos chegando, mamãe?

– Acho que sim, querido. Temos que pegar a saída dez, e acabamos de passar pela nove.

– Ótimo, porque eu estou entediado e Billy está com sede... Mamãe?

– Sim, Jack.

– Posso telefonar para o papai?

Kate olhou novamente de relance para Paul – desta vez em pânico. Temia esse pedido desde que haviam chegado à Inglaterra.

– É... bem... querido, acho que o papai também está viajando agora.

– Posso ligar para o celular dele. Eu sei o número.

– Sei que você sabe. Você é muito esperto, mas acho que o telefone dele não funciona fora dos Estados Unidos. Além disso, são só 10 horas aqui, o que significa que deve ser tarde da noite no lugar onde o papai está.

– Quero deixar um recado. Por que ele não me levou junto? Se não está nos Estados Unidos, não é tarde da noite agora, é? Para onde ele foi, afinal?

"Que não seja para a Grã-Bretanha, por favor!", Kate torcia, mesmo sem muita esperança.

Ela conhecia Vernon o suficiente para suspeitar de que ele embarcaria no primeiro avião, quando se desse conta do que tinha ocorrido. Kate enviara uma mensagem de texto ao ex, dizendo que Jack estava bem e que não os procurasse, mas sabia que aquilo não faria nenhuma diferença. Desde então, seu celular permanecera desligado – sequer o acionara para checar mensagens. O medo de que Vermon tomasse o filho de volta era tão grande e opressivo que ela não se permitia nem pensar sobre o assunto. Poderia perdê-lo para sempre. Confiava, entretanto, que, com o tempo, o marido se acalmaria. Poderiam então, quem sabe, discutir seu acesso ao garoto. Aquele não era, todavia, o momento adequado para isso – quando todas as ações dele se motivariam por orgulho e rancor.

– Não tenho bem certeza, querido. Sabe o que é? Acho que o telefone dele está quebrado. Tentei ligar ontem, mas nem chamou – Kate sentiu um arrepio de aversão diante da flagrante mentira. – De qualquer jeito, olhe só, a placa da saída dez! Estamos quase lá. Deixe-me checar as indicações para não nos perdermos no caminho.

A casa de Miranda e Pete, seu marido, era um decrépito casarão vitoriano na periferia de Churchill, uma vila bastante pitoresca em Cotswolds, com impressionantes vistas dos campos ao redor.

Pete acabara de se tornar o veterinário da comunidade, e Miranda era admitidamente uma "dona de casa profissional". Kate percebeu que a irmã ainda parecia usar as mesmas galochas verdes e o velho cardigã puído. Ninguém diria que eram irmãs. O cabelo de Kate era castanho-claro e crespo, enquanto o de Miranda era castanho-escuro e liso. Os olhos de Miranda eram castanhos, os de Kate, azuis. Kate era dez centímetros mais alta e 12 quilos mais magra. Miranda não tinha qualquer interesse por ciência, mas sabia tudo sobre como cultivar tomates perfeitos, enquanto a irmã não seria capaz sequer de manter vivas ervas daninhas em seu quintal.

Enquanto adentravam a cozinha, Kate notou o olhar incrédulo de Paul, observando algo ao fundo, entre ela e a irmã, e sorriu. Por sorte, avisara a Miranda por telefone que chegaria com Jack e um homem, que não era seu marido, como acompanhante.

– Só estamos aqui há quatro meses. Fico feliz que tenham a oportunidade de ver a casa antes de iniciarmos a reforma. Está caindo aos pedaços, como vocês americanos costumam dizer, não é mesmo? – Miranda disse, apontando, orgulhosa, para os cômodos de pé-direito alto, onde o reboco se desmanchava como se a casa sofresse de psoríase. – Deus sabe quando conseguiremos começar, com as horas loucas de trabalho de Pete. Espero que fiquem para o almoço, para poderem encontrá-lo. Ele disse que tentaria dar um pulo em casa após a cirurgia matinal.

– Nós adoraríamos, mas acho que precisamos pegar a estrada logo. Temos muitas coisas para fazer em dois dias. E, aliás, não sou uma maldita americana! – Kate respondeu em tom de brincadeira.

Perguntava a si mesma como Miranda podia suportar cuidar dos filhos em um pardieiro como aquele. Sim, ficaria incrível quando terminassem as obras, mas isso levaria anos.

– A casa é ótima, Manda. E, mais uma vez, obrigado por receber Jack. Ele está tão empolgado em ver os primos.

"Mais uma mentira", Kate pensava.

Uma porção de mentiras amarradas, formando um novelo. Veio-lhe à mente a imagem de um novelo de elásticos, com as mentiras cada vez maiores, cada vez mais esticadas ao redor da bola. Quantas vezes ela ainda precisaria mentir para Jack sobre o pai? E por que razão não podia falar com ele?

– Nossa, ninguém me chama de Manda há anos! – Miranda exclamou. – Que bom ver você, irmã! Sinto não ter me esforçado mais para mantermos contato.

Kate se sentia culpada e triste pela distância entre as duas. Suas personalidades, entretanto, sempre haviam sido tão distintas. Além disso, a antipatia que sentia por Pete, seu cunhado, tampouco ajudava. E Miranda, por sua vez, não suportava Vernon.

Logo depois da conversa inicial, Paul foi para o quintal brincar com Jack e seus primos, e Kate e Miranda puderam então conversar a sós, no terraço, provando o suco caseiro de flor de sabugueiro feito pela anfitriã Miranda – cubos de gelo em forma de morangos tilintavam nos copos altos. Era uma linda manhã de verão e sons rurais os cercavam: pássaros cantando, vacas mugindo em um pasto próximo, um trator cruzando a estrada ao lado da casa. Pela primeira vez, Kate invejava a vida familiar simples da irmã.

– Então, quer dizer que você e Vernon se separaram? Foi por causa de... – Miranda fez um gesto na direção de Paul, que rolava na grama, com Jack gritando e pulando sobre ele, enquanto as outras duas crianças os observavam, ansiosas por se juntarem à farra, mas sem coragem para fazê-lo.

– Oh, não! Claro que não! Eu e Paul estamos juntos há poucos dias. Ele é o irmão gêmeo do meu antigo namorado, Stephen. Lembra-se?

Aquele que morreu... Literalmente, trombamos um com o outro em Londres no dia seguinte à minha chegada. Não há ninguém envolvido no meu rompimento com Vernon; não do meu lado, pelo menos. O problema foi só ele, o valentão gordo de sempre. Tenho certeza de que me traía, mas eu já nem me importava, o que demonstra quanto as coisas estavam ruins. Eu só queria cair fora.

– Você devia ter me ligado, Kate. Eu não sabia que sua situação estava tão complicada... Então, você só conhece Paul há quatro dias?

Havia um inequívoco tom de reprovação na voz de Miranda, mas Kate não podia culpá-la. Pensando sobre o que acontecera, era realmente inacreditável que conhecesse Paul havia tão pouco tempo. Soava extremamente temerário seu périplo pelo país em uma busca que, na melhor das hipóteses, acabaria se revelando uma caçada infrutífera.

Kate abriu a boca para dizer a Miranda que não – que ela e Paul, claro, conheciam-se desde a época em que namorara Stephen –, mas achou melhor calar-se. Seria mais uma mentira.

"Pare de se preocupar com o que os outros pensam. Você não precisa se justificar para ninguém."

Felizmente, a irmã não esperava uma resposta, e Kate foi poupada de ter que lhe contar a verdade.

– Jack sabe? – foi o que ela perguntou.

– Sobre meu rompimento com Vernon? Não, não contei a ele que não voltaremos.

A realidade da situação voltou a atingir Kate com força total, e o desapontamento tomou conta de seu rosto.

– Que droga! Sei que, em algum momento, terei que reorganizar as coisas, que Vernon precisará ter acesso a Jack, mas ainda não posso encarar isso. Ele tomaria o filho de volta. Sei que o faria.

– E por isso você o trouxe para a Inglaterra? Porque acha que Vernon tentaria ficar com a guarda?

– Sei que faria isso. Ele já tentou tirá-lo de mim antes, e eu sei que, se fôssemos parar diante de um juiz, Vernon poderia acabar comigo. Ele me forçou a procurar um psiquiatra, que me receitou antidepressivos. Isso não soaria bem. E diria que sou uma péssima mãe, relatando todas as noites que passei no laboratório. Além do fato de Vernon ser praticamente um pilar da comunidade, enquanto eu não passo de uma estrangeira.

– Coitada de você, Kate! Pobre Jack – Miranda se manifestou, pousando a mão sobre a da irmã e com os olhos cheios de água.

Kate se levantou de forma abrupta. Precisava desesperadamente descobrir o que realmente se passara na UPR. Entretanto, uma voz tímida dentro dela se perguntava se esse impulso não tinha a ver com a necessidade de se distrair – uma forma de não pensar sobre as consequências de levar Jack para longe do pai.

– Precisamos ir, Manda. Quem sabe possamos almoçar quando que viermos buscar Jack?

– Claro. Não se preocupe com ele. Jack ficará bem. Deixe-o aqui o tempo que necessitar. O que foi mesmo que você disse que precisa fazer? Não entendi bem quando me explicou ao telefone.

– É uma longa história. Tenho que ajudar Paul a descobrir o que realmente aconteceu com seu irmão. Há várias questões não respondidas com relação à sua morte. – Não sabia mais o que dizer; era complicado demais explicar.

– Puxa! – exclamou Miranda, em dúvida. – Parece bastante sério. Seja cuidadosa, sim?

– Não se preocupe. Vamos apenas averiguar algumas coisas, e isso seria tedioso demais para Jack. Só isso. Não seremos perseguidos e assassinados por mafiosos do submundo porque "sabíamos demais" – a risada de Kate soou forçada, até mesmo para ela.

Veio-lhe à mente a imagem de Sarah, deitada na grama, do lado de fora da UPR em chamas – naquele momento, já não mais uma sobrevivente em sua lembrança, mas um cadáver. Lembrou-se ainda da carta de Stephen com suas mensagens estranhas. Uma vez mais, teve a sensação de que ela e Paul navegavam por águas traiçoeiras. Jack estaria bem mais seguro ali, ainda que fosse doloroso para ela afastar-se dele.

– Jack! – chamou.

Ofegante, o garoto surgiu, vindo do quintal, com as bochechas vermelhas.

– Mamãe tem que ir.

Ele fez cara de desapontamento e abraçou a cintura da mãe, esfregando o nariz em sua barriga.

– Seja um bom menino para a tia Miranda, está bem? Voltarei logo. Eu prometo.

Do quintal, George, o primo de Jack, gritou:

– Venha, Jack! Vamos jogar futebol agora! Amelia será a goleira. Você quer jogar na lateral ou na defesa?

Para a surpresa de Kate, Jack soltou-se dela, enxugando as lágrimas dos olhos, e correu de volta para o quintal:

– Tchau, mãe! Até logo! – ele gritou, abanando os braços no ar, enquanto corria apressado na direção dos primos.

Capítulo 23

– Jack é um ótimo garoto – disse Paul mais tarde, quando pararam em um posto de gasolina ao sul de Birmingham, para tomar algo e ir ao banheiro.

Haviam seguido direto para norte, após deixarem a casa de Miranda, em direção a Staffordshire, procurando uma vila próxima a Stafford, onde morava a viúva de Leonard Bainbridge.

Encontrá-la não tinha sido difícil. O artigo lido na Starbucks, sobre a morte de Leonard, mencionava que o casal havia se mudado, após a aposentadoria, para Penkridge. O nome da sra. Bainbridge não constava da lista telefônica, mas Paul a encontrara em um site que oferecia, por uma pequena taxa, dados de eleitores cadastrados. Havia somente um Bainbridge em Penkridge, que era uma comunidade pequena. Estavam, portanto, bastante seguros de terem o endereço certo, mesmo sem um número de telefone para se certificarem.

– Eu sei – Kate respondeu cheia de saudade, enquanto mergulhava uma bolacha na caneca de café. – Nem acredito que ele concordou tão facilmente em ficar lá. Achei que faria um escândalo. A despedida foi mais difícil para mim do que para ele!

Paul apertou a mão dela, e Kate quase deixou a bolacha cair.

– Você está tão calada desde que saímos de lá. Está preocupada com ele?

Ela mordeu os lábios e depositou a bolacha molhada no prato.

– Não, não exatamente preocupada. Sei que ele vai se divertir muito com os primos e que estará bem cuidado por Miranda. Não é isso. É só que... acho que me sinto culpada. Nada mais. Afastá-lo do pai e agora abandoná-lo com minha irmã...

– Deixe disso – falou Paul, debruçando-se sobre a mesa e acariciando o braço de Kate. – Você é uma ótima mãe e com certeza tomou a melhor decisão. Não teria cabimento ficar com Vernon só por causa de Jack.

– Sim. Sei disso. Mas, ainda assim...

– Ainda assim o quê? E quanto a fazer isso tudo comigo, é um imenso favor pelo qual me sinto extremamente grato. Isso é muito importante para mim e para a minha família, e eu não teria como fazê-lo sem você. Portanto, obrigado.

– Não estou fazendo isso só por você.

– Eu sei, mas...

Ele ficou em pé e beijou a testa de Kate. Ela sentiu lágrimas lhe brotarem dos olhos.

– Acho que é o cansaço – disse, esforçando-se para sorrir. – Saímos tão cedo hoje, e acho que nem superei direito o jetlag. Tudo aconteceu tão rápido. Além do mais, tenho a sensação, todo o tempo, de que Vernon aparecerá a qualquer momento, soltando os cachorros. Tenho certeza de que ele não conseguirá descobrir facilmente o novo endereço de Miranda. Acho que nem sabe o nome de casada dela, mas sequer ouso ligar meu celular com medo de ouvir dezenas de mensagens furiosas. Porém vou ligá-lo agora. Disse a Miranda que Jack poderia me telefonar sempre que quisesse.

– Não é difícil resolver esse problema. Ligue para ela e passe o número do meu celular. Jack pode telefonar para ele.

Kate tinha uma expressão agradecida.

– O.k. Boa ideia. Devemos chegar à casa da sra. Bainbridge por volta do meio-dia. Teremos tempo para conversar com ela, se estiver em casa, e então almoçar. E depois... para onde iremos? Vamos ficar por aqui?

O rosto de Paul ficou ligeiramente vermelho, e Kate percebeu que os pensamentos dele seguiam a mesma linha dos seus: dois quartos ou apenas um?

– Suponho que isso dependa das pistas que obteremos da sra. Bainbridge, se é que conseguiremos alguma. Talvez devêssemos ficar uma noite por aqui, de toda forma, para descansar. Podemos perguntar a ela se conhece alguma pousada barata e simpática por perto. Na pior das hipóteses, dormimos no carro.

– Ótimo! – Kate respondeu, revirando os olhos. – Você realmente sabe como divertir uma garota.

– Pode apostar que sim, querida – Paul redarguiu, piscando um olho.

Kate sentiu seu corpo todo esquentar.

– Vamos – disse animada. – É hora de pegar a estrada.

"Se não", Kate pensava, "vou correr até esse motel aqui ao lado, pedir um quarto para nós dois agora mesmo e esquecer a sra. Bainbridge."

Duas horas depois, eles haviam parado o carro no estacionamento de um pequeno clube de tênis, do lado oposto da rua de um chalé com telhado de palha que – esperavam – deveria pertencer à viúva de Leonard. Nas quadras próximas, idosos jogavam em duplas um tênis pouco animado. Kate analisava os rostos detidamente, tentando reconhecer a sra. Bainbridge. Espremera seu cérebro, mas não conseguia lembrar-se dela, mesmo sabendo que a havia encontrado uma ou duas vezes quando criança.

– Será que ela se lembrará de mim? – pensou alto.

– Tenho certeza de que sim. Se eram tão amigos de seus pais... – retrucou Paul, desligando o carro e soltando o cinto de segurança.

– É estranho encontrar alguém que tenha conhecido tão bem meus pais. Suponho que isso será, para mim, parecido com a experiência da mãe de Sarah, quando aparecemos sem avisar. Tomara que ela esteja em casa.

– Só há um jeito de descobrirmos – disse Paul, saindo do carro. – Vamos.

Os dois atravessaram a rua e caminharam até a porta da casa – Kate, nervosa; Paul, determinado. Ele parecia cheio de energia e entusiasmo.

Ela tocou a campainha.

– O que vamos perguntar? – ela sussurrou. – Por onde começamos?

– Deixe comigo – Paul respondeu confiante. – Vai dar certo.

Não houve resposta. Ele espiou para dentro da casa, através da caixa de correio.

– Parece que não há ninguém.

– Há um carro na entrada ao lado – Kate apontou. – Talvez ela esteja no quintal.

– Vou dar a volta para olhar. Pode ser que não tenha ouvido a campainha. Fique aqui e toque de novo, caso ela esteja no banheiro ou algo assim.

Paul desapareceu pela trilha que margeava a casa, rodeando coloridas moitas floridas de brincos-de-princesa. Kate tornou a apertar o botão da campainha. A casa parecia bem cuidada. Havia móveis metálicos na varanda, e as molduras lustrosas da janela pareciam haver sido limpas recentemente.

Ela analisava, distraída, o próprio reflexo na boca da caixa de correio, perguntando-se se a sra. Bainbridge a reconheceria como a garotinha magrela que fora. Tentara se lembrar se a senhora estivera presente naqueles dias nebulosos que havia passado no hospital após o incêndio – achava que não, ainda que aquela época fosse praticamente um borrão em sua memória.

Nenhuma resposta da casa.

Kate recuou e perscrutou as janelas do segundo andar, mas a cortinas, brancas e limpas, não se moviam. Que decepção irem até ali e a sra. Bainbridge estar viajando! – ou, quem sabe, tivesse se mudado para outro país?

Sons pareciam chegar do quintal. Kate inclinou a cabeça, tentando ouvir. Distinguia a voz de Paul, mas não o que dizia, somente o tom – argumentativo, quase indignado – e respostas agudas, quase histéricas.

"Oh não", pensou, "acho que ele a encontrou."

Tentava abrir caminho em meio às moitas de flores, quando Paul ressurgiu, vermelho de raiva, pisando forte pela trilha em sua direção.

– Vamos, Kate – ele disse bruscamente, puxando-a pela mão e quase a arrastando em direção ao portão. – Estamos perdendo tempo aqui. Ela é louca.

– Como diabos você conseguiu deixá-la brava em exatamente dois minutos? – Kate perguntou quando chegaram ao carro.

Paul apoiou a testa sobre o volante, em um gesto de frustração e derrota, e encolheu os ombros.

– Não consigo entender. Ela estava no fundo do quintal, escavando um canteiro. Devo tê-la assustado porque cheguei por trás. Deve ser bem surda, porque eu vinha chamando o tempo todo. Ela não respondia, e eu fui me aproximando até cutucá-la no ombro.

Kate suspirou:

– Não me espanta que ela tenha se assustado, se você chegou de maneira tão furtiva.

– Caramba, não cheguei furtivamente! – Paul retrucou. – O que deveria ter feito? Toquei seu ombro, e ela se levantou de um pulo, apontando o garfo de jardinagem para mim, como se fosse me empalar com ele. Tentei acalmá-la, mas ela nem quis me ouvir. É uma velhinha ligeira, tenho que admitir.

– O que você disse a ela?

– Só falei que estávamos aqui para conversar sobre seu marido falecido, e aí ela ficou insana. Tive que recuar. Realmente achei que fosse me atacar com o garfo: "Vocês não vão escapar!", ela gritava. "Saia agora ou vai se arrepender!" Parecia meio doida. Eu ainda tentei fazer com que me ouvisse, falei de você, que conhecia seus pais, mas a essa altura ela só gritava. Acho que nem me ouviu. Então, virei as costas e saí.

Os dois se olharam desanimados.

– E agora? – Kate perguntou. – Talvez eu devesse tentar – absteve-se de dizer que achava que ela deveria ter abordado a mulher desde o início, pois tinha certeza de que o teria feito de forma menos confrontadora. – Mas não adianta bater de novo, não acha? Ela com certeza foi para dentro de casa. Dificilmente terá ficado no quintal, se estava tão perturbada. Não quero chegar furtivamente pelos fundos e arriscar assustá-la novamente.

– Eu não cheguei furtivamente! – Paul reiterou de forma defensiva.

Ele se parecia tanto com Jack sob pressão que Kate não conseguiu evitar um sorriso.

– Melhor esperarmos que ela se acalme. Por que não almoçamos em algum bar e voltamos mais tarde?

– Tudo bem – Paul respondeu. – Desculpe ter estragado tudo. Que idiota, não? Um elefante em uma loja de cristais.

Kate abraçou-o sem muita naturalidade.

– Não se preocupe. Não é o fim do mundo. Vamos comer algo. Havia um bar que parecia interessante na rua principal.

Passadas duas horas, após comerem sanduíches de picles com pedaços de queijo do tamanho de tijolos, Paul e Kate caminhavam pela rua principal da cidade em direção à casa da sra. Bainbridge e ao carro dele, estacionado junto ao clube de tênis.

– Estou tão cheia – Kate reclamava, ainda sentindo o gosto de cebolas em conserva na boca e a caneca de cerveja revolvendo no estômago, enquanto andavam pela calçada.

Paul riu com o humor já restabelecido:

– Notei uma coisa com relação a você: está sempre morrendo de fome ou empanturrada.

– Sim, bem, seria de se imaginar que, tendo vivido nos Estados Unidos, eu estaria acostumada a refeições fartas. Mas aquele sanduíche daria para alimentar quatro homens famintos.

– Gosto do seu apetite – ele retrucou. – Não suporto mulheres exasperadas o tempo todo com a quantidade de calorias que ingerem. É tão pouco atraente – Paul sorriu para ela.

Kate estendeu o braço e apertou a mão dele. Sentia-se feliz além da conta.

– Vamos esperar um pouco no carro. Se ela sair, podemos abordá-la. A velha não terá como bater a porta na nossa cara se estiver do lado de fora. Quem sabe, assim, isso nos dará tempo suficiente para que se lembre de mim e não tenha um novo acesso.

Era Paul agora quem apertava a mão de Kate e franzia a testa, de maneira teatral:

– Esperar no carro? Isso não vai ser entediante demais, sem nada para fazer? – ele soltou a mão dela e lhe acariciou suavemente a nuca, enquanto abria a porta do carro para que entrasse.

– Podemos inventar uma brincadeira... – Kate respondeu sorrindo ao entrar no veículo.

– Ou poderíamos – Paul retrucou, esgueirando-se pelo outro lado e se inclinando na direção dela –, quem sabe, pensar em algo diferente para nos distrairmos...

Eles se beijaram, ambos sorrindo.

– Desculpe meu gosto de picles – Kate balbuciou.

Mas Paul tornou a beijá-la.

– Se você tem gosto de cebola, eu também – ele argumentou, quando suas bocas se separaram.

– Então, tudo bem. Beije-me de novo.

Meia hora depois, eles ainda se beijavam. Paul precisou ligar o carro e baixar os vidros, àquela altura quase completamente embaçados.

– Seríamos péssimos detetives particulares, não? Nem se Elvis Presley tivesse entrado e saído uma dúzia de vezes daquele chalé teríamos nos dado conta – Kate falou, tomando fôlego.

Estava sofregamente consciente da própria excitação. O desejo de tocá-lo a consumia, mas ela não ousava. Havia tanto tempo que não beijava ninguém – incluindo Vernon –, que mal se lembrava dos procedimentos para uns amassos mais ousados. Talvez devesse esperar que ele agisse primeiro?

– Não se preocupe. Estou com um olho aberto – Paul respondeu.

Kate se queixou brincalhona:

– E eu achando que você só tinha olhos para mim!

– E um olho só não basta?

– Não. Sou muito exigente e sedenta por sexo – Kate subiu a mão pela coxa de Paul.

Não era suficiente, entretanto. Não conseguia esperar mais. Tinha que sentir a ereção dele. A sensação foi deliciosa, e os dois suspiraram de prazer.

– Muito impressionante – ela sussurrou, massageando-o sobre a calça.

– Acho que aquelas duas não estão muito impressionadas – respondeu Paul, afastando, já tarde demais, a mão de Kate, ao ver duas senhoras em uniformes brancos de tênis passando ao lado do carro, com olhares de reprovação.

– Ops... – Kate riu, cheia de tesão e aliviada porque ele não se retraíra horrorizado com seu avanço.

– É melhor nos contermos, senão vou rasgar todas as suas roupas aqui e agora, e aí não apenas não falaremos com a sra. Bainbridge, mas seremos presos – ele reduziu seu tom de voz. – E, com isso, não poderei explorar seu corpo mais detidamente à noite, porque estaremos em celas separadas, recebendo lições de moral do delegado da cidade.

– Esse é seu plano para mim, então? – Kate perguntou, sentindo-se como se fosse novamente uma adolescente.

Paul se inclinou sobre ela, tocando com a mão sua virilha e assentindo de forma cerimoniosa.

– Ah, sim... – ele murmurou, fazendo Kate quase explodir de tesão. – Mas, primeiro, o dever! – anunciou de forma determinada.

Kate gemeu.

– Ela não apareceu e o carro ainda está lá – Paul consultou o relógio. – Já faz três horas da minha aproximação não furtiva pelas costas dela. Tenho certeza de que a sra. Bainbridge já terá se recobrado do susto a esta altura. Por que você não toca a campainha? Vale tentar. Acho que não consigo ficar aqui nem mais um segundo sem atacar você.

– Faz sentido. Está bem. Espere aqui. Vamos ver se ela me deixa entrar.

Capítulo 24

John Sampson estava diante do antigo terreno da UPR por onde Kate e Paul haviam passado 24 horas antes, quando seu celular tocou – o número que só era usado por uma pessoa: Gaunt.

Ele hesitou antes de atendê-lo – estivera revolvendo as memórias agradáveis de sua última noite naquele lugar.

– Sim?

– Já era tempo. Achei que nunca atenderia.

Sampson esperou que Gaunt continuasse.

– Algum resultado na busca de nossa presa?

Ele sabia que Gaunt, cuja vida transcorria essencialmente dentro de seu laboratório, divertia-se com a espionagem – as reviravoltas de filmes de James Bond serviam para dar algum colorido a seus dias. O chefe tentava disfarçar, mas Sampson captava a excitação em sua voz. O cientista ouviu seu relato.

– Em outras palavras, ela escapou.

Uma vez mais, Sampson permaneceu calado, com a mandíbula e os músculos rígidos, respirando de forma lenta e tranquilizadora.

Por fim, seu chefe se manifestou:

– É melhor você voltar para a base. Quanto tempo vai levar?

– Não muito – John desligou e vasculhou o condomínio residencial uma última vez com os olhos.

Ela estivera ali. A palavra "presa" soava adequada. Ele era o cão de caça, e Kate, a raposa. Podia jurar que o cheiro dela pairava no ar.

A segurança da base era rígida – não somente as pessoas indesejadas tinham que ser mantidas do lado de fora, mas também os organismos de que eram portadoras: bactérias, vírus e parasitas que habitam o corpo humano.

Logo após a entrada, Sampson, que já passara incontáveis vezes pelo procedimento, despiu-se e entrou no chuveiro, para lavar a pele e o cabelo – ou o que restava dele – com uma solução antibacteriana. Em seguida, um médico de máscara realizava um check-up, examinando-o e fazendo perguntas, para se certificar de que não havia qualquer sinal de infecção recente. Algum sintoma de resfriado ou gripe? Dores de cabeça ou estomacais? Dificuldades urinárias ou intestinais? Fadiga, náusea, tontura? E os parceiros sexuais? Sexo sem proteção? Visita a algum dos seguintes países? Sua resposta era um "não" seco para cada uma das questões. Sabiam que ele não havia viajado para o exterior desde sua última visita. Concluído o exame, John Sampson vestiu uma cueca limpa, calça e camiseta e colocou um par de sandálias macias. Foi, por fim, autorizado a entrar no edifício.

Gaunt veio ao seu encontro no corredor. Passaram pelos quartos onde Sampson recentemente vira a vietnamita e a prostituta sérvia. Não havia ninguém ali. Os cômodos estavam vazios e reluzentemente limpos. Qualquer vestígio de seus últimos ocupantes havia sido eliminado.

Chegaram ao escritório do dr. Gaunt.

– Você tinha se afeiçoado àquela serviazinha, não? – ele sorriu, exibindo os dentes amarelados. – Nem sinal dela, sinto por lhe dizer. Foi incinerada.

Gaunt abriu uma gaveta e retirou um colar de ouro com um relicário em forma de coração. A joia cintilava, girando lentamente no ar:

– Quer dizer, só sobrou isto. É tudo o que restou dela.

Sampson reconheceu a medalha que a prostituta sérvia trazia no pescoço.

– Achei bem bonita – o médico falou. – Removi a foto da criança que havia dentro – ele deixou o colar cair de volta dentro da gaveta. – É meu agora.

John Sampson disfarçou o desprezo que sentia pela necessidade que Gaunt tinha de guardar suvenires das pessoas que matava.

– Por que me chamou aqui?

O sorriso desapareceu do rosto do chefe.

– Queria que soubesse que estamos muito próximos.

– Próximos?

– Próximos de concluir aquilo que começamos há bastante tempo. Graças à sua viagem a Oxford, conseguimos um avanço importante no laboratório e resolvemos a última parte do quebra-cabeça – um sorriso mais largo e malévolo se formou em seu rosto. – É uma excelente novidade.

Sampson não sabia o que dizer:

– Parabéns.

– Obrigado. Restam apenas uns poucos testes a serem realizados e alguns preparativos para nos certificarmos de que todos estão no lugar certo. Creio, entretanto, que tudo estará concluído nas próximas semanas – ele se debruçou sobre a mesa. – Isso significa que é fundamental que ninguém ou nada nos atrapalhe.

– Você quer dizer Kate?

Gaunt ergueu uma sobrancelha:

– Você está íntimo assim?

A expressão de Sampson permaneceu inalterada:

– Não tinha certeza se deveria chamá-la de Carling ou Maddox.

– Bem, ela se chama Maddox hoje em dia. Embora nunca devêssemos ter dado a ela a oportunidade de chegar a outro aniversário; muito menos de se casar e mudar de nome. O imbecil do Bainbridge e seu sentimentalismo deixaram-na partir daquela forma. Ela é uma ponta solta em nosso novelo.

Uma imagem veio à mente de Sampson: ele amarrando aquela ponta solta – algemando-a, quem sabe.

Gaunt prosseguia:

– Provavelmente seu retorno à Inglaterra nesse momento seja uma coincidência, mas a presença dela aqui me deixa nervoso. Não sabemos quanto recobrou da memória, ao longo dos anos, dada a forma apressada com que tivemos que lidar com a questão. Bainbridge sempre reiterou que não haveria problemas, mas eu não tenho certeza disso. Nosso amigo em Harvard nunca relatou qualquer sinal de retorno da memória, mas não podemos assumir o risco. Se ela começar a se lembrar de muitas coisas e procurar a polícia... – ele se interrompeu. – Você tem que encontrá-la, para se certificar de que essas lembranças não reapareçam.

Sampson assentiu:

– Compreendo.

– Talvez eu esteja sendo paranoico.

– Não creio. Vi as imagens dela nas câmeras de segurança do hotel onde se hospedou em Londres, e ela estava com um sujeito que deve ser o irmão do dr. Wilson.

O médico não esboçou reação por um instante, mas então piscou e perguntou:

– O quê?

– O homem com Kate era idêntico a Stephen Wilson.

Gaunt demonstrou ter ficado ainda mais preocupado. Então, puxou o teclado de seu computador e começou a digitar, concentrado na tela.

– O que está fazendo?

– Recuperando o arquivo de Wilson.

Os dados de Stephen Wilson – compilados de seu arquivo pessoal original e agora armazenados em um sistema protegido por senha – apareceram na tela, e o médico começou a lê-los. Alguns segundos depois, Gaunt soltou um xingamento.

– O que foi?

– Eu havia me esquecido de Paul Wilson. O que diabos Kate Maddox está fazendo com o irmão gêmeo de Stephen? Está tramando alguma coisa.

Ele se levantou e começou a andar em círculos.

– Ela deve ter se lembrado de algo e veio estabelecer contato com o irmão de Stephen. Provavelmente contou tudo a ele – Gaunt estava mais pálido que nunca. – Temos que encontrá-los imediatamente.

Sampson abriu a boca para falar, mas, antes que pudesse fazê-lo, o telefone sobre a mesa tocou. O médico o atendeu:

– Sim?

John Sampson acompanhou os olhos do médico se alargando e um sorriso se formando nos cantos da boca.

– Vou pedir para alguém cuidar disso imediatamente.

Sampson aguardava.

– Bem, por falar no diabo, ele, ou ela, apareceu. Parece que os encontramos.

Alguns instantes depois, John Sampson partiu.

As últimas palavras de Gaunt lhe ecoavam nos ouvidos:

– Vá para lá, agora, e cuide dessa ponta solta antes que isso escape do nosso controle.

Capítulo 25

Kate desceu do carro. O tesão que sentia deixava-lhe as pernas tão bambas que mal conseguia andar em linha reta. Ela olhou para baixo e, obviamente, seus mamilos estavam duros como pedras e protuberantes como dois botões. Com sorte, a sra. Bainbridge não os notaria. Tentou se recompor, respirou fundo e caminhou até a porta da casa. Primeiro, o dever; depois, a diversão. O carro ainda se encontrava na entrada da garagem, portanto – assim esperava –, a viúva não teria ido a parte alguma.

Kate bateu na porta, hesitante, pois aquilo lhe parecia menos intrusivo que tocar a campainha.

– Sra. Bainbridge – chamou em alto e bom som pela tampa da caixa de correio.

Uma pessoa vestindo uma blusa branca pareceu passar por uma porta e esconder-se em um local que provavelmente era a cozinha.

– Aqui é Kate Carling. Leonard e a senhora conheciam meus pais, lembra-se? Derek e Francesca Carling. Encontramo-nos, pela última vez, quando eu era uma garotinha. A senhora nos visitou em nossa casa em South Downs. A senhora está aí? Vim de Londres para vê-la.

Quase de imediato, Kate ouviu passos do lado de dentro da casa e, em seguida, a fechadura sendo destrancada. A sra. Bainbridge abriu a porta, mas manteve o pega-ladrão. Seu rosto surgiu no vão estreito, enrugado e pálido, mas demonstrando uma estrutura óssea que indicava uma beleza outrora poderosa. Kate a reconhecia apenas vagamente, mas, por sorte, a mulher não parecia tão assustada com ela.

– Kate Carling! Eu a reconheceria em qualquer lugar. Você tem praticamente o mesmo rosto desde os 9 anos.

Aliviada, Kate sorriu. A viúva de Leonard não parecia ter nada a ver com a louca do garfo de jardinagem descrita por Paul.

– Bem, não tenho certeza se isso é um elogio, mas... Como vai a senhora?

– Por favor, me chame de Jean – pediu a sra. Bainbridge, soltando a trava de segurança e convidando Kate a entrar em sua sala. – Posso servir-lhe algo? Desculpe, mas você me pegou desprevenida. Tomei um susto mais cedo. Está sendo um dia e tanto em termos de visitas inesperadas. Quer tomar alguma coisa? Chá, café, um refrigerante? Seu rosto parece vermelho?

– Ééé... bem... não, nada. Obrigada. Estou bem. Sinto muito, mas acho que o visitante inesperado a que você se refere é Paul, um amigo meu. Ele está comigo. Tocamos a campainha mais cedo, mas, como não houve resposta, ele deu a volta para tentar encontrá-la no quintal. Desculpe se ele a assustou.

Jean tinha uma expressão chocada:

– Você não está entendendo. Isso é um problema. Não tinha a menor ideia de que ele estava aqui com você. Suponho que tentou me dizer, mas eu não escutava. Simplesmente, presumi que... Ele perguntou algo sobre Leonard e a UPR... Se eu soubesse, não teria... Oh, não!

– O que foi? – perguntou Kate confusa.

Jean parecia exagerar o que havia ocorrido – simplesmente teve uma reação um pouco agressiva causada pelo medo, nada mais.

– Não importa – ela disse, recompondo-se e sentando-se mais ereta. – Pois então, minha querida, faz tanto tempo! O que diabos a traz aqui? Você sabe que o meu Leonard já não está mais conosco, não sabe?

Com a mão direita, ela tocou o dedo anular da esquerda, exibindo o grande anel de rubi que usava.

– Sim. Sinto tanto, Jean. Fiquei muito triste quando soube de sua morte. Ele sempre foi tão bom comigo.

– Leonard gostava muito de você, Kate, e de seus pais. Talvez não devesse dizer isso, mas você sempre foi sua favorita, porque queria ser uma cientista como ele. Você tinha uma irmã, não tinha? Como ela se chamava?

– Miranda. Ela nunca quis ser cientista. Na verdade, acho que nem se aproximava quando vocês nos visitavam, porque se entediava com minhas perguntas para Leonard sobre experimentos. Preferia ficar no quarto, brincando com suas bonecas.

– E você, afinal, tornou-se uma cientista?

Jean fazia as perguntas por educação. Sob a superfície, entretanto, parecia distraída e agitada. Os olhos pulavam do telefone para a porta de entrada, como se esperasse que alguém fosse chegar ou ligar. Paul provavelmente a apavorara, Kate pensava, enquanto respondia à pergunta com mais que uma ponta de orgulho.

– Sim, uma virologista, exatamente como Leonard. Não teria conseguido sem ele, entretanto. Foi Leonard quem conseguiu minha vaga em Harvard após o incêndio na UPR, sabia?

Jean hesitava.

– O incêndio. Sim, eu me lembro. Que evento terrível! – ela ajeitou o cabelo cuidadosamente penteado. – Mas o que a traz aqui? Não veio ver Leonard, veio?

A visitante, que já anunciara saber que Leonard morrera, começou a se perguntar se Paul não teria razão, se Jean não estaria, de fato, um pouco caduca – todavia, parecia tão composta: o cabelo impecável, as roupas elegantes, a casa arrumada.

Kate tinha experiência direta com o tipo de demência trazida pela senilidade – pobre Lil –, mas não havia possibilidade de comparação entre as duas idosas. Decidiu que Jean estava simplesmente um pouco aérea, em função da visita inesperada.

– Desculpe não ter telefonado antes, mas não tinha seu número, só o endereço. Não. Eu sabia de Leonard, mas talvez você possa me ajudar. Estou atrás de algumas informações, na verdade... sobre o incêndio.

Era sua imaginação ou as mãos de Jean haviam começado a tremer um pouco?

– O incêndio?

– Sim. Eu aparentemente tive uma perda quase total da memória relacionada aos eventos daquela noite, o que parece estranho, tendo em vista o fato de que não me feri gravemente, nem sofri qualquer outro problema. Fiquei algum tempo em um hospital, mas não compreendo bem o motivo. Estou tentando ajudar Paul, meu amigo. Seu irmão gêmeo morreu naquela noite em circunstâncias um pouco suspeitas. Queremos descobrir exatamente o que ocorreu. O rapaz, Stephen, era meu namorado na época, e Paul e eu recebemos relatos diferentes do que teria acontecido. Parece haver algo errado.

– Oh, querida – manifestou-se Jean, soando agora inequivocamente amedrontada –, você não acha que talvez existam coisas que não devam ser remexidas? Nunca se sabe o que pode aparecer...

Kate a olhava fixamente. O que aquilo queria dizer? Ela se inclinou para a frente e, séria, encarou Jean:

– Então, você sabe de algo? Por favor, conte-me, Jean. Acho que é importante. Não apenas para a família de Stephen, mas também para Sarah, minha colega de quarto que, como o irmão de Paul, morreu naquela noite. E eu tenho essa sensação incômoda de que algo estava acontecendo, de que não eram somente pesquisas sobre resfriados que se passavam ali. Acho que tinha descoberto algo na época, mas não consigo me lembrar do que era.

Houve um silêncio momentâneo, quebrado apenas pelo tique-taque do relógio de pêndulo no canto da sala. Kate se deu conta de que havia prendido a respiração.

– Não sei, Kate – Jean respondeu com o olhar fixo no chão. – Havia muitos segredos. Leonard estava sempre atormentado pela ideia de que havia mais segredos do que ele próprio sabia. Perdia o sono, mas nunca me contava nada. Sempre dizia que seria melhor que eu não soubesse o que ele temia. Acho que é melhor que você também não saiba.

Kate sacudiu a cabeça:

– Agora, sim, quero realmente saber – disse de forma direta. – Por favor.

Jean se levantou. Tinha as pernas ainda longas e invejavelmente esguias em uma elegante calça azul-marinho. Ela se dirigiu a uma mesa de nogueira polida encaixada sob o vão da escada. De um prato de porcelana, tirou uma chave e destrancou a escrivaninha. Puxando a persiana que cobria a parte da frente do móvel, surgiu um conjunto de pequenas gavetas. Da maior delas, Jean retirou um envelope pardo de tamanho A4.

– Com sinceridade, Kate, realmente não sei de nada. Não fiquei com nenhum dos relatórios de pesquisa de Leonard, somente com o que está aqui dentro. São apenas algumas folhas soltas que encontrei embaixo da nossa cama depois da morte dele. Ele devia as estar estudando à noite, antes de se deitar. Nem sei por que as guardei. É documentação confidencial. Eu devia tê-las enviado de volta ao laboratório. São essencialmente número e fórmulas, até onde consigo dizer. Algum estudo de caso, quem sabe? Guardei isso porque vi seu nome em um dos papéis. Fique com eles, mas não sei se terão alguma utilidade.

– Obrigada – agradeceu Kate, abrindo, confusa, o envelope.

Dentro dele, havia cinco ou seis folhas de relatórios impressos.

– São provavelmente só meus registros médicos do tempo que passei lá como voluntária.

– Kate, querida, enquanto você os lê, peço sua licença por um instante, sim? Preciso fazer uma ligação importante lá em cima.

– Claro – respondeu a cientista absorta na tentativa de encontrar seu nome nos papéis.

Jean desapareceu escada acima. Pareceu estranho a Kate que a viúva de Leonard não pudesse esperar que ela fosse embora para fazer sua ligação. O que seria tão urgente e secreto? O som de uma porta se fechando chegou do andar superior, e Kate se levantou para averiguar. Havia um telefone no primeiro piso, mas parecia muita intromissão tentar ouvi-la na extensão. Além disso, era provável que Jean escutasse os ruídos se o fone fosse retirado do gancho.

Kate guardou o envelope em sua bolsa e se moveu silenciosamente em direção às escadas. Não conseguia ouvir a voz de Jean e, por isso, começou a subir os degraus. Poderia dizer que procurava o banheiro – e, na verdade, estava mesmo necessitada.

No alto da escada, ela viu o banheiro logo à frente. À direita, havia uma porta fechada. Sentindo-se péssima e chocada com a própria falta de respeito pela privacidade de Jean, Kate encostou cuidadosamente o ouvido na porta. A voz da idosa surgiu clara – a ligação acabara de ser atendida do outro lado.

– Olá. Aqui é Jean Bainbridge novamente. Não, preciso falar com ele... Quando? Bem, por favor, passe um recado. Foi um equívoco. Não há com o que se preocupar. Era um amigo de uma amiga. Eu me assustei quando ele... O quê? Oh, meu Deus! Não. Tenho certeza de que isso não é verdade. Eles não são... Não, por favor, não – ela ficava mais agitada. – Leonard não quereria isso. Encontre-o e impeça-o! Alô? Alô?

Kate saltou para dentro do banheiro, ainda que sua vontade de fazer xixi tivesse desaparecido. Ela acionou a descarga, fingiu que lavava as mãos e esperou até ouvir a porta do quarto se abrindo lentamente outra vez. No momento que Jean pisou no corredor, ela também apareceu.

– Desculpe. Espero que não se importe, mas eu estava muito apertada. Jean? O que aconteceu?

O rosto da viúva de Leonard estava lívido, e seus olhos, cheios de lágrimas. Ela estendeu a mão e agarrou o braço de Kate, com uma expressão do mais profundo pânico estampada na face:

– Vá embora, agora. Você e seu amigo. Imediatamente!

– Por quê? O que aconteceu? O que há?

– Oh, Kate – Jean explicou com a voz falhando –, fiz algo muito estúpido!

Capítulo 26

Kate atravessou correndo a rua em direção ao estacionamento do clube de tênis. Paul a esperava, ao lado do carro, digitando em seu telefone celular. Seu rosto se iluminou ao vê-la, mas, ao perceber a expressão no rosto dela, o sorriso desapareceu.

– O que foi?

– Temos que sair daqui. Agora.

– Por quê? O que está acontecendo?

Kate se sentia como a velha a fiar – com a aranha e o resto do zoológico sobre si. O pânico dava-lhe um nó no estômago. Por que Paul insistia em saber o que se passava, em vez de simplesmente fazer o que pedia? Isso era tão tipicamente masculino. Ela só queria cair fora dali, naquele instante.

– Entre no carro que lhe conto.

Ainda assim, ele hesitava.

– Vamos!

– Está bem, mas queria que você me contasse. Paul tomou o lugar do motorista, e ela pulou para dentro, a seu lado, e depositou no banco de trás o envelope entregue pela viúva.

– É a sra. Bainbridge – explicou. – De manhã, assustada, ela ligou para alguém, e essa pessoa está a caminho.

Os olhos dele se arregalaram:

– O quê? A polícia?

– Não, quem dera fosse. Ouça. Ela tinha um número que deveria chamar, se alguém, alguma vez, aparecesse fazendo perguntas a respeito de Leonard. Foi o que fez, mais cedo, depois que você apareceu no quintal.

– O quê? Para quem ela ligou?

– Não sei com certeza, mas ela praticamente me empurrou porta afora e disse que eu deveria desaparecer e que estaria em perigo se não fosse embora.

Paul já inserira a chave na ignição, pronto para ligar o carro, mas encolheu a mão.

– Essas pessoas podem nos dar as respostas que procuramos. Temos que esperar por elas – ele abriu a porta e saiu do veículo.

– Não, Paul, não faça isso!

Kate praguejou e saiu atrás dele. Paul atravessava a rua principal, em direção à casa. Era compreensível sua relutância em fugir, mas ele não sentira o medo palpável e contagioso da viúva de Leonard. Havia tanto que não sabiam. E, quem quer que fossem aquelas pessoas, não pareciam o tipo de gente disposta a se sentar e oferecer respostas enquanto tomavam uma agradável xícara de chá.

Paul já quase chegara à porta. Kate vinha alguns passos atrás, quando um Audi preto parou. Ao mesmo tempo, a sra. Bainbridge surgiu no pórtico e fez um gesto para que fossem embora, com o rosto lívido de pavor.

O Audi estacionou a alguns metros do chalé, e um homem saiu dele.

Kate sentiu os joelhos bambearem e quase caiu. O sujeito estava mais velho e usava óculos escuros. Não se lembrava dele havia 16 anos. Uma imagem daquele homem no jardim da UPR, virando-se para observá-la passar, lampejou em sua mente.

Sampson. Era esse seu nome. Stephen a alertara para que ficasse longe dele, que havia algo ameaçador naquele homem. O namorado não precisaria ter argumentado: o sujeito lhe causava arrepios – sua beleza bem formada era fria e malévola.

– Kate – ele disse, de forma séria, mas penetrante –, que bom vê-la novamente.

– Sampson.

Paul olhou para os dois e deu um passo adiante, dizendo:

– Ouça, sr. Sampson, ou esse seria seu primeiro nome? Queria saber se...

John Sampson sacou um revólver e apontou-o para o peito de Paul, que ergueu as mãos. Todo o sangue abandonou-lhe o rosto. Sampson deu um passo em sua direção, segurando a arma firmemente. Kate observava seu dedo tenso contra o gatilho e gritou:

– PAUL!

Outra pessoa também soltou um grito, e o estampido foi menos intenso do que ela sempre imaginara que um tiro seria. Kate se deu conta de que tinha os olhos fechados e, quando tornou a abri-los, esperava ver o corpo de Paul caído no asfalto. Ele, não obstante, continuava em pé, assim como Sampson. O corpo no chão era pequeno e idoso.

Com surpreendente agilidade para uma velha senhora, Jean Bainbridge se interpusera entre Paul e a arma, no exato momento em que Sampson puxara o gatilho, e recebera a bala em seu corpo – salvara a vida de Paul.

Kate sentiu uma dor atravessá-la, como se ela própria tivesse sido atingida. No mesmo instante, Paul se atirou sobre Sampson.

Ele teve sorte: o sujeito estava momentaneamente desequilibrado. Paul socou-o no estômago e Sampson dobrou o corpo, sem fôlego, e ergueu a mão, para tentar acertar a nuca do oponente com o cabo da arma. Elevando o braço, entretanto, Paul bloqueou o golpe. Sampson deixou cair o revólver, e Kate, tomando a frente, chutou-o para longe. Girando sobre o asfalto, a arma foi parar embaixo de um carro estacionado.

John Sampson correu em direção à pistola, e Paul gritou:

– CORRA!

Os dois dispararam rumo ao estacionamento. Paul ia na frente, olhando sobre o ombro para se certificar de que Kate o acompanhava. Ele estendeu a mão para ela. Sampson estava deitado de bruços no chão, tentando recuperar a arma que rolara para debaixo do carro estacionado. Paul abriu a porta de seu veículo em um golpe brusco – felizmente não a tinha trancado – e se inclinou por dentro para destravar a outra porta. Um segundo depois, deu partida, e o carro arrancou, cantando os pneus.

Sampson já estava em pé, com a arma na mão. Paul acelerou direto na direção do agressor. Ele atirou, mas a bala ricocheteou na lataria, obrigando-o a saltar para que o Peugeot não o atropelasse. Com uma guinada, Paul desviou do corpo da sra. Bainbridge e seguiu com os olhos grudados no retrovisor, assistindo, enquanto Sampson corria para seu Audi e dava a partida, concedendo a Kate e a ele apenas uma diminuta vantagem, antes de acelerar em sua direção.

– Droga, ele está vindo! Para que lado nós vamos?

Não houve resposta.

– Kate? – Paul tocou o braço dela. Kate tremia ou era ele? – Quem diabos é esse sujeito?

– Ele vivia na UPR.

Rapidamente, as ruas de Penkridge ficaram para trás, dando lugar à zona rural. Os dois cruzaram uma placa, que indicava um parque, e Kate perguntou-se, inquieta, se estavam fazendo a coisa certa, deixando a segurança da área urbana, com a proximidade de outras pessoas, para trás. Contudo, já era tarde para voltar atrás.

Paul tomou uma entrada à esquerda.

A estrada adiante estava livre, mais isso ajudaria Sampson a alcançá-los tanto quanto os auxiliaria a escapar. O Audi era muito mais veloz que o desgastado Peugeot 205. Teriam que vencê-lo com habilidade na direção. Paul, entretanto, que não conhecia aquelas estradas, tinha pouca vantagem – as mãos, suadas de ansiedade, escorregavam sobre o volante. Ele decidiu virar à direita, tomando outra tranquila rodovia rural e acelerando tudo o que podia. Kate observou o ponteiro do velocímetro se inclinando até marcar 130 km/h.

O Audi seguia-os de perto.

– Você colocou seu cinto de segurança?

– Sim, claro, Paul. Temos que...

– Segure firme.

Kate olhou adiante e percebeu qual era sua intenção: um enorme trator verde entrava na estrada logo após a curva à frente. Paul afundou o pé no acelerador e desviou o carro para a direita, colocando-o na contramão, em rota de colisão com a máquina agrícola. Kate prendeu o fôlego e fechou os olhos.

Tudo aconteceu em poucos segundos. Paul seguiu direto rumo ao trator, abanando os braços para o tratorista e gesticulando para que mudasse de lado na pista. Um segundo atrás deles, Sampson seguia pela esquerda, com sua imagem escondida pelo vidro fumê do para-brisa.

Kate se espremeu em seu assento e sussurrou uma prece rápida.

O tratorista girou o volante de seu veículo, enorme e desajeitado, manobrando-o para o outro lado da estrada. Paul tornou a golpear seu volante, cantando os pneus, e levou o carro ainda mais para a direita. O veículo passou zunindo pelo trator, que agora estava diretamente à frente de Sampson. Ao deixarem a máquina agrícola para trás, ouviram outro cantar de pneus e uma buzina nervosa.

– Ainda estamos vivos – Kate disse baixinho.

Paul girou o pescoço e avaliou a situação atrás.

– Nenhum sinal dele, ao menos por enquanto. No entanto, não ficará preso por muito tempo.

Tomaram a entrada seguinte, subindo ininterruptamente, até chegarem ao topo de uma colina. Fazendas se descortinavam para todos os lados, com ovelhas pastando em silêncio atrás de pequenos blocos de rocha. Uma pobre criatura jazia atropelada na estrada, com o pelo emplastrado de sangue.

– Você tem alguma ideia de onde estamos? – Paul perguntou, enquanto cortavam, em alta velocidade, a estrada vazia. – Além de no meio da nada...

Kate despertou de seu transe.

– Acho que em Cannock Chase.

– Qual é a distância até a próxima cidade?

– Não sei. Creio que, se continuarmos indo para o norte, chegaremos a Stafford. Vi uma placa ali atrás.

Kate girou o pescoço e viu o Audi preto surgir sobre a crista de uma colina baixa, aproximando-se.

– Ele está nos alcançando, Paul. Está nos alcançando...

– Eu sei, eu sei. Não temos como ir mais rápido. O guia rodoviário deve estar no banco de trás. Tente descobrir a distância até Stafford.

Ela encontrou os mapas e começou a folheá-los aleatoriamente, tentando achar a estrada em que se encontravam. Não conseguia sequer chegar à página certa. Por que diabos Paul não tinha um GPS naquela lata velha?

"Acalme-se", disse para si mesma.

Kate tentou empregar uma técnica que desenvolvera quando Jack era bebê. Ele chorava noite adentro, sem que nada o fizesse parar de gritar. Sentindo-se prestes a explodir de tanta irritação, ela respirava e recitava a tabela periódica: "H" de hidrogênio, "Li" de Lítio, "Be" de Berílio... Sabia que qualquer pessoa acharia aquilo estranho, mas funcionava – sentiu-se imediatamente aliviada pelo esforço da concentração, e o cérebro passou a trabalhar de forma ordenada. Conseguiu, enfim, verificar o guia e rapidamente achar a página certa. Encontrou Penkridge, onde haviam testemunhado a morte da sra. Bainbridge, e então, com o dedo, ela traçou a rota que tinham percorrido.

– Eu devia ter comprado um carro decente, com GPS – Paul resmungava.

Mordendo a língua, Kate conteve seu impulso de fazer qualquer comentário e apontou a linha ziguezagueante que indicava a estrada que percorriam.

– Estamos indo em direção à floresta. Calculo que Stafford esteja a uns 15 minutos daqui.

Enquanto ela falava, uma parede de árvores surgiu à frente deles. Segundo depois, cortavam velozmente uma área de mata – pinheiros, cotovias e bétulas margeavam a estrada estreita.

– Droga! – manifestou-se Paul.

– O quê?

Ele apontou com o queixo para o espelho retrovisor. O Audi escuro aparecia logo atrás deles outra vez, e seu reflexo aumentava a cada segundo.

– Se ainda faltam 15 minutos para Stafford, não conseguiremos batê-lo. É muito mais veloz. Talvez devêssemos parar e confrontá-lo.

– Não. Ele vai nos matar.

Naquele instante, quando Sampson encostava na traseira de seu carro, um veado surgiu do meio das árvores e começou a atravessar a estrada. Paul deu uma guinada no carro, Kate gritou e, por um momento, o Peugeot perdeu a aderência com a superfície homogênea do asfalto e vibrou violentamente, enquanto Paul lutava com o volante. De alguma forma, o veículo não se chocou com nenhuma árvore, e eles voltaram ao leito da rodovia. Paul estava ofegante pelo esforço feito para salvar a vida deles.

Atrás deles, Sampson não teve a mesma sorte. Ao girar bruscamente o volante para também desviar do animal, seu carro saiu completamente da estrada e parou a apenas alguns centímetros de um pinheiro. Enquanto o veado trotava de volta para o abrigo da floresta, alheio ao olhar feroz do motorista, John engatou a marcha a ré e voltou para a rodovia, o que deu ao casal preciosos segundos de vantagem.

Paul soltou uma risada descontrolada.

– Um trator e esse veado sacana! Se eu fosse religioso, pensaria que alguém está nos protegendo. O que virá agora?

Penetraram ainda mais na floresta. Paul seguia dirigindo, o mais rápido que podia, naquela estrada esburacada. Quando a vegetação começou a se tornar mais esparsa, o Audi negro ressurgiu no retrovisor.

Kate agarrou o braço do companheiro:

– O que faremos agora?

– Segure firme outra vez.

Ao emergirem da mata, Paul notou uma entrada à direita, com um poste torto de madeira apontando para um lugarejo, onde provavelmente haveria mais veados que gente. Entretanto, não havia escolha. Tinham que encontrar ajuda.

O Peugeot tomou a outra estrada, e eles se viram descendo por uma via curva e estreita coberta pelos dosséis das árvores. Cruzaram uma ponte sobre um córrego barulhento, e um tranco sacudiu o carro ao atingirem um calombo na estrada. Kate tivera sonhos assim – pesadelos em que era perseguida, com seu algoz logo atrás, aproximando-se a cada segundo enquanto seu pânico se tornava mais intenso. Naqueles sonhos, a salvação sempre vinha quando acordava.

Ela resgatou seu celular de dentro da bolsa.

– O que você está fazendo?

– Ligando para o 911; quer dizer, 999.

Paul esticou a mão e tomou o telefone de Kate.

– O que você está fazendo? – indagou ela.

– Não quero que chame a polícia.

– Por que não, caramba? Estamos sendo perseguidos por um sujeito que acaba de matar uma pessoa. A polícia pode mandar alguém para cá, alguém que consiga deter Sampson.

Em alta velocidade, Paul pegou a entrada seguinte, e os dois se agarraram a seus bancos.

– Não. Sinto muito. Explico depois.

– Não – Kate tentou pegar o aparelho de volta, mas Paul o arrancou de suas mãos e atirou pela janela.

Ela o encarou boquiaberta:

– Por que diabos você fez isso?

– Eu lhe conto mais tarde.

Kate se afastou dele:

– Quem é você?

– O quê? Você sabe quem eu sou.

Ela comprimia seu corpo contra a porta:

– Não entendo por que você acabou de...

BANG!

Kate pulou em seu assento.

– O que foi isso? Batemos em algo?

– Caramba! Ele está atirando!

Outro estampido.

– E você não quer me deixar chamar a polícia? – Kate começou a chorar. – Ele vai nos matar. Oh, Jack... Nunca mais vou vê-lo.

Paul apertou a mão dela, dirigindo com apenas uma das suas. Kate tentou soltar-se, mas ele a segurava com força.

– Kate, ouça. Você precisa se acalmar. Vou nos tirar dessa e depois explico a questão da polícia. Prometo. Confie em mim, está bem?

Ela piscou os olhos.

– Está bem.

– Ótimo. Está vendo aquela casa, grande e branca, a distância? Aquele é nosso destino.

Parecia o tipo de residência que abrigaria um senhor de terras: imensa, pitoresca e cercada por campos ondulados. Uma colina se erguia ao fundo e outras pequenas edificações de pedra pontilhavam a paisagem ao redor.

A via estreita que cortavam se alargou junto à entrada da aldeia de Little Marrow. Outra estrada apertada levava em direção à ampla casa. Paul tomou-a em velocidade máxima. Uma dupla de cavalos os observava da cerca. Um segundo depois, o Audi também virava na mesma estrada, logo atrás deles. Tinham aquela a sensação de estar sendo caçados.

– Mantenha a cabeça abaixada – instruiu Paul.

Viraram à esquerda em uma estrada sinalizada com uma placa: "Privada – Não entre", e se viram no limite da propriedade, marcado, logo a seguir, por um portão aberto. Assim que o cruzaram, a casa ressurgiu logo adiante. Quando se aproximaram, cortando a estrada de cascalho – a residência, em realidade, parecia mais uma mansão –, perceberam um grupo de cinco homens e uma mulher, todos entre os 50 e 60 anos, vestindo jaquetas impermeáveis e botas de borracha.

Cada um dos homens carregava uma espingarda. Era um grupo de caça, partindo para o campo em busca de faisões e coelhos. Dois perdigueiros andavam ao redor do grupo, em meio às pernas de seus donos. Todos – pessoas e cães – encararam o Peugeot que freava e o casal que saía de dentro dele.

Os cachorros dispararam em sua direção. Kate prendeu a respiração, mas os animais apenas cheiraram suas pernas e, em seguida, as de Paul. A mulher de jaqueta espremeu os olhos:

– Posso ajudá-los? – sua maneira de falar soava tão nobre que era quase monárquica. – Ameixa, Pudim – virou-se para os cachorros –, voltem aqui!

Um dos sujeitos armados deu um passo à frente. Kate vivera nos Estados Unidos – supostamente um país habitado por alegres assassinos certificados pela Associação Nacional do Rifle, se crédito fosse dado à mídia britânica –, mas nunca, nenhuma vez sequer, vira uma arma. Agora, na Inglaterra, deparara-se com uma quantidade suficiente, em um mesmo dia, para toda uma vida.

– Qual é o problema? – o homem perguntou em uma voz que combinava com a da mulher.

– Desculpem por chegar de maneira tão abrupta, mas precisamos de ajuda. Nossa gasolina acabou – explicou Paul.

O sujeito apontou com o queixo em direção à estrada:

– E ele? Também ficou sem combustível?

Os dois olharam para trás. O Audi escuro esperava ameaçadoramente junto ao portão.

Capítulo 27

O sujeito que conversava com Paul, evidentemente o senhor daquelas terras, deu alguns passos na direção do Audi escuro.

Sampson sopesou prós e contras. Cinco homens armados, que pareciam versados no uso de suas espingardas – matavam coisas provavelmente desde o jardim de infância. Ele pisou no acelerador e partiu. Kate e Paul, por enquanto, tinham escapado. De qualquer modo, era hora de se distanciar da cena da morte da viúva. Velha tonta. Logo estaria junto com o marido, não no céu ou no inferno – Sampson não acreditava nessa idiotice –, mas simplesmente mofando em uma cova.

O perseguidor dirigiu de volta para a floresta. Havia algo que queria recolher antes de abandonar por completo a cena – ao completar uma curva, Sampson tinha visto o telefone sendo atirado pela janela do Peugeot; o movimento súbito junto ao talude da estrada chamara sua atenção, mesmo em alta velocidade.

Com o som do motor do Audi sumindo a distância, Kate e Paul trocaram um olhar de alívio, e ela levou a mão ao peito. O coração parecia-lhe prestes a saltar pela boca.

– Quem era aquele? – a mulher de jaqueta perguntou, fazendo com que Kate se virasse.

Ela não respondeu de imediato.

– Um amigo de vocês? – a mulher os pressionou, passando a língua pelos lábios e saboreando o raro gosto da intriga.

O primeiro homem se dirigiu a seus quatro amigos:

– Por que vocês não vão na frente? Eu os alcanço daqui a pouco.

Os demais membros do grupo assentiram, partindo com suas espingardas e um dos cachorros em disparada logo atrás. Enquanto seguiam a mulher e, supostamente, seu marido em direção a casa, Kate torcia silenciosamente para que tivessem um dia infrutífero de caça. A imagem de Jean Bainbridge morta, caída na rua, veio-lhe à mente. Ela respirou fundo, lutando contra a vontade de vomitar.

– Vocês parecem precisar de uma xícara de chá. Vou colocar a chaleira no fogo – o marido anunciou.

"A gentileza de estranhos", pensou Kate.

Entraram em uma ampla sala de estar e se acomodaram em generosos sofás voltados para a vista do jardim. O outro cachorro se deitou junto ao janelão, com o tristonho olhar fixo nos caçadores que se afastavam em direção ao bosque. Kate mal conseguia articular as palavras – precisava desesperadamente daquele chá. Contrariando suas expectativas, a bebida chegou em uma caneca de borda lascada, e não em xícaras e pires de fina porcelana.

– Obrigada – Kate bebericava sua infusão.

Em Boston, com frequência, tinha a sensação de que se tornara uma americana. O efeito milagroso do chá, entretanto, a convencia de que continuava a ser uma legítima inglesa.

– Sra....

– Sra. Braxton, mas me chame de Penny. E este é Andrew – disse ela, apontando para o marido, que sorriu.

O sujeito tinha um rosto enrugado e simpático e exalava um ar de riqueza ancestral. Parecia passivo, entretanto, ofuscado pelo brilho expansivo da personalidade da esposa. Penny evidentemente conduzia as rédeas daquele casamento. Era provável, Kate suspeitava, que Andrew se situasse abaixo do cachorro na hierarquia doméstica.

– Meu nome é Kate. E esse é Paul.

Concluídas as apresentações, Penny depositou sua caneca de chá em uma bandeja sobre a mesa de centro pequena e simples.

– E por que, afinal, o sujeito no carro preto os perseguia?

– Não sabemos. Algum maluco de plantão – Paul justificou.

Kate o encarava. Mas ele a ignorou e prosseguiu:

– Cometemos o erro de ultrapassá-lo lá na estrada principal e, no instante seguinte, estava colado em nossa traseira, com a buzina disparada, como se fosse passar por cima de nós. Não conseguíamos nos livrar dele. Se eu estivesse sozinho, teria parado e resolvido o problema de homem para homem, mas tinha que pensar em Kate.

– Entendo – respondeu Penny, lançando um olhar para Kate, que lutava para remover a expressão de incredulidade que tinha estampada no rosto.

Qual era o jogo de Paul? Por que mentia? Ainda não conseguia acreditar que a impedira de chamar a polícia e que jogara seu celular pela janela do carro.

– As estradas estão cheias de lunáticos hoje em dia – Andrew se manifestou. – Outro dia...

– Sim, querido – Penny interrompeu-o, virando-se para Paul. – Vocês querem chamar a polícia?

– Sim – Kate respondeu atenta a Paul. – Queremos?

– Por que razão? Foi só uma briga de motoristas. Ele já está longe daqui a esta altura. Além disso, não fez nada pelo que possamos processá-lo. Tampouco dispomos de provas – ele evitava o olhar de Kate. – Nem sabemos quem era.

– Vocês não anotaram a placa?

– Não. Vejam, realmente não acho que haja motivo para chamarmos a polícia.

Penny o observou de forma longa e penetrante. Evidentemente, sabia que Paul não falava a verdade. Ele, entretanto, correspondeu o olhar sem piscar.

– Bem, a decisão é de vocês – ela disse, após algum tempo.

– Tem razão.

Kate sentia o coração batendo com força sob a blusa. O perdigueiro se aproximou e enfiou o focinho úmido na palma de sua mão. De súbito, uma onda de cansaço a atingiu. Ela sabia que, em momentos de estresse, o cérebro humano opta, algumas vezes, por se desligar, como forma de evitar traumas.

A sra. Bainbridge, encontrar Sampson novamente, a perseguição, toda a confusão ao redor do comportamento estranho de Paul. Kate queria apenas ficar ali e acariciar aquele cachorro de nome ridículo sem precisar pensar em nada daquilo.

Mas essa não era uma opção. Ah, como sentia saudades da atmosfera fria do laboratório, onde tudo fazia sentido; onde tudo podia ser medido, pesado e analisado; onde, quando as coisas fugiam do esperado, havia sempre uma explicação!

– Está na hora de irmos – disse Paul.

– Mas e se esse maluco da estrada ainda estiver por aí? – perguntou Penny.

– Posso pegar o Land Rover e verificar se o caminho está livre – Andrew sugeriu, dirigindo-se para a porta.

– Tome cuidado, querido – a esposa advertiu com um genuíno tremor de preocupação na voz.

Andrew regressou 15 minutos depois. Durante aquele espaço de tempo, Penny havia ficado andando em círculos pela sala com o cachorro em seus calcanhares. Sua ansiedade era uma advertência para que Kate não julgasse tão rapidamente as relações alheias – ou as próprias, na realidade, pensou. Estava desesperada por uma oportunidade a sós com Paul, para a descobrir por que diabos ele agia de maneira tão estranha.

– Nenhum sinal do sujeito. Acho que podem ir tranquilos – Andrew anunciou, atirando sua jaqueta sobre uma cadeira.

Paul se levantou de um pulo.

– Ótimo. Vamos, Kate.

Enquanto ela se colocava em pé, Andrew acrescentou:

– História quente na rádio local: uma idosa foi encontrada morta a tiros do lado de fora de casa.

– A tiros?! – exclamou Penny.

– Sim, em Penkridge.

– Meu Deus, é onde jogo bocha! Como poderia algo assim acontecer em uma cidadezinha tão pacata quanto Penkridge?

Kate tentava manter-se calma, mas não conseguia se livrar da imagem da sra. Bainbridge agachada junto a suas malvas e alfazemas. Ela havia recebido um tiro endereçado a Paul, e ele estava ali, com o olhar perdido no jardim e a expressão séria.

– Vocês não vieram por Penkridge, vieram? – perguntou Penny.

– Não, não viemos – respondeu Paul.

– Temos que ir – Kate se manifestou com a voz trêmula. – Posso usar seu toalete?

– Claro.

Quando Kate saiu do banheiro, Penny e Andrew conversavam entretidos de mãos dadas. Estava certa de ter ouvido a esposa chamando o marido de "Bonequinho".

Penny avisou-a:

– Seu amigo já está no carro.

– Ah, está bem. Muito obrigada a vocês.

– Não há de quê.

Vendo o carro do jovem casal se distanciar, Andrew voltou-se para Penny:

– O que você achou disso?

– Não acreditei em nenhuma palavra do que disseram.

– Não. Certamente não acreditei nessa conversa de briga de estrada. Tampouco acreditei quando esse sujeito disse que não tinham passado por Penkridge.

O rosto da mulher se acendeu, em uma expressão de choque:

– Meu Deus, você não acha que podem ter algo a ver com a morte da velha, acha?

Andrew caminhava em direção ao telefone:

– Anotei o número da placa deles quando saí. Vou ligar para a polícia.

Após relatar à Delegacia de Stafford a visita do estranho casal, Andrew tornou a sair, ansioso para se juntar à turma de caçadores. Ele procurava sua espingarda.

– Penny, querida – chamou –, você viu minha espingarda?

A esposa emergiu da casa:

– Não. Onde você a deixou?

– Coloquei-a aqui, apoiada na parede da casa. Eu... Oh, maldição!

Os dois olharam em direção à estrada.

– Melhor ligar novamente para a polícia.

Por insistência de Kate, ela e Paul haviam retornado pelo mesmo caminho para tentar encontrar seu telefone. Entretanto, não havia sinal do aparelho. Do celular de Paul, chamaram seu número, mas não ouviram qualquer toque, mesmo vasculhando várias vezes o trecho próximo ao ponto onde, Kate estava certa, Paul atirara o telefone pela janela. Nervosos, como se Sampson fosse surgir detrás de uma árvore a qualquer momento, eles procuravam à beira da estrada.

Paul quis saber mais sobre seu perseguidor, e Kate contou-lhe a história do estranho faz-tudo da UPR, que nunca parecia se encaixar bem naquele papel.

Depois de dez infrutíferos minutos de busca, ela foi forçada a aceitar, relutante e de má vontade, a perda do celular. Sentia-se incomodada com Paul, especificamente pelo telefone, mas, sobretudo, por seu comportamento bizarro. Dirigiram em silêncio até o subúrbio de Stafford, sempre buscando com o olhar os espelhos retrovisores. Quando passaram por uma fila de lojas e um bar, Kate ordenou:

– Pare o carro. Precisamos conversar.

Paul estacionou em frente ao bar – o Red Lion.

Ela respirou fundo.

– Por que você mentiu para eles, Paul?

Ele tentou segurar-lhe a mão, mas Kate fugiu do toque.

– Kate...

– Não encoste em mim sem antes se explicar. Por que disse a eles que não sabia quem estava nos perseguindo? Por que mentiu sobre Penkridge? E por que não me deixou chamar a polícia?

Paul apertava o dorso do nariz entre o polegar e o indicador. Ele encarou o painel do carro por um longo intervalo. Refletia sobre a espingarda no porta-malas, perguntando-se se seu movimento impulsivo de se apossar dela havia sido um erro que destruiria definitivamente a confiança que Kate depositava nele. Por fim, virou-se para ela:

– Muito bem, vou contar toda a verdade agora. Desculpe não ter feito isso antes. Quando você me ouvir, entretanto, entenderá meus motivos. Mas, primeiro, preciso de uma bebida, e você também.

Capítulo 28

Empurraram a porta de saloon do bar. O salão estava vazio, exceto por alguns tipos jovens, vestindo camisas de times de futebol, e dois sujeitos mais velhos, que brincavam com suas cigarreiras, sentados no balcão, como se mal pudessem esperar para sair e fumar o próximo cigarro. Uma balconista de meia-idade se debruçou para tirar o chope de Paul e exibiu os seios enrugados e bronzeados.

Kate e Paul sentaram-se de frente um para o outro, em uma mesa manca, próxima à máquina de cigarros. Ela, que havia telefonado para Miranda, enquanto ele aguardava sua bebida, depositou o celular dele sobre a mesa e tomou um generoso gole de sua vodca com tônica.

– Como Jack está?

– Está bem. Demorou um pouco para que Miranda conseguisse arrastá-lo do PlayStation para falar comigo. Parece estar se divertindo muito. Não sente tanta falta da mãe, quanto ela, dele.

Kate observava Paul tomando sua cerveja. Ele parecia se segurar para não virar toda a caneca de uma vez só.

– Vá em frente – ela disse. – Conte-me por que atirou meu celular pela janela do carro e não me deixou chamar a polícia.

Passaram-se alguns instantes antes que ele conseguisse juntar a coragem para falar.

– Você não se pergunta por que nunca soube que Stephen tinha um irmão gêmeo? Pois eu aposto que ele nunca falou de mim.

Kate sacudia a cabeça. De fato, já tinha se perguntado sobre isso.

– Vou contar por que ele nunca falou de mim enquanto vocês estavam na UPR.

Ela aguardava.

– Eu estava na cadeia. Era lá que eu me encontrava, quando ele me enviou aquela carta.

Kate buscou o apoio da cadeira, quase caindo para trás.

– Cadeia? Por... Por quê?

Paul se inclinou e tentou tocar o joelho dela, mas ela se retraiu.

– Não matei ninguém, se é isso o que está pensando. Não sou um estuprador ou um assassino.

– O quê, então?

– Hacker.

– Fraude cibernética? – Kate pareceu relaxar um pouco.

Ainda estava chocada, mas havia algo em fraudes daquele tipo que fazia com que não parecessem tão terríveis quanto outros crimes – a menos que se tratasse de pornografia infantil ou da criação de vírus que destruíssem os computadores de outras pessoas ou roubassem informações pessoais, mas talvez fosse precisamente isso o que Paul tivesse feito.

– O que você fez?

– Eu roubei um banco.

– Nossa! – ela recusou a mão que ele estendia.

– Eu tinha 20 anos. Stephen já trabalhava na UPR. Eu morava em uma quitinete em Londres e tinha um trabalho absurdamente tedioso no departamento de informática de uma escola técnica em Southwark. À noite, entretanto, tinha uma identidade completamente diferente. Era um hacker chamado Scadufax. Eu sei, é ridículo, mas eu era fã de *O Senhor dos Anéis* e obcecado pelo desafio de entrar em lugares onde não deveria. Havia um pequeno grupo que costumava conversar pela Usenet, que foi uma espécie de antecessora da internet. Um sujeito chamado Raposa Negra... Eu sei, eu sei... Esse sujeito era tido como o maior hacker do Reino Unido. Na verdade, ele era um cracker, que é como os verdadeiros hackers denominam aqueles que usam suas habilidades de informática para praticar crimes.

– E você não era um cracker?

– Não, só um hacker.

Ambos riram diante do lado ridículo dos conceitos que discutiam, mas Kate de repente ficou séria.

– Mas você roubou um banco...

Paul suspirou.

– Foi uma ousadia, um desafio. O Raposa Negra andara se gabando de ter invadido o sistema do Midland Bank e apagado o saldo negativo de sua conta. Todos ficaram muito impressionados com aquilo. Era preciso muita habilidade para penetrar o sistema de um banco. Eu, entretanto, não fiquei tão impressionado. Por que simplesmente remover seu saldo negativo? Por que não ficar rico?

– Porque, se seu saldo de repente se eleva a níveis estratosféricos, seu banco pode notar?

– Sim, é claro. Pensei nisso, e então bolei um plano. Eu forjaria uma nova identidade e um número falso de conta sob um nome inventado. Usei as pistas e informações que o Raposa Negra havia mencionado somadas com minhas próprias habilidades. Eu era, de fato, muito bom. Invadi o sistema do banco, armei a conta fajuta e creditei nela 10 mil libras. Não era uma quantia enorme, mas imaginei começar devagar.

– Imagino que 10 mil libras fossem muito dinheiro para você naquela época.

– Sim. Ainda é muito hoje em dia...

– Vou buscar outra caneca para você – Kate se ofereceu, notando o olhar desamparado de Paul para o copo vazio.

Um minuto depois, ela retornava com outro chope e mais uma vodca com tônica.

– Obrigado. Bem, a primeira parte do plano funcionou. Invadi o sistema, criei a conta e transferi 10 mil libras para ela. A próxima etapa era o toque de gênio. Consegui que o sistema me enviasse um cartão de saque e uma senha para essa conta falsa. Arranjei uma caixa postal e recebi o cartão. Fui até a agência mais próxima do Midland e saquei minhas primeiras mil libras – Paul sorriu. – Foi tão excitante. Eu mal acreditava que havia funcionado. Naquela mesma noite, entrei na rede e comecei a contar a todos os meus amigos hackers o que fizera. De uma hora para outra, tornei-me o herói deles. Até mesmo o Raposa Negra disse que tinha ficado impressionado.

– Mas você foi pego...

– Sim.

– O que aconteceu?

– No final das contas, o Raposa Negra era um tira disfarçado. Deve ter sido um dos primeiros casos de investigação on-line. Eles rastrearam minha caixa postal e tudo acabou. Fui preso e acusado de roubo. Cinco anos de condenação, mas saí em três.

Kate segurou a mão de Paul. Ele não ferira ninguém. Aquele dinheiro era uma gota no oceano dos lucros bancários – não fora roubado da conta de uma velhinha.

– Ainda assim, não consigo entender – disse Kate. – Você foi condenado por um crime cibernético e cumpriu sua pena. Por que isso impediria que chamássemos a polícia para relatar o assassinato da sra. Bainbridge?

– Ainda não acabei. Fica muito pior. Tenho medo de contar isso, Kate. Temo que você acabe me odiando.

– Tenho que saber, Paul.

– Não sei...

Ela se levantou:

– Se você não me contar, vou até o balcão, peço para usar o telefone e chamo a polícia agora mesmo. Não duvide.

Os homens sentados junto ao balcão observavam Kate. Notando a tensão crescente, os dedos momentaneamente cessaram seu movimento sobre os maços de cigarro.

Paul gesticulou para que ela se sentasse.

– Está bem. Vou contar.

Ele hesitava.

– Fui parar em uma cela com um sujeito chamado Tony Plumber.

Ele era um pouco mais velho que eu e bem mais bruto. Cumpria sua segunda pena.

– Fora condenado por quê?

– Tony era um cara tradicional. Havia roubado um banco à moda antiga, com uma meia-calça na cabeça e uma espingarda de cano cortado. Achava hilário ficar preso em uma cela com um marica que tentara assaltar um banco pelo computador. "O que você devia ter feito", ele dizia, "era entrar no banco com o computador e usá-lo para quebrar a cabeça do caixa. Você devia tentar um assalto do jeito certo."

Foi então que Kate se deu conta de onde a história terminaria.

– Não, Paul, você não...

Ele assentiu, envergonhado.

– Eu sentia ódio do sistema, do mundo. Minha sensação era a de que não fizera nada tão ruim, ao menos não comparado com alguém como Tony, que entrara armado em um banco e aterrorizara um monte de gente. Ainda assim, nossas penas eram iguais. Além disso, eu estava furioso pela armadilha em que caíra. E veio então a gota d'água: eu soube da morte de Stephen. Fiquei furioso com o mundo inteiro, amargo. Tony sentia isso. Ele me disse que, quando saísse, tinha planos para um assalto à prova de falhas e que, se eu quisesse, poderia me juntar à ação. Tony sempre dizia que gostava de mim e que queria me mostrar como roubar um banco do jeito certo. Saiu uns dois meses antes de mim. Quando eu saí, ele me esperava. Para ser sincero, eu havia reconsiderado a ideia desde sua partida, sem ele para me insuflar todos os dias. Uma vez do lado de fora, entretanto, passei pelos mesmos problemas que tantos ex-presidiários encaram: meus amigos todos haviam se mudado, e eu não conseguia emprego, sobretudo na área de informática. Com minha ficha, era impossível. Minha família estava traumatizada com a morte de Stephen. Isso, somado à vergonha que eu lhes causara, significava que não queriam saber de mim. A garota que eu namorava quando fui preso deixou de me visitar quase imediatamente. Eu estava só, exceto por meu velho companheiro de cela, Tony Plumber.

Paul prosseguiu:

– Eu era suscetível a más influências, não parece? Primeiro, meus antigos colegas de escola, depois, Tony. Ele me abrigou sob suas asas. "Nós ficaremos ricos", ele dizia. Um "trabalho", nada mais, e então partiríamos para a Costa del Sol, ele ria. Soa tão clichê, mas era esse o mundo que Tony habitava. E eu caí no mesmo conto. Éramos nós dois e o motorista, um sujeito chamado Colin. Combinamos de nos encontrar na garagem dele um dia de manhã. O alvo seria o Banco NatWest, em Bromley. Lembro-me de que chovia. Quando cheguei, Tony me entregou uma pistola. Acho que foi então que me dei conta de que aquilo era real. Tentei pular fora, mas ele ficou bravo, disse que já era tarde e apontou sua arma para mim. Eu estava me borrando. Dirigimos até o banco. Eu sentia náuseas, Kate. Minhas pernas tremiam quando saímos do carro. Tony me olhou com desprezo e falou que eu tinha que me recompor, porque iríamos entrar naquele instante.

Paul estava pálido.

– Cobrimos nossa cabeça com meias-calças e corremos banco adentro. Eu o seguia dois passos atrás. A agência estava quase vazia. Havia três pessoas na fila e dois caixas: um sujeito careca e uma mulher jovem. Parece que foi ontem. Tony começou a gritar, sacou sua arma e os clientes automaticamente se jogaram no chão. Ele apontava a arma para a caixa e gritava para que ela colocasse o dinheiro nas sacolas. Eu apontava minha pistola para o outro caixa. Minha mão tremia tanto que quase a deixei cair várias vezes. Eu via as câmeras de segurança nos filmando e me sentia desesperado para sair dali. Tony, entretanto, ficava cada vez mais bravo. A caixa agia muito lentamente e colocava o dinheiro em uma bolsa, quando a deixou cair no chão. Quando ela se abaixou para recolhê-la, Tony começou a berrar: "Sua vaca, sua vaca dos infernos!" Ela havia acionado o alarme. Eu sentia o dedo dele tenso sobre o gatilho. Tony ia atirar – Paul olhou Kate nos olhos –, então, eu atirei nele.

– Você...?

– Atirei nele. Aqui, na lateral – ele tocou a caixa torácica, do lado direito, logo abaixo das costelas. – Foi um acaso feliz. Tive sorte de não acertar a caixa. Tony caiu no chão, rolando sobre o próprio sangue. O resto é só um borrão. Soltei a pistola e esperei pela polícia.

– Oh, Paul, o que aconteceu?

– Tony sobreviveu, mesmo perdendo um bocado de sangue, e eu fui mandado de volta para a cadeia. Minha sentença, entretanto, foi bem mais curta do que poderia ter sido, porque meu advogado argumentou, com sucesso, que eu agira para salvar a vida da caixa etc. etc. Tony testemunhou contra mim, mas isso acabou ajudando, pois ele era péssimo, e o júri não foi com a cara dele. A caixa que eu salvara também depôs a meu favor. O caso foi bastante noticiado na época, mas você não deve ter visto, porque estava nos Estados Unidos.

Paul relatou o restante da história. Depois da temporada na prisão, fora recrutado por uma empresa de segurança cibernética que havia percebido que a contratação de ex-hackers, mesmo a de um que flertara com assalto à mão armada, poderia ser uma manobra inteligente. A genialidade de Paul diante de um computador, somada a seu conhecimento do funcionamento de mentes criminosas, tornavam-no o empregado perfeito. Também já não sentia mais ódio, ele dizia. Arrependera-se e agradecia a oportunidade de recomeçar.

– Ainda assim, minha ficha inclui porte ilegal de armas. Não houve testemunhas do assassinato da sra. Bainbridge. O que você acha que a polícia pensaria quando verificasse meus antecedentes? Teria a certeza de que eu era culpado.

– Não, porque eu diria que havia sido Sampson. Eu fui testemunha.

– Não seria tão simples assim, Kate. Provavelmente, ambos seríamos presos. E o que você poderia dizer sobre Sampson? Que era o faz-tudo de um lugar onde você esteve 16 anos atrás e que sempre lhe pareceu meio esquisito? E que estamos investigando a morte do meu irmão, porque achamos que algo estranho ocorria por lá, mas que você não se lembra de quase nada? Soa bastante plausível, não? E você contaria a eles que está fugindo de seu marido com seu filho, que provavelmente não poderia ter trazido dos Estados Unidos?

– O quê? Como você...?

– Pare com isso, Kate. Não sou estúpido. Ouvi boa parte de sua conversa com Miranda e deduzi o resto. E você acaba de confirmar tudo. O que você acha que acontecerá com Jack se formos à polícia? No mínimo, contarão a seu marido o paradeiro do garoto. Além disso, se algo acontecer, há o risco de nunca descobrirmos o que aconteceu a Stephen.

– Mas e a sra. Bainbridge? Ela foi assassinada. Nós vimos Sampson matá-la. E ela salvou sua vida, Paul, assim como você salvou a vida da funcionária do banco.

– Eu sei. Você acha que não sinto náuseas quando penso nisso? Mas contar tudo pra polícia não a trará de volta. Precisamos encontrar mais evidências sobre o que se passava na UPR, incluindo mais informações sobre quem é Sampson e onde podemos encontrá-lo. Só então devemos ir à polícia. Se formos agora, a chance de colocarmos tudo a perder é muito grande.

Kate não sabia o que fazer. Seus instintos imploravam que chamasse a polícia naquele exato momento. Mas e se Paul tivesse razão? Vernon tomaria o próximo voo – se já não estivesse na Inglaterra –, e ela perderia Jack. Paul seria preso, provavelmente processado, e ela poderia ser considerada sua cúmplice, se realmente acreditassem que ele havia matado a sra. Bainbridge.

Em sua mente, uma imagem de Stephen lhe dizia para confiar em Paul e apoiá-lo.

Kate analisava a expressão preocupada e séria do acompanhante, olhava os lábios que beijara mais cedo. Paul cometera erros no passado, não havia dúvida. Um longo tempo se passara, entretanto, e ele salvara a vida de uma mulher.

Parecia loucura, mas tinha uma sensação maior de proximidade com relação àquele homem que conhecera havia poucos dias do que jamais sentira por seu marido.

– Está bem – ela se decidiu, rezando para não se arrepender. – O que faremos agora?

– Temos que encontrar um lugar para ficar – Paul ergueu sua caneca, onde restava apenas a espuma grudada às laterais. – Um local próximo, porque agora já bebemos demais para dirigir.

– Está bem – ela o olhava. – Vamos achar um quarto.

– Um quarto?

Kate subitamente se deu conta do desejo que crescia, despercebido, dentro dela. Não respondeu à pergunta de Paul, mas tampouco fugiu de seu olhar. Quando ele tocou seu rosto, acariciando-lhe o queixo, sentiu uma vontade urgente de arrastá-lo para o banheiro e ordenar que transassem ali mesmo, naquele instante. A imagem a fez morder os lábios. Podia esperar, mas não por muito mais tempo. Sentia-se íntima dele, porém queria se tornar muito mais íntima.

Paul foi até o balcão para pedir uma recomendação de hotel ou pousada ali por perto. Sob a correnteza de adrenalina que corria em suas veias, havia um sussurro de ansiedade: a espingarda no porta-malas. O que Kate pensaria se a descobrisse, sobretudo, após ele ter-lhe revelado seu passado? Sua única defesa seria a verdade: de que, a despeito de sua experiência pretérita com armas e da promessa que fizera a si mesmo, anos antes, de nunca mais tocar uma, quando viu a espingarda, percebeu que se tratava de uma oportunidade que não devia ser desperdiçada. Assistira ao maníaco do Sampson alvejando a sra. Bainbridge com uma bala que se destinava a ele. Precisava daquela espingarda para proteger a si mesmo e a Kate, uma mulher pela qual, tinha consciência, estava se apaixonando.

E quem poderia saber o que aconteceria? Se a ocasião surgisse e fosse necessário vingar Stephen, agora tinha a ferramenta para levar a cabo essa tarefa.

Capítulo 29

Sampson segurava o telefone perdido de Kate, acariciando a tela com o polegar. Abrindo o menu, ele navegou até o álbum de fotos do aparelho e percorreu as imagens. A maioria mostrava o moleque. Entre elas, entretanto, havia uma foto de Kate, ligeiramente fora de foco, provavelmente tirada pelo garoto. Ela sorria e se inclinava em direção à lente, revelando a sombra do vão entre seus seios. Ele encarou a imagem por dez segundos, umedeceu com a língua os lábios secos e então enfiou o telefone no bolso.

O silêncio ao seu redor era absoluto. Os espaços escuros entre as árvores pareciam chamá-lo. Quando tudo aquilo terminasse, decidiu, iria pescar; viajaria para algum lugar remoto, como as Highlands da Escócia, e acamparia junto a um lago. Já o fizera antes e passara dias inteiros observando a superfície plana e imóvel da água, enquanto esperava que os peixes mordessem sua isca. Seguia-se então a luta de um lado só. Havia algo profundamente recompensador em assistir o peixe se debater e arfar junto à margem, antes de finalmente parar de se mover.

A melhor época de sua vida acontecera na UPR, quando estava próximo à natureza – ainda que muitas das coisas que se passavam ali estivessem longe de ser naturais. Depois da destruição pelo fogo, Sampson sentira uma emoção incomum: uma dor de remorso. Ela logo desapareceu, entretanto, substituída pela insipidez cotidiana de sua paisagem emocional.

Naquele dia, tinha uma sensação estranha, um desconforto que parecia rastejar sob sua pele. Seu desempenho não fora satisfatório, mas esse não era o único problema. O sentimento o acompanhava havia vários dias, desde que recebera a notícia da volta dela ao país e a vira passar diante da câmera de segurança.

Ao mirar a arma para Wilson, hesitara um segundo a mais. Não porque tivesse dúvidas com relação a matá-lo – ah, não –, mas, sim, porque tinha desejado poder saborear o momento, como um enófilo ao abrir uma garrafa de uma safra especial. Vacilando daquela maneira – algo que não se parecia com o profissional quase robótico, Exterminador do Futuro, que era –, havia dado tempo para que a velha se interpusesse. Fizera algo impensável: deixara que a emoção influenciasse suas ações.

De volta ao carro, seus pensamentos foram interrompidos pelo toque de um celular. Não era o telefone de Kate, e, sim, um de seus próprios aparelhos.

A voz familiar de Gaunt emergiu do telefone:

– O que diabos aconteceu hoje? Recebi um relato de que Jean Bainbridge teria morrido. Por favor, diga-me que isso não tem nada a ver com você.

Ele explicou o ocorrido. O médico bufava do outro lado.

– Você nos complicou.

Sampson travou os dentes até sentir os músculos da mandíbula tremerem.

– É melhor você sair da área o mais rápido possível.

– E que porcaria você acha que estou fazendo?

A voz de Gaunt passou de fria a glacial:

– Não use esse tom comigo. Lembre-se de com quem está falando.

Ele respirou fundo e segurou o fôlego, combatendo o desejo de dizer ao médico o que pensava dele. Permitiu-se visualizar a deliciosa fantasia em que quebrava o pescoço descarnado de Gaunt: segurando-o firme, torcendo e soltando. A imagem o acalmou.

– Ligue-me quando estiver em local seguro para conversarmos – o médico ordenou. – A morte da velha não tem grande importância. Só não quero que nada nos atrapalhe nesse momento crítico.

– Eu sei disso.

– Muito bem. Não se esqueça do objetivo. Ainda preciso que você resolva o problema com Maddox e Wilson.

Sampson seguiu para o norte, saindo da floresta, em direção a Stoke-on-Trent e, dali, a Hanley, a parte comercial do centro da cidade. Depois de estacionar o carro, entrou em um supermercado e comprou sanduíches e cigarros, abrigando-se então novamente no refúgio do veículo.

Ele fez seu lanche e buscou novamente o telefone de Kate. Era um celular flip. Sampson abriu-o e a tela se iluminou. Não havia nenhuma marca pessoal, como uma foto ou papel de parede idiota. Aquilo o agradava – desprezava infantilismos. Apostava que tampouco haveria um toque musical.

Um ano antes, fora forçado a encarar uma jornada de trem. Ao final da viagem, já tinha ouvido cada porcaria da lista das mais tocadas. Havia um panaca adolescente sentado por perto – um dos poucos passageiros no vagão –, que passou a viagem inteira remexendo em seu celular, fazendo-o apitar e vibrar, telefonando para os amigos e conversando bobagens sob seu capuz. Sampson se debruçou sobre a poltrona e pediu que ele desligasse o aparelho e ficasse quieto, mas o garoto o mandou se ferrar.

Alguns minutos depois, o moleque se levantou para ir ao banheiro. Sampson o seguiu. Primeiro, esmagou o telefone e o fez comê-lo, pedaço por pedaço, enfiando-lhe os cacos plásticos na boca e ordenando que os mastigasse. O garoto chorava, estava com o nariz escorrendo e havia se mijado. Sampson arrancou então o cinto do moleque, passou-o ao redor do pescoço dele e o amarrou ao suporte da lâmpada. Na estação seguinte, desembarcou e calmamente se afastou. Garoto se enforca em banheiro de trem. Que tragédia!

Não, Kate não usaria um toque de telefone irritante.

Sampson explorou o menu do aparelho e descobriu como ouvir a caixa de mensagens.

"Você tem cinco novas mensagens."

A primeira era de um sujeito com sotaque americano:

"Kate? Sou eu. Onde diabos você está? Esperei como um idiota por você e por Jack, e essa droga de avião inteiro já desembarcou. O que está acontecendo? Se você não conseguiu embarcar, telefone-me. Ou, quem sabe, você esteja só tentando me irritar..."

Segunda mensagem:

"Sua vaca, você ainda está na Inglaterra, não está? Com meu filho! Você acha que vai escapar, acha? Vou atrás de você. Quero meu filho de volta."

Na terceira mensagem, o sujeito soava um pouco mais controlado:

"Kate. Estou na Inglaterra. Escute, só quero conversar com você, está bem? Podemos resolver o problema de forma amigável. Sei que as coisas andaram difíceis, mas isso certamente... Sua atitude foi um pouco drástica, não concorda? Ligue-me, por favor. Quero conversar."

Na quarta mensagem, a raiva voltara. Sampson teve que afastar o aparelho do ouvido, enquanto o homem disparava ameaças com voz destorcida, explicando o que faria com ela, quando a encontrasse.

"... E QUANDO EU O TIVER DE VOLTA COMIGO, FAREI TUDO O QUE PUDER PARA ASSEGURAR QUE VOCÊ NUNCA MAIS O VEJA!"

Muito bem, pensava Sampson, esse era o pai do filho de Kate, do garoto que vira nas câmeras de segurança do hotel. Parecia evidente também que ela se apossara indevidamente do menino. Que malcriada...

Admirava a coragem dela, tanto quanto detestava ouvir aquele gringo ameaçando-a aos berros. "Que otário! Simplesmente aceite os fatos, pensava. Ela é melhor que você. E por que tanto escândalo por uma criança, de qualquer maneira? Deveria agradecê-la por livrá-lo do pestinha."

Mas onde estaria o garoto agora? Certamente não se encontrava com Kate e Wilson quando atirou na velhota. Havia tido uma sensação persistente, como se algo estivesse faltando naquele momento, e agora percebia o que era.

Quinta mensagem:

"Olá, irmã. Sou eu. Imagino que seu telefone esteja desligado. Você e Paul estão aproveitando o fato de que os livrei de Jack? Que sorte! De qualquer modo, liguei só para saber como estão as coisas. Fiquei curiosa... Jack está bem, divertindo-se muito. Estão todos jogando PlayStation agora. Ele pediu para dizer que Billy está com saudades de você. Bem... é só. Tchau."

Uma onda de excitação percorreu o corpo de Sampson. O garoto estava com a irmã de Kate. Ele acessou o arquivo de imagens. Percorreu as fotos, enquanto raciocinava como agir. Todas mostravam Jack sorrindo para a câmera, brincando na neve, dormindo, acenando com o cenário londrino ao fundo.

Que bonitinho.

Depois de conseguir o número de Miranda na lista de chamadas, registrou-o na agenda de seu telefone e chamou-o.

Uma criança atendeu – uma garotinha.

"Ótimo", pensou Sampson.

– Olá – disse –, aqui é da loja de brinquedos.

– Da loja de brinquedos? Sério?

– Sim. Você ganhou um prêmio especial. Preciso do seu endereço para entregá-lo.

– O que é? – a menina perguntou.

– Um urso de pelúcia bem grande. Um urso gigante.

– De que cor?

"Que saco!"

– De que cor você prefere?

– Rosa?

– Está bem. Será rosa. Diga-me seu endereço. Em que cidade você mora?

– Moramos em Churchill.

Onde diabos ficaria aquilo? Não seria difícil descobrir.

– Em qual rua, querida? Você sabe o endereço, não sabe?

– Sim, eu sei: Old Rectory, Alameda Mill, Churchill. Mamãe me fez decorar.

– Que mãe inteligente!

Uma voz de mulher chamou ao fundo:

– Amelia, com que você está falando? Você está no telefone?

Sampson desligou.

A boa e pequena Amelia. Ele se sentiu tentado a comprar um urso cor-de-rosa para retribuir a enorme ajuda. Não faria isso, claro, mas visitaria a casa da menina sem demora.

Como qualquer bom pescador sabe, para pegar o peixe grande, é preciso usar a isca certa.

Capítulo 30

– Eles têm quartos aqui em cima – disse Paul, exibindo uma chave presa a um enorme chaveiro plástico, enquanto tentava disfarçar, sem êxito, sua alegria diante da constatação de uma cama de casal disponível tão próxima do local onde se encontravam.

– Que ótimo! – exclamou Kate animada.

Paul não sabia dizer se ela parecia entusiasmada ou se estava petrificada.

– Vamos? – ofereceu o braço a ela.

– Vamos – Kate concordou –, mas preciso buscar minha bagagem. Está no porta-malas. Você me empresta a chave?

Paul sentiu o sangue abandonando-lhe o rosto.

Kate franziu o cenho:

– O que há? Você não perdeu as chaves, perdeu?

– É... não, acho que não – gaguejou ele, apalpando de forma teatral os bolsos. – Não, aqui estão. Proponho algo: compre bebidas para levarmos para o quarto, enquanto eu busco sua mala. Nós nos encontramos aqui em um minuto. Quero um conhaque grande. Pode ser?

Ele saiu, disparado, em direção ao estacionamento, antes que Kate pudesse objetar. Precisou recuperar-se, do lado de fora, recostado à parede do bar por um instante. A imagem de Kate descobrindo a espingarda, logo depois de, apesar de tudo, decidir confiar nele o havia deixado ofegante.

Depois de pegar a bolsa de viagem de Kate, Paul reorganizou

discretamente o porta-malas, escondendo a arma sob uma lona. Sobre esse plástico, colocou um par de galochas e uma raquete de tênis protegida por sua capa. Ele imaginava que não era ideal que a espingarda ficasse tão inacessível, mas não queria correr o risco de que Kate a encontrasse e entrasse em pânico.

– Obrigada – ela o agradeceu quando retornou, estendendo-lhe um copo com líquido âmbar. – Não tenho certeza se você foi muito cavalheiro, buscando minha mala, ou o oposto disso, fazendo-me comprar as bebidas.

Paul conseguiu sorrir:

– Ah, certamente cavalheiro. Nunca se sabe quem pode rondar o estacionamento de um bar como este à noite.

– De fato – Kate tornou a ficar séria –, nunca se sabe.

Os dois permaneceram calados, relembrando os terríveis eventos daquele dia.

– Vamos buscar refúgio por esta noite? O que acha?

– Não consigo pensar em nada mais interessante – Paul respondeu entusiasmado.

O quarto era apertado e rescendia levemente a cigarros amanhecidos, mas parecia razoavelmente limpo. Uma ampla cama coberta por uma colcha bordada dominava o espaço. Ao seu redor, amontoavam-se um pequeno armário, uma televisão montada sobre um suporte de parede e dois criados-mudos. O som do jukebox chegava através do assoalho. Kate acendeu as luzes pelo tempo necessário para deixarem suas bebidas e depositarem as malas no chão e tornou a apagá-las. Somente a luz de um poste na rua entrava por um vão na cortina.

– Venha cá – disse Paul mais impetuoso do que realmente se sentia, agarrando Kate, logo depois de trancar a porta.

Os dois se beijaram e imediatamente desabaram sobre a cama.

Ainda vestidos, eles deixaram seus corpos se encaixarem perfeitamente.

– Ah, muito melhor assim – ele sussurrou, rolando para cima dela.

Descolando suas bocas por um instante, Paul esticou o braço e alcançou o copo sobre a mesa de cabeceira para provar um gole do conhaque; em seguida, ofereceu a bebida a Kate. Quando tornou a beijá-la, sentiu o fogo doce do álcool em suas línguas e pensou que nunca desejara alguém daquela maneira.

– Você está bem? – perguntou alguns instante depois, diante do silêncio dela.

Kate beijava-o aparentemente de forma entusiasmada, mas o quarto estava escuro, e ele se perguntou se não teria avançado demasiadamente rápido.

Para seu alívio, ela riu.

– Estou bem – Kate respondeu. – Estou ótima. Vamos tomar um banho. O medo todo do dia me fez suar muito.

– Boa ideia.

Ela o empurrou para se livrar do peso de seu corpo, rolou para fora da cama e caminhou até o banheiro. Um segundo depois, Paul ouviu o ruído da água caindo dentro da banheira e o som metálico da cortina correndo sobre a vara. Ele não sabia se Kate pretendera convidá-lo para juntar-se a ela ou se queria banhar-se sozinha. Não seria simpático invadir o banheiro sem ser chamado. Não sabendo o que fazer, ele enrolava, tirando os sapatos, as meias, o cinto. Kate ressurgiu. Na penumbra, Paul a viu despir a blusa e desabotoar o sutiã. Os seios eram lindos. Ele gemeu de tesão.

– Posso tomar banho com você? – perguntou, tornando a agarrá-la, enchendo as mãos com seus seios e esfregando o rosto neles.

– Claro que sim – Kate respondeu rindo. – Preciso de alguém que lave minhas costas. Acho que você serve.

– Ah, você certamente escolheu o homem ideal para esse trabalho – ele sussurrou, ajudando-a a livrar-se da calça jeans e da calcinha e deixando-a nua. – Lavar costas é minha especialidade, e seu corpo é maravilhoso.

– Obrigada. Vamos, tire sua roupa para que eu possa ver o seu também.

Paul gostava dessa versão assertiva e descaradamente sensual de Kate. Sentia que tinha acesso a um lado dela até então oculto. Era muito excitante. Ele deslizou a mão por entre as coxas dela, acariciando-a. Kate gemeu e tornou a rir baixinho.

– Pare com isso ou nunca chegaremos ao chuveiro.

Dois minutos depois, eles se acotovelavam, tentando se encaixar sob um jorro débil de água. Para conseguirem se molhar o suficiente para um banho, era preciso que se esfregassem muito.

– Chegue para lá! Minhas costas estão frias – Paul resmungou, brincando e pressionando seu corpo sobre o de Kate.

– Vou esquentar você – ela reagiu sedutora, segurando-o pelas nádegas e puxando-o para junto de si.

Kate colocou um dos pés sobre a borda da banheira, deixando o caminho aberto para que Paul simplesmente deslizasse para dentro dela. Os dois arfaram de prazer, mas o tesão se transformou em agonia quando a água subitamente ficou gelada. Paul se inclinou para a frente e fechou a torneira, sem interromper seus movimentos.

– Oh, meu Deus, isso é bom demais! – Kate se deliciava com o frenesi crescente.

Lágrimas começaram a descer de seus olhos. Paul se alarmou, mas ela não emitia nenhum som.

– Kate, há algo errado? Estou machucando você?

Ela fungou, rindo, e bateu de leve no braço dele:

– Não seja tão convencido! Não, você não está me machucando. É só tão... carinhoso. Faz tanto tempo que eu... Eu nunca pensei – Kate se desmanchou em soluços.

Paul saiu de dentro dela.

– Venha – ele disse, carinhosamente jogando uma toalha sobre seus ombros trêmulos. – Vamos para a cama. Será mais confortável.

Ele a conduziu para fora do banheiro, onde o ar frio envolveu suas peles molhadas, deixando-os arrepiados. Os lençóis estavam ainda mais gélidos. Quando começaram novamente a fazer amor, entretanto, eles se esqueceram de tudo o mais, e restaram-lhes somente as sensações.

Até mesmo o pavor do assassinato da sra. Bainbridge e da perseguição de Sampson desapareceram temporariamente. Kate e Paul, agradecidos, mergulharam nesse alívio temporário.

Capítulo 31

Kate deslizou para fora da cama, esgueirando-se até uma mancha de sol que se projetava sobre o assoalho. Por um vão na cortina, o céu azul se deixava entrever e uma brisa suave dissolvia os aromas da noite. Paul ainda dormia. A colcha deixava seus largos ombros nus à mostra.

Os dedos de Kate se aproximaram do rosto dele para uma carícia. Sem querer acordá-lo, entretanto, ela recuou e foi para o banheiro.

Depois de se vestir, apossou-se das chaves de Paul sobre a mesa e saiu furtivamente do quarto, fechando a porta com cuidado.

A luminosidade da manhã lhe feria os olhos, mas lhe dava a sensação de um beijo na pele. Sorridente, ela se espreguiçou, bocejando. Sentia-se 15 anos mais jovem, como uma garota de 20, uma menina apaixonada, recém-desperta para a beleza do mundo. As dores todas em seu corpo eram prazerosas. O toque de Paul ainda ecoava em seus lábios, barriga e coxas. A sensibilidade que sentia entre as pernas era de um tipo que somente mais sexo poderia aliviar. Parada na frente do bar, Kate respirou fundo.

Qual fora a última vez que se sentira assim? Claro, sabia-o muito bem: naquele verão, 16 anos antes, com Stephen. Nunca fora igual com Vernon. Sua relação se assemelhava mais a um projeto científico, ou melhor, a uma transação comercial. Cada um possuía algo que o outro precisava. Ela se sentia solitária, carregava a alma ferida pelo que ocorrera na Inglaterra e não buscava intensidade, somente companhia – alguém com quem conversar e sair, uma pessoa que a fizesse sentir-se segura à noite quando acordava trêmula, fugindo das chamas que a perseguiam nos sonhos. Vernon, por sua vez, queria alguém que o ajudasse a impulsionar sua carreira, e Kate, a cientista inglesa, linda e simpática, tão respeitada na universidade, parecia ser a escolha perfeita. Tinha certeza de que o ex-marido também a amara, por algum tempo, sobretudo quando engravidara do filho que ele tanto desejava; mas nunca a deixara sem fôlego, nunca a fizera ter vontade de correr nua em público, cantando.

Kate caminhou em direção ao carro de Paul, chacoalhando as chaves e cantarolando uma antiga canção que não escutava havia muitos anos. Que melodia era aquela? Uma música ao som da qual Stephen e ela haviam dançado no apartamento dele. The Cure. Era isso. Chamava-se "Just Like Heaven". Lembrou-se da letra: uma canção sobre uma garota que amava demais um rapaz; um rapaz que perdia uma garota, porque não conseguia dar tudo o que ela queria. Kate evitara deliberadamente, durante anos, músicas daquela época, pois não suportava nada que a lembrasse de sua perda.

Naquele momento, entretanto, a canção tornou a alegrá-la. Por causa da noite anterior. Quando pressionara seu corpo contra o de Paul, não sentira seu irmão. Quando fechara os olhos, não vira Stephen. Tudo fora absolutamente novo. Temia que fazer amor com Paul pudesse ser como transar com um fantasma. Na verdade, havia sido mais uma espécie de exorcismo.

Além do quê, pensou com um sorriso, fantasmas não são quentes, não deixam uma mulher se sentindo jovem e saciada. Não possuem olhos e mãos que prendem uma pessoa à cama. Fantasmas não fazem alguém gozar como se o mundo estivesse girando.

Destrancando a porta do carro, Kate se debruçou sobre o banco traseiro e recolheu o envelope entregue pela sra. Bainbridge.

Costumava pensar que Stephen fora roubado por uma fatalidade, por Deus, pelo destino ou pelo azar. Agora, estava certa de que o destino tinha mãos humanas. Sampson, é claro. Ele devia estar envolvido. Quem mais, afinal? E por quê? Levou o envelope para o quarto, na esperança de que lhe trouxesse algumas respostas. No entanto, temia, ao mesmo tempo, o que poderia encontrar.

Paul estava sentado na cama, quando Kate retornou.

– Estava tendo pesadelos? – ela brincou, arrumando o cabelo arrepiado dele e beijando-lhe o rosto forte.

– Ei, achei que você tinha fugido!

– Torceu para que eu tivesse fugido?

– Não seja boba. Na verdade, estava torcendo para que você voltasse para a cama.

A colcha escorregara e revelava o torso nu de Paul. Kate quase lambeu os lábios. Na realidade, queria lamber os lábios dele. Teriam que esperar, entretanto. Ela se sentou na cama com os documentos nas mãos.

– Preciso analisar isso, os papéis que a sra. Bainbridge me deu.

Paul se livrou da colcha e se levantou, permitindo a Kate uma visão completa de seu corpo. Segundos antes, aquilo teria sido o suficiente para que ela decidisse que os documentos podiam esperar. Agora, porém, já começara a lê-los.

ULTRASSECRETO
***Paciente:** Fem634*
Informações pessoais
***Sexo:** F*
***Etnia:** europeia branca*

Kate quase perdeu o fôlego quando viu sua data de nascimento na linha seguinte. Eram informações sobre ela. Tentava ler, mas não conseguia conter a ansiedade dos próprios olhos, que insistiam em pular adiante. Parou e tentou se concentrar por um instante.

Histórico médico:
Contraiu o vírus Watoto aos 12 anos (Obs.: os pais, conhecidos do diretor Bainbridge, foram mortos pelo vírus). Nenhum registro de

outras enfermidades sérias. A paciente encontra-se em adequadas condições físicas.

Saúde mental:
A despeito de um período de retraimento que se seguiu à morte dos pais, não há registro de problemas psiquiátricos recentes.
A paciente foi admitida na unidade psiquiátrica após o incêndio na UPR em 27/08 para quarentena e recondicionamento.

Kate, que lia o relatório em voz alta para Paul, fez uma pausa. Sua voz vacilou:

– Recondicionamento?

Os dois se olharam. Paul tinha uma expressão intrigada. Ele segurou a mão de Kate, enquanto ela continuava a leitura.

Quarentena bem-sucedida. A paciente está livre do vírus (vide relatório específico para a investigação sobre os erros cometidos).
A paciente tem conhecimentos de microbiologia e virologia e iniciara um relacionamento com o dr. S. Wilson, da UPR. O setor de segurança da UPR era da opinião de que se tornara um indivíduo de alto risco. Uma entrevista após o incêndio confirmou esse fato. O recondicionamento se fazia, portanto, necessário, para possibilitar o retorno da paciente à sociedade, conforme solicitação do diretor da unidade.
Foi administrado o tratamento baseado na técnica Pimenov. A paciente respondeu bem às drogas e à hipnose.
Para referência, a técnica Pimenov se baseia em

Kate passou à página seguinte, mas a frase não continuava.

– Não acredito. Há uma folha faltando.

Em vez disso, a página seguinte prosseguia com o final de uma frase sinistra:

... recomenda-se a eliminação da paciente.

Aguardando autorização do diretor da unidade.

FIM

Kate soltou os papéis sobre a cama e levou as mãos ao rosto. Paul recolheu as folhas e começou a lê-las rapidamente.

– "Recomenda-se a eliminação."

Ele passou o braço sobre os ombros de Kate.

– Você está tremendo.

– "Eliminação"...

Paul abraçou-a, acariciando-lhe os cabelos, até que o tremor diminuísse.

Kate se afastou e perguntou:

– O que diabos é a técnica Pimenov?

– Kate, há uma página que você ainda não leu.

Ela esperava que fosse a parte ausente do relatório, mas tratava-se de uma carta, endereçada a Leonard.

Prezado Leonard,

Devo novamente reiterar minha insatisfação com sua decisão de permitir que Kate Carling deixe a unidade sem que estejamos cem por cento seguros de que o tratamento teve pleno êxito. Compreendo seu laço emocional com a jovem e não quero acusá-lo de faltar com o profissionalismo. Não obstante, preciso lembrá-lo de que sacrifícios são, por vezes, necessários para um bem maior.

Dito isto, tenho conhecimento de sua articulação para conseguir uma posição para ela em Harvard. Fico feliz de que a srta. Carling esteja deixando o Reino Unido, e me parece justo dizer que torço para que não retorne. Não é nada pessoal. Se o recondicionamento, entretanto, não tiver funcionado completamente – e não estou convencido de que tenha –, será melhor que ela fique longe dos lugares e das pessoas que possam provocar o ressurgimento das suas memórias. Peço permissão para monitorar a srta. Carling em eventuais visitas ao país. Confio que seu contato em Harvard ficará de olho nela.

Sinceramente,
Clive.

Kate ficou em pé e deu alguns passos vacilantes rumo ao banheiro. Paul saltou em sua direção. Ela perdeu o equilíbrio, e ele a amparou.

– Acho que vou vomitar.

– Venha. Sente-se.

– Não. Eu realmente vou vomitar.

Ela se livrou dele e completou seu trajeto trôpego até o banheiro. Debruçada sobre a privada, Kate vomitou o jantar da noite anterior e a bebida. Cuspindo, deu a descarga e se deixou cair no chão, com os cabelos sobre o rosto e a boca amarga. Paul, que a observava junto à porta, entrou cuidadoso no banheiro e se agachou a seu lado. Ele lhe acariciou os cabelos, e ela o abraçou, enterrando a cara em seu ombro.

– O que fizeram comigo? – sussurrou.

– Eu não sei...

Kate se afastou dele, empurrando-o para cima, com o rosto contorcido de ódio.

– Que droga fizeram comigo? Aqueles desgraçados. Leonard. Ele era praticamente um tio para mim, um tio carinhoso.

– Para mim, parece que ele tentou protegê-la.

– Mas estava envolvido em tudo – Kate levou as mãos à cabeça como se tentasse espremer com um fórceps as lembranças que se recusavam a aparecer. – E eu não consigo sequer saber o que aconteceu, porque fui recondicionada.

– Vamos descobrir o que é a técnica Pimenov.

– Como faremos isso?

Paul se levantou e foi até o quarto, voltando com o notebook.

– Há uma rede sem senha na vizinhança.

– Deixe-me ver.

– Kate, acho que você deveria tentar se acalmar um pouco.

– Não me dê ordens! Quem você acha que é? Meu marido?

– Kate...

– Dê-me o computador! – ela abriu o notebook, mas fez uma pausa antes de começar a digitar.

Olhou sua aparência caótica no espelho da parede – cabelos revoltos, a boca e os lábios umedecidos, olhos injetados.

– Desculpe-me, Paul. É um choque tão grande – disse.

– Eu entendo.

Ele se abaixou e sentou ao lado dela, os dois recostados contra a banheira.

– Devo estar cheirando mal – ela comentou.

Paul beijou-lhe o rosto.

– Está um pouco fedida mesmo.

– Ei!

– Você quer que eu faça as honras? – falou ele, apontando para o computador. Kate lhe entregou a máquina.

Paul digitou no Google: "técnica Pimenov". Não houve resultados esclarecedores, entretanto, somente uma imensa lista de páginas com o sobrenome russo – nada sobre memória ou "recondicionamento".

– Vou tentar somente Pimenov – ele sugeriu.

A pesquisa resultou igualmente infrutífera. Pimenov era aparentemente o nome de um jogador russo contemporâneo de futebol. Os sites todos mencionavam resultados de partidas em que jogara. Inúteis.

Foi a vez de Kate dar uma sugestão:

– Tente combinar com palavras diferentes, como "memória" ou, sei lá, "recondicionamento".

– Boa ideia.

Paul digitou uma busca com as três palavras. Os primeiros resultados eram bobagens, mas foi Kate quem apontou para a tela:

– O que é isso?

O link apontava para o site www.allinthemind.com. Paul clicou, e eles esperaram.

– Vamos! – disse ansioso, observando a barra de carregamento se preenchendo da esquerda para a direita.

Finalmente, a página apareceu.

– É um fórum – comentou –, um quadro de mensagens onde as pessoas discutem questões de interesse comum.

– Eu sei o que é um fórum.

– Desculpe.

Kate, entretanto, já percorria a página com os olhos em busca de menções a "Pimenov". Paul teclou CTRL+F e abriu uma caixa de diálogo para realizar uma busca no site pela palavra. Procurou para baixo e depois para cima sem sucesso.

– Isso não é raro. O mecanismo de busca às vezes encontra uma página, mas ela desaparece antes que ele se atualize. Isso ocorre porque seria impossível para os mecanismos de buscas manterem cada site sob observação constante.

Eles voltaram aos resultados do Google. Havia duas linhas de texto extraídas da página original em allinthemind.com:

...assim como a CIA, a KGB também desenvolveu técnicas de recondicionamento. Há relatos de que o cientista russo Pimenov...
...usando uma combinação de LSD e hipnose para eliminar memórias indesejadas; os métodos, não obstante, foram considerados...

Paul tomou a mão de Kate:

– Mas está tudo aí – disse –, na sua mente. Não há como terem apagado tudo completamente. Por isso, não queriam que você voltasse à Inglaterra, e é por esse motivo que Sampson a está procurando, para impedir que se lembre do que quer que tenham tentado fazê-la esquecer.

– Sobre o que aconteceu com Stephen e Sarah...

– Sei o que temos que fazer – Paul anunciou. – Mas pode ser que você não goste.

Capítulo 32

Vernon tocou a campainha da casa de Miranda e deu um passo atrás, observando os janelões com suas cortinas cafonas. A irmã de Kate sempre lhe parecera meio careta, pensou, ainda que a tivesse encontrado em raras ocasiões. Faltava-lhe a determinação de Kate, sua vivacidade – embora sempre tenha suspeitado de que cultivasse certa atração por ele. Sempre o olhara de um jeito diferente, por detrás dos cílios longos, nas vezes em que haviam se visto. Um pena que fosse tão fraca. Seria muito excitante ficar com a irmã de Kate – uma ótima forma de dar o troco na ex-esposa.

Pensando sobre irmãos, seu pensamento saltou para Jack e a pena que sentia de que o pobrezinho não tivesse irmãs ou irmãos. Vernon desejara outro filho – preferencialmente, uma menina –, mas a gravidez tornara Kate frígida, e esse gelo nunca mais derretera. Ela era um princesa ártica, a mulher com menos impulso sexual que já conhecera. Convencê-la a abrir as pernas era como tentar fazer um gato andar de coleira. Ele sentia pena do homem que a fosse assumir – isso se ela não passasse o resto da vida trancada em um laboratório, estudando criaturas que não podiam ser vistas. Conseguia enxergar o futuro de Kate: terminaria com algum idiota insuportável de jaleco branco, os dois depositando toda a sua paixão na pesquisa, ganhando prêmios bestas e, no fim, conseguindo que uma doença fosse batizada em sua homenagem.

Era uma sorte que o casamento não tivesse se arrastado por mais tempo – muito melhor conseguir cair fora naquele momento, enquanto ainda era jovem o suficiente para aproveitar a vida; e teria seu filho a seu lado compartilhando aquilo. Bem, talvez não totalmente a seu lado – não queria prejudicar demais seu estilo de vida. Planejava matricular Jack em um internato, quando voltassem para os EUA – um lugar onde a mãe não poderia envenenar a mente do garoto e torná-lo fraco.

Vernon ouviu passos se aproximando em direção à porta, e seu coração acelerou. Quem sabe Kate estivesse ali, e Jack com ela? No mínimo, Miranda certamente saberia onde se encontravam.

A porta se abriu, e um gorducho de meia-idade apareceu.

– Pois não?

Percorrendo o interior da casa com o olhar, Vernon não viu nenhum sinal de Jack. Ele encarou o sujeito com sua mirada acadêmica mais arrogante:

– Miranda está?

O sujeito pareceu confuso por um momento, mas sua expressão, por fim, demonstrou entendimento:

– Você quer dizer Miranda Hetherington? Ela não mora mais aqui. A família se mudou há um mês.

Vernon processou a informação.

– Que pena – disse. – Fomos amigos na universidade, e acabo de chegar dos Estados Unidos para uma visita. Acho que desperdicei meu tempo – ele balançou a cabeça desapontado, soltando um longo e trágico suspiro.

– Não se preocupe – o homem tranquilizou-o com uma expressão simpática. – Tenho o endereço novo. Vou pegá-lo para você.

O pai de Jack abriu um largo sorriso:

– Mesmo? Que ótimo!

A caminho da casa da irmã de Kate, Sampson passou por um grande centro comercial à margem da rodovia. Entre as megalojas de materiais de construção, aparatos domésticos e tapetes, destacava-se uma Ri Happy. Impulsivamente, ele entrou no estacionamento e, minutos depois, percorria os corredores repletos de robôs, monstros de pelúcia, video games e máquinas de *karaokê*, à procura de um urso cor-de-rosa. Não planejara fazer aquilo, mas não o fazia para se divertir – Sampson não tinha qualquer senso de humor – ou por razões sentimentais. Simplesmente, imaginara que o urso poderia ser útil.

Lembrava-se da voz alegre da pequena Amelia ao telefone. Nunca matara uma criança. Nunca houvera a necessidade, tampouco o haviam solicitado. Perguntou-se como seria, se a sensação resultaria, de alguma forma, diferente daquela de tirar a vida de um adulto.

O primeiro assassinato que cometera o excitara e arrebatara. Passara então vários anos esperando em vão poder repetir aquela sensação. Tinha 18 anos. Uma garota chamada Kelly, que cuspira em sua cara depois que a estuprara em seu primeiro encontro. Sampson envolvera o pescoço dela com as mãos fortes e pressionara sua laringe com os polegares. A incredulidade e o terror nos olhos da moça o haviam excitado. Quando o corpo da vítima relaxou e sua respiração cessou, Sampson ainda estava dentro dela. Fora um momento maravilhoso. Pensando agora, ela lembrava Kate, quase na mesma idade, quando chegara à UPR. Não era tão linda, mas havia uma evidente semelhança.

Desde Kelly, nenhuma morte lhe oferecera a mesma carga de excitação. Quem sabe assassinar uma criança pudesse fazê-lo?

Matar o garoto de Kate. Isso, sim, seria algo...

Conseguia imaginar o rosto dela assistindo ao filho morrer por suas mãos. Ouvia os gritos daquela mulher, submetida a seu poder. A dor de Kate seria como a explosão de uma estrela. Imensa, intensa. Passado o momento, ela já não se debateria ou lutaria. Estaria morta por dentro. E seria sua.

No caixa, ele pagou pelo urso de pelúcia. A expressão idiota na cara do brinquedo lhe dava náuseas. A jovem atrás do balcão sorria para ele como se ele fosse um pai ou tio carinhoso.

Sampson percorreu a loja com os olhos. Havia crianças em toda a parte, pequenos garotos e garotas de todos os tamanhos e cores. Poderia – por que não? – levar um daqueles para experimentar a sensação.

Treinar. Quando a vendedora enfiou o urso em uma sacola, entretanto, decidiu que não havia tempo a desperdiçar. Tinha que seguir em frente.

De volta ao carro, ele consultou o mapa e partiu em direção ao sul, rumo à casa de Miranda, rumo ao filho de Kate.

A tia de Jack perscrutou o céu do lado de fora, desejando que a chuva parasse, para que as crianças pudessem brincar na área externa. Os meninos, observados por Amelia, jogavam video game no quarto de George. Ora ou outra, ouvia-se o grito dela: "AGORA É MINHA VEZ!"

O PlayStation era uma babá ainda melhor que a TV. Miranda, entretanto, sentia-se culpada por deixá-los jogar por tanto tempo, sobretudo Jack, que nunca tivera permissão para tanto. Uma voz na cabeça a perturbava dizendo que deveria estimulá-los a criar as próprias brincadeiras, com lápis de cor e cartolinas coloridas. Todavia, seguramente diriam que aquilo era chato.

Verificou as horas: 17h30. Seria cedo demais para uma taça de vinho? Havia uma ótima garrafa de merlot sobre a geladeira. Quase sentia o sabor frutado na boca e a sensação de relaxamento no corpo. Esperaria mais meia hora, entretanto, e então se daria o direito de uma generosa dose. Se o tempo fosse correto, quem sabe não estaria de ótimo humor quando Pete chegasse do trabalho? Isso supondo que regressasse no horário normal e que não parasse para um drinque como fazia com frequência ultimamente. Havia uma nova mulher trabalhando na equipe de cirurgia veterinária, uma magrela chamada Jennifer, de quem ele falava o tempo todo, como se não conseguisse evitar mencioná-la sempre que podia. Miranda não achava que aquilo daria em algo. Era provavelmente apenas mais um daqueles flertes entre colegas de trabalho que o tempo se encarregaria de esvaziar e matar. Dava-se conta, no entanto, de que aquilo não a preocupava tanto quanto deveria. Perguntava-se, abstratamente, como seria se Pete a deixasse e tivesse que criar os filhos sozinha. Não parecia tão ruim. Seria, ao menos, uma mudança.

Maldita chuva que a fazia sentir-se melancólica e inquieta. Era sempre igual quando chovia no verão.

Miranda foi para a cozinha – recusando-se a olhar na direção do merlot – e abriu o armário, pensando no que oferecer às crianças para o lanche. A alimentação vegetariana de Jack era sempre uma dificuldade. O garoto parecia saudável, entretanto, e era uma criança muito amável. Diferente do pai, felizmente.

Encontrar Kate fora bom, é claro, mas ela não conseguia deixar de sentir inveja da irmã. Sempre a invejara – sua carreira, a vida nos Estados Unidos, a inteligência e a beleza. E agora, mais que nunca, desejava que sua vida fosse tão excitante quanto a da cientista.

Tudo bem. Deixar o marido, dar meia volta ao mundo e empreender uma caçada bizarra na companhia do irmão de um antigo amor talvez pudesse ser melhor descrito como traumático ou, no mínimo, estressante, mas estava longe de ser um vidinha doméstica. Não era ficar presa em casa, ansiando por uma taça de vinho, enquanto o marido paquerava a jovem subordinada.

Talvez fosse a hora para aquela taça de vinho. Já eram quase seis. E aquilo tampouco faria algum mal; só uma tacinha que tomaria bem devagar, antes de fazer um chá.

Miranda pegou a garrafa sobre a geladeira e removeu a rolha, enchendo a taça bem mais do que pretendia. Que desastrada! Porém, também não valia a pena desperdiçar a bebida. Deu um gole generoso e, em seguida, outro.

Bem melhor.

Sentou-se à mesa da cozinha. Com o dedo, alisava displicentemente a borda da taça. Um grito chegou do andar de cima. Seu primeiro impulso foi levantar-se e verificar se tudo estava bem, mas as crianças riram, e ela relaxou. Só estavam se divertindo com o jogo. George e Amelia pareciam gostar da presença do primo americano. A primeira pergunta de George para Jack, quando se encontraram, fora para saber se ele já tinha visto uma arma. Amelia inquiriu se o primo já havia ido à Disneylândia.

O telefone tocou. Ela se levantou de um pulo, imaginando que poderia ser Kate.

– Alô?

– Olá, querida – era Pete. – Sinto muito, amor, mas vou chegar mais tarde. Tivemos um dia infernal. Pareceu uma série inteira do Mundo Animal em um dia só – ele riu com a piada que sempre usava. – Além de tudo, tive que me despencar até a Granja para ver um dos cavalos favoritos do velho Mountford, que acabei conseguindo salvar, e agora ele quer levar a mim e a toda a equipe da clínica para um drinque de agradecimento. Você sabe como é difícil dizer não a ele.

Miranda queria perguntar se Jennifer também iria. Em sua mente, a enfermeira tinha cabelos escuros, longos e lustrosos e seios que qualquer homem desejaria. Entretanto, simplesmente respondeu:

– Tudo bem.

Teria algum dia coragem suficiente para deixar Pete do mesmo modo que Kate abandonara Vernon? Bem, sabia que nunca fugiria. Era dramático demais. Se bem que, se o marido fosse o abominável cunhado, provavelmente o faria. Nunca compreendera o que Kate via nele. Tudo bem, o sujeito era muito inteligente, um intelectual, mas tinha algo que a apavorava. Era o tipo de homem que se enxergava como um garanhão, mas transmitia a imagem de um tarado; um tipo que encarava as mulheres com seios pequenos, como se desejasse que crescessem para poder apalpá-los. Que nojo!

Pete não era assim – exceto com Jeniffer, talvez. Será que os dedos dos dois se tocavam quando ela passava a ele os comprimidos de vermífugos? Teriam seus olhos alguma vez se encontrando diante de um hamster enfermo? Ela vestiria um uniforme branco apertado que moldava uma bunda apetitosa? Outro grito chegou do andar de cima, seguido por um baque surdo, despertando-a de sua fantasia de ciúmes.

Miranda se levantou, notando que a taça de vinho estava vazia. Restava somente a borra roxa, como uma mancha de sangue, no fundo do recipiente, e ela se sentiu um pouco zonza e desequilibrada. Do pé da escada, chamou:

– Tudo bem aí em cima?

Antes que uma das crianças respondesse, a campainha tocou.

Vernon tomou a saída errada – a nove, em vez da dez – e passou os 15 minutos seguintes amaldiçoando as rodovias inglesas, antes de conseguir retomar o caminho. Acabara de deixar aquilo que certamente devia ser o pior restaurante do mundo, um pardieiro chamado "Little Chef", que fazia o Taco Bell parecer alta gastronomia.

A maioria dos americanos se espantaria com a Inglaterra real, quando se desse conta de que não era apenas castelos e mansões, mas, sim, algo parecido com os Estados Unidos – estradas sem fim e lanchonetes decadentes de fast-food –, porém com atendimento pior e mais sexo na TV. A reputação dos dentes podres era verdadeira, no entanto. Imagine se Jack tivesse que crescer ali? Acabaria com cara de inglês – os dentes parecendo lápides amareladas de cemitério, beberrão e viciado em futebol. O clichê da terra chuvosa também não era falso. Chovia naquele momento, quando supostamente se encontravam no verão.

A maior parte de seus compatriotas, entretanto, adoraria aquela vila. Churchill. Bom nome britânico também. Parecia – qual era mesmo a expressão? – uma casa de bonecas. Cafona como o inferno.

Vernon riu sozinho. Tinha certeza de que Kate e Jack estariam na casa de Miranda. Haveria uma cena, sem dúvida. Ele, contudo, saboreava a ideia da confrontação, da esposa tentando justificar o que fizera. "Ela obviamente tentará se colocar em uma posição moralmente superior", pensava.

Encontrou o endereço que o novo proprietário da antiga casa de Miranda e Pete lhe dera e estacionou do lado de fora. Os limpadores gemeram para um lado e para o outro sobre o para-brisa antes de se deterem. Vernon desceu do carro, ensaiando o que diria, e tocou a campainha.

Uma placa que dizia "A VELOCIDADE MATA" fez Sampson sorrir. Com os pneus cantando, ele dobrou a esquina, contornando a igreja e passando em velocidade ao lado do muro baixo e conservado de pedras que delimitava o terreno do templo. O urso de pelúcia cor-de-rosa deu uma cambalhota no banco de trás. Um gato atravessava a rua logo adiante, tentando fugir da chuva, e Sampson pisou no acelerador ao vê-lo, mas o animal conseguiu correr, salvando-se por um segundo.

Sentia-se bem. Vivo como havia muito tempo não se lembrava. Devia ser a proximidade do sangue de Kate, pensava. Encontrou a rua que procurava e parou o carro algumas casas antes. Ele se deteve sob a chuva por alguns segundos, sentindo o toque das gotas no rosto, com o urso rosa sob o casaco. Então, caminhou até a porta e tocou a campainha.

Miranda abriu a porta.

O homem que esperava do lado de fora tinha os cabelos molhados e um sorriso estranho no rosto – a aparência de alguém prestes a conseguir o que deseja.

– Olá, Miranda – disse.

Antes que pudesse responder, o sujeito passou por ela e entrou na casa.

– Ei! – Miranda se manifestou. – O que você..?

Ele inclinou a cabeça, escutando, e olhou escada acima, antes de se voltar para ela. Miranda tinha os braços cruzados sobre o peito, em postura defensiva.

– Onde ela está? – ele quis saber.

– Quem?

– Quem você acha? Kate. Ela está aqui?

Miranda balançou a cabeça.

– Não... Não. Ela... ela está na Inglaterra?

Ele lhe devolveu um olhar incrédulo:

– Pelo seu hálito, tomo isso como uma pergunta de bêbada. Tenho certeza de que você não me considera um estúpido, Miranda.

– Ah, sim, sei disso muito bem, Vernon.

– Então, não me trate como...

Houve um grito no piso de cima e um riso agudo, seguido por uma explosão alegre de Amelia:

– Muito bem, Jack! Você ganhou dele!

Vernon driblou Miranda e correu escada acima:

– Jack?! Jack?!

A irmã de Kate assistia à cena em choque.

Jack saiu correndo do quarto, sem fôlego:

– Papai?!

– Jackie! – Vernon acolheu-o em um abraço.

George e Amelia haviam colocado a cabeça para fora do quarto e observavam a cena, com os olhos arregalados.

– Vim salvar você.

– Como o Super-Homem? – Jack perguntou.

– Sim, meu filho, como o Super-homem. Onde está sua mãe?

– Está em uma aventura com Paul.

– O quê? Quem é Paul?

– O novo amigo dela.

– O namorado dela – George gracejou, imediatamente escondendo-se dentro do quarto.

Vernon precipitou-se escada abaixo, carregando Jack nos braços. Ele ignorou Miranda ao passar, mas então se deteve e perguntou:

– Que história é essa entre Kate e esse sujeito chamado Paul? Onde estão os dois?

A ex-cunhada balançava a cabeça:

– Não posso dizer.

O homem sentia seu sangue prestes a ferver. Que vaca bêbada! Como diabos Kate podia ter deixado o filho com aquela mãe imprestável? Porque evidentemente Kate era também uma mãe imprestável – essa era a verdade.

Ele levaria Jack para tão longe... e se certificaria de que Kate nunca mais encostasse as mãos nele. Ela estragara tudo. Jack estaria muito melhor longe da mãe.

– Também não importa. Vamos, Jack. Vamos sair deste lugar.

A pequena mala azul com rodinhas do garoto se encontrava junto à porta, ainda fechada, apenas com o zíper aberto – provavelmente por onde haviam retirado o pijama e a escova de dentes dele na noite anterior. Vernon vislumbrou a ponta do passaporte do menino no bolso frontal – o local onde Kate sempre o guardava. Ele fechou o zíper e recolheu a mala.

Enquanto puxava Jack em direção à porta, Miranda se interpôs em seu caminho. Cego de ódio, Vernon empurrou-a, usando a mala de Jack como escudo. Ela trombou com uma mesa e caiu no chão, encarando-o em choque. Ele lhe apontou um dedo:

– Nem tente me parar.

Assustado com a violência, Jack começou a chorar e a se debater. Vernon precisou fazer força para segurá-lo.

– Vamos, Jackie. Vamos pegar um avião. Você logo estará em casa e poderá ver Tyler e todos os seus velhos amigos outra vez. Não quer isso?

O garoto sacudia a cabeça e tinha o rosto vermelho e lágrimas escorrendo dos olhos.

– Quero ficar aqui com Georgie. Quero minha mãe!

– Calma. Pare de brigar.

Jack, entretanto, não parava. Quando Vernon abriu a porta e pegou o filho no colo, ele gritou:

– BILLY! QUERO BILLY!

Vernon cerrou a mandíbula, tentando conter a intensa irritação que lhe subia pela espinha e ignorar as veias que lhe latejavam nas têmporas.

– Quem diabos é Billy?

– Meu robô – o garoto esticava os braços na direção da porta aberta da sala, onde Billy repousava sobre o sofá.

O pai ignorou seus pedidos – carregou um descontrolado Jack para o carro, forçando-o a se sentar no banco de trás e trancando as portas, a despeito dos insistentes apelos pelo robô Billy. O que seria? Um presente com o qual o novo namorado de Kate tentara subornar o garoto? Que se fodesse. Jack logo esqueceria completamente Billy, Paul e a mãe.

Junto à porta, Miranda assistiu aos dois partirem, o rosto em prantos de Jack espremido contra o vidro do carro.

Ela bateu a porta e correu até o telefone, discando o número de Kate. Direto na caixa postal.

Então sentou-se no degrau inferior da escada com o rosto entre as mãos. George se refugiara em seu quarto, disposto a apagar, junto ao video game, as memórias do que acabara de acontecer. Amelia, por sua vez, desceu as escadas e se sentou ao lado da mãe, recostando-se em seu ombro e sussurrando:

– Não gosto do tio Vernon.

– Nem eu, meu amor – respondeu a mãe.

A campainha tocou novamente. Miranda suspirou.

– Não se preocupe, mamãe – Amelia disse. – Eu atendo.

Capítulo 33

A hipnoterapeuta se chamava Doreen, o que soou incongruente para Kate. Ela esperara, de certa forma, uma caricatura de hipnotizador – cujo nome deveria ser Wanda ou algo similar –, uma espécie de cruzamento entre uma vidente de feira, com um lenço na cabeça e delineador em excesso, e um artista de palco, usando uma faixa de smoking na cintura e brilhantina nos cabelos, girando as mãos diante de seus olhos e dizendo: "Você está com sono. Olhe nos meus olhos, olhe nos meus olhos..."

Paul procurara por hipnoterapeutas na região de Richmond, perto de seu apartamento, usando um mecanismo de buscas para negócios. Doreen fora a primeira da lista que tinha um horário disponível. Kate torcia para que o motivo da ausência de clientes não fosse charlatanismo. A mulher tinha, entretanto, um site de boa aparência com vários depoimentos chamativos de pacientes satisfeitos. Os casos atendidos, em sua maioria, envolviam problemas como tabagismo e baixa autoestima. Não havia, contudo, testemunhos de pessoas a quem Doreen ajudara a recuperar memórias perdidas em função de recondicionamentos feitos por cientistas escroques por meio da técnica Pimenov, mas seria demais pedir por isso.

Kate agora esperava ansiosa, ao lado de Paul, em um pátio pequeno e moderno, diante da casa da terapeuta, que dava para uma rua movimentada em Twickenham.

Quando Doreen abriu a porta de vidro e os cumprimentou, sua

aparência absolutamente normal fez Kate querer rir. Era uma senhora grisalha de cara simpática, com 50 e poucos anos, a cintura um pouco larga, vestindo uma blusa simples, óculos na ponta do nariz e uma saia plissada de lã.

– Entrem, entrem – ela os chamou.

E guiou os dois por um corredor estreito até uma pequena sala de estar mobiliada com exagero, onde um jogo de sofás e poltronas de veludo disputava espaço com uma mesa de jantar grande demais de oito cadeiras, somados a um tapete redondo, cujo efeito era um pouco claustrofóbico.

– Você mora por aqui? – Doreen perguntou, apontando a poltrona para Kate e sugerindo que Paul tomasse uma das cadeiras à mesa.

A terapeuta se sentou no sofá, de costas para ele.

– Não – Kate respondeu. – Estou apenas hospedada nessa área com meu... hã... com Paul.

Deu-se conta de que não conseguia dizer a palavra "namorado" e torceu para que Paul não pensasse que menosprezava sua relação, pois a verdade, percebeu com espanto, era que o via como um namorado. O pensamento a fez ficar vermelha.

– Você não mencionou ao telefone o motivo da consulta. Como posso ajudá-la?

Kate olhou de relance para Paul.

– É meio... complexo – começou. – Talvez seja um tipo de problema com que você nunca tenha se defrontado. Nem tenho certeza se poderá me ajudar.

– Continue – Doreen estimulou-a.

– Bem, temos motivos para acreditar que... isso vai soar como uma loucura... para acreditar que... – Kate se interrompeu.

De súbito, aquela ideia toda parecia absurda.

– Paul, posso falar com você por um instante lá fora?

A terapeuta ergueu as sobrancelhas.

– Eu lhe asseguro, Kate, que tudo o que acontece aqui dentro é confidencial, se é essa sua preocupação.

"Não tenha tanta certeza disso quando Sampson apontar-lhe uma arma para a cabeça e exigir que lhe conte tudo o que sabe", pensou Kate, com um arrepio.

– Ainda assim gostaria de dar uma palavra com Paul, se não houver problema – respondeu.

Ele se levantou.

– Poderíamos usar o seu quintal? Desculpe-nos, mas, como disse Kate, é uma questão bastante complicada.

O tom de Paul era casual, mas Kate sabia, por sua postura, que ele estava frustrado com ela.

Os dois saíram para um pátio minúsculo, que era o quintal de Doreen. Mal havia espaço para ambos. Vasos de diferentes tamanhos e formas contornavam o pequeno espaço, derramando folhagens e arbustos floridos e bem cuidados. Aquele canto era tão desordenado quanto a sala. Através da cerca, chegava o som de um casal batendo boca por algum tema doméstico. Um avião passou no céu, a caminho do pouso em Heathrow, afogando as vozes dos vizinhos.

– O que há? – inquiriu Paul com a voz encoberta pelo ruído da aeronave. – Achei que tivéssemos discutido o que você diria.

– Não dá – Kate respondeu com as mãos agitadas. – Ou ela pensará que sou louca ou ligará para a polícia. E, se isso acontecer, Sampson certamente nos matará antes que a verdade seja revelada. Como ela acreditará que fui "recondicionada"? Parece o enredo de um péssimo filme B!

– Não cabe a ela acreditar ou não em você. A tarefa de Doreen é hipnotizá-la e descobrir do que se lembra. Não fale nada sobre recondicionamento ou mesmo sobre a UPR. Diga apenas que teve um apagão nas lembranças daquele verão. É perfeitamente plausível. Você as bloqueou em função do trauma do incêndio e da morte de Stephen.

Soava mais lógico quando Paul explicava.

– Está bem – concedeu Kate em tom mais contido, agora que o avião passara –, desculpe. Entrei em pânico. Estou nervosa com essa história toda, ansiosa com o que pode aparecer.

– Não se preocupe – disse Paul, segurando-lhe a mão. – Estarei do seu lado. E acho incrível que você se disponha a isso.

Kate sorriu e beijou os lábios dele.

– Obrigada. Perdoe-me de novo por essa fraqueza momentânea.

Doreen não pareceu afetada pela explicação que, por fim, foi-lhe oferecida, depois de os dois se reinstalarem em seus lugares na sala de estar. Ela simplesmente assentia, com expressão grave, enquanto ouvia o relato da morte de Stephen no incêndio e da ausência quase total de lembranças das semanas que antecederam e sucederam aqueles eventos.

Kate disse sentir que a possibilidade de se recordar a ajudaria a seguir sua vida, agora que estava com Paul. Ela se referiu apenas ao "lugar" onde se encontrava naquele verão, fazendo-o soar mais como um hotel do que um centro de pesquisa científica. A história prosseguiu com a fuga junto com as amigas, apesar da enfermidade, por um corredor onde as chamas lambiam seus calcanhares. Kate mencionou a certeza de ter visto Stephen sendo removido do edifício, mas que depois recebera a notícia de que ele havia morrido dentro do prédio, enfatizando que isso a confundira e assombrara; explicou, por fim, o período passado no hospital e a ausência de quaisquer outras memórias da noite do incêndio.

De sua cadeira junto à mesa, Paul balançava a cabeça, incentivando-a. Doreen fazia breves anotações no bloco sobre seu colo.

– Entendo – a terapeuta se manifestou. – Sinto muito por tudo. Deve ter sido extremamente doloroso para que você tenha bloqueado as lembranças dessa forma por tanto tempo.

– Então, você acha que pode me ajudar?

– Tenho certeza que sim, agora que você está decidida a resgatar essas informações escondidas. Seu cérebro vem bloqueando seu acesso a esses eventos. Tentarei colocá-la em contato com eles. Não é tão complicado. Você só precisa relaxar e se concentrar nas palavras que direi. Sua mente fará o resto. Você está tranquila? Podemos começar? Vou gravar tudo para que você possa ouvir depois. Muito bem. Vamos iniciar, então. Feche os olhos, por favor.

Kate aquiesceu, cerrando as pálpebras e girando os ombros para liberar a tensão em suas costas. Ela ouviu o clique de um gravador sendo acionado. A voz de Doreen assumiu um tom mais baixo do que aquele usado até então e, ao mesmo tempo, lento, tranquilizador e sonífero.

"Isso não vai funcionar nunca", foi o último pensamento consciente de Kate. "Vou cair no sono em poucos instantes, sobretudo depois da noitada de ontem..."

Mais tarde – Kate não fazia ideia de quanto tempo se passara –, ela abriu os olhos, imaginando encontrar-se deitada na enorme cama king size que dividia com Vernon na casa de Boston. Sentia-se aquecida, sonolenta e absolutamente relaxada, como depois de uma longa sesta. Menos de um segundo depois, a informação que os olhos registravam chegou-lhe ao cérebro, e Kate se deu conta de que, na verdade, não estava em cama alguma, e, sim, em uma casa estranha, cercada por mobília barata em demasia.

Paul a encarava com expressão aparentemente chocada.

Ele se aproximou da poltrona onde ela se sentava e se espremeu a seu lado, tentando abraçá-la de forma canhestra.

– Meu Deus, Kate – sussurrou com a boca em meio aos cabelos dela. – Você tinha razão. Havia algo realmente acontecendo e agora poderemos entender tudo. Muito obrigado. Você é tão corajosa. Sempre foi...

Kate piscou os olhos e se afastou um pouco para enxergá-lo.

– O que aconteceu? O que eu disse?

Paul tornou a abraçá-la.

– Está tudo gravado. Podemos escutar mais tarde – ele se levantou e, do bolso da calça, sacou um bolo de notas amassadas que entregou a Doreen.

– Quarenta e cinco libras. É isso mesmo?

– Obrigada. Você precisa de recibo? – ela perguntou educada, enquanto guardava o dinheiro na gaveta de uma pequena escrivaninha ao lado do sofá.

Sorrindo, Paul sacudiu a cabeça:

– Não creio que poderei deduzir isso do meu imposto de renda.

– Deixem-me apenas gravar rapidamente um CD para vocês – disse a terapeuta, conectando o gravador ao notebook sobre a mesa de jantar e inserindo um disco virgem no drive. – Espero que seja útil, Kate. Devo dizer que fiquei surpresa com o que surgiu. Não foi o tipo de coisas que imaginei, mas devem ser importantes para você; e estou bastante segura de que isso a ajudará a lidar com sua perda. Se precisar de mais sessões para se aprofundar, não deixe de me ligar, está bem?

– Obrigada – Kate retrucou bastante impressionada.

Suas pernas estavam bambas e sentia-se gostosamente zonza, como se tivesse fumado um enorme baseado ou recebido uma boa massagem. O desejo de descobrir o que dissera, entretanto, rapidamente se sobrepôs àquelas sensações.

– É normal que eu não me lembre do que disse? Ou isso significa que ainda estou bloqueando tudo?

Doreen encarou-a por sobre os óculos:

– Não. Tudo o que surgiu durante a hipnose não está sob bloqueio. É bastante incomum, no entanto, não lembrar-se de nada do que foi dito. Incomum, mas não inédito. Você não se lembra de nada?

Kate se esforçava para recordar.

– Bem... em certo momento, acho que sonhei com... uma floresta e que estava deitada sob árvores escuras, entreouvindo algo...

– Sim – comentou Doreen –, você falou disso. Dois homens conversando, pouco antes do incêndio.

Ela observava aos dois de maneira diferente, como se soubesse haver mais ali do que lhe tinham revelado.

Kate olhou para Paul quase em pânico. O que dissera? Quem eram aqueles dois homens?

– Vamos ouvir o CD assim que chegarmos em casa – ele sugeriu, conferindo de maneira exagerada o relógio. – Temos que ir, aliás, se quisermos escapar da hora do rush. Muito obrigado, Doreen, por nos receber tão prontamente. Tenho certeza de que o material será muito útil.

Vernon tinha o hábito de falar sobre Kate com outras pessoas, como se ela não se encontrasse presente. Ainda grogue, Kate pensou no quanto aquilo costumava feri-la. Agora que Paul acabara de fazer a mesma coisa, entretanto, sentia-se simplesmente protegida. A sensação tinha sido boa. Ela segurou a mão dele e sorriu para Doreen e para o namorado.

– Obrigada – agradeceu à terapeuta. – Estranhamente, sinto-me, de fato, melhor. Mesmo sem saber o porquê. Foi muito... relaxante.

Doreen ejetou o CD, guardou-o em uma capa de papel e o entregou a Paul. Levou o casal até a porta, e os dois caminharam em silêncio até o carro, com o disco firmemente seguro na mão dele. Paul destrancou o carro, e os dois entraram, encarando-se sem dizer nada.

– O que eu disse? – Kate pediu. – Conte!

– Ouça você mesma – Paul redarguiu, inserindo o CD no tocador do carro. – Foi muito, muito interessante...

Capítulo 34

Sentada na base da escada e ainda zonza após a visita de Vernon, Miranda não conseguiu se mover. Com uma miríade de emoções revolvendo umas sobre as outras, como se fossem meias em uma secadora de roupas, ela observou Amelia se deslocar até a porta da frente, respondendo ao chamado da campainha. Sentia-se culpada por não impedir que Vernon levasse Jack. Cultivava também certo ressentimento, porque Kate parecia ocupada demais, divertindo-se com o novo namorado, para atender ao telefone; sentia raiva, pela farra de Pete com a colega gostosa, que o impedira de estar ali para proteger a ela e a Jack; e, sob tudo isso, o desejo intenso de mais uma taça de vinho. Ao inferno com tudo aquilo. Queria beber toda a maldita garrafa.

A filha abriu a porta, e Miranda ouviu uma voz masculina:

– Olá. Você deve ser Amelia.

De um momento para o outro, a menina corria feliz para dentro da casa, abraçada a um urso de pelúcia cor-de-rosa.

– Veja, mamãe. Veja!

Atrás dela, apareceu um sujeito bonito – mesmo sendo bonito, ele não parecia atraente. Eram os olhos, Miranda decidiu, enquanto se colocava de pé, ao se dar conta de que devia se sentir muito assustada.

– Onde está o garoto? – o sujeito perguntou em uma voz baixa e controlada.

Amelia já havia corrido escada acima para mostrar o urso ao irmão – não que ele fosse se interessar por um brinquedo tão feminino.

Miranda sentiu-se instantaneamente sóbria. Todos os seus sensores maternos apitavam, indicando alerta vermelho. Aquele homem era muito mais perigoso que Vernon, e sua voz tremia ao responder:

– Saia daqui ou chamo a polícia.

O sujeito deu mais um passo em sua direção, e ela notou quanto seus músculos eram desenvolvidos sob a camisa e o quão fortes eram suas mãos, marcadas por redes de veias protuberantes.

– Quero o filho de Kate.

– Ele não está aqui.

Sampson olhou para o alto da escada, avançando em direção a Miranda, que empinou o tronco, lançando mão de seu 1,60 metro de estatura para tentar impedir a passagem do sujeito.

John agarrou-a pelo pescoço e a atirou para o lado. A irmã de Kate voou em direção à parede, batendo a cabeça contra a moldura da porta da sala de estar. O medo pelos filhos, a despeito da queda, fez com que se levantasse em questão de segundos e partisse atrás de Sampson, escada acima. Ela tentou puxá-lo pela camisa, mas era como querer deter um trem.

Ele entrou diretamente no quarto de George e olhou para o garoto, que o encarou, confuso, de seu PlayStation. No jogo, seu personagem era um ciborgue assassino. Quando o estranho entrou em seu quarto, foi como se a criatura do video game ganhasse vida. Amelia abriu um largo sorriso para o sujeito que a presenteara com o urso de pelúcia. Ao ver, entretanto, a expressão de sua mãe, tentando passar à frente do homem, começou a chorar, esquecendo-se instantaneamente do urso.

– Onde está Jack? – Sampson perguntou.

Miranda passou por ele e agarrou George e Amelia, empurrando-os para um canto e colocando-se diante dos filhos, para protegê-los com o corpo.

– Já disse: ele não está aqui.

Sampson a encarava, analisando sua expressão. Ele se desvencilhou dela e agarrou Amelia pelo braço, tomando-a da mãe, que soluçava, como se fosse tão leve quanto uma pena. A garota tentava socá-lo com as diminutas mãos, mas os golpes tinham o efeito de sopros de ar. Ele a segurou, voltada para Miranda, de forma que a mãe testemunhasse sua expressão aterrorizada.

– Onde está ele? – perguntou.

Miranda tentou resgatar Amelia, mas Sampson a afastou da mãe.

De forma calma e controlada, como se a situação o entediasse, ele ameaçou:

– Se você não responder à minha pergunta, vou matar sua filha.

A mãe tentava consolar a menina:

– Está tudo bem, Milly. Fique quietinha e tudo acabará bem. Está tudo bem, querida.

Queria acreditar nas própria palavras. Sentia-se a ponto de perder o fôlego.

Sempre dissera aos filhos, quando acordavam no meio da noite, que monstros não existiam. Agora, dava-se conta de que mentira.

Sampson voltou perguntar:

– Onde está Jack?

Lutando para manter a respiração sob controle, Miranda respondeu:

– O pai o levou.

– Quando?

– Uns cinco minutos antes de você chegar.

– Para onde foram?

– Não sei.

John tornou a virar Amelia em direção à mãe e passou as mãos ao redor de seu pequeno pescoço.

Miranda arfava, sem fôlego. Ela estendeu as mãos para a filha; recolheu-as.

– Foram para o aeroporto. Ele quer levar Jack de volta para Boston. Por favor, solte-a. Você a está apavorando.

John ignorava as súplicas:

– Em que tipo de carro estão?

Miranda sacudiu a cabeça:

– Não sei. Era cinza, eu acho. Não notei.

George se manifestou em voz tímida:

– Era um carro prata de traseira grande. É um Megan, o mesmo nome de uma menina da minha sala.

Sampson voltou a atenção para o garoto. Na tela, atrás dele, soldados se acocoravam, com armas enormes, em meio a uma tempestade de balas e fumaças.

– Um Megane?

– Um Megan. Eu vi pela janela.

John assentiu, fez uma pausa e então soltou Amelia. A menina correu para os braços da mãe, e Miranda a abraçou com mais força do que nunca. Com certeza, esse desgraçado iria embora agora e os deixaria em paz. Ela então chamaria a polícia para garantir a segurança de Jack.

Entretanto, foi quase como se Sampson lesse sua mente.

– Seu filho terá que vir comigo.

– Não!

– Sim.

Miranda começou novamente a chorar. Era demais. Por que George não ficara quieto? Mesmo em meio àquela loucura, o garoto não podia deixar de se exibir.

Ela tentou demover Sampson:

– Prometo que não ligarei para a polícia. Leve meu celular, desconecte o telefone fixo, amarre-nos. Eu não vou chamar a polícia.

– Não acredito em você e preciso que o garoto me ajude a achar o outro moleque.

Ela chorava de forma ainda mais intensa. Onde estava Pete? Por que diabos não se encontrava em casa? O que fizera para merecer aquele monstro em sua vida e na vida de seus filhos?

– Venha cá – Sampson chamou George.

Relutante, o menino deu um passo adiante.

– Qual é o seu nome?

– George.

Ele se voltou para Miranda:

– Se George se comportar, estará seguro. Assim que encontrar Jack, eu o solto. Ele ligará para dizer onde está. Se você, no entanto, chamar a polícia ou tentar me seguir, eu o matarei e então voltarei aqui e matarei toda a sua família. Entendido?

Desfazendo-se em lágrimas, Miranda assentiu.

Sampson se abaixou e estendeu a mão. Ela titubeou, percebendo que ele lhe entregava algo.

– Esse é o celular de Kate. Quando ela voltar aqui, devolva-o e diga que eu ligarei. Explique que, se ela chamar a polícia ou envolver qualquer outra pessoa, eu matarei qualquer criança que esteja comigo: George ou Jack.

Ele se levantou e encarou a irmã de Kate:

– Lembre-se: chame a polícia e pague o preço.

Miranda concordou com a cabeça novamente.

– George, venha comigo.

Seguido pelo garoto, Sampson saiu do quarto. George olhou de relance para a mãe e a irmã, que se abraçavam, incapazes de falar.

No pé da escada, o menino correu até a sala de estar e agarrou o robô branco.

– Jack vai querer isso.

– Está bem. Ande logo.

– Sente-se na frente – Sampson entrou no carro e trancou as portas; não queria que o garoto tentasse escapar.

O robô foi acomodado no banco de trás. O urso de pelúcia fora útil. Quem sabe esse brinquedo também pudesse ajudá-lo. Antes de partir, ele acendeu um cigarro. A fumaça preencheu o interior do veículo, fazendo com que o garoto tossisse. Sampson o ignorou.

A cidadezinha desaparecia no espelho retrovisor, enquanto rumavam para a autoestrada. John dirigia veloz, mas pisava no freio ao passar pelas câmeras de velocidade. Seguia uma regra simples: não cometer pequenas infrações, não chamar atenção para si. Ele habitava as sombras, os túneis subterrâneos, coexistindo com a sociedade à maneira de um gambá ou rato urbano. Quando machucava ou matava, não o procuravam porque ninguém sabia que estava ali. Era um truque que aprendera havia muito tempo: continue se movimentando, siga mudando, viva do lado de fora, não se destaque.

Observou o menino, duro no banco do passageiro, olhando fixamente para a frente.

– Você se lembra da placa do carro?

George hesitou:

– Acho que começava com a letra "y".

Sampson assentiu, satisfeito. Não o surpreendia que o garoto se lembrasse da placa. Quando tinha sua idade, inventara um jogo que o entretinha durante as viagens com os pais. Enquanto os dois se ofendiam e batiam boca nos bancos da frente, ele observava as placas dos carros que passavam, determinando um destino imaginário para os passageiros, dependendo das letras nelas. "E" significava que seriam esmagados; a letra "Q", que morreriam queimados; "A", que ficariam aleijados; "D", decapitados. Era uma brincadeira divertida.

Com um peteleco, ele se livrou do cigarro pela janela e seguiu as placas rumo ao sul, em direção ao aeroporto Heathrow. Passando para a faixa da direita, Sampson afundou o pé no acelerador. Não havia câmeras de velocidade naquele trecho da estrada, e o carro atingiu 130 e logo 150 quilômetros por hora. O motor do Audi era macio, mas ele notou que George se agarrava ao assento. O garoto era corajoso, percebera. Qualquer criança, àquela altura, estaria aos prantos. O criminoso ficara impressionado com o fato de que não fizera um escândalo ao ser levado. Isso não queria dizer que gostasse do menino ou desenvolvesse qualquer sentimento por ele, mas teria sido um saco, se George tivesse chorado ou feito uma cena.

"Contanto que não me encha o saco e que a mãe não me desobedeça, vou deixá-lo viver", decidiu.

– Fale sobre Kate – Sampson ordenou.

George olhou para ele:

– O q-quê?

– Quero que me fale sobre Kate.

– Tia Kate?

– Tia Kate.

George permaneceu calado, e Sampson começou a se irritar. Talvez tivesse que estrangular o pentelho.

O garoto, entretanto, disparou a falar, como se recitasse algo escrito para a escola:

– Tia Kate mora nos Estados Unidos. Ela é a irmã da minha mãe. Ela é mais velha. Ela tem um filho chamado Jack. Seu cabelo é castanho escuro. Ela é...

– Caramba! Chega.

Fixando o olhar na estrada adiante, George calou a boca e soltou um gemido baixo.

– Isso não me diz nada. Quero saber como ela é – Sampson disse.

Seguiu-se outro longo silêncio, enquanto o menino raciocinava.

– Você não a conhece?

– Claro que conheço. Eu só... – Sampson se perdeu.

O que exatamente queria com aquilo? Não fazia o menor sentido, mas sentia vontade de conversar sobre Kate, de ouvir alguém falando dela, mesmo que fosse apenas aquele garoto.

– Qual é a primeira lembrança que você tem dela? – perguntou.

– Não me lembro – George respondeu.

– Pense. Lembre-se.

Perturbado pelo tom ameaçador de Sampson, o menino começou a falar:

– Eu era bem pequeno. Ela chegou dos Estados Unidos e trouxe uns doces. Eram M&M's, acho. Eu comi demais e passei mal.

– O que mais?

– Lembro-me dela e do meu pai conversando coisas chatas sobre ciência, mas a tia Kate fazia a ciência parecer interessante, mesmo não sendo.

– E?

– Não sei.

– Qual é o cheiro dela?

– O quê?

– Você ouviu. Conte-me qual é o cheiro dela.

– Eu não sei.

Sampson olhava-o fixamente.

– Cheiro de perfume? – o garoto tentou.

– Não – John sacudia a cabeça. – Ela tem cheiro de água, como um lago límpido e puro, isso mesmo, puro.

– Água...

– Só que ela não é pura.

Aquilo era verdade. Kate tinha máculas – trepara com Wilson e agora com o irmão dele. E entre os dois, quem saberia dizer com quantos homens estivera? Um desses, entretanto, fora Vernon, aquele marido yankee; e ela parira o filho dele. Os olhos de Sampson foram turvados por visões de Kate nua, fazendo sexo, cavalgando um torso masculino qualquer, com os olhos fechados de prazer, a pele brilhante de suor e...

– Você está bem? – perguntou George.

– O quê?

– Nada – o garoto fez uma pausa. – Você fez um som estranho.

Sampson encarou o menino, ciente de que rangia os dentes. Ele soltou o ar com força e pegou outro cigarro. Queria falar mais sobre Kate, mas se detestava por aquilo. Fraqueza, fraqueza. Tinha que se concentrar na missão, parar de pensar em Kate.

– Você está apaixonado pela tia Kate?

– O quê?

John soltou um rosnado, e sua voz falhou. George ficou duro, com os olhos piscando, esperando a pancada. Ela não veio, entretanto. Em vez disso, Sampson golpeou o volante com a palma da mão. Que conversa idiota era aquela? A ideia de que estivesse apaixonado por Kate era para lá de imbecil.

– Cale a boca e fique de olho na estrada – resmungou. – Você sabe o que estamos procurando, não sabe? – dirigiu-se a George.

Em voz baixa, o garoto respondeu que sim. Parecia próximo às lágrimas. Seu lábio inferior tremia e ele fungava.

– Diga-me, então.

– Um Megan p...prata, placa c...começando com "y".

– Agora, só abra a boca se o vir.

Prosseguiam a toda velocidade pela faixa da direita, ambos concentrados nos carros que passavam. Ultrapassaram três Meganes, incluindo um de cor prata, mas que tinha apenas uma mulher em seu interior. Heathrow estava a cem quilômetros. No pior cenário, alcançariam Vernon e Jack no aeroporto. Seria um saco, mas não impossível, ter que lidar com aquilo em um lugar público. Já fizera coisas assim antes – era um assassino silencioso, um batedor de vidas, um ladrão de corpos que desaparecia nas sombras, deixando um rastro de loucura e choque no mundo iluminado.

Quinze quilômetros depois, Sampson notou que lágrimas escorriam do canto dos olhos de George e que ele se inclinava para a frente de um jeito estranho.

– O que foi? – perguntou bravo.

O garoto só balançava a cabeça.

– Fale.

George respondeu em um gemido:

– Preciso ir ao banheiro.

– Você vai se mijar se não pararmos?

Ele fez que sim com a cabeça, e Sampson soltou um suspiro. Não queria que o moleque ensopasse seus bancos de couro. Caramba! Olhando adiante, havia uma placa indicando a saída para um posto de gasolina. Sem tempo para refletir se podia arcar com o atraso, seguiu as indicações e entrou, cantando os pneus, no estacionamento. Pararam junto ao prédio que abrigava várias lanchonetes, uma loja de itens essenciais para a estrada – como pirulitos e revistas pornôs – e os banheiros públicos.

Sampson estacionou.

– Muito bem, venha comigo.

Com George trotando a seu lado, Sampson entrou no prédio, tomando o rumo dos banheiros. Era arriscado. O garoto poderia, a qualquer momento, começar a gritar que estava sendo sequestrado. Por que não parara simplesmente no acostamento e ordenara que se aliviasse atrás de uma moita? Era toda aquela conversa sobre Kate, sobre se apaixonar por ela – deixara-o confuso, afetara sua capacidade de tomar decisões. George, entretanto, por sua expressão, parecia apavorado demais para tentar algo estúpido. Fora treinado para obedecer a adultos.

– Ande logo – mandou o homem.

Esperou pelo garoto junto ao secador de mãos. Geroge usava o último mictório da fila. Sampson batia o pé, encarando o chão, para não cruzar o olhar com ninguém. O moleque não terminava nunca. Que droga! Qual era o problema?

George por fim fechou o zíper da calça e caminhou, arrastando os pés, com cara de luto, até a pia, para lavar as mãos.

– Ande logo – Sampson reclamou.

O garoto o seguiu para fora do banheiro. Quando passaram pelo McDonald's, George, que sentia fome, a despeito do buraco no estômago provocado pelo pavor, olhou pela janela. Sampson, que o vigiava, percebeu os olhos do menino se esbugalharem.

– O que foi?

George desviou o olhar e sacudiu a cabeça.

– Nada.

Era evidentemente uma mentira.

– Conte-me ou... – Sampson riscou a própria garganta com o dedo indicador, fazendo o garoto engolir em seco e apontar para a fila do outro lado da janela.

Havia um homem barbudo acompanhado por um menino pequeno. O garoto, que Sampson reconheceu das fotos no celular de Kate, não parecia muito alegre, e o sujeito tinha uma expressão profundamente irritada.

– São eles: Jack e tio Vernon.

John analisou-os a distância. Então aquele era o homem com quem Kate havia se casado, o sujeito que a engravidara. E aquela era sua cria, em carne e osso, com o lábio inferior protuberante, aguardando seu Mc Lanche Feliz.

– Siga-me – ele comandou, dirigindo-se à saída e em direção ao estacionamento.

Depois de uma pausa, começara a chover novamente, mas Sampson nem notava.

– Ajude-me a encontrar o carro deles.

Ele ergueu George e o colocou sobre os ombros – algo que o pai do menino não fazia havia anos –, enquanto percorria as filas de veículos.

O garoto por fim apontou:

– Ali.

Era um Megane prata que estava estacionado na ponta de uma das fileiras.

A breve excitação de Sampson pela descoberta foi contida pela sensação do absurdo de ter as pernas de um garoto ao redor do pescoço. Sentiu-se fortemente tentado a desová-lo em um acostamento próximo. Em vez disso, voltou apressado até o Audi, abriu as portas e depositou George no banco de trás.

– Quando eu der um sinal, quero que você levante o robô. Está bem?

O garoto hesitava.

– Está bem? Se você não fizer isso, vou machucar você.

George apertou os lábios e assentiu calado.

Sampson esperou que Vernon e Jack deixassem a lanchonete. Eles traziam o lanche do menino, mas Jack não parecia especialmente animado. John ligou o carro e saiu devagar, passando logo à frente dos dois, e deu a volta no estacionamento até chegar ao local onde se encontrava o carro alugado de Vernon. Ele esperou até que o pai de Jack estivesse olhando para o veículo, e então pisou no acelerador, dirigindo direto para a traseira do Megane e quebrando sua lanterna esquerda.

John acompanhou com o olhar o grito de Vernon e sua corrida rumo ao veículo e saiu do Audi exatamente quando ele chegou. Jack ficara para trás.

– Que diabos você está fazendo, imbecil?! – exclamou o ex de Kate incrédulo.

– Desculpe-me. Foi um acidente – Sampson respondeu.

– Meu Deus – o pai de Jack levou as mãos à cabeça –, vou precisar explicar isso à locadora!

– Destruí sua lanterna – comentou John. – Sinto muito.

Ele não soava pesaroso.

Vernon se abaixou para verificar o estrago exatamente no momento em que o filho chegava. Sampson fez um gesto para George, que exibiu o robô Billy pela janela do carro. A boca de Jack se abriu diante da visão do primo e do adorado brinquedo. John levou o pé às costas de Vernon e o empurrou, fazendo com que caísse de bruços sobre o asfalto molhado, o hambúrguer e as batatas fritas que se espalhavam sobre o pavimento. Com um movimento rápido, o sequestrador abriu o Audi, pegou Jack nos braços e o jogou para dentro, batendo a porta.

– O que...?! – Vernon tentou se levantar, mas Sampson pisou sobre a mão em que ele se apoiava.

O pai de Jack gritou e caiu para trás, rolando e protegendo o membro machucado.

O criminoso pulou para dentro do Audi e ordenou a George que saísse. O garoto não hesitou: abriu a porta e saltou, batendo-a de volta e deixando o primo para trás. Jack olhou para o menino, para Sampson e para o pai, agora já de pé, tentando abrir a porta do carro, que John já trancara.

O primo gritava e chorava:

– Sinto muito, sinto muito.

Jack abraçou Billy. Sampson pisou no acelerador e arrancou, cantando os pneus. Pelo retrovisor, ele observava Vernon gesticulando, com o rosto vermelho, os olhos toldados de raiva, terror e espanto.

– Quem é você? – Jack perguntou em um tom agudo de pavor.

– Meu nome é Sampson. Sou amigo da sua mãe.

Capítulo 35

Sentados dentro do carro, em um posto de gasolina próximo à casa de Doreen, eles escutavam o CD. Paul sentia-se sonolento só de ouvir outra vez a voz da terapeuta, límpida e contida, conduzindo a sessão de relaxamento que levara Kate a seu transe.

– Talvez devêssemos avançar a gravação ou corremos o risco de entrar em transe todas as vezes que ouvirmos, e aí você nunca saberá o que disse – ele brincou.

Paul sabia, entretanto, que não soava muito sincero; era como se estivesse se forçando a fazer uma piada, quando não sentia nenhuma vontade de fazê-lo.

– Você terá que me contar, então – ela retrucou obviamente tensa demais para captar a brincadeira. – Apesar de eu não acreditar que haja qualquer chance de isso acontecer, ao menos não como me sinto agora. Estou ansiosa demais para saber. Psiu! Escute, ela chegou à contagem regressiva.

"Vou fazer uma contagem regressiva e estalar os dedos quando chegar a um. Quando eu estalar os dedos, você estará de volta ao dia do incêndio. Cinco... quatro... três... dois... um... e você está de volta. Olhe ao redor. O que você vê?"

A voz de Kate surgiu na gravação, lenta, porém clara:

"Estou caminhando em direção ao campo na parte de trás do Centro... está tão quente. Quero me deitar, porque me sinto doente. Tudo dói... mas não quero ir para o quarto, pois Sarah está lá e tivemos uma discussão.

Vejo Stephen pela janela do laboratório. Está trabalhando hoje, portanto, não poderemos nos falar até mais tarde. Ele se move entre as bancadas, franzindo o cenho diante dos tubos de ensaio. Adoro observá-lo quando não pode me ver. Amo seu jeito de caminhar e a forma como os músculos de suas costas se movem sob o jaleco branco, quando ele se estica para abrir um armário. Poderia ficar olhando para ele o dia todo... Ele é tão deslumbrante. Vou-me casar com ele um dia..."

Kate olhou para Paul, nervosa:

– Desculpe. É estranho. Tenho uma memória vaga e imprecisa de algumas das coisas que disse, como se fosse um sonho, mas não me lembrava de ter dito isso.

– Não há problema – Paul respondeu de forma lacônica, fazendo um gesto indiferente, e então acrescentou, dessa vez, menos seco: – Não, realmente não há problema. É uma sensação estranha sentir ciúmes do meu irmão gêmeo falecido. Só isso. De qualquer jeito... Shhh... fica bem mais interessante daqui a pouco.

"Mas você se sente adoentada?"

"Sim, eu me sinto péssima. A cabeça lateja. Não devia estar surpresa por ter contraído um resfriado, mas ainda assim estou fula da vida. Tive sorte da última vez que estive aqui. Não fiquei doente. Não faz sentido nenhum, mas me sinto indignada, como se estivesse ficando enferma em um feriado. Se estiver doente, não me divertirei tanto com Stephen. Decido fazer uma pequena caminhada para clarear os pensamentos. Se estou prestes a adoecer, essa pode ser minha última oportunidade de sair ao ar livre durante alguns dias."

"Onde você está agora?"

"Ainda olhando pela janela do laboratório, sem que Stephen me veja. Não queria que ele me surpreendesse espionando-o, mas ele ergue os olhos e me vê. Finjo que estou apenas passando, a caminho do bosque. Aceno para ele, e ele acena lentamente de volta, com os olhos arregalados, distraindo-se de seus afazeres. Ele sorri para mim, porém seu sorriso subitamente desaparece, e a atenção dele se volta para o homem que acaba de entrar no laboratório."

"Quem é esse homem?"

"Não sei. Ele também usa um jaleco. É magro, ossudo e careca. Parece bobo, mas é tão esquisito que penso: 'nossa, veja, é o Doutor Morte!' É isso que ele parece. Deve ser o chefe de Stephen, o diretor do Centro. Dr. Gaunt, esse é seu nome verdadeiro. Stephen não gosta dele. Já me disse que o sujeito é um desgraçado frio. Stephen vira as costas para mim, enquanto fala com Gaunt, e eu sigo caminhando pelo gramado. Acho que no bosque a temperatura deve estar mais amena."

"O que acontece em seguida? O incêndio já começou?"

"Incêndio? Não, não há incêndio. Só está quente porque estamos no verão e acho também que tenho febre... Quero me deitar."

"E o que você faz?"

"Entro no bosque. Não está tão quente lá. As velhas árvores sombreiam tudo. Está escuro e silencioso. Parece que consigo respirar melhor ali dentro. O chão é recoberto por musgo e eu penso: 'perfeito'. Decido tirar um cochilo. Estou tão cansada... Eu me deito embaixo de uma árvore, entre duas raízes grandes. É tão macio e aconchegante... Durmo muito rápido..."

"Você dormiu muito?"

"Não sei, mas acordo cedo demais. Algo me desperta."

"O que a faz despertar, Kate?"

"Vozes, vozes me despertam; vozes de homens conversando."

"Você vê esses homens?"

"Não, estão do outro lado da árvore. Eu me sento e olho ao redor. Estão a poucos metros de distância, de costas para mim. O bosque é tão silencioso, entretanto, que consigo ouvir tudo o que dizem. Um deles é o Doutor Morte, quer dizer, Gaunt, agora sem seu jaleco. O outro é um homem gordo de terno com sotaque alemão; é um cientista-visitante."

"O que eles dizem?"

No carro, Kate e Paul se inclinavam para a frente em seus assentos, com as mãos entrelaçadas. Ele, é claro, já ouvira tudo aquilo, mas parecia tão curioso quanto Kate, talvez esperando pela reação dela ao que estava por vir. Ela se lembrava de falar sobre dormir embaixo de uma árvore, mas genuinamente não fazia ideia do conteúdo da conversa que entreouvira. Pensou rapidamente em Doreen, perguntando-se se a terapeuta se surpreendera com toda aquela conversa sobre laboratórios e cientistas – afinal, não tinham mencionado que o local era uma unidade de pesquisa.

"Estão rindo", Kate falou na gravação, de forma lenta e clara. "O alemão diz: 'Estamos na frente de vocês nessa questão.' Gaunt responde: 'Ah, mas você já perdeu em cinco ocasiões.' Eu me sinto confusa. Não sei do que estão falando. Futebol, talvez? E então o alemão diz: 'Vocês são tímidos demais em seus experimentos. Nunca nos alcançarão com sua insistência ridícula em questões éticas.' Agora, sei que não conversam sobre futebol..."

Sem perceber, Kate apertava, chocada, a mão de Paul.

– Caramba! – ela exclamou.

– Espere – Paul retrucou. – Ainda piora.

"Eles continuam conversando?", a voz de Doreen não demonstrava surpresa diante da súbita virada nas lembranças – mantinha o mesmo tom monótono, tranquilo e relaxante.

"'Sim', diz o dr. Gaunt, 'se dependesse só de mim... Mas Bainbridge nos deixa absolutamente tolhidos. Ele vem se tornando um peso. Tem até velhos amigos de família internados aqui; embora ela não deva ficar por muito mais tempo. Nossa descoberta mais recente vai deixá-lo de cabelos em pé, meu amigo. Mas é difícil, os financiamentos andam escassos. Você sabe como funciona... Mangold foi mais que generoso, porém começa a demandar resultados. Imagine se a imprensa descobrisse o que ocorre aqui. A unidade seria fechada e iríamos todos para a cadeia. Se eles acham controverso o que ocorre em Porton Down, só Deus sabe o que pensariam disso!'"

"O que você faz em seguida?"

"Eu me encolho atrás da árvore, abraçando os joelhos. Tento ficar escondida ao máximo, porque agora sei que estarei em maus lençóis, se me virem aqui. Não posso deixar que me vejam... Estou muito assustada, sobretudo, porque falaram de mim. Fico pensando em Stephen e me perguntando se ele tem conhecimento daquilo. Terei que perguntar, mas e se ele souber e estiver escondendo tudo de mim? Parece algo terrível. Não estão falando de resfriados, com certeza."

"Você questiona Stephen sobre o assunto?"

Na gravação, Kate começara a chorar.

"Não, porque nunca mais o vi. Ele morreu antes que pudéssemos conversar. Os cientistas, por fim, deixaram o bosque. Eu esperei um pouco mais e então voltei para o meu quarto. Sentia-me, de toda forma, ainda mais enferma àquela altura. Fui para a cama. Sarah estava lá, mas eu me sentia mal demais para conversar, de modo que não me importei com ela; simplesmente a ignorei. As lembranças seguintes são a de ser despertada por alguém que gritava e a de Sarah me puxando para que eu me levantasse."

"Conte-me sobre o incêndio, Kate."

"Era como se o mundo inteiro estivesse pegando fogo..."

Ela desligou o som do carro. Seus dedos tremiam tanto que mal conseguia girar o botão.

– Não consigo mais ouvir. Não agora. É demasiado.

– Então, você não se lembra de dizer nada disso enquanto estava hipnotizada? – Paul acariciava a mão tensa dela.

– Bem, como disse, mais ou menos, não com tantos detalhes, e não da parte em que o Doutor Morte e seu amigo conversavam. Mas tudo faz sentido, de certo modo. Explica por que Sampson está atrás de nós. Ele trabalha para o Doutor Morte. Gaunt não sabe quanto sei e está em pânico. Meu Deus, Stephen, ele vai nos matar!

Kate não notou seu equívoco, mas Paul afastou a mão.

– Sou Paul, Kate, não Stephen.

Ela levou a mão à testa:

– Oh, Paul, é claro que não misturei vocês dois! Desculpe-me. Foi só um deslize porque tenho pensado tanto nele e o mencionava tanto na gravação... Perdoe-me, por favor. Isso não significa nada. É você que eu quero, de verdade.

Paul tinha o olhar perdido na paisagem do lado de fora. Sabia que ela tinha razão, que aquilo fora apenas um ato falho compreensível diante das circunstâncias. Não obstante, não conseguiu evitar perguntar algo que o vinha incomodando já havia algum tempo:

– E se Stephen estivesse aqui? Ainda assim seria eu quem você desejaria?

Houve um breve silêncio. Kate se debruçou sobre ele, abraçando-o de lado, mas sem olhá-lo.

– Paul, como eu poderia responder? Isso não importa agora. O que é importante somos nós e pensar em como sairemos desta situação preservando nossa integridade física e nossa vida. Não me parece que seja o momento de nos preocuparmos com nossa relação, ainda que eu me sinta muito feliz de que você esteja aqui e realmente queira muito que possamos continuar juntos. Não desejo mais ninguém.

Ele se inclinou e beijou o topo da cabeça dela.

– Eu sei. Desculpe-me. É só que esta situação toda me sufoca. Sei que não ajudo em nada dizendo algo assim.

– Não há problema.

Eles tornaram a se abraçar, e Paul fechou os olhos. Kate era quente, parecia tão encaixada em seus braços. Nunca fora um sujeito romântico, daqueles que acreditam que certas pessoas nasceram para ficar juntas. Uma de suas ex-namoradas, no começo, tentara convencê-lo de que o destino os havia unido, que eram duas metades de um todo, almas gêmeas para sempre conectadas. Ela acabara traindo-o e abandonando-o. Desde então, ele nunca procurara o amor e certamente não acreditava em destino. Mas, ao encontrar Kate... A verdade é que a sensação era essa. Já não podia imaginar a vida sem ela.

– Você ainda está tremendo – ele observou.

Ela respondeu em voz baixa, falando junto ao ouvido dele:

– Eu o vejo, Paul, o dr. Gaunt, seu rosto, e sinto como se ele estivesse me vigiando – ela o abraçou com mais força. – Ele ainda está por aí. Sei disso e me sinto apavorada.

Kate foi até o posto de gasolina comprar uma garrafa de água e deixou

Paul no carro. Ele refletia sobre o momento em que ela o chamara de Stephen. Fora doloroso. Uma chama de ciúme se acendera dentro dele; entretanto, acreditava nela quando dissera que o desejava. Sabia também que, se pensasse demais naquilo, acabaria enlouquecendo.

Para preencher o silêncio, ele ligou o motor do carro e o rádio.

"Os policiais responsáveis pela investigação do assassinato da aposentada Jean Bainbridge procuram um casal visto, pela última vez, em Cannock Chase. Os suspeitos estão armados, roubaram uma arma e podem ser perigosos. O homem foi descrito como..."

Paul desligou o rádio antes que Kate entrasse de volta no Peugeot. Não havia por que dar a ela mais motivos para se preocupar.

Capítulo 36

O dr. Clive Gaunt digitou a senha no painel e esperou que a porta deslizante se abrisse. Ao pisar do lado de dentro, sentiu o formigamento familiar, a excitação que percorria seu corpo dos dedos dos pés aos poucos cabelos remanescentes na cabeça. Isso acontecia sempre que entrava naquela sala fria e brilhantemente iluminada. Somente ele e outra pessoa tinham permissão para entrar ali. Aquele era seu espaço – onde ficava o trabalho de sua vida, onde seus bens mais queridos viviam em estado de hibernação, aguardando serem trazidos de volta à vida.

Ele caminhou pelo salão, com as mãos enluvadas deslizando sobre a superfície embaçada de metal das unidades de refrigeração, cercadas pela tecnologia mais sofisticada em equipamentos de laboratório. Não era preciso etiquetar os freezers – ele sabia de cor o conteúdo de cada um. Quando fechava os olhos, Gaunt podia enxergar o interior deles – não, mais que isso: em sua mente, visualizava os vírus ampliados por um microscópio eletrônico. O vírus do papiloma humano, por exemplo, era um aglomerado de anêmonas-do-mar nadando em um oceano cálido. O vírus do herpes, por sua vez, tinha a forma de uma flor exótica, com seu capsídeo explodindo em vívidas cores. O HIV era outro de seus favoritos, remetia a espécies alienígenas oriundas de cantos escuros do universo.

O pai de Gaunt fora um colecionador de vinhos que, quando o cientista ainda era garoto, permitia de forma muito ocasional que o filho o acompanhasse à sua adega. Era proibido falar durante aquelas visitas de adoração, que geralmente aconteciam aos domingos, depois de o velho retornar da igreja – ou melhor, de sua visita pós-igreja ao bar.

– Venha comigo – ele dizia, guiando Clive pelas escadas e acendendo a lâmpada que pendia do teto baixo.

As garrafas, em seu brilho escuro naquela luz escassa, ocupavam todo o espaço do chão até o teto. O pai parecia decifrar seus rótulos com a ponta dos dedos e as abraçava com as mãos, sussurrando coisas ininteligíveis antes de devolvê-las a seus nichos.

Em ocasiões muito especiais, uma garrafa era levada para cima, aberta, cheirada e saboreada em pequenos goles. Algumas vezes, Clive era presenteado com uma pequena taça e ganhava um puxão de orelha, caso não demonstrasse uma expressão adequada de apreciação ao provar seu conteúdo.

Quando o pai morreu, ele vendeu toda a coleção e reformou o porão. Perguntava-se o que o velho Gaunt diria se soubesse o destino da enorme fortuna deixada ao filho único, ou se tivesse consciência de que um dia sua casa se tornaria o quartel-general da célula britânica de uma rede mundial muito especial de pesquisa científica – se pudesse ver que aquilo que um dia fora sua adega abrigava agora aquela que era, sem dúvida, a maior coleção de vírus do mundo, rivalizada apenas pelas de Ryu Koizumi, no Japão, e Charles Mangold, em Utah. Koizumi, entretanto, era apenas um milionário colecionador, que não fazia nada com seus vírus, e Mangold se tornara um recluso desde a derrocada de seu negócio. Anos antes, quando o pai de Gaunt ainda vivia e o próprio Gaunt não era tão rico, Mangold – que tocara uma companhia farmacêutica em Utah – havia sido um grande aliado, financiando de forma secreta boa parte da pesquisa que acontecia nos bastidores da UPR.

O cientista sentou-se em uma cadeira que lhe oferecia ampla visão de sua coleção e esfregou os joelhos doloridos. Era então um homem idoso. Havia muito passara de seu ápice físico. Nos últimos anos, desenvolvera uma sensação de que o tempo se esgotava, o cérebro envelhecia, a memória ficava mais fugidia e os ossos menos maleáveis. Depois de muito tempo de pesquisa lenta e rigorosa, aquela imagem, de uma ampulheta cuja areia se esgotava, o estimulara a trabalhar de forma ainda mais intensa e veloz. Agora, aos 78 anos, sentia-se exausto. Graças à ciência, entretanto, estava quase lá – já vislumbrava a linha de chegada, sentia o gosto da vitória.

Ele acalentava, por vezes, a ideia de escrever uma autobiografia, onde contasse a história completa de sua vida e trabalho. Todos os tagarelas de laboratório ficariam sem fôlego. Era uma pena que o mundo fosse morrer sem saber a verdade.

Após as frustrações de seus primeiros anos como cientista – quando trabalhara para o Ministério da Defesa –, a Unidade de Pesquisa de Resfriados, onde havia chefiado a equipe de laboratório, permitira-lhe fazer o que mais amava: experimentos com vírus, antigos e novos. Sob o disfarce da pesquisa oficial sobre o resfriado comum – trabalho tedioso remexendo ranho de nariz, que deixava essencialmente aos virologistas menos graduados –, Gaunt havia podido perseguir sua verdadeira paixão, um trabalho que começara no glorioso período do pós-guerra, antes das amarras criadas por políticos enxeridos.

Os contatos internacionais que fizera na época do Ministério da Defesa haviam oferecido a ele tanto o ímpeto quanto os meios para levar adiante suas paixões virológicas – no entanto, seu principal mecenas privado, o bom e velho Mangold, certamente teria sofrido um ataque, caso soubesse que Gaunt, na verdade, obedecia a dois patrões. Se algum dia a verdade sobre o envolvimento do governo britânico em suas atividades fosse revelada, os teóricos da conspiração teriam múltiplos orgasmos, e um escândalo internacional se seguiria.

Aqueles dias, entretanto, já estavam distantes. Gaunt não tinha, havia muito tempo, qualquer contato com os serviços secretos ou o Ministério da Defesa, e ele e Mangold já não se falavam. Havia uma década e meia – desde que o fogo destruíra a UPR – que vivia por conta própria, financiando-se com o dinheiro que o pai, convenientemente morto pouco antes da destruição da UPR, havia lhe deixado com má vontade. O cientista construíra o próprio laboratório, equipando-o com a melhor tecnologia disponível. Essa liberdade, longe dos olhos de pessoas boazinhas como Leonard Bainbridge, permitira a Gaunt grandes avanços. Por vezes, surpreendia-se com o próprio talento.

Ele se colocou de pé e caminhou orgulhoso pelo laboratório. Naqueles armários, no subsolo de uma velha casa rural inglesa, encontravam-se alguns dos mais mortíferos organismos da Terra. Ali, estava o vírus da varíola, visto pela última vez no caos somaliano de 1977. Após os sintomas iniciais – vômitos, febre, delírios –, aquele ser transformava o corpo em uma grande ferida, antes de destruir o sistema imunológico. Oficialmente, a varíola só existia em dois laboratórios no mundo, na Geórgia e na Sibéria, mas Gaunt lograra adquirir uma amostra de um grupo terrorista do Oriente Médio.

Naquele local, encontravam-se também o ebola e o Marburg, além de uma variedade de febres hemorrágicas virais, como a Febre Lassa e a Febre do Vale do Rift, da África, e a Febre Machupo, da América do Sul. Outro de seus favoritos era o vírus da SARS, um coronavírus, do mesmo tipo que causava o resfriado comum. A SARS, evidentemente, nascera na Ásia. Era uma coleção verdadeiramente cosmopolita.

No canto da sala, para onde Gaunt agora se dirigia, ficavam as joias da coroa: os vírus da influenza – a influeza asiática da safra de 1957, H2N2; o H3N2, do ano de 1968, ou vírus da influenza de Hong Kong. Também se faziam presentes o menos conhecido H9N2 e o H7N7, que havia atingido a Holanda em 2003 e levado ao sacrifício de 30 milhões de frangos.

Ele possuía também um dos vírus mais interessantes e excitantes, que lhe custara muitos favores e uma pequena fortuna: o H1N1, também conhecido como vírus da gripe espanhola, que devastara países em 1918, matando entre 20 e 40 milhões de pessoas. O H1N1 deixa as pessoas azuis à medida que seus pulmões entopem, cortando-lhes o suprimento de oxigênio. Os órgãos respiratórios são inundados por fluidos, e as vítimas se afogam por dentro. O H1N1 fazia a peste negra da Idade Média parecer um resfriado comum. O dr. Gaunt acariciou a superfície da unidade que o abrigava, perguntando-se o que pensariam os americanos que o haviam recriado, por meio de engenharia reversa, poucos anos antes, se soubessem que ele havia sido capaz de recriar seus experimentos e gerar o próprio estoque do vírus.

Por fim, Gaunt parou diante do último armário, que possuía uma fechadura própria de combinação dupla, protegida por um código a que somente ele e seu pequeno ajudante tinham acesso. Em seu interior, encontravam-se o vírus da gripe aviária, o H5N1, além daquele recentemente adquirido por meio da jovem vietnamita. Ali, também estavam guardadas as joias trazidas por Sampson - que devia estar prestes a chegar - do laboratório em Oxford.

E na prateleira mais alta, como uma garrafa de Château Lafite 1787 - o vinho mais caro do mundo, aquele que seu pai teria feito tudo para possuir -, ficava o vírus diante do qual o colecionador sentia vontade de se inclinar como um súdito - o apogeu do trabalho de sua vida e da vida de muitos outros. Havia 30 anos que ele navegava em direção àquele momento. Desastres tinham acontecido no caminho, retrocessos e muitas mortes - infelizes, porém necessárias. Vários de seus colegas e amigos mais próximos haviam morrido. Ele sacrificara tudo em função daquilo - família, aceitação na ciência de ponta, riqueza. Sabia agora, entretanto, que, com somente mais um teste a ser completado e um obstáculo a ser removido, era quase a hora de estourar o champanhe.

Ali, ele o aguardava: o vírus Pandora.

Gaunt e seu time subterrâneo trabalhavam nele havia anos. Na verdade, a pesquisa remetia à época da UPR, quando ele começara a realizar experimentos com cepas de influenza. Aquilo se tornara sua obsessão. Agora, após muitos anos esculpindo aquela linda obra de arte, a derradeira peça do quebra-cabeça se encaixara. A descoberta final ocorrera após a obtenção, por Sampson, do vírus AG-769, no laboratório de Twigger. O AG-769 pregava uma peça inteligente no organismo contaminado: o envoltório proteico do vírus simplesmente desativava a resposta imunológica da célula hospedeira. E Gaunt lograra reproduzir esse efeito no Pandora, elevando brutalmente sua taxa de letalidade.

Estava pronto então, e era perfeito. Quando se apresentasse ao mundo, a ciência... não, o planeta todo ficaria mudo de espanto - um segundo antes de respirar pela última vez.

Capítulo 37

Jason Harley, agente do MI6, do serviço secreto britânico, trabalhara um longo tempo para aquele momento, a culminação da Operação Castelo, o primeiro caso substancial de crimes de guerra em que se envolvera, uma série de eventos que o havia levado da Sérvia para Londres, em função de uma investigação sobre tráfico de pessoas.

Eram 14h30. A chuva inglesa de verão fazia o asfalto escuro brilhar na rua tranquila de Tottenham. Os limpadores de seu para-brisa, interrompendo e retomando seu tedioso ritmo, contrastavam com seu coração, que batia intensamente.

A casa avarandada comum, de alvenaria surrada e janelões descascando, guardava mulheres do Leste Europeu mantidas como prisioneiras e forçadas a trabalhar como prostitutas. A maioria delas vinha de miseráveis famílias da Sérvia. Em busca de um sonho em Londres, encontravam um pesadelo.

– Eles vão entrar – avisou Simon Donahoe, o oficial da Agência de Combate ao Crime Organizado com quem Harley vinha trabalhando. Do furgão para o qual ele apontava, irrompeu meia dúzia de policiais. Os dois os observaram enquanto os homens subiam os degraus, batiam na porta e então derrubavam-na. Luzes se acenderam nas casas vizinhas.

Harley esperou. Gritos chegaram do interior da casa – uma voz feminina. Felizmente, não houve tiros. A ação foi rapidamente concluída. Em poucos minutos, um agente de polícia se aproximou do carro e acenou para eles.

– Vamos conhecer nossas amigas sérvias – disse Harley.

Ele percorreu a casa, vasculhando os quartos. Mulheres desnutridas de olhos escuros sentavam-se nas camas onde haviam sido estupradas muitas vezes por muitos homens. O agente não fazia ideia do que se passava na cabeça delas. Estariam elas se sentindo aliviadas? Salvas? Não vislumbrava muita esperança naqueles olhos. A maioria delas parecia tão drogada que sequer parecia dar-se conta do que ocorria. A casa fedia a cigarro, sêmen, mofo e comida podre.

– Quantas? – perguntou Harley.

– Cinco – respondeu Donahoe.

– Hum, menas pessoas do que esperávamos.

– Menos – retrucou o colega.

– O quê?

– São menos pessoas do que esperávamos, não "menas".

Harley revirou os olhos. Seu parceiro sabia ser um babaca quando queria. A cooperação interinstitucional se dera de maneira relativamente tranquila, não obstante. Donahoe, como a maioria de seus colegas da ACCO, a Agência de Combate ao Crime Organizado, compartilhava o mesmo desejo ardente que Harley tinha de fazer justiça e tornar a Inglaterra um lugar melhor. Seus colegas mais velhos, por vezes, riam daquele fervor juvenil. Chamavam-no de "Idealismo pós 11 de setembro". O agente não se importava. O trabalho, para ele, não representava uma carreira, mas um chamado.

Os homens que mantinham a casa – um trio sérvio de músculos rígidos e cabeça raspada – haviam sido reunidos e algemados às cadeiras da cozinha, onde policiais os vigiavam.

Harley adentrou o cômodo. Dois deles mantiveram os olhos abaixados. Um dos mafiosos, entretanto, um sujeito que o agente sabia chamar-se Dragan Popovic o encarou e sorriu de forma idiota. O punho cerrado de Harley coçava. Conhecia o currículo daquele homem e toda a dor e sofrimento que ele causara. Era escória. Quando estivesse morto, o mundo seria um lugar infinitesimalmente melhor.

A caçada a Dragan Popovic o levara até ali. A Operação Castelo fora um pesadelo do início ao fim. O MI6 não devia teoricamente se envolver no combate ao crime organizado – aquilo era responsabilidade da SOCA –, mas o serviço secreto se juntara à operação porque Dragan Popovic e sua gangue eram suspeitos de crimes de guerra, durante o conflito no Kosovo do final dos anos 1990. Durante mais de uma década, Popovic e seus asseclas haviam deixado uma trilha de tormento e morte que fizera Harley sentir saudades das operações antiterror.

Dragan surpreendeu-o ao falar:

– Poderia me dar um cigarro? – pediu em tom educado.

Harley fechava e abria os punhos. Não custava nada levá-lo para um quarto e acabar com a sua raça. Resistência à prisão. Ninguém daria a mínima. Uma parte do agente desejava fazê-lo, sua fração animal sedenta por vingar as mulheres vítimas da brutalidade daquele sujeito.

Ele elaborava uma resposta à altura quando Donahoe, pálido, entrou na cozinha.

– O que foi? – Harley perguntou.

– Há uma criança. Uma garotinha de uns 6 anos de idade. Yvonne está com ela.

Yvonne era uma das agentes da SOCA que participava da operação.

– Meu Deus!

Ele se virou para Popovic, que ainda sorria. A raiva fez o sangue ferver-lhe. Talvez devesse matá-lo naquele instante, com uma bala na cabeça. Em vez disso, seguiu Donahoe para fora da cozinha, passando pelo corredor e entrando no quarto mal iluminado, onde uma pequena menina de cabelos pretos estava sentada na cama junto a uma das prostitutas. A agente estava em pé ao lado das duas e parecia tão nauseada quanto Harley.

A garota de programa sentada na cama, uma loira platinada com uma contusão escura no rosto, sussurrava algo em sérvio para a menina e notou a chegada de Harley.

– Espero que matem aqueles homens – disse.

O agente secreto entrou no quarto e respondeu:

– Cuidaremos deles.

Os olhos dela eram quase pretos.

– Ficarão hospedados em uma de suas prisões confortáveis? – ela perguntou com desprezo.

Harley se surpreendeu com o domínio do inglês que a mulher possuía.

– Qual é seu nome? – questionou.

– Monica.

– Essa é sua filha?

Ela sacudiu a cabeça negativamente. Abraçada à menina, ainda a confortava.

– Não, não é minha. Essa é Tatjana. A mãe dela estava aqui, mas... – a prostituta olhou para a criança. – Nós poderíamos conversar do lado de fora?

– Claro.

Donahoe e Harley levaram Monica para outro quarto. Yvonne ficou com a menina.

– A garotinha foi... – inquiriu Harley. – Eles a obrigam a trabalhar?

– Ainda não. Não como nós – ela respondeu.

Harley sentiu uma onda de alívio percorrer seu corpo.

– Eles a obrigam a fazer faxina, a arrumar as camas.

– Que horror! É medieval! – exclamou Donahoe.

– E a mãe dela, onde está? – perguntou o outro agente.

O rosto de Monica se fechou.

– Ele a levou. O médico.

– Que médico?

– Eu o chamo de dr. Mengele, como o nazista. Ele vem aqui às vezes. Chega, passeia, olha as meninas, escolhe uma e leva embora. A última delas foi Slavna, a mãe de Tatjana.

– Para quê?

A mulher encolheu os ombros.

– Algumas das meninas têm uma visão positiva, acham que é um velho rico que leva as garotas para morarem com ele, para terem uma boa vida. Quando o médico chega, elas sorriem para ele, tentam ser simpáticas. Para mim, aquele homem cheira mal – ela fungou. – Tem cheiro de morte. Um mês atrás, levou minha amiga, e agora tenho que cuidar da filhinha dela.

– Você sabe o nome dele? – Harley inquiriu.

– Não. Mas Dragan saberá. Quem sabe uma boa surra não o faça falar? Talvez eu possa assistir?

O agente do MI6 agradeceu a moça pela ajuda e a levou de volta para o outro quarto. Apesar do calor, a garotinha tremia sobre a cama, com os olhos arregalados de medo. O que teria testemunhado em sua curta vida? E quem seria esse médico que levara sua mãe?

Harley endireitou as costas. Tinha imaginado que a Operação Castelo se encerraria naquela noite, mas não foi o que aconteceu. Havia mais mulheres a serem encontradas, se ainda estivessem vivas – por aquela garotinha, por justiça, encontraria aquele velho. Quem quer que fosse, onde quer que ele se encontrasse.

Capítulo 38

"Se eu parar agora", Kate pensava, "se tentar absorver tudo, vou ser esmagada."

As nuvens se moviam no céu permitindo que o sol, antes obscurecido, banhasse com seus raios o final de tarde. O estômago de Kate estava apertado, e a cabeça dela latejava. O coração... bem, esse batia de forma diferente. Ela olhou para cima e viu Paul, que a observava. Os dois trocaram um sorriso – o dele contido pela ansiedade. Havia mais que isso, entretanto. Stephen tinha aquele mesmo olhar, que lhe dizia que era amada e a deixava sem ar.

Não obstante, sentia falta de Jack. De repente, ansiava por sua voz doce – uma voz que, por vezes, choramingava e impunha exigências, mas que nunca deixava de fazê-la sentir-se feliz quando pensava – mesmo que, vez ou outra, seu tom fosse horrivelmente parecido com o de Vernon.

– Posso usar seu celular para ligar para Jack?

– Claro – Paul passou o aparelho para Kate, e ela digitou o número de Miranda.

A irmã atendeu o telefone chorando.

– Venha para cá. Agora. – Kate tentou extrair mais informações da irmã, mas ela não disse nada além daquilo.

A ligação foi cortada, deixando-a apenas com o eco dos soluços de Miranda no ouvido.

Paul chacoalhou-a pelos ombros:

– O que houve?

Kate se desvencilhou dele e correu em direção ao carro. Qualquer outro sentimento fora toldado pelo pânico – o medo esmagador de que algo tivesse acontecido a seu filho.

Quando chegaram a Churchill, o sol já se pusera. Paul dirigia, enquanto Kate encarava pela janela as sombras que se alongavam. Cenas de vívido terror desfilavam em sua imaginação. Tentou telefonar para Miranda novamente, para fazê-la se recompor, mas ninguém respondia.

Paul perguntava incessantemente se ela estava bem, o que acabou se tornando irritante depois de um tempo e fez com que Kate explodisse. Ele se desculpou, e ela se sentiu culpada. Esse arrependimento, entretanto, não durou muito, porque seu medo era demasiadamente intenso e qualquer culpa remanescente acabava direcionada para si mesma. Por que deixara Jack? Como podia ter sido tão egoísta?

– Não sabemos se algo aconteceu a ele – Paul observou, ainda que não soasse muito confiante.

– O que mais pode ter ocorrido?

– Não sei. Vamos esperar até chegarmos lá.

Pararam na frente da casa de Miranda. Kate esperava, de certa forma, encontrar carros de polícia, ambulâncias e Miranda, em pé, sobre o asfalto, com os olhos vazios, enrolada em um cobertor, com uma policial a seu lado. Entretanto, a casa estava escura e silenciosa. Não havia ninguém por perto.

A porta da frente ficara entreaberta. Kate a empurrou.

– Miranda?

Não tiveram resposta. A sala de estar estava escura e vazia.

Ela tornou a chamar:

– Miranda? Jack?

Paul se juntou a ela.

Uma vozinha de menina se manifestou:

– Tia Kate?

Os dois correram escada acima saltando dois degraus de cada vez.

Abraçadas, Miranda e Amelia se encolhiam na escuridão de um dos quartos do segundo piso. Kate acendeu a luz, e a sobrinha enterrou o rosto na barriga da mãe. Aquele era o quarto de George, Kate se deu conta, mas não havia qualquer sinal do garoto.

– Onde está Jack?

Miranda sacudiu a cabeça e começou a chorar.

– Sinto muito.

Kate se agachou e, debruçando-se sobre Amelia, agarrou a irmã pelos ombros e a chacoalhou:

– Onde está ele?

Quando Miranda respondeu, seu hálito tinha um cheiro azedo, como o de alguém que se deitara sem escovar os dentes depois de beber bastante.

– Vernon o levou.

– O quê?

– Ele apareceu do nada e... e eu não consegui detê-lo. Ele é forte e me empurrou.

– Droga! A que horas foi isso?

– Não sei. Pouco antes das seis.

Kate ficou em pé e levou as mãos à cabeça.

– Ele deve estar em Heathrow a essa hora. Talvez já esteja em um avião para Boston. Ah... – virou-se para a irmã. – Onde está Pete? Por que ele não o deteve?

– Ele saiu para beber depois do trabalho. Ainda deve estar em algum bar. Não sei onde. Seu celular está desligado.

A despeito do quanto fosse terrível que Vernon tivesse levado Jack, Kate se dava conta de que havia algo pior acontecendo – algo muito errado.

– E George?

Miranda irrompeu novamente em lágrimas.

Kate queria berrar de frustração, mas Amelia se manifestou:

– Depois que o tio Vernon foi embora com Jack, o homem mau veio.

Kate prestava atenção na sobrinha, que continuou:

– Ele veio e levou George. Eles foram procurar Jack. Ele fez a mamãe contar que Jack ia pegar um avião. Ele disse... ele disse... ele disse que me mataria se a mamãe não contasse – os lábios de Amelia tremiam e ela encarava a tia com os olhos arregalados.

Paul interveio:

– Como era esse homem mau, querida?

Amelia escondeu o rosto entre os seios da mãe:

– Era um monstro.

Miranda conseguiu finalmente falar:

– Ele deixou seu telefone – ela apontou. Então Kate viu, chocada, seu celular desaparecido sobre o tapete.

E, naquele exato momento, ele tocou.

Paralisada, ela o observava.

Paul recolheu o aparelho e estava prestes a atendê-lo quando, histérica, Miranda gritou:

– NÃO! KATE TEM QUE ATENDER!

Kate pegou o telefone e pressionou a tecla verde.

– Alô – sussurrou.

– Olá, Kate. Quer falar oi para o seu filho?

Amelia tinha razão: ele era um monstro. No mundo real, entretanto, monstros não tinham presas, chifres ou escamas. Alguns deles – aqueles que Kate encontrava cotidianamente em seu trabalho – eram invisíveis a olho nu. Outros monstros eram invisíveis porque pareciam normais – pessoas comuns, com um rosto comum, vozes, carne e osso. O que os tornava diferentes ficava em seu interior, no coração e na mente pervertida.

Quando Sampson falou, Kate teve a sensação de ser tocada por dedos frios. Era possível ouvir a escuridão dentro dele. Todo aquele pavor de que o ex-marido pegasse Jack... e agora alguém muito, muito pior o havia capturado. Vernon, ao menos, jamais colocaria a vida do filho em risco. Era isso, entretanto, que ela mesma fizera. Oh, meu Deus! Não podia acreditar que aquilo estava acontecendo.

Kate não conseguiu falar por alguns instantes.

– Vou chamar a polícia.

– Não, Kate. Se fizer isso, vou matá-lo.

– Não! Por favor, não o machuque. Se fizer algo a ele... – ela se interrompeu.

Qual era o sentido de ameaçá-lo?

– Deixe-me falar com ele.

– Mamãe? – a voz infantil de Jack lhe ecoava na cabeça.

Kate não percebeu que chorava até sentir as lágrimas quentes escorrendo-lhe pelo queixo. Paul, a seu lado, batia inquieto o pé, angustiado com a impossibilidade de remediar a situação.

– Jack – ela disse –, Jack, querido, sou eu, a mamãe. Você está bem?

– O homem disse que você viria me achar.

– Eu vou, querido. Chegarei aí o mais rápido possível. Onde você está?

– Não sei. Não gosto daqui.

– Oh, Jack, sinto muito. Eu prometo...

– Poupe-me – Sampson voltou à linha.

– Seu desgraçado! Por que diabos está fazendo isso? Não sei o que você quer de mim.

"Exceto me ver morta", ela pensou.

– Você ainda não descobriu? Está tudo na sua cabeça.

Ele fez uma pausa, e ela pôde ouvir outra pessoa ao fundo, uma voz masculina.

Kate se esforçou para escutá-la. O que Sampson dissera confirmava seu temor: estavam atrás dela pelo que descobrira 16 anos antes. Eles não sabiam, entretanto, que ela havia procurado uma hipnoterapeuta. Tampouco tinham consciência de que não se lembrava de tudo. A cientista deu-se conta, todavia, de que era uma ponta solta que precisava ser cortada.

Por um terrível instante, Kate achou que a ligação tinha sido cortada e que o fio entre Jack e ela se havia rompido.

– Alô?! Alô!?

– Se quiser seu filho de volta, você e Wilson devem vir até aqui. Não chame a polícia ou o garoto morrerá. Não tente bancar a esperta. Venha já para cá, se quiser vê-lo vivo novamente.

– Mas onde você está?

– Não posso dizer.

– ENTÃO, COMO DIABOS QUER QUE EU VÁ ATÉ VOCÊ?! – ela gritou ao telefone.

Sampson não respondeu de imediato, e o coração de Kate parecia prestes a saltar pela boca.

– Vá até a vila de Blackmarsh, em West Sussex. Esteja lá à uma hora da manhã e aguarde novas instruções.

– À 1h? Quanto tempo leva para chegar lá?

Ele havia desligado.

Com delicadeza, Paul forçou Kate a olhar-lhe nos olhos, segurando o rosto dela com as mãos. Ela, entretanto, livrou-se dele.

– Não temos tempo. Precisamos chegar a Blackmarsh, uma vila em East Sussex até a uma da manhã. Oh, meu Deus, Jack! Eles vão machucá-lo. Oh, meu Deus...

Paul tornou a segurá-la.

– Kate, acalme-se. Shhh... Vamos.

Ela explodiu em lágrimas e afundou o rosto no ombro dele, desabafando. Jack, oh, Jack! Era tudo sua culpa. Se não tivesse ido para a Inglaterra, se não tivesse sido tão burra e egoísta... E, depois, deixá-lo ali com Miranda, enquanto passeava para poder trepar com seu novo homem. A culpa atingiu Kate com tamanha força que quase a derrubou.

Abraçando-a e beijando-lhe os cabelos, Paul esperou que ela parasse de chorar. Ele a consolava e repetia que tudo ficaria bem. Outra vez, Kate tentou se desvencilhar dele.

– Temos que ir. Precisamos encontrar Jack... e George.

Miranda continuava encolhida no canto, pálida, confortando Amelia.

– Sinto muito – sussurrava. – Acho que, se aquele homem está com Jack, então, George deve estar com Vernon. Ele disse que iria trocá-los – ela se interrompeu ao perceber a expressão de Kate.

Vendo a mistura de alívio e esperança nos olhos da irmã, Kate sentiu – a despeito da irracionalidade daquelas emoções – ainda mais raiva de Miranda.

– Temos que ir, Paul – ela disse seca.

– Está bem, mas antes...

– Temos que ir, agora!

– Kate, ouça. Antes precisamos descobrir aonde vamos, está bem? Qual é mesmo o nome da vila? Blackmarsh?

Ela assentiu com a cabeça, silenciosa.

– Nunca ouvi falar – virou-se para Miranda. – Você tem GPS no carro?

– Não. Sinto muito.

– Droga, nem eu! Tenho um aplicativo de mapas no meu iPhone. Posso usá-lo, mas a rede 3G nem sempre é confiável.

Ele começou a digitar na tela de seu aparelho. Para Kate, entretanto, pareceu uma eternidade o tempo necessário para encontrar o caminho até Blackmarsh. Ela andava em círculos pelo quarto, sentindo-se nauseada.

– O.k. – Paul finalmente anunciou –, são quase 210 quilômetros. Se seguirmos essa rota, devemos levar 2h55, a menos que haja trânsito.

– Que horas são agora?

Paul conferiu o relógio:

– 9h45.

– Droga. Nunca chegaremos a tempo.

– Sim, chegaremos. Temos 3h15, e as estradas devem estar calmas a essa hora.

– E se ficarmos retidos? Pode haver obras ou um acidente. Oh, Jack...

Paul segurou o queixo dela, forçando-a a encará-lo novamente nos olhos:

– Nós chegaremos a tempo, Kate. Prometo. Vamos embora.

Houve uma batida forte na porta da frente, e Paul se virou para Miranda:

– Será seu marido?

Os olhos dela se arregalavam de medo:

– Não. Ele tem chave e ficará no bar até fechar. Sempre fica quando está com ela.

Não tinham tempo, nem se sentiam tentados a perguntar quem era ela. Paul rapidamente vasculhou o quarto e notou um taco de críquete encostado em um dos cantos. Desceu as escadas e escancarou a porta de entrada, empunhando o bastão, pronto a atacar, se fosse preciso.

Um sujeito de barba avermelhada, vestindo um longo casaco marrom, surgiu à sua frente – um homem abalado e enfurecido. Um garotinho se esgueirou entre as pernas de Paul e correu para dentro da casa.

– Minha mulher está aqui? – perguntou Vernon.

Capítulo 39

– Kate.

– Vernon.

Vernon abriu a boca para se manifestar, mas Kate simplesmente passou por ele, ainda agarrada a seu telefone celular, como se aquilo fosse sua única conexão com Jack. Poucos dias antes, esse era seu maior medo: ver-se frente a frente com Vernon – a confrontação que temera desde que fugira dos Estados Unidos. Agora, entretanto, a presença do ex-marido não lhe causava mais que uma pequena irritação. Era um mero inconveniente.

– Então... – ele começou, seguindo-a até a cozinha, onde Kate servia-se de um copo de água.

Soluços de alívio chegavam do segundo piso – George reunira-se à mãe e à irmã.

– Não tenho tempo para suas porcarias, Vernon. Temos que ir agora – Kate se virou.

– Bem, se o que George me contou é verdade, você deixou seu filho cair nas mãos de um psicopata.

– Na verdade, parece que foi você quem permitiu que o psicopata o agarrasse.

– Se você não tivesse trazido nosso filho para a Inglaterra, ele ainda estaria seguro em Boston, que é o lugar dele.

– O lugar dele é comigo.

– Sim, claro, cuidou muito bem de Jack. Você não se livrou do menino deixando-o com sua irmã para poder ter sua lua de mel com o garotão aí?

Com o polegar, ele apontou para Paul, que adentrara o cômodo.

– Pelo menos, eu não tinha uma amante enquanto nós ainda estávamos juntos.

– Ah, é? E eu tenho que acreditar nisso?

– É verdade. E deixei Jack com Miranda porque achei que ele estaria seguro aqui.

– Rá! Seguro? Vou lhe dizer uma coisa...

Paul se interpôs entre eles:

– Por favor, vocês dois, parem com isso.

O rosto de Vernon estava quase roxo de ódio:

– Não venha me dar ordens! Que direito você tem? Posso falar com minha mulher como bem entender.

– Ex-mulher – Kate apontou.

– Não nos divorciamos ainda.

– Por favor – Paul continuou, elevando seu tom de voz –, parem. Se nós queremos chegar a Blackmarsh antes da uma hora, temos que partir agora.

Kate se virou com raiva para Vernon:

– Está vendo? Você está nos atrapalhando. Vamos, Paul – ela saiu da cozinha, seguida por ele.

Vernon foi atrás:

– Eu também vou.

Ela levou as mãos à cintura:

– O quê? De jeito nenhum!

– Ele é meu filho também. Quero ajudar.

– Você só irá atrapalhar.

– Kate, eu vou.

– Se pensa que vou dividir um carro com você, está...

– Acho que Vernon deve vir – Paul se manifestou. – Ele pode ajudar.

– Enfim – o outro disse –, alguém com bom senso.

Kate não acreditava no que ouvira. Entretanto, já haviam perdido tempo demais discutindo.

– Tudo bem. Deixe isso para lá. Suponho que você tenha alugado um carro, Vernon. Ele tem GPS?

O ex-marido confirmou.

– Muito bem, vamos usá-lo, então. Provavelmente deve ser mais veloz que o de Paul. Mas deixe-o dirigir, Vernon. Ele conhece as estradas britânicas muito melhor.

Os homens seguiram as ordens dela. Mesmo assim, Vernon entregou as chaves sem disfarçar sua contrariedade.

– Por precaução, vou buscar nossa bagagem no Peugeot – disse Paul. – Não sabemos quanto tempo ficaremos na estrada.

Kate acomodou-se no banco da frente do carro do ex-marido e, sem querer depender do iPhone de Paul, digitou a palavra Blackmarsh no GPS. As instruções confusas do aparelho a deixaram desorientada, e ela soletrou de maneira errada por várias vezes o nome da vila. As letras saltavam caoticamente pela tela. Kate pressionou o dorso do nariz entre o polegar e o indicador, forçando-se a manter a concentração. Isso normalmente funcionava no laboratório, quando ela vislumbrava alguma descoberta próxima ou tinha prazos a cumprir e varava noites trabalhando, com os números e letras dançando na tela do computador.

Agora, entretanto, nada parecia acalmá-la. O coração batia desesperado, o cérebro parecia prestes a rachar e se desfazer em pedaços, os pensamentos giravam incessantemente, como mosquitos ao redor de uma lâmpada.

Ela entregou o iPhone de Paul para Vernon, que se acomodara no banco de trás.

– Segure isso – ordenou. – Esse aplicativo de mapas dá informações sobre acidentes ou engarrafamentos em nossa rota.

– Estou sem meus óculos de leitura.

– Pelo amor de Deus...

Paul bateu a tampa do porta-malas e o carro balançou.

– Não há problema – explicou, tomando o assento do motorista. – O GPS também nos informará de qualquer problema nesse sentido. Tenho certeza.

Ele deu a partida e já manobrava o carro na frente da casa de Miranda, quando viram Pete, o marido dela, retornando visivelmente tonto depois de sua noitada no bar. Antes mesmo que ele colocasse a chave na fechadura, Miranda já havia aberto a porta e o estava repreendendo, como uma feirante, pela ausência que deixara a ela e às crianças desprotegidas.

– Aquele pobre desgraçado terá um choque – Paul comentou, enquanto se afastavam.

Logo, chegaram à rodovia A4, dirigindo-se para o sul, rumo a Oxford. A estrada estava relativamente tranquila – a primeira boa notícia da noite. Kate ainda se sentia apavorada com a possibilidade de ficarem retidos por causa de um acidente. Havia tomado o iPhone de Paul das mãos de Vernon e obsessivamente verificava as estradas no aplicativo de mapas para se certificar de que estariam desimpedidas. O prazo dado por Sampson lhe parecera sério – não somente porque não queria pagar o preço de descumpri-lo, mas porque sua frieza e robotismo sugeriam que não se tratava de um blefe ou que houvesse alguma possibilidade de negociação. Tentar convencê-lo seria como negociar com um computador.

Vernon inclinou-se entre os dois bancos da frente:

– Alguém pretende me contar o que diabos está acontecendo? Quem é esse sujeito que levou meu filho? E por que não chamamos a polícia?

– Se chamarmos a polícia – Kate explicou –, Jack será morto.

O ex-marido ficou calado por um instante.

– Morto? O meu Jack, o meu garoto? Mas por quem? Quem são eles, Kate? O que você fez para se envolver com essa gente?

– É uma longa história.

– Não tenho nada melhor para fazer aqui atrás.

– E ainda não sabemos nem a metade dela...

– Não me importa. Conte-me o que sabe.

– O.k. O sujeito que levou Jack se chama Sampson. Ele trabalhava na UPR.

– Onde?

– Na Unidade de Pesquisa de Resfriados.

– Aquele lugar onde procuravam em vão uma cura para o resfriado? Você passou um tempo lá quando era estudante, não foi?

– Sim.

– E teve lindas férias lá, conforme me relatou.

Kate olhou de relance para Paul. Havia outra sensação que a incomodava, além do terror e do pânico a respeito do que se passava: a estranheza causada pelo fato de que se encontrava em um carro com Vernon e seu novo... O que diabos era Paul? Amante? Namorado? Era esquisito demais.

– Há coisas que não contei para você.

Vernon riu desdenhoso.

– Por que não me sinto surpreso?

– Não. São coisas que não lhe contei porque não me lembrava. Parece que... aparentemente minha memória foi apagada.

– Você está me sacaneando?

– Você quer que eu conte ou não? Se quiser, pare de me interromper, está bem? Descobrimos que havia algo de errado acontecendo na UPR. Fiz uma consulta com uma hipnoterapeuta. Isso aconteceu depois do assassinato da sra. Bainbridge.

A voz de Vernon se ergueu uma oitava:

– Quem? Acho melhor você explicar do começo.

Kate então fez isso e contou a Vernon tudo o que tinham descoberto até ali e os vazios de informação que haviam conseguido preencher: relatou sua chegada à UPR e o encontro com Stephen, sua segunda temporada na unidade, a noite do incêndio, quando adoecera; falou das mortes de Sarah, sua companheira de quarto, de Stephen e de como despertara em um hospital estranho.

Paul então assumiu a narrativa, explicando a Vernon sobre a correspondência recebida do irmão, pouco antes do incêndio – uma carta que deixava claro que Stephen também sabia que nada era o que parecia.

– Então, fomos atrás da sra. Jean Bainbridge, a viúva de Leonard, o sujeito que dirigia a unidade, um velho amigo da família. Enquanto estávamos lá, Sampson apareceu e atirou nela. Antes de morrer, entretanto, Jean entregou a Kate alguns papéis que descreviam um procedimento a que ela fora submetida, para manipular suas memórias. Marcamos então uma consulta com uma hipnoterapeuta, que desobstruiu todas essas lembranças suprimidas. Depois disso tudo, Sampson veio atrás de Jack.

Fez-se silêncio no carro. Ouvia-se apenas o som do tráfego que passava veloz na outra pista da rodovia. Vernon, por fim, manifestou-se:

– E o que vocês acham que acontecia na UPR? E por que isso está ocorrendo agora, se faz 15 anos que você esteve lá?

Kate se remeteu ao que havia descoberto na sessão de hipnose. O diálogo entre o dr. Gaunt e o alemão gordo provocara-lhe arrepios, mesmo que não entendesse do que falavam e sem saber o que havia acontecido em seguida. Era provável, entretanto, que, intrigada, ela tivesse ido atrás de respostas. Era isso seguramente o que fizera, a enxerida – e era possível que outras pessoas tivessem morrido por causa dela: Sarah, talvez; Stephen, provavelmente.

– Não entendo como me encontraram. Como sabiam que eu estava no país? – Kate perguntou. – É como se estivessem me vigiando. Isso me dá arrepios.

Vernon voltou a inclinar-se para a frente:

– O quê? Você acha que essa gente ficou de olho em você todo esse tempo?

– É possível. Quem sabe, o professor Scott, em Harvard, aquele que me empregou... Ele era colega de Gaunt. Pode ser que estivesse na jogada. Sempre houve algo a respeito dele que me parecia um pouco bizarro. Aquele sujeito me fazia perguntas estranhas, agora que me lembro... Droga! E se ele tivesse alguém me espionando todo esse tempo? – Kate não resistiu a uma cutucada: – Isso significa que provavelmente tem belas imagens da sua Shirl entrando e saindo de casa...

– O quê? Eu nunca...

– Estamos quase em Oxford – Paul apontou, na tentativa de evitar mais uma discussão.

– Oxford... – Kate suspirou, visualizando a própria imagem vestida com a beca e celebrando sua formatura. – A última vez que tive uma vida normal...

Então se recordou de algo:

– Paul, lembra-se de que outro dia davam uma notícia no rádio sobre o assassinato de um cientista em um laboratório aqui? Não consigo me lembrar do nome, mas tenho certeza de que era um especialista em vírus.

– Você acha que Sampson pode estar envolvido nisso?

– É possível, não?

Vernon se enfiou novamente entre os dois bancos:

– Podemos nos concentrar em encontrar meu filho, por favor?

Kate recostou a cabeça contra a janela lateral, e seu olhar se perdeu nas luzes da rodovia, dos carros que passavam e dos letreiros iluminados.

Os três entraram em Oxford, contornando a cidade pelo anel viário, ainda em direção ao sul.

Paul permanecia calado. Kate supôs que estivesse concentrado na estrada, mas ele então confessou:

– Eu tenho uma arma.

Ela levou as mãos à boca:

– O quê?!

– Há uma arma no porta-malas, uma espingarda. Roubei-a na casa de Andrew e Penny, em Cannock Chase, e depois a passei do Peugeot para este carro. Achei que poderíamos precisar dela.

– Paul, como pôde fazer isso? Com os seus antecedentes...? Achei que você faria de tudo para ficar longe de armas.

Foi Vernon quem intercedeu:

– Não. Isso é uma boa notícia.

– Você sabe atirar? – Paul perguntou.

– Ah, sim. Sou caçador. Já não pratico com tanta frequência. Kate sempre me torrava a paciência com isso, mas sou um ótimo atirador.

Era verdade. Kate e Vernon haviam discutido a possibilidade de que

Jack herdasse aquela tradição. Ela abominava a ideia de seu filho matando animais indefesos. Vernon insistia que o rito de sangue faria do garoto um homem.

– Vocês não estão sugerindo um duelo com Sampson, estão? Ficaram loucos? Sampson é quase certamente um atirador melhor que qualquer um de vocês, e, se Jack estiver presente, não quero armas disparando, nem balas perdidas. Vejam o que aconteceu com a sra. Bainbridge. Não acredito que estejam sequer considerando essa possibilidade – protestou Kate.

Enquanto dizia isso, ela imaginou a si mesma abrindo um rombo no peito de Sampson.

– Só quis dizer que não podemos descartar a opção – justificou-se Paul.

– Acho que devemos considerá-la – Vernon reiterou. – Ele ficará surpreso por estarmos armados. Ninguém nesta porcaria de país tem armas normalmente, tem? Vamos pegá-lo desprevenido.

Kate deu um tapa no painel do carro:

– Não! É perigoso demais. Temos que fazer o que mandarem. Tudo o que quero é que Jack esteja em segurança. E ele não estará se vocês dois apontarem uma maldita arma em sua direção.

Paul e Vernon se entreolharam com uma expressão do tipo que homens usam quando querem dizer: "Mulheres..."

– Tudo bem – concordou Paul. – Você tem razão, suponho. Vamos deixá-la no porta-malas.

De alguma maneira, entretanto, Kate não acreditou naquelas palavras.

Seguiram em silêncio por cerca de dez quilômetros.

– Precisaremos abastecer logo – Paul observou.

– Você está brincando?!

– Kate, não entre em pânico. Há postos à frente. Serão poucos minutos para pararmos e enchermos o tanque. Estamos avançando bem.

– Se você tem certeza...

– Sim.

Uma placa surgiu, alguns quilômetros adiante, indicando um posto de gasolina. Paul tomou a saída. Impaciente, Kate tamborilava sobre os joelhos, enquanto esperavam uma bomba vagar. Vernon desceu do carro e foi até a loja de conveniências. Paul enchia o tanque.

Quando ele se afastou para pagar pelo combustível, Kate teve um impulso súbito: pegou a ridícula capa marrom impermeável de Vernon sobre o banco de trás do carro e a vestiu – o ex-marido supunha, erroneamente, que os bolsos fundos e o forro xadrez o faziam parecer um camponês britânico.

Então, ela saltou do carro, correu até a traseira, certificando-se de que nenhum dos dois homens a olhava de dentro da loja. Ao abrir o porta-malas, Kate se deparou com a espingarda de dois canos depositada sobre a pequena mala de rodinhas que pertencia a Jack. A visão causou-lhe um arrepio. Nunca antes tocara uma arma, mas forçou-se a pegá-la e escondeu-a, em pé, sob o casaco comprido. Não havia hipótese de que permitisse que aqueles dois homens arriscassem a vida – sobretudo a de Jack – tentando passar por heróis de faroeste.

Kate embrulhou-se com o casaco e, com a cabeça abaixada, marchou em direção ao prédio. Vernon olhava a prateleira de chocolates; Paul encontrava-se no caixa, pagando pela gasolina.

O ex-marido olhou para ela:

– Por que você está com o meu casaco?

– Está frio – ela disse. – Acho que é o choque e a ansiedade. Minha barriga não está boa. Vou ao banheiro. Tentarei ser rápida.

Ignorando a expressão de desprezo de Vernon, Kate entrou no cubículo, felizmente desocupado. Ela trancou a porta e então desembrulhou a espingarda e a examinou. Já vira o ex-marido fazer aquilo várias vezes – não havia uma trava em algum lugar próximo à parte articulada que abria a arma ao meio e expunha a câmara de balas?

Kate encontrou uma saliência metálica na parte de cima da espingarda e forçou o dedo contra ela, tentando ao máximo não se aproximar do gatilho. Não sem alguma dificuldade, mas, para seu enorme alívio, a peça cedeu e a arma se abriu, revelando duas balas parrudas nos canos. Ela as removeu e livrou-se dos projéteis na lixeira do banheiro. O que faria, entretanto, com a espingarda? Alguém bateu na porta, e Kate levou um enorme susto.

– Só um minuto! – gritou, tentando manter a voz calma.

– Kate? Precisa de ajuda? Vernon disse que você não estava se sentindo bem.

– Está tudo bem – ela respondeu, vasculhando em pânico o pequeno banheiro.

Não havia nenhum lugar onde pudesse esconder a arma. Não podia simplesmente abandoná-la ali, pois os funcionários do posto poderiam avisar a polícia antes que chegassem a Jack.

– Eu vomitei.

– Oh, querida, coitada! Mas temos que ir.

– Já vou. Espere-me no carro. Já saio.

– Vou trazer o carro até aqui – ele respondeu.

Kate ouviu os passos se afastando e tornou a fechar a espingarda. Ela removeu o casaco de Vernon e escondeu a arma no meio das dobras do tecido, segurando-o junto ao peito. Antes de sair, conferiu seu reflexo no espelho para se certificar de que a ponta da espingarda não estivesse aparecendo sob o casaco. Parecia acabada, deu-se conta – o rosto estava pálido, os longos cabelos formavam um emaranhado escuro, os lábios não guardavam nenhum sangue. Ela respirou fundo, tentando recompor-se e destrancou a porta.

Paul a esperava com o carro parado ao lado e a porta aberta.

– Um segundo – disse Kate, contornando o veículo e abrindo novamente o porta-malas.

Ela enfiou casaco o com a arma no compartimento de bagagens, desembrulhando a espingarda para que – esperava – parecesse que nunca tinha sido removida dali.

– O que diabos você está fazendo? – Vernon gritou.

– Só estou vendo se não temos um mapa rodoviário que possamos usar, caso o celular fique sem sinal.

– O carro tem GPS! Você o programou, caramba! Vamos!

– Para o caso de o GPS parar de funcionar e perdermos o sinal dos telefones – ela tentou explicar-se constrangida, enquanto tomava novamente seu lugar e afivelava o cinto de segurança.

Paul arrancou o mais rápido que podia.

– Não havia um mapa, de todo modo. Deixei seu casaco lá. Meu frio passou.

– Meu Deus, Kate, você é louca, sabia disso?

Ela mordeu os lábios, apertou as mãos e, levantando a cabeça, falou, de forma calma, mas impositiva:

– Que diabo, Vernon! Não admito que você, nem ninguém, fale assim comigo. Nosso filho está em perigo, e temos que chegar até ele de forma rápida, segura e direta. É uma situação absurdamente estressante, mas isso não lhe dá o direito de falar comigo dessa maneira insultante. Nunca mais use esse tom comigo, entendeu?

– Caramba, deixe o sermão de lado! Como você mesma lembrou mais cedo, não sou mais seu marido!

– Nunca lhe passei sermões ou critiquei você. Sempre fui uma esposa boa e respeitosa. Tolerei suas leviandades, entretendo todos aqueles professores e doutores a quem você desejava desesperadamente impressionar. Eu trabalhava o dia inteiro, voltava para casa, fazia seu jantar e lavava suas cuecas. Aguentei seu mau humor quando seus livros não foram aceitos pelas editoras. Suportei seu gênio e suas explosões. Ensinei você a usar seus malditos telefones celulares e coloquei música no seu iPod. Dediquei 12 anos da minha vida a você e nunca fiz sermões.

Vernon sacudia a cabeça.

– Você não era desse jeito. Você mudou, Kate.

Ela não se virou para ele. Paul a olhou de relance e sorriu – o tipo de sorriso discreto que dizia: "Sei que não posso me sentir feliz agora, mas não consigo evitar." Kate sentiu uma pequena descarga de amor. Ainda guardava consigo as marcas dele, da última vez que tinham transado.

– Você tem razão, Vernon – ela disse. – Eu mudei.

Kate se inclinou e beijou a mão de Paul, sem se importar com a sensação dos olhos de Vernon fuzilando-os.

Retomaram a rodovia. Os minutos passavam. Kate os acompanhava no relógio do painel do carro, conferia o velocímetro, seguia obcecadamente a quilometragem nas placas que se sucediam. Londres a 80 quilômetros, a 60, a 50 quilômetros. Deixaram a M40 e pegaram a M25. Nenhum sinal de acidentes ou engarrafamentos. Paul ligou o rádio para ouvir os boletins rodoviários, e tudo parecia enervantemente normal.

"Isso tudo parece um sonho", pensava Kate.

Mas, quando ela acordasse, onde estaria? Em Boston, ainda casada com Vernon; ele, roncando adormecido a seu lado? Ou em um hotel em Londres, suando, apavorada com a possibilidade de ser pega? Ou, quem sabe, de volta ao apartamento que dividia com Stephen tantos anos antes? Acordaria para se deparar com o antigo namorado vigiando seu cochilo, como às vezes fazia, para então beijá-la, antes que ela tivesse a chance de dizer: "Tive o sonho mais estranho..."

Capítulo 40

Meia hora antes do prazo limite, eles entraram na pequena vila de Blackmarsh, no Sussex, cortando alamedas silenciosas. Os faróis do carro iluminavam as árvores que ladeavam a estrada, funestas, em meio à escuridão. Sem saber para onde se dirigir, Paul subiu uma ladeira suave que levava àquilo que parecia ser a rua principal. Estacionaram junto a uma igreja. Ao lado das paredes de pedra irregulares, um cemitério se espraiava colina abaixo. Não havia ninguém por perto, nenhuma luz em qualquer janela. Para além deles, a vila poderia perfeitamente encontrar-se deserta. Quando falou, Kate involuntariamente sussurrava:

– O que fazemos agora?

– Esperamos a ligação – Paul retrucou.

Os três encaravam o telefone sobre o painel. Kate se apossou dele e pressionou uma de suas teclas, fazendo a tela se acender. Paul estendeu a mão e lhe acariciou o ombro, mas ela se retraiu, afastando-se do toque.

– Desculpe-me. Estou muito ansiosa.

– Vou pegar a arma – Vernon anunciou, descendo do carro e abrindo o porta-malas.

Kate prendeu o fôlego. Ele notaria? Começava a se arrepender da decisão impensada de remover as balas. E se aquilo desse aos homens uma falsa sensação de segurança, por acreditarem que estavam armados, quando na verdade não estavam? Deveria confessar antes de encontrarem Sampson? Não sabia o que fazer.

– Por que não ligamos nós mesmos para esse imbecil? – sugeriu Vernon.

Ele parecia não ter se dado conta de que a arma estava descarregada.

Kate não quis olhar para o ex-marido:

– Porque ele disse que não deveríamos fazer isso.

Quase acrescentou um "Seu burro", mas sentia-se cansada das discussões com Vernon.

Já não valiam a pena. Na verdade, nunca tinham valido – ela apenas levara muito tempo para perceber. Entristecia-a pensar em todos aqueles anos desperdiçados, quando poderia ter sido livre ou então contar com alguém que realmente a fizesse feliz. Jack era a única consequência positiva de seu casamento.

Jack. Uma onda de náusea e cansaço a atingiu. Ela abriu a porta, prestes a vomitar – em sua mente, uma voz distante perguntava se seria pecado fazê-lo na porta da igreja. Quando já curvava o tronco, o telefone soou, em um toque animado ridiculamente inapropriado.

Paul fez menção de atendê-lo, mas Kate afastou-lhe a mão, agarrou o aparelho e, engolindo a náusea, respondeu à chamada:

– Sim? Estamos aqui. Onde está ele?

– Eu sabia que você não abandonaria o garoto – a voz de Sampson, como sempre, soava fria e monótona.

– O nome dele é Jack, seu desgraçado.

– Não há motivo para agir assim, Kate. Isso é apenas uma transação. Dê-nos o que queremos e daremos o que você deseja.

– Mas eu nem mesmo sei o que vocês querem! – Kate tinha vontade de esmagar o telefone contra a própria testa, ou, melhor ainda, contra o crânio de Sampson.

Ela se deu conta, de forma cristalina, que o mataria, se fosse preciso, para salvar Jack. O ódio fervia em suas veias, dando-lhe uma falsa sensação de poder. No fundo, sabia que era absolutamente fraca e desamparada. Nada ali estava sob seu controle. Restava-lhe somente seguir as ordens.

– Quem está com você no carro? – Sampson quis saber.

– Só...

– Não minta, Kate. Isso seria um erro imperdoável.

– Paul está comigo... e Vernon.

– Seu namorado e seu ex-marido. Você é bastante popular. Esse Wilson não se importa com o fato de você ter trepado com o irmão dele?

Kate prendia a respiração.

– Stephen Wilson revelou-se um fraco, quando as coisas ficaram sérias. Não creio que o irmão se sairá melhor. Uma velha salvou a vida dele da última vez. Não teria tanta sorte novamente... Suas instruções são as seguintes: saia de Blackmarsh, em direção a Crawley. Você verá uma oficina. Depois dela, passe reto pela rotatória. Logo a seguir, haverá um bar à esquerda, sem outras casas ao redor, onde um carro estará estacionado nos fundos. Entre nesse estacionamento.

– Você está aí agora? Jack está com você?

Sampson já havia desligado.

Kate explicou o caminho.

– Sampson também mencionou Stephen. Ele parecia saber o que aconteceu, como se estivesse lá.

Paul agarrou o volante com toda a força, e os nós de seus dedos empalideceram. Ele pisou com violência no acelerador, levando-os para fora da pequena vila.

– O que Stephen dizia mesmo naquela carta?

Paul a recitava de cor. As linhas estavam gravadas a fogo em sua memória.

– "Diga a ela que estava certa, e peça que me perdoe."

– Stephen devia saber o que acontecia na unidade.

– E Sampson descobriu que ele sabia.

– Ainda não entendemos, entretanto, por que queria que eu o perdoasse – um pensamento nauseante lhe surgiu: – Oh, Paul, você não acha que ele pode ter estado envolvido, acha?

Seguiram por cerca de mais quatro quilômetros. A tensão no carro era palpável.

– Acho que só pode ser isso – ela disse, enquanto contornavam a rotatória mencionada por Sampson.

Um minuto depois, surgiu o bar com o estacionamento nos fundos.

Eles entraram lentamente, os três, duros de medo. Kate olhou de relance para as mãos trêmulas. Estava, não obstante, absolutamente concentrada e alerta. Sentia como se há muito tempo caminhasse para aquele momento. Estava ali para resgatar seu bebê.

Havia um único carro parado nos fundos, e Kate reconheceu a silhueta ameaçadora do Audi de Sampson. Somente a luz da lua incidia sobre o veículo, tornando difícil divisar seu interior. Ela teve certeza, entretanto, de discernir a silhueta de uma criança no banco traseiro. Seu coração pulava. A porta do Audi se escancarou, e o brilho alaranjado de um cigarro surgiu – fagulhas se espalharam pelo ar, quando Sampson se livrou dele. Não havia tempo para contar a Vernon que a arma estava descarregada.

De pé, junto a seu carro, Sampson ordenou:

– Saiam todos.

Kate sussurrou para o ex-marido:

– Não faça nenhuma burrice, está bem?

– Está bem, está bem. Já entendi.

– Vamos fazer tudo o que ele mandar – ela cochichou no ouvido de Paul.

Os três abriram as portas e desceram. Kate e Paul caminharam lentamente em direção a Sampson, com o corpo próximo, mas sem se tocarem. O estacionamento estava silencioso. Sob o som de seu coração disparado, ela ouvia os grilos cantando no gramado ao lado.

Sampson acendeu outro cigarro, e a chama do isqueiro projetou-lhe sombras trêmulas sobre o rosto. Na outra mão, ele segurava uma pistola, que ergueu de maneira casual, apontando-a para os recém-chegados. Houve um som discreto atrás de Kate, que Sampson também captou e que o fez girar imediatamente a arma em direção a Vernon.

– Solte-a, seu imbecil, se não quiser morrer.

– Faça o que ele diz, Vernon, por favor – Kate implorou com uma voz sufocada.

Ela apertou com força a mão de Paul, incapaz de se virar para ver o que acontecia.

Vernon depositou a espingarda no chão e começou a chorar, quando Sampson foi até ele e encostou-lhe a pistola no ouvido, onde a manteve por vários longos segundos, enquanto o ex-marido de Kate tremia e choramingava. Por fim, com o punho da arma, ele golpeou violentamente a têmpora de Vernon. O pai de Jack gritou e caiu no chão, encolhendo-se, em posição fetal, sobre o asfalto e levando as mãos à cabeça.

– O único motivo de você ainda estar vivo, seu imbecil inútil – explicou Sampson em tom tranquilo, enquanto recolhia a espingarda –, é que alguém precisa dar uma carona a seu filho até em casa, e a mãe dele tem um compromisso em outro local. Portanto, faremos o seguinte: vou deixar o garoto sair do carro, e você – ele apontou a pistola na direção de Kate – e Wilson entrarão no veículo em seu lugar para sairmos daqui.

– De jeito nenhum – Paul retrucou.

– Não estamos negociando – Sampson respondeu em voz baixa. – Façam o que estou mandando.

– Sim – interveio Kate –, nós obedeceremos.

– Kate... – protestou Paul.

Mas ela sacudia a cabeça, discordando.

– Jack pode ficar com Vernon. Ele estará seguro. É isso o que importa.

– Mas ele vai nos matar.

Lágrimas escorriam dos olhos dela.

– Um dia você talvez seja pai, e então compreenderá – Kate disse.

– Na verdade, é extremamente improvável que você chegue a tanto, Wilson. Ainda assim, faça o que eu mandar – Sampson observou de forma quase entediada e com a pistola agora apontada para o peito de Paul.

Descartando outro cigarro, ele deu alguns passos de costas, em direção ao carro, e abriu a porta traseira. Jack saltou para fora e correu direto para os braços da mãe. Ela levantou o filho, abraçando-o com mais força do que nunca. Seu cheiro era tão bom, seu corpo tão quente junto ao dela...

– Mamãe, aquele homem estava fumando e machucou o papai – o menino falou.

Kate não conseguia conter o choro.

– O papai está bem, querido. Veja. Não há nada de errado. Foi só um galo na cabeça. Você vai com ele, agora.

Contorcendo o corpo, Jack tentou se soltar:

– Aonde você vai?

– Só vou dar uma volta.

– Com aquele homem? Eu odeio ele e o médico.

– Que médico?

Sampson interveio:

– Já chega. Coloque-o no chão e venha comigo. Agora.

– Mamãe!

Jack tentava se agarrar a ela, mas Kate teve que afastá-lo, apesar de todos os seus instintos pedirem o contrário.

A agonia do filho a dilacerava por dentro.

Ele começou a chorar, fungando as lágrimas naquele horrível pranto agudo, característico de quando ficava realmente transtornado. Ou talvez fosse ela quem estivesse fazendo o barulho. Não sabia dizer. Essa era a única saída, entretanto. Jack estaria bem com Vernon. E, na verdade, até então, o resultado fora melhor que o esperado. Kate havia imaginado que Sampson fosse matar a todos eles. Não tentava, no entanto, entender o que se passava. Haveria tempo para isso, ela esperava.

Ou quem sabe já estivesse morta dali a um minuto. Essa poderia ser, possivelmente, a última vez que veria seu filho.

Descer Jack do seu colo e afastar-se dele havia sido a coisa mais difícil que ela já fizera na vida.

Kate e Paul entraram no carro de Sampson e instalaram-se no banco traseiro. Este tomou o lugar do motorista, acomodando a espingarda junto aos pés, e partiu em alta velocidade, deixando Jack para trás. Pelo retrovisor, Kate observava o garoto aos prantos no estacionamento, agarrado a Vernon, ainda ajoelhado sobre o asfalto. Estava seguro, entretanto. Era isso o que importava.

– Aonde vamos? – ela perguntou com a voz mais tranquila do que era capaz.

Sampson, todavia, não respondeu. Ele simplesmente a encarou pelo espelho, até que ela se sentisse compelida a desviar o olhar. Paul tentou segurar-lhe a mão, mas Kate não queria que ele a tocasse; não naquele momento. Sentia como se nunca mais fosse querer que ninguém a tocasse.

Dez minutos mais tarde, depois de cruzarem uma alameda longa e escura, pararam ao lado de uma ampla casa branca.

"É aqui que tudo termina", Kate pensou.

Capítulo 41

Era 1h25, segundo o relógio do painel do carro. Kate lembrava-se de noites, antes do nascimento de Jack, quando não era raro que a encontrassem junto à bancada do laboratório naquele horário, ou mesmo mais tarde. Ela trabalhava até que erguesse os olhos e visse o sol raiando do lado de fora, o céu de um rosa delicado e a cidade tranquila, para além do reino abrigado da universidade. Aquele mundo e sua aurora pareciam tremendamente distantes agora.

Sampson desligou o carro e se virou para os dois passageiros. Parecia tenso, e Kate perguntou-se, antes de mais nada, por que o humor dele mudara desde o início da viagem. Em seguida, deu-se conta de que aquilo era muito estranho: pela primeira vez, via aquele sujeito demonstrar um sinal de emoção.

Seu corpo doía de pensar em Jack. Rezava para que o filho estivesse bem, para que Vernon cuidasse dele. Aonde iriam? Ele certamente esperaria o desenrolar dos acontecimentos, não levaria o menino imediatamente para os Estados Unidos. Talvez voltasse para a casa de Miranda ou, quem sabe, procurasse a polícia, agora que Jack estava em segurança. Queria ter tido uma chance de falar com Vernon depois que Sampson dera sua permissão para que Jack ficasse com ele. O celular estava em seu bolso. A mão coçava-lhe de vontade para enviar uma mensagem ao ex-marido. Conseguiria fazê-lo sem ser vista, entretanto? Talvez, quando entrassem na casa.

– Venham comigo – Sampson ordenou, recolhendo a espingarda vazia do assoalho do carro.

Kate sentiu-se subitamente muito feliz com sua decisão de remover as balas da arma.

Os três cruzaram um pátio, com o cascalho rangendo sob a sola de seus sapatos, até a entrada da envelhecida casa georgiana. Fora uma bela residência um dia, sem dúvida. Agora, entretanto, a tinta descascava nas molduras e soleiras das janelas, e uma grossa camada de poeira recobria a pintura envernizada da porta da frente. A hera escalava as paredes, e folhas secas e papéis de bala se acumulavam nos cantos da pequena varanda. Não havia outras construções à vista, com exceção de alguns galpões de fazendas, distantes no horizonte. Estavam sós.

Sampson pressionou um botão e se anunciou pelo interfone em um tom de voz baixo demais para que Kate conseguisse ouvi-lo. Ela e Paul se entreolharam. Havia um ar denso de tensão entre os dois.

A porta foi aberta por um jovem uniformizado de cabelos raspados, que fez um meneio com a cabeça para Sampson, antes de se recolher nas sombras.

Era um hall de entrada de uma típica residência inglesa de classe alta: madeira escura, lustres empoeirados e pinturas de homens com cães de caça adornando as paredes. O ambiente tinha cheiro de mofo, como um museu que raramente abria suas portas.

– Sigam-me – instruiu Sampson.

Eles atravessaram o hall com o segurança careca assumindo a retaguarda.

Sampson se deteve diante de uma porta de metal, que contrastava com o ambiente vetusto. O segurança tomou a frente, empunhando um telefone celular, e murmurou algumas palavras pelo aparelho. Quase de imediato, a porta se abriu, e Sampson fez sinal para que passassem.

Houve uma súbita queda na temperatura, e Kate notou que a iluminação se tornara mais forte. Estavam em um cômodo pequeno e sem mobília, com paredes metálicas e um zumbido de ar-condicionado. Era como uma virada em um sonho, quando subitamente nos vemos em uma nova paisagem sem qualquer conexão com a anterior. Sampson fechou a porta atrás deles, deixando o segurança do lado de fora, e outra passagem se abriu, no lado oposto da sala. Um homem de traços asiáticos entrou, vestindo um jaleco branco, e começou a fazer-lhes perguntas – "Se tinham viajado para o exterior recentemente, se já haviam sido contaminados por qualquer tipo de vírus..." –, mas Sampson ordenou-lhe que calasse a boca.

– Esses são os convidados especiais de Gaunt – explicou.

O asiático ergueu uma sobrancelha:

– Entendo.

– Onde ele está?

– No escritório. Acho que os aguarda.

O sujeito olhava de maneira desconcertada para Kate, como se ela fosse um espécime fascinante de que ouvira falar muito.

– Sigam-me.

John abriu a porta, revelando uma escada que descia para o que parecia ser o porão da casa. Era quase surreal demais para que fosse assustador, Kate pensava – quase, mas não o bastante. Ao mesmo tempo, todavia, ela sentia uma pontada involuntária de excitação – naquele momento, certamente encontrava-se mais próxima que nunca da verdade. Então, segurou a mão de Paul e apertou-a. Ele visivelmente tentava manter a coragem. Sob a aparência, entretanto, estava tão nervoso quanto ela.

No pé da escada, viram-se em um corredor longo e iluminado, tão limpo quanto a parte superior da casa era suja. Seguiram Sampson. Havia vários cômodos à direita e à esquerda, com janelas que revelavam beliches sem colchões e roupas de cama. Aqueles quartos vazios tinham uma aura sinistra. Pareciam, para Kate, alojamentos de um hospital psiquiátrico onde os pacientes tivessem morrido. Ou, quem sabe, fossem simplesmente os lugares onde os habitantes daquele estranho lugar dormissem quando viravam as noites trabalhando.

Sampson bateu em uma porta ao final do corredor.

Capítulo 42

Harley observava Dragan Popovic através do vidro espelhado que transformava a sala de interrogatórios em uma espécie de show televisivo. O sérvio sentava-se ereto, com um sorriso disfarçado no canto dos lábios – o sorriso que fazia o agente querer espancá-lo.

Harley entrou na sala e se sentou de frente para Popovic, que seguia ostentando aquele maldito sorriso. Essa seria uma conversa reservada – sem gravações, nem testemunhas.

– Quero saber sobre o médico – informou-o. – As mulheres que você mantinha em cativeiro chamavam-no de dr. Mengele.

– Posso fumar um cigarro agora? – Dragan perguntou, em um inglês perfeito com um leve sotaque.

– Não é permitido fumar neste prédio – o agente respondeu.

– Mas, sr. Harley, para mim é difícil raciocinar sem nicotina.

Harley se debruçou sobre a mesa, olhando fundo nos olhos do sérvio:

– Você entende o que acontecerá com você, não entende? Será extraditado para a Haia e acusado de crimes de guerra. Seria uma ótima ideia que começasse a pensar. Sem nicotina.

Popovic se recostou na cadeira e inclinou a cabeça de lado:

– Se eu lhe der essa informação, o senhor me ajuda?

O agente secreto não piscava:

– Farei tudo o que estiver ao meu alcance.

– Por que o senhor quer saber sobre o médico?

– Não me trate como um idiota, Dragan. Sabemos que pelo menos uma das mulheres que você trouxe para o Reino Unido foi levada por esse médico. Há uma garotinha se perguntando o que aconteceu com a mãe. Quero saber quem ele é e o que aconteceu com Slavna.

Popovic riu:

– Emoções, sr. Harley, certamente não são muito úteis em sua área de trabalho...

Em um bote, o braço do agente se estendeu, agarrou Dragan pelo colarinho e o puxou sobre a mesa até que o rosto dos dois estivesse praticamente colado.

– Chega de besteiras, Dragan. Fale do médico.

Ele soltou o sérvio e esperou. Por fim, Popovic assentiu:

– O.k., o.k., mas não quero ir para a Haia. Podemos chegar a um acordo? Cumpro minha pena na Inglaterra, em uma prisão inglesa. Slavna não foi a única mulher que o médico levou. Houve cinco nos últimos cinco anos. Conto o que sei, mas só se fizermos um acordo. Pode ser?

Harley hesitava:

– Sim, podemos fazer um acordo.

– Isso é maravilhoso – o sérvio sorriu. – Bem... o médico. Não sei o nome dele. Só o chamávamos de doutor.

– Por que o chamavam assim?

Popovic encarava Harley como se fosse estúpido.

– Porque é um médico. Fazia perguntas como um médico, examinava as garotas, antes de aceitá-las, certificava-se de que elas estivessem saudáveis. Certa vez, um dos rapazes estava resfriado, e o doutor conversou com ele, fez um diagnóstico e prescreveu uma medicação. De tantos em tantos meses, ele me ligava e pedia uma garota. Negociávamos um preço e então fazíamos a transação. Ele pagava muito bem.

– Para que precisava das mulheres?

Dragan encolheu os ombros:

– Nunca perguntei. Para fazer faxina, talvez?

– Você está testando minha paciência novamente. Preciso de mais informações. Ele buscava as mulheres?

– Não, eu as entregava.

Harley sentiu uma bolha de excitação crescendo em seu estômago. Por fim, chegavam a algum lugar.

– E espero que você não vá me dizer que não se lembra do endereço.

– Não, sr. Harley. Eu me lembro. Posso lhe dar o endereço. O senhor vai me ajudar? Posso cumprir minha pena em uma prisão inglesa?

– Isso mesmo – mentiu o agente do MI6.

Duas horas depois, ele estava no escritório de seu superior, sir Terence Brann, transmitindo a informação fornecida por Popovic. Ele não contou ao chefe que Dragan acreditava que não seria mais extraditado.

– Verificamos o endereço fornecido por Popovic, e esse nome surgiu. Temos um arquivo confidencial sobre ele – estendeu um papel para sir Terence.

As sobrancelhas do ancião arquearam.

– O senhor o conhece? – Harley perguntou.

Brann esfregava o queixo com a mão:

– Sim... embora não tenha visto ou ouvido falar desse nome há muito tempo... desde a década de 1990. No que está metido?

O agente explicou seu plano – que precisava de uma equipe, que demandaria reforços. O superior ouviu atentamente e, ao final, consentiu.

– Muito bem – disse. – Confesso que estava prestes a retirá-lo da operação e passá-la integralmente à SOCA, para deixá-los resolver isso. Tráfico de pessoas não é o nosso negócio. Mas, se Gaunt estiver envolvido, quero que você continue até que consigamos descobrir o que ele anda aprontando.

Brann estudou novamente o papel que tinha à sua frente e sorriu para si mesmo:

– Então... Gaunt. Acho que já era a hora de você sair da geladeira – ele riu –, com perdão do trocadilho.

Capítulo 43

A porta foi aberta por um sujeito magro, com um sorriso que exibia dentes amarelos. Quando ele falou, uma onda de mau hálito quase fez Kate vomitar. Ou, quem sabe, não fosse só o cheiro que a fizesse ficar daquele jeito, mas a memória. Ela o conhecia. Era o homem que vira no bosque, e que também lhe aplicara a injeção após o incêndio. Outras memórias emergiram. Ele havia estado no hospital, enquanto Kate se recobrava. Dr. Gaunt, o Doutor Morte.

O sujeito lambeu os lábios secos com a ponta da língua.

– Srta. Carling – disse –, é encantador vê-la novamente. Ou deveria chamá-la de dra. Maddox? – ele se virou para Paul. – Você se parece tanto com seu irmão. Bem..."se parecia" provavelmente soaria mais apropriado. Gaunt soltou uma risada, e Paul. avançou sobre ele, mas Sampson foi mais rápido e o conteve empurrando-o para dentro do escritório.

– Talvez eu devesse matá-lo de uma vez – Sampson sugeriu friamente.

– Talvez... – o dr. Gaunt refletia –, mas ainda não. Haverá bastante para isso mais tarde. Correu tudo bem com o menino?

– Sim, o pai está com ele.

– Ótimo – Gaunt esfregava as mãos finas.

Ele se sentou atrás da escrivaninha e ergueu um pequeno colar com relicário. Enquanto falava, os dedos brincavam com o objeto.

– É realmente fascinante vê-la outra vez, Kate. Da última vez que nos encontramos, você estava animada com a perspectiva de uma nova vida nos Estados Unidos. E parece que se saiu muito bem por lá.

Acompanhava seu progresso de tempos em tempos. Pedi a meu contato que ficasse de olho. Você me deve uma por tudo o que lhe arranjei por lá – ele suspirou. – Por que jogar tudo fora com essa decisão de voltar para a Inglaterra?

Kate sentia-se enjoada. Teria toda a sua vida sido direcionada por aquelas pessoas?

– Não devo nada a você.

– Ah, deve sim. Na verdade, deve quase tudo a Leonard Bainbridge. Ele tinha esse péssimo sentimentalismo. Embora, para ser justo, caiba dizer que a decisão de ajudá-la a entrar em Harvard para continuar seus estudos tenha sido bastante pragmática. Ele imaginou, e eu concordei, que você nos poderia ser útil algum dia. Suponho que esse dia tenha chegado.

– Do que está falando?

Gaunt ostentava um sorriso que evidentemente lhe parecia enigmático.

– Você apagou a memória dela – disse Paul.

O médico reagiu com certa surpresa:

– Vocês sabem disso?

– Sim – respondeu Kate. – Você usou algo chamado "técnica Pimenov".

– Andaram investigando, então? É verdade, só que nunca completamos o processo de forma adequada.

Ao longo da conversa toda, Kate se dava conta de que Sampson a observava atentamente, encarando-a de um jeito que lhe causava calafrios. Ela se virou para avaliá-lo e, chocada, constatou uma expressão que reconhecia: desejo. Ele se imaginava fazendo sexo com ela. O pensamento fez cada parte sua gritar de terror. Era para isso que a haviam levado até ali? Para que aquele homem pudesse estuprá-la e matá-la? Pela primeira vez, desde que haviam chegado ao escritório de Gaunt, sentiu-se apavorada. Não obstante, ainda conseguiu falar:

– É isso o que farão agora? Terminar o serviço? Apagar de forma adequada minha memória?

Gaunt sorriu.

– Não é necessário – ele se reclinou na cadeira. – Algo foi posto em marcha hoje à noite. Eventos que não podem ser detidos.

– Do que você está falando?

– Fico pensando... quando você teve seu filho... É Jack o nome dele, não é? Eu me pergunto se você imaginava um futuro brilhante para ele. Um cientista, como você, quem sabe... Suponho que o pai o tenha imaginado como um jogador famoso de beisebol, um atleta de sucesso, uma estrela.

Ele entrelaçou os dedos ossudos, como alguém que acabasse de concluir uma boa refeição.

– Jack ficará famoso. Isso é certo. O garotinho que mudou o mundo.

Em uma onda de pavor, que lhe deixou com olhos cheios de água e a boca amarga, pelo gosto da bile, Kate se deu conta do que ele dizia:

– Você inoculou um vírus em Jack – ela se segurou a uma cadeira para não desmaiar.

Gaunt fez um gesto de desdém:

– Não foi qualquer vírus. Esse é o *créme de la créme* dos vírus. Pandora, a culminação de muitos anos de trabalho. Há mais de 20 anos venho perseguindo isso.

Uma veia pulsou na testa do médico e seus olhos brilharam de excitação.

Ele tocou o teclado de seu PC, e a tela se acendeu. No monitor, girava lentamente uma representação em três dimensões do vírus. Kate não conseguiu deixar de se interessar. Ela se inclinou para a frente, para poder enxergar melhor. Como Gaunt, reverenciava os vírus e se sentia fascinada por eles. Diferentemente do médico, entretanto, não via beleza naqueles seres. Eles eram o inimigo. Passara toda a vida, não somente estudando-os, mas combatendo-os – vírus como os que haviam matado seus pais. Muitas vezes, quando meditava diante de tubos de ensaio, sentia aquilo como uma cruzada muito pessoal.

– É perfeito, não? – disse o dr. Gaunt.

– É um vírus de influenza – Kate sabia aquilo instantaneamente.

– Como você sabe? – inquiriu Paul.

– Vê aquilo? – ela apontava, sem forças, para o envelope do vírus, com as pontas peludas de hemaglutinina. – São as proteínas "H". E aquelas coisas, na borda do vírus, são as enzimas, a neuraminidase, o "N". Cada tipo de vírus de influenza tem a própria combinação de H e N. Por isso é que o da gripe suína é o H1N1, o da gripe aviária, H5N1, e assim por diante.

"Jack, oh, Jack", ela pensava.

– Sim, em essência, trata-se de um vírus de influenza – disse o dr. Gaunt. – Foi desenhado, entretanto, para ser único. É absolutamente novo, de maneira que ninguém no mundo tem resistência a ele. E é incrivelmente forte. Inunda o corpo como uma tromba d'água, provocando dores de cabeça intensas, ataques de tosse, alucinações e todos os sintomas desagradáveis da gripe multiplicados por dez e somados a sangramentos nos ouvidos, olhos e derme. Ele mata ao inundar os pulmões e causar cianose, privando o sangue de oxigênio e deixando as pessoas azuis. Basicamente, a pessoa se afoga por dentro.

Seu tom era o de quem descrevia um fenômeno natural interessante, como os hábitos reprodutivos de uma espécie exótica.

– A gripe espanhola, outro vírus H1N1, como sabemos hoje, ao varrer o mundo, após a Primeira Guerra Mundial, matou uma em cada 20 pessoas contaminadas. Bastante impressionante. Pandora matará 18 em cada 20, em uma estimativa conservadora.

– E você acaba de infectar meu filho, o meu Jack... – a garganta de Kate estava tão apertada que as palavras mal saíam.

À medida que a enormidade de tudo aquilo a atingia, ela achou que fosse vomitar.

Gaunt a olhava de forma indiferente, como se Kate nem houvesse falado.

– Um dos aspectos mais notáveis do vírus, uma pequena característica que tomamos emprestada de alguns de nossos amigos asiáticos, reside no seu período de incubação de 15 horas, antes de se tornar contagioso. Isso nos permite transportar os portadores para onde queremos, sem nunca nos expormos a riscos. Sabemos que seu ex-marido planeja sair do país com Jack, porque rumou direto para o aeroporto após tomá-lo de sua irmã. Felizmente, Sampson conseguiu detê-los. Dessa vez, não queremos impedi-lo.

– Quando você infectou Jack? – a voz de Kate estava trêmula.

O médico checou o relógio:

– Há 11 horas.

– Existe um... um antídoto?

Ele sorria:

– Ah, sim, nós o desenvolvemos em paralelo. Não obstante, para ter certeza do efeito, é preciso receber o antivírus durante o período de incubação. Não faz sentido, entretanto, ter esperanças com relação a Jack. Já é tarde demais para ele e para seu ex-marido. Ambos morrerão. Jack é só mais uma criança. Não tem importância no esquema maior das...

Kate tomou o colar de metal que Gaunt tinha nas mãos e pulou sobre a escrivaninha, deslizando sobre ela com os joelhos e se precipitando sobre o médico. Os dois caíram no chão. Enquanto ele tentava se levantar, Kate passou a corrente ao redor do pescoço dele. Segurando-a pelo medalhão, ela a apertou, torcendo para que o metal não se rompesse.

– Diga-me onde está o antídoto.

Gaunt ficava sem ar.

– Sampson!

Paul tentou bloquear o caminho, mas Sampson desferiu-lhe um soco no estômago, fazendo com que se dobrasse, e então o empurrou. Ele agarrou a escrivaninha e a removeu do caminho, atirando-a do outro lado da sala, com se fosse feita de compensado, e não de carvalho. Kate torcia ainda mais o colar, firme no propósito de sufocar aquele monstro até a morte, aquele homenzinho doente que desafiava tudo em que ela acreditava, que descrevera Jack, seu precioso Jack, como "só mais uma criança".

Se o que Gaunt dizia fosse verdade – e ela não conseguisse ter acesso ao antídoto e sair dali nas próximas três horas e meia –, aquele homem teria assassinado seu filho. Kate cingiu ainda mais a corrente, fazendo-o engasgar.

Mãos fortes seguraram seus pulsos, entretanto. Sampson apertava-os, e a dor a fez afrouxar a corrente. Gaunt se libertou, passando a mão na garganta e arfando. Sampson a segurava com força, prendendo-lhe os braços ao lado do corpo.

O médico ficou em pé:

– Coloque-os em uma cela. Celas separadas – ordenou. Com a mão trêmula, apontava para a cientista – Você verá seu filho muito em breve, Kate. Deixarei que segure o corpo dele.

Capítulo 45

Sentada sobre o beliche nu de um dos quartos vazios que vira ao entrar, Kate tentava controlar seus pensamentos, impedindo que disparassem em todas as direções. Seus pulsos ainda doíam onde Sampson os apertara. Essa era, entretanto, a menor de suas preocupações. A cada dez segundos, ela verificava o relógio. Cada momento que passava era uma agonia. Jack, oh, meu bebê. Ela tinha que sair dali e conseguir o antídoto.

De súbito, lembrou-se do celular. Certificando-se de que ninguém a observava pela janela, Kate tirou-o do bolso. Que descuido não o terem tomado! Logo, entretanto, ela se deu conta do porquê dessa despreocupação: não havia sinal no subsolo do porão – "Sem cobertura de rede".

Queria deitar-se na cama, para dormir, acordar e descobrir que tudo não passara de um pesadelo. Por dentro, entretanto, estava mais desperta do que nunca. Ela esmurrou a porta e gritou. Sua voz ecoava pelo pequeno cômodo.

Havia ainda tantas perguntas sem respostas. Por que Gaunt estava fazendo aquilo? O que esperava ganhar espalhando um vírus fatal? Não parecia levar aquilo a cabo por razões políticas ou ideológicas, tampouco parecia uma fanático religioso. Seria por dinheiro? E, nesse caso, como planejava faturar? Teria ele algum tipo de rancor contra o mundo guardado desde a infância? Ou seria simplesmente louco? Seria tudo mesmo tão simples assim?

Outras perguntas davam voltas na mente de Kate: por que Sampson levara os dois até ali em vez de simplesmente matá-los no estacionamento? Além disso, ainda não compreendia o que se passara 16 anos antes na UPR. O que exatamente ela descobrira antes de apagarem sua memória? E como isso estava relacionado com as mortes de Stephen e Sarah? O que Stephen tentara dizer naquela carta?

Tantas questões. Contudo, trocaria alegremente as respostas para todas elas pela vida de Jack. Só aquilo importava naquele momento. Faria qualquer coisa.

Antes, todavia, que pudesse detalhar o que significava "qualquer coisa", a porta se abriu e Gaunt entrou em sua cela, seguido de perto por Sampson.

Ela se levantou, mas ele apontou para que se sentasse novamente na cama. Hesitante, Kate obedeceu. Gaunt se acomodou ao lado dela, com poucos centímetros separando-os. A proximidade lhe provocava arrepios.

– Então – ele começou –, está pronta para pedir desculpas?

Kate não acreditava no que ouvia.

– Você quer que eu me desculpe? Você está...

– O quê? Vai me chamar de louco outra vez? – Gaunt falava com uma voz suave, como a de um médico que tranquiliza, à cabeceira, um paciente com câncer. – Não sou louco, Kate. Sou um homem racional. Assim como você, dediquei minha vida à ciência, à busca pela verdade.

– Você não se parece em nada comigo, nada mesmo. Você quer matar pessoas, eu quero salvá-las.

Ela apontou com a cabeça para Sampson, à espreita, junto à porta, vigiando-a com os olhos vazios.

– Você não quer apenas matar pessoas. Você envia esse robô em seu lugar. Eu o vi matar a esposa de Leonard Bainbridge. A viúva de seu antigo colega! Como pôde concordar com isso?

– Foi uma infelicidade. Ela atravessou nosso caminho.

Apesar da repugnância que sentia por ele, Kate se inclinou para a frente:

– Por favor, eu imploro. Não deixe Jack morrer. Você pode salvá-lo. Demonstre alguma piedade. Isso certamente seria um ato racional.

Gaunt ergueu uma sobrancelha e a coçou, raciocinando sobre o que ela dizia:

– Piedade? Racional? Você realmente acha isso? É evidente que a piedade é uma resposta emocional, muito distante de qualquer racionalidade.

Sentindo que ele desperdiçaria ainda mais minutos preciosos refletindo sobre o assunto, Kate repetiu:

– Só o salve, por favor.

O médico olhou para o capanga.

– Ela está implorando, Sampson. Tão vulgar! Estou começando a perder meu respeito – ele tornou a encarar Kate. – Tudo poderia ter sido diferente. Poderíamos ter trabalhado juntos. Você, eu...

Gaunt sorriu para si mesmo antes de prosseguir:

– Acompanhei você ao longo dos anos, Kate. Li os artigos que publicou. Um velho amigo, o professor Scott, ficou de olho e nos informou sobre suas saídas do país. Ele sempre falou muito bem de você.

– Oh, meu Deus – ela redarguiu –, o professor Scott?

O tal professor havia sido seu mentor em Harvard, um homem em quem ela confiava.

– Sim, e fiquei bastante impressionado. Você compreende os vírus, sabe como eles funcionam, como pensam... Sim, sim, sei que vírus não pensam de fato, mas você sabe como agem. Você os respeita, não?

Gaunt tinha razão. Kate assentiu, mas queria que ele se apressasse. O tempo acelerava, como em um daqueles filmes com cenas em alta velocidade, nos quais as flores se abrem e as nuvens cruzam o céu com rapidez.

– Você me lembra Leonard, em muitos sentidos. Uma boa cientista, mas de ambições limitadas, tolhida pela moralidade, pela irracionalidade, pela emoção. Você também me lembra seu pai.

– Você conheceu meu pai? – assim que pronunciou tais palavras, Kate desejou que tivesse se mantido calada; era mais tempo jogado fora.

"Jack!" – sua mente gritava, e ela mal ouvia a resposta de Gaunt.

– Rapidamente, na década de 1970. Leonard nos apresentou. Tivemos um debate muito interessante sobre a relação entre ética e ciência. Seu pai defendia que a ciência nunca deveria se afastar da moralidade, que os cientistas têm o dever de refletir sobre o que é certo em tudo o que fazem. Tivemos uma enorme discussão sobre armas nucleares. Os cientistas que primeiro descobriram como aproveitar o poder da fissão nuclear erraram ao dar mais um passo em suas descobertas? Ele achava que sim. Eu disse que sua ideia era ridícula.

Em seu canto, Sampson seguia impávido. Kate, entretanto, sentia certa tensão sob aquela aparência imperturbável.

– Minha opinião é a de que os cientistas têm o dever de seguir suas descobertas aonde quer que elas levem. A chave é a busca pelo conhecimento, pela revelação do novo. Então, deveríamos banir as pesquisas só porque todos esses idiotas ficam mugindo impropérios sobre a pesquisa genética e com células-tronco e tratamentos de fertilidade, inteligência artificial, clonagem, e assim por diante? Elas são moralmente erradas? Aonde a ciência nos leva? Que tédio! Eu digo: se o ser humano consegue fazer algo, deve fazê-lo. É para isso que existimos, para moldar o mundo da forma que estiver ao nosso alcance.

Kate ouvia, ainda torcendo para que Gaunt chegasse logo ao ponto. Já não ousava interrompê-lo, todavia.

"Cale a boca, cale a boca, cale a boca", repetia silenciosamente.

Ele continuava:

– O que nos traz à minha pesquisa. Quando a Unidade de Pesquisa de Resfriados foi criada, o objetivo era simples: encontrar uma cura para o resfriado comum. Se tivessem êxito, muita gente ficaria chateada. Imagine os bilhões que as companhias ganham vendendo medicamentos... Quando fui trabalhar lá, entretanto, 25 anos atrás e quase 30 anos depois do início das pesquisas, ainda estavam muito distantes de encontrar uma resposta. Parecia-me óbvio que não chegariam à parte alguma. No entanto, era um lugar tão acolhedor, com seus recursos públicos e seus voluntários. Os cientistas que trabalhavam ali agiam, por boa parte do tempo, como se tivessem, eles mesmos, resfriados; sempre entupidos e com falta de ar.

O médico molhou os lábios.

– Era, não obstante, o local perfeito para trabalhar naquilo que realmente me interessava. Durante a Segunda Guerra Mundial, os nazistas e os japoneses desenvolveram muitos trabalhos interessantes com vírus e bactérias. Os americanos fizeram alguns acordos após a Guerra para se apossarem desse conhecimento. Um conjunto de eminentes cientistas nazistas e japoneses comprou a própria liberdade e vida trabalhando para os americanos. Na Inglaterra, não foi diferente. Eu deveria dizer que, nas décadas de 1950 e 1960, trabalhei para o Ministério da Defesa. Passei algum tempo na Alemanha, na Rússia e na China. Conheci esses grandes cientistas, documentei suas descobertas e encontrei muita gente que pensava como eu, pessoas que sabiam apreciar a beleza de uma grande doença e da elaborada pesquisa para descobrir como nos aproveitarmos desses vírus e bactérias e utilizá-los.

– Para matar pessoas...

– Não apenas isso, mas, sim, também havia fins bélicos envolvidos. A maior parte, entretanto, tinha a ver com o desafio intelectual. É excitante ver o surgimento de uma nova cepa de gripe ou de um vírus totalmente novo; entender quais serão precisamente os efeitos desses organismos e como operam... Bem, não preciso dizer quanto isso é estimulante. Tornei-me parte de uma rede de microbiólogos ao redor do mundo apaixonados por vírus. Há pessoas que colecionam borboletas, outras que estudam estrelas. Nós amamos os vírus.

Gaunt ergueu os olhos e sua expressão deixou Kate gelada. Se os olhos eram a janela da alma, ela perscrutava um local onde emoções calorosas haviam morrido – em lugar de gentileza, compaixão, empatia, somente a lógica fria e a crueldade. Ele era pior que Sampson. Gaunt era, ele mesmo, como um vírus – fazia porque estava ao seu alcance –, infectando pessoas e destruindo incessantemente sem refletir. A proximidade dele abalava-a fisicamente.

– Portanto, sim, a UPR propiciava o ambiente ideal; o disfarce perfeito, se preferir. Enquanto Leonard cuidava da parte administrativa – ele cuspiu aquelas palavras com desdém –, eu supervisionava os laboratórios e recrutava pessoas que pensavam de forma semelhante, jovens cansados das restrições impostas pela ética, por regras e regulamentos. No meu laboratório, o mundo era sua ostra. Queríamos ser os melhores.

– Você fala da ciência como se fosse uma competição – Kate se manifestou.

– E você acha que não é? Que dissimulado de sua parte... É claro que se trata de uma competição, um delicioso jogo intelectual. Havia pessoas como nós ao redor de todo o mundo, pequenas células de cientistas empenhadas em uma competição secreta para criar os melhores vírus e doenças. Tivemos acesso às descobertas de todos aqueles cientistas de guerra, homens brilhantes que tinham liberdade para fazer o que queriam; todos eles, escravos da experimentação, sem ninguém para detê-los. Que lindo! Trabalhávamos em laboratórios financiados por governos, bem embaixo do nariz das autoridades; nos Estados Unidos, África do Sul, na China e no Japão, na Rússia e na Alemanha Ocidental. Alguns dos vírus mais impressionantes do mundo foram criados nesses laboratórios, como o HIV. Morremos de ciúmes quando ele apareceu.

Gaunt suspirou:

– Após o fechamento da UPR, nós nos mudamos para cá. Desde então, um sem-número de vírus incríveis foi criado por nossos rivais na Ásia; a SARS, por exemplo – outro suspiro. – Por um longo tempo, nossa célula, a célula britânica, foi vista pelos demais como algo de segunda linha, um primo pobre. Não produzimos nada de impressionante durante anos. Devo confessar que não realizamos nada realmente inovador na UPR. O maldito Leonard me segurava. Com a saída de lá, entretanto, tudo melhorou. Já não precisávamos disfarçar. Não há ninguém a quem devamos satisfação. Não há risco de que voluntários bisbilhoteiros nos surpreendam – ele olhou para Kate ao dizer aquilo. – Além disso, temos um ou dois gênios trabalhando aqui, e os avanços tecnológicos na última década tornaram tudo incomensuravelmente mais fácil. E agora nossa obra-prima ficou pronta, aquela que vai empalidecer a aids e a SARS. Não seremos mais o primo pobre. Teremos vencido. Criamos o vírus mais terrível que o mundo jamais viu. Cientistas ao redor do planeta nos reverenciarão. Reverenciarão a mim. Serei um herói.

Kate estava boquiaberta. As palavras de Gaunt chegavam em meio a uma névoa de terror.

– Então é isso no final das contas? Vencer uma competição? Você está disposto a matar milhões de pessoas para ser bem visto aos olhos de seus pares igualmente pervertidos? Não posso acreditar.

Gaunt sacudia a cabeça, como se Kate o deixasse muito triste.

– Oh, Kate, eu achava que você compreenderia. Você é uma cientista. Sabe quanto é excitante ver as próprias palavras publicadas, tornar-se conhecido e respeitado por aqueles a quem admira. Não me diga que não.

– Mas a ciência tem que ser usada para o bem. Isso é insano.

– Ah, estamos começando a dar voltas. Isso me entedia. Eu fantasiava que você poderia vir trabalhar aqui. Tinha planos de trazê-la para cá, mas Leonard insistiu em mandá-la para os Estados Unidos, para deixá-la em segurança. Não havia nada que eu pudesse fazer. Ele sequer sabia que este lugar existia. Era complicado demais, portanto, preferi deixar que partisse. Você não fez falta, no fim das contas.

A imagem do rosto doce de Jack veio-lhe à mente. Onde ele e Vernon estariam naquele momento? Queria que Gaunt se calasse e explicasse porque a levara até ali, mas ele prosseguia.

– Você quase nos expôs na UPR, sabia? Eu sempre dizia a Leonard que não queria cientistas ou estudantes de ciência no centro, mas ele estupidamente permitiu que você fosse.

– Leonard sabia tudo o que acontecia lá?

– Quase tudo, é claro. Ele achava, entretanto, que fazíamos aquilo para o bem do país. Era um patriota e seguia as ordens que recebia.

Kate piscou:

– Não entendo.

– Não importa. Como dizia, você quase descobriu o que se passava. Stephen, devo acrescentar, não tinha sido contratado por mim. Leonard o havia levado para cuidar dos voluntários e realizar o trabalho inferior de experimentos relacionados a resfriados, ainda que sua capacidade fosse muito superior àquilo. Bem, ele a acompanhou em um tour pelo laboratório, lembra-se? Isso aconteceu depois de você ouvir uma conversa minha com um colega alemão no bosque. Extraímos tudo de você quando estava no hospital. Você era curiosa e suspeitava de que nem tudo ali era o que parecia. Quando bisbilhotou pelo laboratório, encontrou um relatório que descrevia um vírus em que trabalhávamos à época. Você tentou persuadir Stephen de que havia algo errado, pois aquele não era um vírus comum, mas ele se recusou a acreditar. Amava a UPR. Seu namoradinho adorava Leonard e não era capaz de considerar a possibilidade de que algo ali estivesse... corrompido.

Enquanto Gaunt falava, Kate teve alguns lampejos de memória da visita ao laboratório, de uma discussão com Stephen, de uma partida intempestiva de seu apartamento. Ela o havia persuadido a permitir que ela voltasse para uma segunda estadia.

O erro fatal.

As barreiras erguidas ao redor de sua memória, por Gaunt e seus partidários, quando ela se encontrava no hospital, desmoronaram, e as imagens, sons e cheiros – a alegria e a dor – invadiram-na, preencheram-na e quase a derrubaram em um turbilhão caleidoscópico – a pele de Stephen, clara sob a luz da janela de seu quarto, o brilho artificial do laboratório, o cheiro da grama no verão do lado de fora do Centro, a briga com Sarah, apaixonada por Stephen e com inveja da relação entre ele e Kate, o terror do incêndio, com a fumaça invadindo os corredores...

– Sampson, que eu empregara no centro, como segurança, ouviu uma conversa entre Stephen e você, certa tarde. Você tentava convencê-lo a deixá-la entrar novamente no laboratório para investigar. Ele imediatamente me relatou a cena. Decidi que precisávamos silenciá-la. Era perigosa demais. O vírus em que trabalhávamos na época era uma variante do Watoto. Não era especificamente sofisticado, nem se encontrava pronto, mas era fatal. Você acreditou que a havíamos infectado com um resfriado. Na verdade, recebera esse vírus. Tínhamos que nos livrar de você. Você já bisbilhotara demais. Em um erro burocrático estúpido de nossa parte, pois não verificamos seu registro médico, só viemos a saber depois que já havia tido uma infecção por Watoto na infância e que sobrevivera. Você era imune. Sim, você ficou doente, mas não morreria. Stephen não sabia que doença lhe havíamos inoculado. Ao ver quanto tinha ficado enferma, ele se assustou e decidiu também investigar; entrou à noite no laboratório, a mesma do incêndio, verificou seus registros e descobriu o que fizéramos com você. Imagine seu pavor ao se dar conta de que sua namorada não apenas estava certa com relação a seu local de trabalho, o lugar que amava, mas que fora infectada com um vírus letal. Ele ficou louco... Sampson, você quer continuar?

O capanga reagiu como um computador sendo reinicializado após um longo período de hibernação.

– Eu fazia minha ronda, quando vi Wilson no laboratório. Ele se apossara do antídoto para o Watoto que estava no refrigerador e ia levá-lo para você. Primeiro, entretanto, tentou queimar o laboratório. Com um bico de Bunsen, percorria o salão, ateando fogo à papelada; despejou algumas substâncias químicas no chão e jogava papéis incendiados sobre elas. Foi quando cheguei. Nós lutamos. Ele era fraco, porém estava raivoso e desesperado. Eu o imobilizei, mas já era tarde para deter o incêndio. Estava fora de controle.

Kate não conseguia acreditar. O incêndio havia sido iniciado por Stephen.

– E você saiu e o deixou lá para morrer? – ela engasgava.

– Tenho algo para lhe mostrar – interveio o médico. – Sampson, busque o namorado da dra. Maddox. Não queremos que ele perca a diversão, não é mesmo?

Capítulo 45

– Quero a mamãe – Jack choramingava incoerente, em meio a sua angústia e confusão, e batia os pés contra o painel do carro.

– Chega, Jack! – Vernon exortou-o, soando mais bravo do que pretendia.

O garoto se retraiu, mas seus soluços eram tão doloridos que o pai parou à margem da rua deserta, enquanto lutava para trocar as marchas, porque a cabeça latejava horrivelmente.

Estavam a poucos quilômetros de distância de Blackmarsh, mas ele não fazia a menor ideia de sua localização. Tampouco conseguia pensar no que fazer. O único ponto positivo da situação era ter Jack consigo e, igualmente importante, com seu passaporte guardado e em segurança dentro da mala. Tinha um carro para levá-los ao aeroporto e podia deixar o país livremente, se quisesse.

Bem, quase livremente. O que diabos deveria fazer a respeito de Kate? Era um estorvo. Sua vida seria bem mais fácil sem ela por perto – Vernon supunha que Sampson não os tivesse levado para um passeio no parque –, mas era a mãe de Jack.

Ele olhou para o filho inconsolável e lhe acariciou, com força, o cabelo.

– Vamos, camarada – disse Vernon em um tom que, esperava, soasse conciliador. – Tenho certeza de que a mamãe está bem. Paul cuidará dela. Ainda que, posso apostar, seja ela quem tenha que acabar cuidando dele, no final!

A piada ruim não ajudou a conter a onda de histeria. Com um

pesado suspiro, Vernon soltou seu cinto de segurança e se inclinou para abraçar Jack.

– Preciso que você me ajude, amigão – ele disse, tentando uma estratégia diferente. – Acho que aquele homem mau levou a mamãe para o mesmo local para onde levou você. Preciso que você seja um garoto muito corajoso e me conte tudo o que consegue se lembrar daquele lugar. Você pode fazer isso?

Nos braços do pai, Jack começou a se acalmar.

– Você vai ligar para o 911, papai? – perguntou.

– Bem, eu ligaria, mas a bateria do meu celular acabou, e não tenho um carregador para conectá-lo ao isqueiro do carro. Precisamos, então, procurar por uma cabine vermelha de telefone, se é que ainda existem. Ou, quem sabe, uma pessoa gentil nos empreste um telefone. Vamos tentar achar alguém que pareça amigável?

Vernon sentiu o filho mexer a cabeça concordando.

– Bom garoto. Você é sempre meu parceiro, não é? Então, como era esse lugar?

– Era uma casa grande sem nenhuma outra ao redor – Jack sussurrou ainda trêmulo. – Tinha uma parte embaixo sem nenhuma janela, como no Scooby Doo.

Vernon franziu o cenho, tentando decifrar o processo de pensamento do filho.

– Você quer dizer algo como um porão?

Jack assentiu com a cabeça novamente.

– Isso. Lá embaixo parecia um hospital, mas, em cima, uma casa normal. Acho que a parte de baixo é secreta, como uma prisão.

– Como assim parecia um hospital?

O menino encolheu os ombros e deu uma fungada forte.

– Havia camas em alguns dos quartos, e eu tive que conversar com uma mulher em um deles. Ela estava doente em uma cama. A porta dela ficava trancada, porque acho que era um fantasma mau que fugiria, se estivesse aberta. Mas ela estava bem doente. Acho que não precisavam trancar a porta.

– Você visitou essa moça doente? – Vernon sentiu os dedos gelados do pânico apertando seu coração.

– Sim, ela estava triste. Pena que Billy não estava comigo para ajudar a animá-la. Acho que queria a mãe dela também.

A voz de Jack começou a diminuir, e Vernon o abraçou com mais força.

"Caramba!", pensava, o que diabos teria acontecido naquele lugar? As possibilidades cruzavam sua mente em um ritmo frenético: seria a mesma unidade de pesquisas onde Kate estivera? Não, ela fora queimada, segundo sua ex-mulher. E, de qualquer forma, tinha uma vaga lembrança de que aquele lugar ficava próximo a Stonehenge.

– Papai, eu estou cansado.

– Aposto que sim, filho. Já passou faz tempo da hora de ir para a cama. Por que você não passa para o banco de trás e tira um cochilo? Vamos direto para o aeroporto pegar um avião e adivinhe o quê? Amanhã estaremos em casa. Quem sabe, amanhã mesmo você não possa encontrar seu amigo Tyler, se ele puder.

Enquanto dizia aquilo, Vernon já se sentia culpado. Não podiam de fato ir para casa, podiam? Se Kate conseguisse escapar, a polícia estaria atrás deles no instante seguinte. Se chegassem a Boston, teriam provavelmente que ficar no apartamento de Shirley, que não era muito apropriado para crianças, até que Vernon pudesse alugar outro local para ele e Jack... Caramba... tudo parecia terrivelmente complicado.

Vernon ajudou o filho a passar para o banco traseiro. O pobre garoto estava exausto; certamente em choque, ele pensou, enquanto o cobria carinhosamente com seu casaco.

– A mamãe já terá voltado quando eu acordar? – Jack perguntou sonolento.

– Aposto que sim. Não se preocupe, filho – mentiu Vernon, dando partida no carro e arrancando pela tranquila alameda rural.

Quando conseguiu finalmente encontrar o caminho até a rodovia que levava ao aeroporto, Vernon havia se decidido.

"Estou aqui", pensava, "e já fiz minha parte. Agora cabe a mim levar meu filho para casa."

Ligaria para a polícia quando estivesse seguramente instalado no avião e ninguém pudesse impedir-lhe de levar Jack da Inglaterra. Então, em questão de poucas horas, estariam distantes de Kate e de toda a bagunça em que se metera. Sendo honesto consigo, sempre a achara meio certinha e careta, mas agora ela estava envolvida com cientistas picaretas e seus capangas e sabe Deus mais o quê. Se enquanto estavam juntos ela tivesse se mostrado tão interessante, ele talvez nunca tivesse precisado procurar a Shirley para se divertir. Não que naquele momento fosse possível voltar atrás. Surpreendia-o não ter sentido ciúmes quando encontrou Paul. Na verdade, tinha gostado dele. Boa sorte, contanto que não planejasse bancar o padrasto para Jack.

Ele olhou de relance, sobre o ombro, para o filho que dormia.

Por que haviam feito Jack visitar uma mulher doente? O que planejavam aquelas pessoas que tinham raptado seu filho?

"Jack está bem", Vernon pensou, tentando se convencer. "Só precisa dar o fora deste país ensandecido e ficar longe de seus habitantes pirados. Se ficasse resfriado, ou o que quer que fosse o problema, Shirley poderia levá-lo até o centro médico, em Boston, no dia seguinte à tarde, assim que estivessem em casa. Um dia a mais não faria diferença, faria?

Capítulo 46

Segurando-a com força pelo pulso e soprando-lhe o hálito nefasto no rosto e cabelos, Gaunt levou Kate de volta para o corredor fortemente iluminado.

Sampson destrancou a porta do quarto da frente e, aplicando-lhe uma chave de braço, arrastou um indignado Paul para fora.

– Ande, Wilson. Você tem uma reunião da qual participar.

Paul olhou Kate de relance, feliz de que aparentasse estar bem, apesar do medo estampado em seu rosto.

O grupo inusitado se deteve diante de outra pesada porta, onde havia uma espécie de escotilha. Gaunt digitou vários caracteres em um teclado ao lado dela. Uma lâmpada passou de vermelha a verde, e ele abriu a porta que dava para um amplo laboratório subterrâneo, iluminado por compridas lâmpadas fluorescentes.

Enquanto eram empurrados para dentro, Paul tornou a olhar para Kate, que tinha os olhos vidrados de ansiedade – parecia, naquele momento, que ela pouco se importaria se alguém lhe desferisse um tiro na cabeça, desde que aquilo pusesse um fim a suas preocupações. Ele sabia que a única coisa que a mantinha em funcionamento, que a impedia de se deitar e abraçar os joelhos, era a esperança que ainda cultivava de poder, de alguma forma, salvar o filho.

– Amo você – ele sussurrou, mas Kate não estava em condições de responder ou sequer captar a declaração.

Ela sentia como se aquilo tudo fosse uma espécie de sonho ruim, que nunca acabava – seguia simplesmente se desdobrando e trocando um cenário de pesadelo por outro.

Careca e curvado sobre o teclado, um sujeito muito magro, vestindo um jaleco branco, digitava, do outro lado do salão, de costas para eles.

– Quem é esse? – Kate perguntou em voz cansada. – Outro membro da família Gaunt?

Ao som daquela voz, o velho diante do computador lentamente girou a cabeça, como uma tartaruga.

Gaunt soltou uma risada.

– Ah, não. Pelo menos não da minha família.

Com uma expressão bastante divertida, o médico apontou para o sujeito, magro e calvo, que agora caminhava em direção a eles com uma expressão de medo e confusão no rosto cadavérico.

Sampson fechou a porta do laboratório atrás de si, soltou Paul e se reclinou contra a parede, com os braços cruzados, como se esperasse o início de um espetáculo.

Foi Paul quem primeiro se deu conta.

– Meu Deus... – murmurou, agarrando-se a uma bancada. – Mas o quê...? Não...

Algo em seu tom de voz trouxe Kate de volta à realidade, para compreender a verdade completa e terrível daquela situação.

Ela encarou a figura fantasmagórica, que ainda avançava como um zumbi e, em um misto de soluço e falta de ar, perguntou:

– Stephen?

Era, inquestionavelmente, seu antigo amante – parecia haver passado a última década e meia em uma tumba e ter sido trazido de volta da terra dos mortos por Gaunt, uma espécie de necromante do mundo real, construindo seu próprio Frankenstein. Não havia dúvida, entretanto, de que era ele. Stephen estivera vivo todos aqueles anos.

Imóvel, ele se segurava à bancada a seu lado com os dedos fracos. Kate olhou para Paul, que encarava o irmão. Um coquetel de emoções estampava-lhe o rosto: choque, pena, horror. Era impossível acreditar que fossem gêmeos. Stephen parecia ter o dobro da idade de Paul. Tinha marcas de queimaduras na lateral do rosto e nas mãos – cicatrizes antigas da noite do incêndio.

Sem pensar, Kate avançou em direção a ele, com os braços estendidos, buscando abraçá-lo, envolvê-lo, como tantas vezes imaginara em sonhos e devaneios sempre que se deixava levar por fantasias em que ele ainda estava vivo. Em todos aqueles sonhos, entretanto, não era aquela a aparência dele, mas, sim, a do belo jovem que conhecera naquele verão, 16 anos antes. Ela tentou abraçá-lo, mas ele soltou um grito agudo e se retraiu.

– Stephen – Kate disse no mesmo tom que utilizava quando Jack estava magoado –, sou eu, Kate. Não se lembra?

Ele não a encarava. Não conseguia. Mantinha os olhos fixos no chão.

Paul deu um passo adiante.

– E eu, Stephen? Você me reconhece? Sou Paul. Lembra-se, Stevie? Lembra-se de mim?

O irmão levantou a cabeça, com os olhos injetados e cheios de água.

Kate queria saber o que ele pensava, o que se passava em sua cabeça.

Os olhos dele transpareciam a terrível confusão, dor e incompreensão. Havia algo mais ali, entretanto, quando ele olhara para Paul – um traço do velho Stephen. Quem sabe visse no irmão o homem que deveria ter sido? Quem sabe aquilo lhe desse forças?

Não obstante, quando Paul avançou em sua direção e tentou tocá-lo, Stephen recuou como um cão que tivesse passado a vida inteira apanhando. Os olhos de Paul se encheram de lágrimas.

– Oh, Stevie – murmurou –, o que fizeram com você?

Kate se virou para Gaunt, que não conseguia deixar de sorrir.

– Que lindo encontro! – ele escarneceu. – Irmãos e amantes novamente reunidos.

– Seu desgraçado – ela xingou.

Gaunt ergueu a palma das mãos:

– Ah, não. Achei que você ficaria feliz. Aqui estou eu, tornando seus sonhos realidade, e você me retribui com ingratidão? – ele sacudia a cabeça, em uma falsa demonstração de desapontamento. – Você pensava que Stephen tivesse morrido no incêndio. E ele, de fato, quase morreu. Quando os bombeiros o retiraram do edifício, estava queimado e inconsciente pela quantidade de fumaça que inalara; mas ainda estava vivo.

A memória de Kate era nítida: os bombeiros carregando Stephen para fora da UPR. Ela correra ao seu encontro, mas Gaunt a detivera, aplicando-lhe a injeção que a apagara. Quando ela acordou, disseram-lhe que Stephen estava morto.

– Corremos com ele para o hospital. Veja bem, você devia agradecer, porque realmente salvamos a vida dele.

– Que hospital? – Kate perguntou. – O mesmo onde eu estava?

– Isso mesmo.

– Quer dizer que, durante todo o tempo que fiquei lá, Stephen também estava ali?

– No fim do corredor.

– Mas por quê? – Paul perguntou.

Seus olhos, antes fixos no irmão, agora encaravam Gaunt.

– Por que fizeram de conta que ele estava morto?

– Não é óbvio? Eu sabia que precisaria de ajuda para continuar meu trabalho, e enxerguei a oportunidade ideal. A princípio, havíamos recebido recursos de um velho amigo, Charles Mangold, de Utah, que também ajudava a financiar a UPR. Aquilo era fundamental, mas eu precisava de ajuda no laboratório aqui. Stephen era brilhante, um bom cientista. Francamente, seus talentos eram desperdiçados na UPR. Eu sabia que, em função de sua... ética, ele não me ajudaria de livre e espontânea vontade. Por isso, fiz todos acreditarem que perecera no incêndio. Pedi que Sampson encontrasse um mendigo, a quem ele ateou fogo, para apresentarmos aquele corpo como sendo o de Stephen.

– Há outra pessoa no túmulo de Stephen? Uma pobre alma que vocês assassinaram?

– Sim, uma alma sem sorte que Sampson encontrou perambulando pelas ruas à noite.

Kate sacudia a cabeça.

– Meu Deus!

– E vocês o trouxeram para cá? – Paul perguntou. – E o mantiveram aqui como um prisioneiro, um escravo?

Gaunt encolheu os ombros.

– Bem, não exatamente como um escravo – fez uma pausa. – Ah, está bem, sim, como um escravo. Mas ele gosta do trabalho aqui. Não gosta, Stephen?

Stephen não reagiu, simplesmente encarava o vazio.

O médico subiu seu tom de voz:

– Não gosta? – perguntou rispidamente.

O antigo namorado de Kate piscou os olhos e assentiu:

– Sim, gosto – sua voz era áspera como lixa, debilitada por anos de pouco uso.

Kate, no entanto, reconheceu a fala suave e carinhosa de seu velho amante, seu primeiro amante.

– Ele já pôde sair daqui? Ele já... já viu o sol? Já conseguiu ter qualquer tipo de vida? – parecia-lhe horrível falar de Stephen como se não estivesse ali.

Ela sabia, entretanto, que, se perguntasse diretamente, ele não teria como responder.

Gaunt não sorriu:

– A vida dele é aqui embaixo.

Ouvindo alguém fungar, Kate se virou. Paul chorava, as lágrimas escorriam-lhe pelo rosto, enquanto observava o irmão gêmeo.

– Seu desgraçado – ele disse para Gaunt. – Seu desgraçado desumano.

Por um instante, ela pensou que Paul fosse tentar novamente atacar o médico. Sampson pressentiu a mesma coisa e se colocou diante do patrão, como um escudo humano – não que pudesse ser descrito como "humano".

Paul, entretanto, não se moveu em direção a Gaunt. Em vez disso, abraçou Stephen e, ainda que o irmão tentasse se soltar, agarrou-se a ele, forçando-os a permanecerem juntos.

– Sinto tanto – a voz de Paul soava abafada, pois a boca estava pressionada contra o ombro de Stephen. – Eu devia ter sido um irmão melhor, devia... – as palavras não saíam. – Mas vamos tirá-lo daqui, e tudo será diferente. Você vai melhorar.

– Oh, isso é tão tocante... – escarneceu Gaunt. – Mas você realmente não devia sentir pena de seu irmão. Ele fez um trabalho brilhante. Se não fosse por sua genialidade, que permanecia tolhida até eu ajudá-lo a descobri-la, o vírus Pandora ainda seria um sonho. Stephen Wilson tem um papel importante na história. Quando o mundo...

Kate cerrou a mandíbula e se preparava para ouvi-lo lançando-se em outro de seus discursos megalomaníacos. O som da voz dele, porém, foi afogado pelo apito súbito de uma sirene, cujo som agudo atravessava as paredes e ecoava pelo cômodo baixo que fora todo o mundo de Stephen durante tantos anos.

Capítulo 47

O lamento da sirene lançou Kate de volta no tempo até a noite do incêndio. Tudo, então, chegava-lhe de forma tão clara – quanto se sentira desesperada, mesmo em meio à febre, para encontrar Stephen. Naquela época, haviam-na enganado, dizendo que ele morrera nas chamas. Não obstante, ali estava, naquele instante e, mesmo que fosse apenas uma sombra doentia do homem que ela amara havia tantos anos, ainda queria salvá-lo.

Dessa vez, entretanto, não havia incêndio, mas ela desejava que existisse um incêndio que destruísse aquele lugar e livrasse o planeta dos vírus ali armazenados, que removesse Gaunt e Sampson e toda a sua maldade da Terra, um incêndio que a libertasse para poder encontrar Jack.

Gaunt virou-se para Sampson e, pela primeira vez desde que Kate o havia conhecido, o criminoso parecia preocupado.

– Descubra o que está acontecendo – ordenou Gaunt.

Sampson se dirigiu para a porta, mas parou.

– Preciso do cartão.

Gaunt desenhara o sistema de forma a tornar o mais difícil possível o acesso ao laboratório e a saída dele, pois não desejava que outros entrassem, nem que Stephen saísse. O prisioneiro não tinha permissão para passear pelo prédio de acordo com a própria vontade. Como um animal enjaulado, só podia sair quando seu dono deixasse. Por isso, para entrar, era preciso usar a senha e, para sair, estar de posse do cartão que Gaunt sempre trazia consigo, ou então haver alguém que digitasse o código pelo lado de fora.

O médico entregou o cartão para Sampson, que o deslizou pela leitora ao lado da porta. A lâmpada de LED passou do vermelho ao verde, e ele saiu do laboratório. Kate o observou pelo vidro, caminhando tranquilamente em direção à escada que levava à parte de cima da casa.

Foi então que ouviram os primeiro estalidos, como fogos de artifício, sobre o apito da sirene. Eram tiros.

– Parece que você tem visita – disse Paul.

Do lado de fora da sala, surgiu o cientista asiático que haviam encontrado ao entrar no porão. Sampson e ele trocaram algumas palavras. O sujeito parecia apavorado.

– O que diabos está acontecendo? – Gaunt se perguntava.

O médico foi até a porta e a empurrou, xingando. Evidentemente, não podia sair, porque Sampson levara o cartão.

Stephen se encolheu em um canto, atrás de uma bancada. Kate tentou confortá-lo, passando os braços sobre seus ombros, mas ele se retraiu. Sentindo-se incapaz de abraçá-lo como Paul o fizera, ela acabou abandonando os próprios braços ao lado do corpo.

– Stephen, está tudo bem. Não é um incêndio. Vamos tirá-lo daqui.

Gaunt escarneceu:

– Não lhe dê falsas esperanças.

Mas os olhos o traíam: ele estava assustado.

Sampson voltou correndo em direção ao laboratório e entrou, usando a senha que Gaunt lhe confiara mais cedo, caso precisasse.

– Utada me disse que a polícia está aqui.

– O quê? – o rosto de Gaunt perdeu a pouca cor que tinha.

– Está tudo acabado, Gaunt – disse Paul, com prazer. – É melhor nos deixar ir.

– Cale a boca – o médico apertava o dorso do nariz. – Também, não importa. Pandora já foi liberado. Seu filho está agora levando meu trabalho adiante.

Toda a esperança recuperada nos minutos anteriores esvaiu-se de Kate como o ar escapando de um balão. Gaunt tinha razão: mesmo que a polícia chegasse ali e matasse todos os seus capangas e ele próprio,

Jack ainda carregava uma bomba-relógio consigo, e ela não sabia onde se encontrava o antídoto.

Kate sentiu que Stephen a observava. Quando se virou, entretanto, ele abaixou os olhos, encarando seu próprio vazio pessoal.

Sampson tornou a sair do laboratório e partiu em velocidade pelo corredor, sacando a pistola e desaparecendo escada acima. Ouviram-se tiros. Kate uniu as mãos e rezou ofegante, implorando que ele recebesse uma bala letal.

John Sampson galgou os degraus de dois em dois, duas batidas do coração para cada passo, a mão, firme no punho da pistola, o dedo, pronto junto ao gatilho. Um rugido incessante ecoava-lhe na cabeça e abafava o ruído da sirene.

Aquilo era estar vivo.

Por toda a vida, nunca sentira nada por ninguém – nem mesmo pela mãe ou por seu pai, nem por outras crianças na escola (exceto um desprezo distante) ou pelas pessoas que tinha torturado, matado ou mutilado. Não sentia absolutamente nada por Gaunt, mas fazia o que lhe ordenava, porque pagava e porque... bem, gostava de exercer poder sobre pessoas mais fracas. Trabalhava para o médico havia tanto tempo... Tinha a sensação, entretanto, de que tudo terminaria ali.

Durante a longa noite, algo estranho se passara com ele. Se tivesse parado para pensar, poderia ter se dado conta de que aquilo já vinha chegando havia algum tempo – desde que Kate retornara à Inglaterra; pois tudo tinha a ver com ela.

Era aquela mulher quem o fazia sentir-se vivo.

Mais cedo, no carro, enquanto levava Wilson e ela até aquele lugar, pensamentos estranhos tinham penetrado sua mente. Ele se imaginara empurrando Paul para fora do veículo; fantasiara deixá-lo para trás e, ignorando as instruções de Gaunt, seguir com Kate, continuar dirigindo, ambos rumando juntos para a escuridão. Ela se sentaria a seu lado no banco do passageiro, colocaria a mão sobre sua perna e sorriria; e esse sorriso o faria sentir-se... bom.

No porão, ele também sentira aquilo. Não conseguia desviar os olhos dela. O cheiro do medo de Kate o intoxicava. Queria deitar-se com ela sobre o chão duro e sentir o calor do corpo dela contra o seu. Queria ouvi-la dizer seu nome – não, suspirar seu nome. Gaunt e os gêmeos desapareceriam, evaporando no vazio. Restariam somente ele e Kate. Em um instante de insanidade, chegou a se imaginar salvando o filho dela, porque sabia que isso a deixaria feliz. Após emergir desse devaneio, sentiu náuseas. O que havia de errado consigo?

Ele chegou ao topo das escadas e parou, ofegante. Sentia-se sem preparo físico; o efeito de cigarros em demasia calcinava-lhe os pulmões. Mesmo isso, entretanto, fazia-o sentir-se bem, aguçava seus sentidos. Para além da porta, ouvia gritos e mais tiros. A espingarda que tomara do americano chorão estava encostada ao portal. Por segurança, ele a tomou.

Sampson abriu a porta com um empurrão, atravessou-a e agachou-se de imediato atrás de um sofá. Detrás dele, encolhido em um canto, Utada se escondia. Ao lado da porta, à sua frente, um dos seguranças se espremia contra a parede, com a arma levantada. A polícia cercava a casa. Um agente falava por meio de um megafone, tentando convencê-los a sair.

O segurança se virou para ele, com os olhos arregalados de pânico, aguardando instruções. Sampson gesticulou, ordenando que saísse e lutasse. No instante em que o homem pisou no hall de entrada, foi abatido pela bala de um atirador de elite.

John se moveu rapidamente até a porta, olhando de relance para fora e, ao mesmo tempo, recolhendo a arma do segurança morto para juntá-la à sua pistola e à espingarda. Outros três seguranças jaziam mortos entre a sala e a porta da frente. No meio deles, os policiais avançavam.

"Sou o único homem armado que resta", pensou.

Junto com a descarga de adrenalina, veio outro sentimento novo: medo. Estava em ampla desvantagem. Não havia possibilidade de vencer. Ele pensou em Kate no porão. Se morresse naquele instante, nunca mais a veria.

Por que essa constatação o deixara frio por dentro?

Um policial de roupas escuras surgiu na porta. Instintivamente, Sampson ergueu sua pistola e disparou. O sujeito caiu no chão, e ele ouviu gritos do lado de fora. Balas zuniram ao seu redor.

Podia ficar ali, reter a polícia, tentar proteger Gaunt por mais tempo. Poderia derrubar mais um ou dois policiais. Daria mais tempo para que o garoto espalhasse o vírus. Não se importava com aquilo, entretanto. Nunca se importara.

Ele engatinhou de volta para as escadas, parando para jogar para o cientista Utada a arma que pegara do guarda morto. Aquilo não era um ato de bondade. Sabia que, se visse o cientista empunhando uma arma, a polícia também o mataria.

Sampson agora tinha certeza do que queria. Levaria Kate consigo. Até o inferno.

No porão, Gaunt espremia o rosto contra o vidro, desesperado para saber o que se passava.

Atrás dele, era a vez de Paul escarnecer:

– Sem seu guarda-costas, você não é tão corajoso. Não é mesmo, Gaunt?

– Cale a boca – ele tentava soar no controle da situação, mas sua voz falhava.

Paul foi até o médico e o agarrou pela garganta, empurrando-lhe contra o vidro.

– Eu quero muito, muito matar você, Gaunt. Pelo que fez a Stephen. Por infectar Jack com o vírus. Eu devia assassiná-lo agora mesmo – ele espremia, pressionando a mão com toda a força contra a laringe do médico.

Gaunt emitiu um som patético e estrangulado.

– Onde está o antivírus? – Kate demandou, ao lado de Paul.

O Doutor Morte tentava chacoalhar a cabeça.

– O antígeno para o Pandora, onde está?

Paul afrouxou a mão sobre a garganta de Gaunt para que ele pudesse falar.

– Nunca direi.

– Tem que estar aqui, em um dos refrigeradores. Nós o encontraremos. Pode ser que tenhamos que vasculhar todos, mas... – ela sabia que seria uma tarefa difícil, porém não queria que Gaunt pensasse que sua vida tinha valor.

– Não me importo se me matarem – o médico disse. – Não vou contar. Kate, entretanto, viu seus olhos se abrirem de pavor e se virou para ver o que ele observava.

Stephen abrira uma das geladeiras. Uma nuvem de vapor frio se ergueu quando uma das gavetas foi escancarada. Ele vestiu luvas, retirou vários frascos e os exibia para Kate. Os dois se entreolharam e, por um átimo, aquela antiga conexão renasceu. Ela sentia como se seu coração fosse explodir de pena e gratidão.

Kate sorriu para Stephen, enquanto Gaunt emitia um som afogado logo atrás.

– Não importa – o médico disse. – Já é tarde.

– Certamente tarde demais para você – Paul falou, aumentando a pressão sobre a garganta de Gaunt. – Diga-nos como sair deste laboratório.

– Não há como sair sem o cartão.

– Deve haver. Você construiu este lugar. Tem que saber.

– Não há como sair!

– De qualquer modo, não interessa – disse Kate. – A polícia estará aqui em um...

Suas palavras foram interrompidas pela visão de Sampson, surgindo no final do corredor e correndo em direção ao laboratório.

Carregando várias armas, John acomodara a espingarda sob o braço, enquanto mantinha a pistola na mão direita. Com a esquerda, ele digitou a senha no teclado e deslizou a porta, mantendo-a aberta com o pé. Em um movimento rápido, Paul empurrou Gaunt para o fundo da sala, agarrou a mão de Kate e se lançou sobre Sampson junto à porta, abrindo caminho. A espingarda caiu ruidosamente no chão.

Os dois tropeçaram corredor adentro, afastando Sampson para o lado. A porta se fechou, trancando Gaunt e Stephen do lado de dentro.

O médico esmurrava o vidro, mas ninguém lhe dava atenção. Paul desferiu um soco em direção a Sampson, mas ele o bloqueou e revidou. Wilson se esquivou e desferiu um chute, que atingiu a mão de seu opositor e fez com que lançasse a pistola, que girou pelo chão, até parar sob uma escrivaninha.

– Seu filho da mãe – amaldiçoou Sampson.

A espingarda estava perto da porta. Agachando-se, ele a agarrou pelo cano e, erguendo-a, golpeou o rosto de Paul, que tentava segurá-la. O cabo da arma acertou-lhe o nariz, que se partiu. O sangue jorrava enquanto ele protegia a cara com as mãos.

– CORRA – gritou para Kate, em meio ao sangue.

Congelada, ela assistira à breve luta, mas agora obedecia, e saiu em disparada rumo à escada, ciente de que a polícia e sua segurança estavam logo acima.

Sampson ergueu a espingarda e mirou a nuca de Kate.

No laboratório, Gaunt continuava esmurrando o vidro, gritando para que Sampson o deixasse sair. Ocupado demais exigindo que o libertassem, ele não notou que Stephen abria as portas dos refrigeradores ao fundo. De forma metódica, o irmão de Paul removia, frasco por frasco, de todas as gavetas, e juntava todos sobre uma bancada.

As peças mais valiosas da coleção de Gaunt jaziam lado a lado: o Marburg, a gripe espanhola, a SARS, a gripe aviária, o Watoto, Pandora e também outro vírus, sobre o qual Stephen se debruçara, dois anos antes. Seu codinome era "Piranha", uma espécie de superebola, que era absorvido pela pele e atacava o corpo em velocidade estonteante, derretendo os órgãos internos em questão de minutos, causando hemorragias e uma morte agonizante. Gaunt havia abandonado a pesquisa com o Piranha porque este seguia matando seus assistentes. Era simplesmente perigoso demais para ser manipulado e teria sido impossível espalhá-lo de forma eficaz pelo mundo.

Stephen pegou o tubo de ensaio que continha o tal vírus e cruzou calmamente o laboratório, batendo com a mão no ombro de Gaunt.

Quando o médico se virou, ele esmagou o vidro em seu rosto.

No segundo antes de chegar à porta na base das escadas, Kate olhou de relance sobre o ombro. Sampson apontava a espingarda em sua direção; tinha o rosto contorcido de dor mas, mesmo naquele momento, ela registrou a estranheza de ver uma emoção estampada na face daquele homem.

Ela se lançou sobre a porta, esperando, a qualquer instante, sentir o calor de uma bala. Nunca mais veria Jack. Nunca poderia salvá-lo.

Por algum motivo, entretanto, Sampson hesitou, com o rosto ainda marcado pela angústia, dando-lhe um segundo a mais para atravessar a porta, quase sem fôlego, e correr escada acima saltando dois degraus por vez. Kate parou ao ouvir uma respiração penosa logo acima.

Utada estava paralisado no topo das escadas, segurando frouxamente uma arma nas mãos. Ele tremia, com os olhos oscilando entre a porta da frente e Kate. Ela se deteve. Do outro lado, a polícia ordenava que o cientista abrisse. Ensopado de suor, o homem parecia prestes a desmaiar a qualquer momento.

– Dê-me a arma – Kate disse em voz firme e estendeu a mão.

Ele hesitou, sem saber o que fazer. Os policiais esmurravam a porta. Utada desabou, soltando o revólver, e Kate o apanhou, no instante em que Sampson surgia logo abaixo.

John ergueu a espingarda e Kate apontou-lhe a arma com as mãos trêmulas. Nunca usara um revólver antes. Sampson galgou lentamente os degraus, parando pouco abaixo. As mãos dela ainda sacudiam, tentando fazer mira, e lágrimas de pavor enchiam-lhe os olhos. O revólver balançava para todos os lados. Não conseguiria. Era aquilo. Estava tudo acabado.

Só então deu-se conta de que Sampson empunhava a espingarda que ela descarregara. Atrás dele, esgueirando-se silenciosamente pelo corredor, aproximava-se um policial. Com toda a sua atenção focada em Kate, Sampson não o notara. Ainda havia uma chance.

– Por favor, não me mate – ela sussurrou –, por favor.

Sampson riu com sarcasmo. Atrás dele, o policial se acercava, avaliando a situação.

– Por muito tempo, desejei fazer isso – Sampson falou.

Era imaginação sua ou a voz dele parecia falhar de emoção?

– Desde que a conheci – ele explicou

– Eu odeio você – Kate disse ao ver o policial erguer sua arma e apontá-la para as costas de John. – Você é patético, um fantochinho de Gaunt. Você não é um homem de verdade.

– Sua vaca – Sampson falou.

E ela viu o dedo do criminoso pressionar o gatilho.

Clique.

– Que droga...?!

Kate acenou com a cabeça para o policial, fazendo com que um atônito Sampson girasse o pescoço. Ela se atirou no chão, e seu revólver caiu pelas escadas. A última coisa que viu, antes de apagar, foi Sampson futilmente apontando a espingarda para o policial e, em seguida, um disparo que derrubou o criminoso escada abaixo, manchando a parede logo atrás com seu sangue.

Capítulo 48

Jason Harley se deu conta de que precisaria usar a força física para afastar Paul da porta do laboratório. Ele esmurrava incessantemente a grossa superfície metálica.

– Stephen! Stevie! – chamava sem parar, com as lágrimas inundando seu rosto.

Aquele homem não tinha, claramente, qualquer preocupação com a própria segurança ou então se encontrava absolutamente alheio ao tiroteio que acabara de acontecer nas escadas, a menos de dez metros dali.

– Stevie, camarada, vamos, abra a porta! Podemos resolver tudo. Vamos tirá-lo daí. Ainda não é tarde!

Harley ouvira os gritos de Paul do alto das escadas; escutara a emoção visceral em sua voz trêmula; sabia que o pobre sujeito se dava conta da impossibilidade daquilo que dizia.

Ele arriscou uma espiadela pela escotilha da porta do laboratório e imediatamente desviou o olhar, com o estômago nauseado pela carnificina do lado de dentro: os dois corpos ainda se contorciam no chão, sobre um mar de sangue escuro e viscoso que obscurecia aquilo que restava das feições humanas.

Não fora assim que imaginara o fim da Operação Castelo – não em um laboratório confinado, com dois cadáveres em seu interior, um deles o do homem que viera prender. O que diabos havia acontecido ali?

– Temos que ajudá-lo! – Paul soluçava. – É meu irmão gêmeo. Está trancado aqui há 15 anos. Eu podia tê-lo salvado e ferrei tudo! E agora tornei a perdê-lo...

Um dos policiais armados se aproximou de Harley e falou algo em voz baixa. Simon Donahoe, seu colega da SOCA, desceu correndo as escadas, trazendo o pânico evidente no rosto.

– Você faz alguma ideia do que aconteceu aqui? – perguntou Harley.

Donahoe fez que sim com a cabeça:

– Acabo de conversar com Kate Maddox. Você não vai gostar nada. Temos que sair daqui e manter esse laboratório selado.

– Por quê? O que há? Viemos aqui imaginando achar um monte de prostitutas e, em vez disso, nós nos deparamos com a porcaria do "Enigma de Andrômeda".

Donahoe encarava o colega com o rosto vazio, e então se voltou para Paul, segurando-o pelo braço:

– Senhor, precisamos tirá-lo daqui agora. Ele tornou a olhar para Harley e disse:

– Explico tudo quando estivermos lá em cima.

Exausto, Paul encostou a cabeça na porta de aço frio. De súbito, pareceu despertar:

– Kate, onde está Kate?

O agente da SOCA pousou a mão sobre seu ombro:

– Ela está bem, senhor. Está lá em cima, no carro. Precisamos que venha conosco até Londres para podermos...

Paul o interrompeu:

– Não! Irei com Kate!

Harley suspirou:

– Desculpe, amigo, mas acho que você não está em condições de...

Com os olhos arregalados e cheios de água, Paul o agarrou pela camisa:

– Eu estou bem. Ela precisa de mim. Não falharei com ela, prometo. Falhei com Stephen e não farei o mesmo com Kate. Vamos. Temos que ir. O tempo está se esgotando. Temos que chegar até Jack.

O agente secreto sacudia a cabeça, subitamente sentindo-se muito cansado e se perguntando em que tipo de situação haviam se metido ali; e se cabeças – incluindo a sua – rolariam.

Vendo a expressão de tristeza no rosto de Paul, não pôde deixar de sentir empatia. Era o irmão dele lá dentro?

"Pobre coitado", pensava, enquanto subiam cuidadosamente os degraus, abrindo caminho em meio aos corpos crivados de balas de Sampson, Utada, alguns seguranças e dois policiais.

Kate estava sentada, ao lado de Susan French, uma agente do Serviço Secreto, no banco de trás de uma das viaturas. Seu corpo balançava para frente e para trás, com as mãos puxava os cabelos. Ao ver Paul e os dois agentes surgirem na porta da casa, ela saltou do carro e se atirou nos braços do namorado.

– Paul, meu Deus! Paul, você está bem? Graças a Deus você está em segurança. Trouxe Stephen? Era tudo um caos tão grande. Eu... – vendo a expressão dele, ela se calou.

Por um momento, Harley achou que Paul fosse desabar outra vez e tornou a suspirar, em um misto de pena e irritação. Sua paciência chegara ao fim. Queria saber o que estava acontecendo, naquele momento.

– Fale comigo – disse a Donahoe.

Kate, entretanto, interrompeu-os:

– Temos que achar Jack – seu tom era de histeria aguda.

– Quem é Jack? E por que é tão importante?

– É o filho dela – explicou o outro agente. – Tem 6 anos. Precisamos achá-lo, porque está contaminado com um vírus. O período de incubação é de 15 horas, mas o contágio ocorreu 12 horas atrás. Temos cerca de três horas para encontrá-lo, ou as portas do inferno se abrirão.

Ele explicou o que Kate lhe contara balbuciando de forma quase incompreensível, quando a retiraram da casa. Interrogando-a, ela lograra explicar como Sampson raptara Jack e depois o devolvera em Blackmarsh, já portando sua carga mortal.

Harley xingava.

– Ao que tudo indica, esse vírus faz a gripe suína e a SARS parecerem um ataque brando de rinite alérgica.

– Esperem um segundo – disse Paul. – Não é por isso que estão aqui? Em função do vírus Pandora?

– Não, estamos aqui... – Harley hesitou, sem saber quanto contar. – Você não viu mulheres jovens lá embaixo?

– Mulheres jovens? Do que está falando?

Donahoe explicou:

– Viemos aqui em busca de vítimas de tráfico de pessoas. Mulheres jovens. Esse Gaunt as trazia aqui para... sabe Deus o quê.

– Experimentos. Deve ser para isso que usavam os quartos com beliches – Paul disse quase para si mesmo.

Kate ergueu a voz:

– E Jack?!

– Muito bem, moça – Harley interveio com seu tom de voz treinado para tranquilizar. – Acalme-se.

– Não, não vou me acalmar! Meu filho tem um vírus que matará não somente ele, mas metade do mundo, se não o acharmos; sobretudo, se o idiota do meu marido embarcá-lo em um avião para Boston. Kate tinha uma imagem vívida em sua mente: o filho, junto ao portão de embarque, inadvertidamente transmitindo o vírus a passantes de todas as nacionalidades, após o período de incubação se esgotar.

E cada uma daquelas pessoas tomaria um avião diferente e partiria para distintas partes do mundo, levando o Pandora para casa.

– Relaxe, sra. Maddox – Donahoe começou.

– Dra. Maddox – ela respondeu de forma automática.

– Desculpe, dra. Maddox. Assim que a senhora me explicou, emitimos um aviso de busca para o sr. Maddox e seu filho. Todos os acessos para todos os aeroportos estão sob vigilância. Sabemos para onde estão indo. Nós os encontraremos. Quais são as últimas notícias? – Donahoe se dirigiu a Susan French, que acabava de falar ao celular.

– Nada. Não há nenhuma reserva até agora para Vernon ou Jack Maddox em qualquer voo de qualquer aeroporto. Eles também não apareceram em nenhum porto ou estação do Eurostar. Nenhum sinal de alguém que se encaixe nas descrições. Desapareceram.

Harley resmungou:

– Que droga! E quanto tempo temos exatamente?

French consultou o relógio:

– O período de incubação acaba em... 2h45.

Kate ergueu a voz, em um misto de gemido e grito:

– FAÇAM ALGO! TEMOS QUE ACHÁ-LO!

– Certo – Harley tomou a frente, com a mente girando em alta velocidade –, eles evidentemente não estão tentando deixar o país. Portanto, não podem estar a mais do que uns 300 quilômetros daqui. Maddox tem algum amigo a quem possa ter pedido abrigo?

Kate balançava a cabeça:

– Ele não conhece ninguém na Inglaterra, que eu saiba, além da minha irmã; e duvido que tenha voltado para lá.

– Não, ele não voltou. Nós verificamos. Sua irmã ainda está depondo na delegacia de Oxford. Você consegue imaginar qualquer lugar para onde ele possa ter levado Jack? Um hotel em especial? Uma pousada onde ficaram alguma vez?

"Isso é perda de tempo, Harley", ele pensou consigo mesmo.

Kate passava a mão trêmula pelos cabelos.

– Não. Bem, se estão em um hotel, não seria caro. Vernon é muito pão-duro. Estão possivelmente dormindo no carro em algum lugar. Espero que estejam dormindo... Eu diria que ele provavelmente levou Jack de volta para Londres. Vernon nem mesmo sabe que o filho está em perigo. Por isso, seu objetivo principal seria levá-lo para casa. Se não pegou um voo hoje, aposto que tentará fazê-lo pela manhã, provavelmente em Heathrow. Esse é o aeroporto que está acostumado a usar, e Vernon é um sujeito de hábitos.

– Agentes por todo o país vão começar a procurar o carro na próxima meia hora. Todos os portos e aeroportos serão fechados, caso tentem chegar a eles. Se estão no carro, nós os acharemos. Também estamos tentando encontrá-los por meio do celular, mas ele parece estar desligado. Nós os encontraremos, Kate. Não se desespere. Nós os acharemos – ele afirmou, transparecendo mais confiança do que sentia. – O antídoto. Precisamos levar um médico para administrá-lo?

– Não – respondeu Kate –, eu farei isso. Jack tem fobia de injeções. Ele surtaria se outra pessoa tentasse.

Harley sentiu um arrepio, pensando nas consequências globais de um garotinho recusar uma injeção. Mas, como podiam vaciná-lo, se não sabiam onde se encontrava?

– Onde está o antídoto?

– Aqui – disse Kate, enfiando a mão no bolso.

Sua expressão mudou, e ela verificou o outro bolso; e novamente o primeiro, em um frenesi crescente.

– O que foi, Kate? – Paul perguntou ansioso.

– Não está comigo. Não está aqui – ela estava lívida.

– Tem certeza?

– Sim, oh...

Kate revirou os bolsos, e seu celular caiu no chão.

O frasco que Stephen lhe entregara tinha sumido.

Capítulo 49

Kate e Paul corriam em direção a casa antes que qualquer dos agentes pudesse detê-los.

– Devo tê-lo deixado cair quando você me puxou para fora do laboratório, ou quando Sampson me perseguia escada acima.

Chegaram à porta que levava ao porão, mas um policial armado barrou seu caminho.

– Precisamos descer – disse Kate. – Deixe-nos passar.

O agente balançava a cabeça.

Harley e Donahoe vinham logo atrás.

– Deixe-os passar – ordenou o primeiro.

O guarda abriu caminho e os quatro desceram as escadas, pisando com cuidado e observando cada passo, para o caso de o frágil recipiente encontrar-se por ali. E se tivesse se partido? Haveria outros no laboratório? Uma onda de náuseas percorreu o corpo de Kate. Como podia ter sido tão descuidada? E se encontrassem Jack, mas não tivessem o antídoto? Seria como se tivesse, ela mesma, assassinado o filho com sua incompetência.

Os corpos de Sampson e Utada haviam sido removidos das escadas. Quando viu apenas a mancha de sangue no local onde o corpo estivera, o primeiro pensamento de Kate foi o de que, como um vilão de filme de horror, ele se levantara e esperava por ela logo abaixo. Torcia para que Sampson tivesse sofrido quando as balas o perfuraram.

Nunca esqueceria a expressão em seu rosto ao apontar-lhe a arma e puxar o gatilho – o ódio cru misturado a algo mais: desejo, desejo puro. Aquele olhar a assombraria.

O frasco não estava na escadaria ou no corredor do porão.

Kate se aproximou do laboratório, mas Harley segurou-a pelo braço.

– Não creio que você deva olhar lá dentro, srta... dra. Maddox.

Ela se livrou do agente.

– Preciso achar aquele frasco. Eu o perdi. Preciso achá-lo.

Outro homem armado guardava a entrada do laboratório. Kate teve a impressão de que o sujeito parecia meio verde. Quando olhou pela janela, entendeu o porquê e quase desejou que tivesse dado ouvidos ao conselho de Harley.

Gaunt e Stephen pareciam ter derretido de dentro para fora. O sangue se empoçava ao redor dos dois. Se não soubesse quem eram, não os teria reconhecido. A bile subiu-lhe pela garganta, e Kate levou a mão à boca, recorrendo a toda sua força de vontade para não vomitar. Tinha que permanecer focada. Precisava encontrar aquele antivírus.

Paul, que parecia tão nauseado quanto ela, espremeu o rosto contra a escotilha.

– Lá está – anunciou.

Kate se juntou a ele, perscrutando através da janela.

Não precisou que apontassem, entretanto. Viu o frasco de imediato, posicionado a menos de um metro do corpo de Stephen.

– Deve ter caído quando você me arrastou para fora do laboratório – ela disse.

Sem pensar, Paul puxou a maçaneta, mas a porta evidentemente não se moveu.

Harley agarrou-o pelo braço.

– O que diabos está fazendo? Quer terminar como aqueles pobres desgraçados? Quer que todos nós fiquemos daquele jeito?

Wilson encarou o agente com raiva:

– Um daqueles pobres desgraçados é meu irmão. De qualquer modo, a porta não abrirá.

– Oh, não...

O alívio que Kate sentira ao divisar o antígeno se esvaiu; ele estava trancado no laboratório.

– Você não viu a senha que Gaunt usou para entrar, viu? – Paul perguntou, examinando o teclado ao lado da porta.

Era um modelo QWERTY, com todas as letras e números, algo incomum. A maioria das travas de segurança como aquela tinha senhas exclusivamente numéricas.

Kate sacudia a cabeça:

– Não.

Paul começou a digitar no teclado, tentando algumas senhas comuns – "ola", "senha", o nome do usuário. Entretanto, elas eram formadas apenas por letras, e aquele código certamente seria uma combinação de números e letras.

Harley tornou a segurá-lo pelo pulso:

– Sr. Wilson, por favor, pare de tentar abrir a porta. Precisamos isolar essa área. Não podemos permitir que aquilo que matou seu irmão saia desse laboratório.

– Mas, se não conseguirmos recuperar o antídoto, Jack espalhará o vírus Pandora pelo mundo todo.

Os dois homens se viraram para a porta, ao mesmo tempo, silenciados pelo problema.

Sem dizer nada, Kate começou a correr corredor adentro.

Harley chamou-a, mas ela não respondeu. Entrando no escritório de Gaunt, a mãe aflita começou a vasculhá-lo. A pequena medalha de ouro sobre a escrivaninha capturou seu olhar por um instante. Ela abria armários e gavetas – o que procurava, no entanto, não estava ali.

Kate deixou o escritório e se juntou novamente a Paul e Harley.

– Tinha certeza de que ele teria um... Precisamos de um macacão de biossegurança, com vedação completa, luvas, máscaras, tudo. Deve haver um em algum lugar.

Harley olhava para French e Donahoe, que se juntavam a eles no corredor. Susan assentiu.

– Encontraremos um – ela saiu pisando forte, enquanto digitava um número em seu celular.

– Bem... se conseguirmos uma vestimenta de biossegurança, ainda assim precisaremos abrir o laboratório – Harley inspecionava a porta e o teclado. – Temos que trazer um de nossos técnicos em computação aqui.

– Quanto tempo isso vai demorar? – perguntou Kate.

– Não sei. Uma hora para chegar aqui, e então nem imagino quanto tempo para vencer a porta.

Kate puxava os cabelos:

– Nosso tempo vai se esgotar. Oh, Jack!

– Eu posso fazer isso – disse Paul.

Harley o olhava com ceticismo:

– Deixe isso para os especialistas.

– Eu sou um especialista – o outro asseverou. – É com isso que trabalho. Temos duas opções: ou descobrimos uma forma de desabilitar o sistema ou encontramos a senha de Gaunt – o ex-hacker tornou a examinar o teclado.

O aparelho estava engastado na parede, sem fios aparentes. Ele percorreu o corredor e então subiu as escadas, deixando Kate e Harley perguntando-se o que planejava.

– Não há sinal de um painel de controle em nenhum lugar – Paul afirmou ao retornar.

Ele entrou no escritório de Gaunt e começou a procurar, repetindo os movimentos de Kate, minutos antes.

– Nem aqui. O computador de Gaunt deve controlar tudo.

O disco rígido da máquina, um Mac com alguns anos de uso, ficava sob a escrivaninha. Paul se abaixou para ligá-lo, pressionando, ao mesmo tempo, o botão do monitor. Impaciente, Kate andava ao redor, enquanto Harley brincava com a medalha de ouro, remexendo-a na mão.

– O computador é protegido por senha – Paul anunciou, quando uma tela de login surgiu no monitor.

– É claro – disse Kate, que não conseguia parar de se mexer.

– Mas isso não é problema. Basta reformatá-lo. Só preciso dos discos de instalação.

– Só isso?

Paul e Kate abriram e vasculharam todas as gavetas. Ela o observava, impressionada com seu autocontrole, tentando absorver um pouco daquela tranquilidade, pois mal conseguia controlar o pânico.

– Achei! – Paul exclamou triunfante, exibindo um pequeno pacote de CD. – Estava no fundo desta gaveta. A maioria das pessoas guarda os discos de instalação perto do computador. Depois de concluído o procedimento, eles são enfiados na primeira gaveta.

Ele se debruçou, desligou o Mac e inseriu um dos CD no drive. Instantes depois, voltou a ligar a máquina, pressionando a letra C no teclado ao mesmo tempo.

– Eles facilitam o processo, porque muita gente perde a senha e não consegue mais usar o computador – explicou Paul.

Uma caixa de diálogo surgiu na tela, pedindo que a senha do usuário "admin" fosse trocada. Kate observou-o digitar a palavra "irmao".

– Foi a primeira coisa que me passou pela cabeça – ele explicou.

Um minuto depois, haviam entrado.

Usando o mouse, Paul navegou pelo sistema, procurando, explicava, pelo programa que controlava a trava de segurança da porta. Não demorou muito. Com um clique duplo, abriu o software e percorreu o menu de ajuda, buscando um caminho para driblar o sistema ou desabilitá-lo.

Kate observava em agonia, enquanto Paul saía do programa e abria a tela preta do sistema, digitando o que pareciam ser palavras sem sentido.

– Pode ter funcionado – ele disse, reclinando-se. – Vá verificar. Não tente abrir a porta. Veja apenas se a luz da trava está verde.

Ela correu para fora do escritório, voltando, logo em seguida, com uma expressão de frustração.

– Ainda está vermelha.

– Droga! – ele tamborilava sobre mesa. – Estou impressionado. É um sistema muito seguro.

– Esqueça a porcaria do sistema. O que faremos? – Kate inquiriu elevando seu tom de voz.

– Teremos que descobrir a senha. Está armazenada aqui, mas escondida. Veja.

Ele voltou a digitar. Uma caixa de diálogo com o título "Senha" apareceu. Em seu interior, entretanto, havia apenas quatro pontos negros.

– Portanto, são somente quatro letras ou números. O que você sabe sobre Gaunt? Que tipo de palavras ele escolheria ou, quem sabe, uma data?

Kate e Paul se entreolharam e então correram até a porta do laboratório.

– Tente o ano em que a UPR fechou – ela sugeriu.

Contudo, aquela não era a senha.

A mão de Kate se movia perdida sobre o teclado.

– Pode ser qualquer coisa.

– E, se digitarmos a senha errada muitas vezes, a porta pode se travar completamente.

Kate não conseguia mais se controlar e começou a chorar.

– Meu filhinho vai morrer. Por que fui trazê-lo para a Inglaterra? É tudo culpa minha.

Harley surgiu atrás deles.

– Escutem, entraremos nesse laboratório, nem que tenhamos que dinamitar a porta. Traremos pinças hidráulicas, se for preciso. Não se preocupem.

– Mas nosso tempo está se esgotando! – Kate soluçava.

– Tive uma ideia – disse Paul, correndo de volta para o escritório e se atirando sobre a cadeira da escrivaninha.

Ele digitou ainda mais comandos incompreensíveis e então confirmou:

– Sim.

– O quê? – inquiriu Kate, chegando por trás dele.

– Lembra-se de que mencionei que as pessoas, com frequência, esquecem suas senhas? É como quando você se registra para usar seu banco por meio da internet ou algo semelhante. Há, em geral, uma dica da senha. Ela fica normalmente bem escondida, mas existe aqui um arquivo que contém essa pista.

– O que é?

Paul digitou ainda mais alguns comandos e uma imagem surgiu na tela: a foto de um vírus.

– Que dica estranha – Harley comentou, observando sobre os ombros dos dois.

– Não – redarguiu Kate –, faz todo o sentido. A maioria das pessoas não saberia do que se trata ou, mesmo que alguém soubesse que é um vírus, não conseguiria lê-lo. É o tipo de coisa que Gaunt teria achado divertido.

– Mas você consegue saber? – perguntou Paul.

– Claro – ela respondeu, apontando para o monitor: – Três proteínas: H3, e duas enzimas: N2. H3N2. É o nome de um vírus bastante perigoso e deve ser a senha: H3N2.

Naquele instante, French surgiu, trazendo o que parecia ser uma roupa de astronauta – o traje de biossegurança.

– Aqui está – ela disse. – Encontrei-o em um dos laboratórios.

– Eu entrarei – Kate falou, apossando-se da vestimenta. – Estou acostumada a vestir isso.

– Tome cuidado – pediu Paul.

– Não se preocupe. Não há problema – ela o beijou. – Formamos uma bela equipe, Paul. Agora, tudo o que temos que fazer é encontrar Jack.

– Alguma notícia do filho e do marido da dra. Maddox? – Harley perguntou.

Susan franziu o cenho:

– Não. Mas a informação sobre a situação de risco já chegou até o primeiro-ministro. O Exército foi mobilizado. Todo o mundo está procurando por eles. Todo o mundo.

Capítulo 50

Em um quarto de um hotel duas estrelas, pequeno e abafado, na rodovia de acesso ao aeroporto Heathrow, Vernon Maddox vasculhava desgostoso as paredes cor de mostarda e a roupa de cama encardida. Fachos de luz vermelha atravessavam as frestas da persiana e chamaram a sua atenção. Ele foi até a janela e perscrutou o lado fora.

– O que diabos está acontecendo? – perguntou-se em voz alta.

Apesar de serem 4 horas, a rodovia estava cheia de veículos blindados. Policiais e soldados usando coletes à prova de balas saltavam dos carros e furgões, e a estática dos radiocomunicadores pontuava o ar parado do fim da madrugada.

– Minha nossa... – disse Vernon. – Veja, Jack, soldados!

O menino não respondeu. Sentado na cama, com os joelhos encolhidos contra o peito, ele tinha os olhos pesados de sono e perplexidade.

– Soldados, Jack! – insistiu o pai, com mais entusiasmo do que sentia.

– Não quero saber de soldados. Quero a mamãe – foi a resposta do menino.

Vernon soprou o ar.

– Já conversamos sobre isso, Jack. Não há como falar com a mamãe agora. Estamos no meio da noite.

– Ela disse que eu poderia ligar na hora que quisesse – retrucou Jack exausto demais para soar petulante.

– Vamos, meu filho. Venha dormir um pouco. Vou ligar a TV e ver se falam algo sobre o que está acontecendo lá fora.

O quarto não tinha TV a cabo, entretanto. Por isso, não havia canais de notícias 24 horas. Tudo o que Vernon encontrou, quando percorreu as várias estações, foram jogos de pôquer, um programa de debates, discutindo vazamentos em implantes de silicone e um programa musical da madrugada, que mostrava uma banda que ele não conhecia, apresentando-se em um festival ao ar livre.

Então, pegou o telefone na cabeceira e discou o zero, observado por um desacorçoado Jack.

– Alô? Aqui é do quarto 242. O que está acontecendo? Houve uma ameaça de bomba ou algo assim? Hum... Certo... O.k... Por quanto tempo? Ah, sim... Boa noite.

Ele olhou para o filho, que brincava com o interruptor de seu robô.

– Droga! É algum tipo de alerta de segurança. Eles não sabem direito do que se trata. Todos os voos foram cancelados, pelo menos até o meio da manhã. Bem, não há nada que possamos fazer a respeito, não é mesmo, camarada? Vamos descansar algumas horas e mais tarde resolvemos como agir. Vá se deitar, Jack. Eu só vou ao banheiro e já me junto a você.

Antes de desaparecer no banheiro, Vernon aumentou o volume da música no televisor. Um sujeito de cabelos longos cantava uma canção sobre alguém que se juntara a ele em um dia maravilhoso. Vernon sentia-se desconfortável que ouvissem os sons de suas funções corporais – mesmo seu filho –, e sua barriga tinha andado estranha o dia inteiro.

Jack olhou para a banda na TV, então esticou a pequena mão em direção ao telefone e discou o zero, imitando o que acabara de ver o pai fazer. O fone ainda estava quente e tinha o cheiro de Vernon.

Uma moça atendeu.

– Olá – ele disse. – Quero falar com a minha mamãe, por favor.

A recepcionista noturna, uma jovem siliconada de aparência irlandesa, de nome Sheila, assistia com interesse ao debate sobre vazamentos em próteses mamárias, mas a confusão do lado de fora a distraíra. Era nova no emprego e, ao ouvir o pedido de Jack, não estava certa de quais seriam as regras com relação a prestar assistência a crianças para chamadas telefônicas. Notara Jack, não obstante, quando ele e o pai haviam entrado, pensando que fofo era aquele garotinho abraçado a seu robô – e quanto parecia exausto.

– Você pode discar diretamente, querido – ela disse, torcendo para que a Al Qaeda não estivesse prestes a lançar um ataque suicida ao aeroporto.

Alguns hóspedes da noite anterior pareciam muçulmanos; estrangeiros, de todo modo. Talvez ela devesse contar à polícia.

– Acho melhor pedir a seu pai para fazer a chamada para você.

– Ele está no banheiro. Está demorando muito, e preciso falar com ela agora.

Sheila captou o tremor na voz do garoto.

"Jesus, Maria, José", pensou. "Espero que aquele homem não o tenha raptado."

Certamente, não haveria nada de errado em ajudar o garoto a falar com a mãe.

– Você sabe o número, querido? Posso ajudá-lo a fazer a ligação, está bem?

Em tom solene, Jack recitou um longo número de telefone.

– Isso inclui também o código do país – ele informou com uma ponta de orgulho. – Mamãe me fez decorá-lo.

– Que sábio da parte dela – Sheila respondeu, hesitando um pouco, ao se dar conta de que seria uma chamada internacional.

Teria problemas com aquilo?

– Quero minha mãe – uma voz chorosa se ergueu na linha, fazendo-a suspirar.

Teria que se arriscar a enfrentar a ira do pai. Não que fosse encará-la diretamente, pois ela iria para casa às 6h30, quando terminava seu turno – isto é, se continuasse viva àquela hora. Sheila fez um sinal da cruz discreto.

– Está bem, querido. Está chamando – ela anunciou, conectando a linha.

A recepcionista olhava nervosa para a porta da frente. Talvez devesse ter aceitado o emprego no supermercado, no final das contas. O salário era bem pior, mas os horários, ao menos, eram mais decentes e não haveria soldados armados desfilando do lado de fora no meio da noite.

O celular de Kate tocou. Ela estava sentada ao lado de Paul, no banco de trás de um carro sem qualquer identificação, que cortava a estrada em alta velocidade rumo a Londres. Restavam menos de 90 minutos para o término do período de incubação do vírus. Susan French guardava o antídoto em segurança. Quando Kate retirou o aparelho do bolso, a tela piscava: "Número Privado". Segurando o fôlego, ela pressionou a tecla verde.

– Mamãe?

– É ele! – Kate anunciou para French e Harley.

A agente rapidamente sacou o próprio celular e acionou uma das teclas de chamada rápida.

Kate segurava as lágrimas e tentava soar o mais natural possível, enquanto Jack choramingava, dizendo que queria vê-la, que o pai estava no banheiro fazendo um cocô muito fedido e que Billy estava entediado.

– Estou indo encontrar você, Jack – ela disse.

– E aquele homem malvado?

Kate hesitou. Devia contar a Jack que Sampson havia morrido?

– A polícia o pegou, querido. Ele não vai mais incomodar. Onde você está, Jack?

– Em um hotel. Há soldados do lado de fora. Oh, o papai acabou de dar a descarga. Tenho que ir. Vejo você logo, mamãe – ele desligou o telefone.

Cheia de expectativa, Kate olhava para French, que fez um gesto positivo com a cabeça.

– Conseguimos rastreá-lo – anunciou.

Em menos de meia hora, Kate, Paul e os agentes Harley, French e Donahoe estavam em um helicóptero da polícia – o único objeto em todo o espaço aéreo das ilhas britânicas –, voando em direção a Heathrow.

Vinte minutos depois, Sheila, a recepcionista, conversava com Ernesto, o segurança da noite, especulando a respeito da natureza da ameaça terrorista do lado de fora do hotel e, pelo visto, de todo o aeroporto.

Ela colava novamente uma das unhas postiças quando as portas da frente se abriram com um estrondo e uma equipe de policiais armados entrou, seguida por uma mulher jovem de cabelos escuros e desgrenhados, ladeada por três homens e uma mulher vestindo um terno caro.

– Vernon Maddox – um deles vociferou. – Em que quarto estão ele e o filho? Rápido!

Sheila deixou cair as unhas postiças.

– Do-dois... quatro... do-dois – gaguejou e, boquiaberta, acompanhou-os correndo a toda velocidade escada acima em direção ao segundo piso.

"Que estranho", pensou consigo mesma, "a mulher parecia carregar uma seringa."

Harley bateu na porta. No instante que Vernon a abriu, um dos policiais armados o agarrou, puxando-o para o corredor.

– Que diabos? Kate? O que está...?

– Cale a boca, Vernon – ela disse, abrindo caminho quarto adentro.

Enquanto o ex-marido era escoltado para fora do prédio, gritando sobre seus direitos humanos e como o embaixador americano ficaria sabendo daquilo, Kate se aproximou do filho. Jack estava sentado na cama, com Billy em seu colo, encarando, com os olhos esbugalhados, a mãe e toda aquela gente.

Kate abraçou-o com força e beijou-lhe os cabelos. O vírus Pandora estava dentro dele e ainda não era contagioso – restavam poucos minutos, entretanto, antes que se tornasse. Além disso, seguramente não era possível determinar, com tanta precisão, o término daquela fase de incubação. Quem sabe o vírus já não estivesse, inclusive, ativo? Kate estava consciente de que ela, Vernon e todos naquele quarto expunham-se a um risco. Teriam que ser tratados e passar por uma quarentena.

– Mamãe, eu estava com medo – Jack disse. – E estou tão cansado.

– Não precisa mais ter medo – ela o tranquilizou.

Ao dizer aquilo, no entanto, Kate lembrou-se da seringa que trazia na mão. E, como se pudesse ler seus pensamentos, Jack se virou, viu a agulha e retraiu-se instantaneamente.

– Mamãe, por que preciso tomar uma injeção?

Ela tentou se aproximar dele.

– Jack, sinto muito, mas é preciso.

– Não! – o garoto gritou, debatendo-se e se afastando.

Kate segurou o filho agitado. Ela havia preparado a seringa imediatamente antes de entrarem no hotel.

– Você quer ajuda? – perguntou Paul, junto à porta.

– Não, Jack não deixará ninguém se aproximar nesse estado.

Paul hesitava. Kate sabia que ele queria ajudar, fazer algo, mas, àquela altura, somente ela podia resolver a situação.

– Jack, se tomar a injeção, a mamãe leva você ao McDonald's.

– Não quero McDonald's.

– Compro outro robô para ser amigo de Billy.

– Não quero outro robô.

– Dou o que você quiser.

– Você e o papai se casam de novo?

Ela piscou os olhos.

– Não posso prometer isso, Jack. Mas nós dois sempre amaremos você, sabia?

– Não quero que vocês me amem.

Ela riu.

– Você vai ganhar um beijo bem grande e molhado.

– Eca!

Kate acariciou os cabelos dele.

– Jack, eu quero que você seja bem corajoso agora, como um rapazinho.

– Mas injeções doem...

Não mentiria para ele:

– Dói só um pouquinho, na hora, e depois fica um pouco dolorido no lugar. Mas você se lembra de quando foi picado pela vespa? Vai doer menos.

– Não vai.

– Vai sim. Eu prometo.

Ele sacudiu a cabeça e fechou os olhos. Kate agarrou o filho e o colocou sobre seu colo, abaixando-lhe as calças e a cueca. Jack gritou, mas ela tinha que fazer aquilo. Ele poderia odiá-la por um tempo, porém se recuperaria. Kate rezou para que a vacina funcionasse. Enquanto o menino tentava socá-la, a mãe espetou-lhe a agulha na carne macia do traseiro, o que intensificou o volume dos berros.

Deixou então que ele escapasse, erguendo as calças e com as lágrimas escorrendo pelo rosto vermelho. Jack abraçou seu robô, enquanto ela cuidadosamente guardava a seringa e tomava o filho nos braços, aconchegando-o até que parasse de se debater.

Agora, só lhe restava esperar e rezar para que o antígeno funcionasse.

Epílogo

Jason Harley e sir Terence Brann, seu chefe, sentavam-se na varanda daquela que fora um dia a casa do dr. Gaunt. No porão, logo abaixo, cientistas vestindo macacões de biossegurança limpavam, removiam e catalogavam os muitos frascos de vírus e bactérias que formavam a coleção de Gaunt.

– Um tesouro e tanto – o homem mais velho asseverou com um sorriso.

Harley concordou.

– Sem incluir os vírus Pandora e Piranha, há doenças suficientes aqui para varrer países inteiros do mapa.

Ele pegou um cigarro. Queria parar de fumar, mas seu ímpeto despencara naquela semana.

– O mundo todo, eu diria.

– O que acontecerá agora? – Harley perguntou. – Imagino que levarão tudo isso para algum lugar e destruirão?

O velho deu uma risada.

– Destruir? Bem, essa seria a versão oficial, se houvesse uma – ele gesticulou, pedindo um cigarro ao agente, e o acendeu. – É uma pena o que aconteceu com Clive Gaunt – disse. – Era um homem brilhante. Muito bom enxadrista, se bem me lembro. Uma lástima, seu final.

Harley tentava não demonstrar seu espanto. Era ambicioso e desejava fazer carreira no Serviço Secreto. Queria impressionar aquele homem, mas não pôde evitar dizer:

– Ele era um assassino, um traficante de gente. Isso sem mencionar os vírus. Gaunt certamente nunca esteve do nosso lado, não é?

Sir Terence sorria diante da ingenuidade de seu agente.

– Do nosso lado? Bem... Não creio que Gaunt algum dia tenha estado do lado de ninguém, exceto do próprio, mas nos foi útil durante um tempo. Quando a UPR foi criada, as intenções eram boas, e a meta original consistia, de fato, em encontrar uma cura para o resfriado. Porém, logo veio a Convenção sobre Armas Biológicas, que baniu o uso bélico de micro-organismos. Decidiu-se, entretanto, que a Convenção era, de certo modo, inconveniente. Com isso, Gaunt se instalou na UPR e recebia fundos para seus pequenos projetos paralelos. Não queríamos que o Reino Unido ficasse para trás, entende? Tínhamos sérias suspeitas de que os russos davam à Convenção o mesmo valor que atribuíam a papel higiênico, sem mencionar o que os americanos pensavam. De toda forma, colocamos também Leonard Bainbridge na unidade para ficar de olho em Gaunt, para certificar-se de que ele não traria de volta a peste bubônica ou que não infectaria os voluntários com varíola – riu. – Gaunt teve permissão para contratar sua própria equipe, incluindo esse desagradável Sampson.

– Estou chocado – disse Harley.

O chefe soltou um suspiro.

– A história toda foi uma perda de tempo, de qualquer jeito. Gaunt nunca produziu nada de útil para nós. Não conseguiu sequer encontrar uma cura para o maldito resfriado comum. Parece que ele foi muito mais além depois de sair debaixo de nossas asas. Devíamos tê-lo mantido sob vigilância mais estrita. Mas você sabe como é: mudanças nos quadros, novas prioridades... Gaunt ficou fora do campo de visão e de nossas intenções. Como disse, uma lástima. Poderia ter gerado muitos benefícios trabalhando para nós.

Harley tentou conter um arrepio diante do pensamento de trabalhar ao lado de Gaunt.

O ancião ficou em pé e acenou para que o subalterno lhe seguisse.

– Você acha que a dra. Maddox e Wilson ficarão calados com relação ao que viram?

O agente pensou por um instante.

– Diria que sim. Fiquei com a impressão de que querem deixar isso para trás.

– Bem, só por precaução, seria bom programarmos um monitoramento contínuo de ambos. É melhor ficar de olho neles. Peça aos americanos para fazerem o mesmo com Vernon Maddox.

Ele se virou e pousou a mão sobre o ombro de Jason.

– Você fez um bom trabalho, Harley, mesmo que em parte por acidente. Você irá longe.

– Obrigado, senhor – ele engoliu com a boca e garganta secas.

– Você está bem, Harley? Parece um pouco pálido.

– Estou bem, senhor.

– Que bom! Quem sabe você não precise de férias? Veja isso – sir Terence sugeriu, apontando em direção a um belíssimo céu azul. – Está um dia lindo. Você deveria tomar um pouco de sol. Ou quem sabe possamos designá-lo para um trabalho em um lugar mais quente?

– Obrigado, senhor.

Brann foi embora, e Harley tornou a entrar na casa. Na verdade, subitamente, não se sentia nada bem. Sentia frio, apesar do dia cálido, e estava com a garganta inflamada. Ele olhou de relance para a porta que levava em direção ao porão, onde todas aquelas terríveis doenças microscópicas estavam guardadas. E se...? Não, ele afastou o pensamento. Era pura paranoia.

Mesmo assim, férias lhe fariam bem. Em algum lugar bem longe dali. Buscaria algo na internet mais tarde. Tentaria encontrar um voo barato – Estados Unidos, quem sabe, ou Ásia.

Ele se sentou, procurando um lenço de papel no bolso.

Organizaria o monitoramento de Paul e Kate depois, quando voltasse das férias, quando se sentisse melhor.

A cremação aconteceu em uma quarta-feira, o dia mais quente do ano – um dos mais quentes já registrados na Inglaterra, na realidade. Kate e Paul sentavam-se na primeira fila, com as mãos entrelaçadas, enquanto o caixão deslizava por entre as cortinas roxas.

Havia somente quatro pessoas ali: os dois e os pais de Paul, ainda em estado de choque. Eileen, a mãe, parecia obviamente medicada. O pai, Michael, por sua vez, fumava um cigarro antes da cerimônia na área externa sob um sol escorchante, enxugando, de quando em quando, a cabeça calva com um lenço. Começara a fumar novamente – pela segunda vez –, apesar de ter abandonado o hábito dez anos antes. Poucas pessoas enterram um filho duas vezes.

– Espero que Jack esteja bem – preocupava-se Kate, falando mais consigo mesma do que com Paul.

Sentia-se ansiosa todo o tempo após os eventos da semana anterior.

– Ele está bem.

– Fico lembrando do que ocorreu da última vez que o deixei com Miranda.

– Kate, não acontecerá nada com ele. Sampson e Gaunt estão mortos, e Vernon voltou para Boston.

– Eu sei... É que fico nervosa longe dele, nesse momento, mesmo que seja só por um dia – ela fez uma pausa, sombreando os olhos com a outra mão. – Mas terei que me acostumar quando ele começar a frequentar a nova escola, no mês que vem. Espero que não fique muito traumatizado; ele tem andado tão grudado em mim...

Paul a abraçou.

– Kate, tente parar de se preocupar, por favor. Está bem?

Um silêncio reflexivo se ergueu entre os dois. Ela se perguntava se conseguiria deixar de ficar apreensiva novamente – ao menos, com relação a Jack.

Depois de administrar o antivírus, Kate tivera que aguentar horas de tormento adicional enquanto aguardavam o efeito. Ela, Jack, Paul e Vernon haviam sido colocados em quarentena, em um hospital bastante parecido com aquele onde Leonard e o dr. Gaunt a haviam internado após o incêndio. Dessa vez, no entanto, não estava desorientada nem dopada. Ao contrário, uma clareza assustadora a mantinha acordada, enquanto esperava e esperava.

Jack ficara bastante feliz – fora hospedado em um pequeno quarto ao lado da mãe, com uma TV, um PlayStation e toneladas de brinquedos. Havia também um suprimento ilimitado de leite achocolatado. Até mesmo Vernon desistira de reclamar, depois de um rápido surto em que ameaçara ligar para seu advogado, para o embaixador americano, para a CNN e para o presidente dos Estados Unidos.

Por fim, após alguns dias, receberam alta e foram liberados a tempo para o funeral de Stephen. Antes de saírem, porém, todos foram obrigados a assinar um Termo de Segredos Oficiais.

– Qual seria a opção? – perguntara Paul. – A técnica Pimenov?

Susan French, a agente que solicitou que assinassem os formulários, parecia surpresa com que ele já tivesse ouvido falar daquilo.

– Vocês compreendem – ela disse – que tudo o que ocorreu no laboratório precisa ser mantido em segredo? É para o bem do público. Não queremos causar pânico no país, uma paranoia de que existam cientistas malucos entre nós planejando matar todos com vírus letais.

– Talvez fosse melhor que as pessoas ficassem vigilantes – Paul argumentou.

Susan sacudia a cabeça. Os sedosos cabelos loiros brilhavam sob a luz artificial:

– Não, Gaunt foi uma exceção.

Vernon permanecera na Inglaterra por mais um dia, durante o qual ele e Kate se sentaram e tentaram definir o futuro.

– Não vou voltar para os Estados Unidos – ela disse com firmeza.

– Imaginei isso.

– E quero que Jack fique aqui comigo, que frequente uma escola e faça novos amigos. Quem sabe eu não procure um lugar próximo a Miranda para que ele fique perto dos primos...

– Bem, se você vai tirá-lo de mim, é melhor não exigir pensão, porque não receberá – Vernon disse de má vontade.

Kate ostentava um sorriso leve, diante da previsibilidade do comentário.

– Eu apreciaria uma contribuição, mas seria para Jack, não para mim. Vou conseguir outro emprego. Começarei a fazer contato com as universidades na próxima semana.

Vernon soltou uma risada desdenhosa.

– Nem tudo o que aconteceu a fez desistir dos vírus?

– É isso o que faço, Vernon. É nisso que sou boa. Na verdade, saber que existem pessoas como Gaunt no mundo me faz sentir ainda mais estimulada. A despeito do que disse Susan, não podemos ter certeza de que se tratava de uma exceção.

– Lutar o bom combate. É isso?

– Alguém tem que fazê-lo.

Vernon ficou quieto por algum tempo.

– Vou sentir saudades de Jack – disse. – De você não. Mas sentirei falta do meu garoto.

– Boston não fica tão longe assim. Eu o levarei uma ou duas vezes por ano, e você poderá visitá-lo, se puder suportar voltar novamente à Inglaterra.

– Se meu filho vai ter um maldito sotaque britânico, é melhor que eu aprenda a gostar daqui.

E isso foi tudo. Fora a primeira vez que Kate e Vernon se sentaram e conversaram como adultos desde... bem, ela honestamente não conseguia se lembrar da última vez que isso ocorrera. Sentia-se triste e um pouco culpada. Sabia que o filho sentiria a falta do pai. Mas não havia outro jeito. E tudo acabaria funcionando – era o que tia Lil sempre dizia: "Tudo acaba funcionando, Kate. As pessoas costumam dizer que Deus trabalha por caminhos misteriosos, e eu realmente acredito nisso."

Em seu íntimo, contudo, Kate se perguntava se não seria apenas a vida. Não conseguia ter certeza de que Deus tinha algo a ver com aquilo.

– Você está bem? – ela perguntou a Paul, enquanto esperavam, do lado de fora do crematório, pelo fim da conversa entre os pais de Paul e o pastor.

– Estou bem, acho – ele afirmou como se tentasse se convencer. – Sim, estou bem – hesitou. – Preocupa-me saber se era seguro cremá-lo, para as pessoas que manipularam o corpo. Isso não espalha o vírus, espalha?

Kate o envolveu com o braço e lhe massageou a nuca.

– Não. É um mito, de certa maneira, a ideia de que cadáveres representem um risco sanitário, mesmo em epidemias. Eles seguramente foram cuidadosos. Se fosse uma pira na Índia, seria diferente, mas, não, não precisamos nos preocupar. Não com isso, de qualquer forma.

Os dois olharam para o alto, para a comprida chaminé do crematório.

– Foi isso. Como se sente? – ela insistiu ansiosa com o silêncio do namorado desde a cerimônia.

Ele se apoiou nela e suspirou pesadamente.

– Acho que devo sentir o mesmo que você. Sinto-me enganado, porque o encontrei e o perdi novamente. Fico feliz, entretanto, que tenhamos propiciado um funeral adequado a ele. Suponho que também sinta como se o verdadeiro Stephen Wilson tivesse morrido muito tempo atrás. Não era o Stephen real quem trabalhava no laboratório. Aquele não era o irmão de quem eu me lembrava, nem o homem que você amou.

Kate concordava.

– Eu de fato o amei muito, um dia – disse. – Mas sabe que agora amo você.

Ele beijou carinhosamente o rosto de Kate, e os dois se abraçaram, sem que nada mais precisasse ser dito. Era verdade quando ela dizia a Paul que o amava, mas se perguntava se tudo funcionaria entre eles. Como se dariam no mundo real, sem perseguições, tiroteios, fugas em alta velocidade e todo o pavor e excitação que haviam marcado sua relação. Indagava-se também se Stephen não projetaria sempre uma sombra sobre os dois. Não conseguia deixar de pensar que Paul sempre temeria que ela o amasse porque ele a fazia lembrar-se do irmão, seu primeiro amor. E, quem sabe, ele também não quisesse ficar com ela por representar um elo com seu gêmeo?

Não era possível saber como a vida se desenrolaria. Só podiam tentar.

Naquele exato instante, entretanto, Kate não conseguia suportar a ideia de ficar sem Paul.

Ele se aproximou e falou com os pais, abraçando a mãe e segurando os ombros do velho. Os dois namorados seguiram então para o estacionamento e tomaram a direção de casa.

O carro parecia uma fornalha – Kate quase disse isso em voz alta, mas se conteve, lembrando-se do caixão de Stephen deslizando pelas cortinas. Paul ligou o ar-condicionado e deu a partida.

Quando saíam do crematório, ela sentiu uma coceira no nariz. Rinite ou algo pior? Por um instante, quase entrou em pânico. Era o vírus Pandora – o período de incubação havia sido maior do que Gaunt alegara. Ou, quem sabe, o vírus tivesse sofrido uma mutação... Kate prendeu o fôlego e então disse a si mesma que deixasse de ser ridícula. Estavam bem. Era só um resfriado, nada mais; apenas um resfriado comum.